KAY JACOBS

Kieler Morgenrot

KRIEGSMÜDE Der Krieg verroht die Menschen nicht nur an der Front, zum Schluss auch in der Heimat. Grausame Nachrichten vom Kriegsgeschehen können über Jahre zu einer Gewöhnung führen, die die Vorstellung vom Wert eines Menschenlebens allmählich aufzehrt. Und doch, die Hoffnung auf Frieden ist nicht tot, sie schläft nur und irgendwann wacht sie auf. Im Herbst 1918 wird für jedermann offensichtlich, dass der Weltkrieg militärisch nicht mehr zu gewinnen ist. Große Teile der in Kiel stationierten Marinesoldaten verweigern den Befehl, Werftarbeiter schließen sich ihnen an und treten in den Ausstand. Schnell wird der Militärführung klar, dass es den Menschen nicht mehr nur um eine verbesserte Versorgungslage oder den nackten Frieden geht, sondern um einen grundlegenden gesellschaftlichen Wandel. Wenn in dieser Situation drei getötete Arbeiter gefunden werden, könnte ihr Tod der Vorbote einer Revolution sein – oder die Nachwehe der Verrohung. Wird es Kommissar Rosenbaum und seiner Assistentin Hedi gelingen, die Morde aufzuklären?

© Erik Schlicksbier

Kay Jacobs, Jahrgang 1961, studierte Jura, Philosophie und Volkswirtschaft in Tübingen und Kiel. Er promovierte über Unternehmensmitbestimmung und war anschließend viele Jahre in unterschiedlichen Kanzleien als Rechtsanwalt tätig. Heute lebt er mit seiner Familie in Norddeutschland und schreibt über all das, was er als Anwalt erlebt hat oder hätte erlebt haben können. Für »Kieler Helden« wurde er mit dem Silbernen Homer ausgezeichnet. Näheres unter: www.kayjacobs.de

KAY JACOBS

Kieler Morgenrot

KRIMINALROMAN

GMEINER

Immer informiert

Spannung pur – mit unserem Newsletter informieren wir Sie
regelmäßig über Wissenswertes aus unserer Bücherwelt.

Gefällt mir!

Facebook: @Gmeiner.Verlag
Instagram: @gmeinerverlag
Twitter: @GmeinerVerlag

Besuchen Sie uns im Internet:
www.gmeiner-verlag.de

© 2018 – Gmeiner-Verlag GmbH
Im Ehnried 5, 88605 Meßkirch
Telefon 0 75 75 / 20 95 - 0
info@gmeiner-verlag.de
Alle Rechte vorbehalten
5. Auflage 2023

Lektorat: Sven Lang
Herstellung: Julia Franze
Umschlaggestaltung: U.O.R.G. Lutz Eberle, Stuttgart
unter Verwendung eines Fotos von: © ullstein bild
Druck: Custom Printing Warschau
Printed in Poland
ISBN 978-3-8392-2227-0

Wir alle sind seine Mörder! Aber wie haben wir dies gemacht? Wie vermochten wir das Meer auszutrinken? Wer gab uns den Schwamm, um den ganzen Horizont wegzuwischen? Was taten wir, als wir diese Erde von ihrer Sonne losketteten? Wohin bewegt sie sich nun? Wohin bewegen wir uns? Fort von allen Sonnen?

Friedrich Nietzsche

I

Schorsch Bade konnte nicht sehen und nicht sprechen. Er hätte hören können, wenn es etwas zu hören gegeben hätte. Doch die Kälte gefror jedes Geräusch. Ein paar Minuten vorher hatte er sich noch in einer Hütte befunden, gefesselt, geknebelt, die Augen verbunden, am Boden liegend. Neben ihm Marke und Lampe, die eigentlich Klaus Marquort und Reinhard Lampke hießen – jedenfalls glaubte Schorsch, dass sie neben ihm gelegen hatten. Wahrscheinlich befanden sie sich auch jetzt wieder an seiner Seite, nur nicht mehr in der Hütte, sondern davor, im Schnee.

Den spürte er deutlich: in den Stiefeln, wie er an den Hosenbeinen taute und vor allem wie er seine Hände allmählich taub und steif werden ließ. Er lag auf dem Rücken, die Hände unter dem Körper aneinandergefesselt. Sie schmerzten. Schorsch kannte dieses Gefühl, der Schmerz würde erst bis an die Grenze des Erträglichen zunehmen und dann abebben. Das würde er überstehen, er war kein Zärtling. Trotzdem war die Lage ernst. Schorsch wusste nur nicht, warum.

Wegen des Streiks? Der Versammlung? Alle streikten – wieso befanden sich jetzt ausgerechnet er und seine beiden Freunde in dieser Lage? Sie arbeiteten bei der Kaiserlichen Torpedowerkstatt in Friedrichsort. Heute war der 28. Januar 1918 und seit einigen Tagen wurde die Werkstatt bestreikt. Alle streikten. Die Werksleitung hatte verkündet, dass nur Dreiviertel der Belegschaft die Arbeit niedergelegt hätte.

Aber das stimmte nicht, alle streikten. Als ihre Vertrauensleute plötzlich und ohne jede Vorwarnung zur Armee eingezogen werden sollten, reagierten spontan alle Kameraden. Alle. Selbst die Genossen von den Werften hatten sich
ihnen angeschlossen, zuerst die von der Germaniawerft –
die waren schon immer ziemlich aktiv gewesen –, später
auch viele von der Kaiserlichen Werft und von Howaldt.
Die Kieler Rüstungsbetriebe standen seit Tagen still. Und,
kaum zu glauben, heute traten sogar die Berliner Rüstungs-
arbeiter in den Ausstand.

Am Abend war Schorsch mit Marke und Lampe ins
Gewerkschaftshaus in der Fährstraße gefahren. Die Streik-
leitung hatte die Arbeiter zu einer Versammlung gerufen,
weil die Vertrauensleute nun doch nicht eingezogen werden sollten. Der Protest hatte Erfolg gehabt, die Arbeit hätte
wieder aufgenommen werden können. Doch jetzt waren die
Berliner im Ausstand.

»Wir müssen uns solidarisch verhalten!«, forderte ein
Redner.

»Die streiken doch gar nicht wegen uns!«, rief jemand
dazwischen. »Die wissen gar nichts von uns! Die streiken
wegen der Revolution!«

»Welche Revolution?«, fragte Schorsch leise.

»Die Oktoberrevolution«, antwortete Marke kopfschüttelnd und, als Schorsch ihn begriffsstutzig anschaute,
ergänzte er: »Die Weltrevolution, Mann!«

Vor ein paar Monaten hatte in Russland die Oktoberrevolution stattgefunden, zuerst die Februarrevolution, dann die
Oktoberrevolution. Leo Trotzki hatte die anschließenden
Friedensverhandlungen mit Deutschland als Bühne genutzt,
den Völkern der Welt die Grundsätze der proletarischen
Revolution zu erklären. Plötzlich taumelten sämtliche Marxisten Europas in hoffnungsfroher Erwartung durch die

Straßen, und die deutschen Spartakisten planten eine Januarrevolution, zuerst den Januarstreik, der würde zur Januarrevolution werden – und den ersten Schritt dazu hatten sie heute gemacht. In England, Frankreich und überall würden März-, April-, Mai- und Et-cetera-Revolutionen folgen, die Weltrevolution eben.

»Ich will eigentlich nur Frieden«, murmelte Lampe. »Und Essen.«

»Brot, Frieden und Revolution, das gehört zusammen. Sagt Trotzki«, belehrte ihn Marke.

Die Versammlung konnte sich nur verhalten für die Weltrevolution begeistern. Revolutionen hatten es in Kiel ohnehin schwer. Natürlich wählten die Arbeiter SPD, was sonst? Aber gemäßigt, die Mehrheits-SPD. Die Unabhängigen Sozialdemokraten nicht so sehr. Und die Spartakisten, also den revolutionären Flügel der USPD, erst recht nicht. So endete die Sitzung mit dem Beschluss, den Streik vorläufig weiterzuführen und in den nächsten Tagen neu zu beraten.

Kalt und dunkel war es, als Schorsch und seine beiden Freunde ihre Fahrräder bestiegen und den Heimweg antraten, einen weiten Weg, mindestens eine halbe Stunde bei Eis und Schnee, einen Weg, den sie aber abrupt abbrechen mussten. Gerade hatten sie sich mühsam die Bergstraße hinaufgetreten, da sprang ein Trupp Marinesoldaten aus dem Pissoir am Dreiecksplatz heraus und nahm sie mit vorgehaltenem Gewehr fest. Sie wurden in Handschellen gelegt und in ein Automobil gezerrt. Marke empörte sich und Schorsch fragte, was das solle. Eine Antwort erhielt er nicht. Sie fuhren die Holtenauer Straße entlang, hielten nach einiger Zeit an und bekamen Augenbinden und Knebel verpasst. Dann fuhren sie weiter, kamen in einem Waldstück an und hielten schließlich vor der Hütte. Niemand redete mit ihnen, sie wussten nicht, warum sie dort hingebracht wurden. Aber dass es eine Hütte in einem Waldstück war und nicht etwa eine Arrestanstalt in der Stadt, das stand fest. Die Stille im Wald war anders als die Stille in der Stadt, auch der Schnee war anders und die Luft. Die drei Freunde waren nicht verhaftet worden, man hatte sie verschleppt.

Angst befiel Schorsch. Nicht dass er misshandelt worden wäre. Hier und da ein fester Griff, fester vielleicht als nötig, aber zugleich eine Behandlung mit behütender Sorgfalt, Zärtlichkeiten fast, Wohlwollen möglicherweise. Als er aus dem Auto aussteigen musste, spürte er an seinem Kopf eine Hand, die ihn leitete und vor dem Türrahmen schützte. Er dachte an die Hand seiner Mutter, wenn sie ihn tröstend umschlungen hatte, und an die Hand des Pastors, wenn er ihn gesegnet hatte. Solche Hände würden nicht foltern oder töten, er konnte beruhigt sein. Und doch befiel ihn Angst.

In der Hütte setzte man Schorsch zunächst auf einen Stuhl, später legte man ihn auf den Boden, die beiden anderen vermutlich auch. Die Soldaten dürften um sie herumgestanden haben, noch immer sprach niemand. Nach einer Weile hörte er, wie sich die Tür öffnete und zwei, vielleicht drei Männer den Raum betraten. Die Soldaten machten hektische Geräusche, wahrscheinlich waren die Ankömmlinge Offiziere und die Soldaten standen stramm. Jetzt wurde zwar geredet, aber über nichts, was Aufschluss über die Situation hätte geben können.

»Wir übernehmen. Treten Sie weg«, sagte einer der Offiziere und bekam ein »Jawohl!« als Antwort.

Als die Soldaten die Hütte verlassen hatten, wurde wieder geschwiegen. Schorsch hoffte, dass ein Verhör folgen würde. Wegen des Streiks, der Versammlung. Der Völkerkrieg tobte seit dreieinhalb Jahren, und die Torpedowerkstatt gehörte zu den wichtigsten Rüstungsbetrieben. Da konnte eine nervöse Reaktion des Militärs nicht verwunderlich sein, da musste man mit Verhaftungen und Verhören rechnen. Einige Streikführer waren gestern oder vorgestern verhaftet worden, das wusste Schorsch. Er hoffte inständig, dass er jetzt wegen des Streiks verhört werden würde. Aber es gab kein Verhör. Die Offiziere wollten von ihm nichts wissen, von den beiden anderen auch nicht. Sie fragten sie nichts, auch untereinander sprachen sie nicht. Offenbar wussten sie genau, was zu tun war, sie brauchten sich nicht zu verständigen. Und was zu tun war, musste etwas anderes sein als ein Verhör. Die Offiziere öffneten die Tür, packten Schorsch beim Kragen, zerrten ihn hinaus und warfen ihn in den Schnee. Dann hörte er Geräusche, die ihn vermuten ließen, dass auch die beiden anderen herausgeholt worden waren. Und jetzt lag er im Schnee, wusste nicht warum und befürchtete das Schlimmste.

Wahrscheinlich waren die Soldaten keine richtigen Soldaten gewesen und die Offiziere keine richtigen Offiziere. Er war verschleppt worden, er und die beiden Freunde. Mit dem Streik hatte es nichts zu tun, es gab kein Verhör – Schorsch konnte sich aus dem Geschehen keinen Reim machen, es sei denn, es hatte mit den Leuten zu tun, mit denen sie sich eingelassen hatten.

Sie hatten sich mit den falschen Leuten eingelassen. Mit Leuten, denen sie nicht gewachsen waren und die keinen Spaß verstanden. Marke hatte ihn gewarnt, auch Lampe war skeptisch gewesen, aber Schorsch hatte es natürlich besser gewusst und schließlich die beiden anderen überzeugt. Zuerst hatten sie durchaus Vorteile daraus gezogen und es hatte keine Anzeichen gegeben, dass sich daran etwas ändern würde. Nichts, was diese Leute hätte verärgern und gegen sie aufbringen können, war passiert. Jedenfalls wusste Schorsch von nichts. Und doch, irgendetwas hatte passiert sein müssen.

Schorsch begann zu zittern. Er hätte nicht sagen können, ob vor Kälte oder Angst. Die Hände schmerzten. Wäre er nicht geknebelt gewesen, hätte er fragen können, was man von ihm wollte, was er falsch gemacht hatte, er und die beiden anderen, wie sie es wiedergutmachen konnten. Er hätte Reue zeigen oder vielleicht auch nur ein Missverständnis ausräumen oder eine Verwechselung aufklären können. Aber so? Er hörte, dass jemand ganz nahe neben ihm stand. Es waren keine Geräusche, er konnte die Nähe hören. Dann spürte er einen Stich am Hals, ein Ziehen, das sich von links knapp über dem Kehlkopf nach rechts zog und für einen kurzen Moment eine fast angenehme Wärme über seinen Hals ergoss. Er wusste, dass dies das Letzte sein würde, was er in seinem Leben spüren sollte.

II

Reformationstag 1918. Es war düster geworden in Deutschland. Zu früheren Zeiten hätte man den bevorstehenden November mit seinem notorisch trüben Wetter und seinen Trauertagen dafür verantwortlich gemacht. In diesen Jahren war es aber der Krieg, der sich auf die Seelen der Menschen legte. Sie hungerten, litten, starben und trauerten an der Front und in der Heimat. Je länger der Krieg dauerte, desto größer wurde das Leid. Aber auch die Gewöhnung. Hatte ein Todesfall in der Nachbarschaft vor einigen Jahren noch zu großer Bestürzung geführt, löste er inzwischen oft nicht einmal Betroffenheit aus. So wenig der Tod die Menschen mittlerweile schockierte, der Anblick von Leichen berührte sie doch, wenn auch nicht im Sinne von Trauer, sondern im Sinne von Ekel.

Auch Josef Rosenbaum ging es so. Seit 23 Jahren war er im Polizeidienst, zuerst in Berlin bei der Mordkommission A, dann in Kiel als Leiter des Ersten Kommissariats, zuständig für Mord und Totschlag. Er hatte schon viele Leichen gesehen, in allen denkbaren Zuständen, gewöhnt hatte er sich daran nie. Tatortbegehungen gehörten zu den unangenehmsten Aufgaben, die er zu bewältigen hatte. Natürlich gab er es nicht zu, außer einmal Hedi gegenüber, seiner schönen Assistentin, vielleicht aus Versehen, vielleicht aus Vertrautheit, genau wusste er es selbst nicht.

Jetzt war es wieder so weit, mittags um zwölf im Projensdorfer Gehölz zwischen der Kieler Stadtgrenze und dem Kaiser-Wilhelm-Kanal. Rosenbaum und Hedi standen vor einer Leiche. Der Kommissar kniete nieder, um den Toten genauer betrachten zu können, aber auch um den Anschein zu vermeiden, dass er sich ekeln würde. Je näher er der Leiche kam, desto stärker wurde sein Widerwille, vor allem wegen des Gestanks. Wie von verdorbenem Schweinebraten, den jemand in eine Mülltonne geworfen hatte – wenn man nichts ahnend den Deckel öffnete, ein Gewimmel von kleinen weißen Tierchen erblickte und der bestialische Gestank einen ansprang. Rosenbaum wusste, dass von Verwesungsgeruch keine gesundheitlichen Gefahren ausgingen, und doch konnte er das Gefühl, einem Miasma ausgeliefert zu sein, nicht vollständig besiegen. Er hatte an diesem Tag nicht gefrühstückt und es könnte einige Stunden dauern, bis er wieder in der Lage sein würde, etwas zu essen. Dabei hielt sich der Gestank heute durchaus in Grenzen. Die Verwesung war weit fortgeschritten, ein Großteil ihrer Geruchsstoffe verflogen. Auch der Anblick war halbwegs erträglich. Die Haut der Leiche sah aus wie eine zerrissene Lederjacke, die lange Zeit im Regen gelegen hatte. Die Augäpfel fehlten, der rechte Unterarm lag abgetrennt neben dem Torso, die übrigen Extremitäten wurden von der Kleidung zusammengehalten.

»Wissen wir, wer das ist?«, fragte Rosenbaum den Oberwachtmeister, der den polizeilichen Einsatz bisher geleitet hatte. Als der Kommissar und seine Assistentin mit ihrem Dienstwagen vor einer 20 Meter entfernt liegenden Forsthütte eingetroffen waren, hatte er sie in Empfang genommen, sich geduldig Rosenbaums Geschimpfe angehört – dass zwar die Hütte, nicht aber der Weg dorthin in seinem Straßenplan eingezeichnet sei – und sie durch das Unterholz zum Fundort geführt. Jetzt stand er ihnen assistierend zur Seite.

»Nein, Herr Kommissar, keine Ausweispapiere. Der Kleidung nach zu urteilen wahrscheinlich Werftarbeiter«, antwortete er in eifrigem, förmlichem und leicht devotem Ton.

Die Leiche war in graublaue Arbeiterkluft gekleidet. Neben ihr lag eine Ballonmütze, wie sie zwar in der gesamten Arbeiterschicht vorkam, bei den Werftarbeitern aber am häufigsten anzutreffen war.

»Was gibt es zur Auffindesituation zu sagen?«

»Dort vergraben«, antwortete der Oberwachtmeister und zeigte auf eine Grube, um die zehn Polizeianwärter mit Hacken und Spaten herumstanden und sich von harter körperlicher Arbeit erholten. »Etwa 60 Zentimeter tief. Hund des Försters hatte Arm ausgegraben.« Jetzt zeigte der Wachtmeister auf die Hütte, neben der sie gerade geparkt hatten. Auf ihrer Eingangsstufe saß ein Mann in grüner Uniform und vor ihm sein Hund. Sie schienen miteinander zu sprechen. Natürlich taten sie das nicht wirklich. Der Mann redete und der Hund hörte zu. Aber auf die Entfernung sah es so aus, als antwortete der Hund, wenn auch nur einsilbig.

»Saß die Mütze auf dem Kopf der Leiche?«

»Nein, Herr Kommissar. Lag daneben.«

Rosenbaum schaute den Wachtmeister an und nickte, während Hedi schmunzelte. Es kam selten vor, dass ein uniformierter Kollege normal mit ihm redete. Die Worte ›Jawohl‹ und ›Herr Kommissar‹ fielen überdurchschnittlich oft. Attribute, Artikel und Verben fehlten hingegen vielfach und ein ›Ich‹ hatte Rosenbaum von einem Wachtmeister fast nie gehört. Dieses autoritätsgläubige Verhalten war ihm zuwider und er erinnerte sich nicht, jemals Veranlassung dazu gegeben zu haben, jedenfalls nicht absichtlich. Er hatte aber auch nie etwas dagegen getan. Im Gegenteil, seine Abneigung ließ ihn unfreundlicher werden und die Uniformierten noch ein wenig unterwürfiger.

»Gehörte sie denn dem Opfer?«

»Jawohl, Herr Kommissar. Also …«

Eine nachdenkliche Pause entstand, die Rosenbaum dazu

nutzte, die Mütze über den Schädel der Leiche zu ziehen. Sie war zu groß.

»Lassen Sie nach einer weiteren Leiche graben. Und die Männer sollen dabei vorsichtig vorgehen«, ordnete Rosenbaum an.

»Jawohl!« Der Oberwachtmeister lief auf seine Leute zu und trieb sie mit hektischen Bewegungen an, ganz so, als dürfe man einen Kriminalkommissar nicht warten lassen.

»Ich befrage mal den Förster«, sagte Hedi, als Rosenbaum die Ballonmütze zurücklegte.

»Ich befrage den Förster und Sie können mitkommen«, sagte Rosenbaum.

Die Hütte war nicht groß, vielleicht 20 Quadratmeter. Sie wirkte nicht sehr solide, ein mit Brettern verhauenes Holzgerüst, das nicht gepflegt wurde.

»Sie haben die Leiche gefunden?«, rief Rosenbaum dem grünen Mann zu, als sie noch zehn Meter entfernt waren. Nachdem Hedi vor drei Jahren seine Assistentin geworden war, hatte er sich angewöhnt, das Gespräch möglichst früh zu eröffnen. Sonst würde Hedi zu plappern beginnen und dann hörte sie so schnell nicht wieder auf. Unzählige Male hatte er ihr schon gesagt, dass sie still zu sein habe, wenn er mit Zeugen sprach – geholfen hatte es nicht.

Der grüne Mann stand so hastig auf, dass sein Hund erschrocken zusammenzuckte.

»Jawohl!«, antwortete er, machte einen Diener und stellte sich vor: »Forstmeister Sachs.«

Rosenbaum hatte noch nie einen Forstmeister kennengelernt, aber offenbar wiesen sie gegenüber Kommissaren dieselbe Unterwürfigkeit auf wie Wachtmeister.

»Josef Rosenbaum«, sagte der Kommissar, lächelte und streckte Sachs die Hand zur Begrüßung entgegen. Während des Handschlags wedelte der Hund mit dem Schwanz, er wollte auch begrüßt werden.

»Einen hübschen Hund haben Sie da«, sagte Hedi und hielt ihre Hand vor die Hundeschnauze.

»Danke. Er heißt Bodo.«

Nachdem Hedis Hand ausgiebig und ausgesprochen feucht beschnüffelt worden war, strich sie dem Hund über den Kopf und hatte wieder eine trockenere, aber etwas klebrige und ausgesprochen haarige Hand.

»Noch ziemlich jung, nicht wahr?«, fragte Rosenbaum.

»Zehn Monate. Ich musste lange darauf warten. Den alten hat das Heer requiriert. Sobald Bodo vollständig ausgebildet ist, werden sie auch ihn holen.«

Rosenbaum hatte davon gehört, dass das Militär neuerdings Spürhunde einsetzte. Dass sie vorher den Jägern weggenommen wurden, wusste er nicht.

»Vielleicht wird er ja gar nicht vollständig ausgebildet«, sagte er. Erst im Nachhinein wurde ihm klar, dass seine Äußerung als Anstiftung zu kriegsschädlichem Verhalten aufgefasst werden konnte. Dann wurde ihm klar, dass er es auch so gemeint hatte.

»Und Bodo hat die Leiche gefunden?«, fragte Hedi und erntete von Rosenbaum einen missbilligenden Blick.

»Ja, das hat er.«

»So ein unerwarteter Fund muss sehr schockierend sein, nicht wahr?«, beeilte sich der Kommissar, das Wort wieder an sich zu reißen.

»Ich bin noch ganz außer mir«, seufzte der Förster. »Das war wirklich ein Schock.« Seine Stimme wurde weicher, seine Bewegungen auch, und er hatte mehrmals ›Ich‹ gesagt. Leutseligkeit wirkte.

Sachs berichtete, dass im Projensdorfer Gehölz Wildschweine gesichtet worden seien, obwohl sie in dieser

Gegend seit Langem als ausgerottet galten. »Eines dieser Tiere muss die Leiche freigelegt haben. Bodo fand die Stelle und apportierte einen Arm.« Lobend kraulte der Förster seinen Hund hinterm Ohr. Der Hund bedankte sich mit einem kurzen Bellen.

»Die Leiche dürfte bereits einige Zeit dort vergraben gewesen sein. Wie kommt es, dass Bodo sie nicht schon früher gefunden hatte?«, wollte Rosenbaum wissen.

»Ich hab ihn ja noch nicht so lange. Und er hatte keinen Auftrag, nach vergrabenen Leichen zu suchen. Und wir sind auch nicht oft hier.«

»Ach, ist das nicht Ihr Forsthaus?«

»Das ist doch kein Forsthaus. Das ist Folklore, bestenfalls.« Der Forstmeister schüttelte lächelnd den Kopf. »Die ganze Ecke hier war ursprünglich Kanalgebiet. Als die Burschen vom Reichskanalamt sich nicht mehr darum kümmern wollten, pflanzten sie Setzlinge ein und bauten die Hütte, und zwar so, wie sich Wasserleute ein Forsthaus vorstellen – Folklore eben. Dann sagten sie: Das ist jetzt ein Forst. Und nun sollten wir uns darum kümmern. Der damalige Oberförster lachte sich einen Ast, als er den Verhau sah.«

Rosenbaum versuchte, durch die geschlossenen Fensterläden in die Hütte zu schauen. Alles dunkel, er konnte nichts erkennen.

»Können wir reingehen?«

»Klar.«

Sachs zog ein Schlüsselbund aus der Jackentasche. Die Tür quietschte, als er sie öffnete, und die Dielen knarrten, als Rosenbaum sie betrat. Müdes Tageslicht dämmerte in einen schlafenden Raum. Rechts ein Spülstein, daneben ein Schränkchen mit Blechgeschirr, in der Ecke ein Kanonenofen, gegenüber ein Fenster, links ein Regal und eine Holzbank, in der Mitte mehrere Stühle, ein Tisch. Alles alt, grob-schlächtig, staubig, muffig. Rosenbaum kam sich vor wie Howard Carter.

»Ist offenbar längere Zeit nicht genutzt worden«, sagte Hedi.

»Wir stellen höchstens mal Gerätschaften hier ab. Früher haben in der Hütte manchmal Waldarbeiter übernachtet, wenn sie in der Nähe zu tun hatten. Aber jetzt gibt es keine Waldarbeiter mehr.«

»Alle an der Front?«, fragte Rosenbaum.

Sachs nickte.

Der Kommissar kniete nieder und inspizierte die Boden-dielen in der Hoffnung, Spuren von Blut zu entdecken, fand aber nur Staub. Der Hund bummelte auf ihn zu. Für den Boden interessierte er sich nicht, lediglich für Rosenbaums Haare. Kurz beschnüffelte er sie und widmete sich danach ausgiebig einigen Spaten und Forken, die neben dem Regal an der Wand lehnten.

»Bodo! Komm her!«, befahl der Förster.

Der Hund brauchte zwei weitere Aufforderungen, bevor er widerwillig zu seinem Herrchen trottete.

Rosenbaum griff nach einem der frisch beschnüffelten Spaten und betrachtete ihn genau. »Wäre Bodo denn in der Lage, eine Leiche in 60 Zentimeter Tiefe zu finden?«

»Selbstverständlich, er ist ein Schweißhund. Das ist quasi sein Beruf. Also, wenn er mit der Lehre fertig ist. Deshalb ist das Militär ja scharf auf ihn.«

Als Rosenbaum seine Hand nach Bodo ausstreckte, kam der Hund ein paar Schritte auf ihn zu und bot sein Ohr zum Kraulen an.

»Vielleicht könnten Sie uns helfen«, sagte der Kommissar.

Eine halbe Stunde später waren zwei weitere Leichen ausgraben. Bodo hatte an der Ballonmütze geschnuppert, war in die Grube gesprungen, hatte an zwei, drei Stellen gestöbert, prompt den passenden Schädel freigelegt und – wo er gerade in Fahrt war – gleich daneben noch einen weiteren. Das hatte insgesamt eine Minute gedauert. 29 Minuten hatten anschließend die Polizeianwärter gebraucht, bis die leblosen Körper geborgen waren.

Jetzt lagen die Leichen nebeneinander aufgereiht auf dem Waldboden. Die Polizeianwärter standen dahinter, Rosenbaum, Hedi, der Oberwachtmeister, der Förster und der Hund davor.

Sachs beugte sich zu seinem aufgeregt hechelnden Hund hinunter. »Na, möchtest du gerne weitersuchen?« Bodo jaulte, der Förster nickte und wandte sich Rosenbaum zu. »Er hat noch nicht genug.«

»Wo drei Leichen sind, können auch vier sein«, sagte Rosenbaum. »Dann mal los.« Er schaute in die Gesichter der Polizeianwärter, die vor Erschöpfung wahrscheinlich glaubten, vier Leichen wären unmöglich. Aber sie trauten sich nicht, das auszusprechen.

Sachs ließ den Hund von der Leine, und Bodo sprang erneut in die Grube, dann wieder hinaus, lief von Baum zu Baum, dann zu einem Strauch und wieder zurück, schnupperte hier und dort und schlug schließlich an. Eine Viertelstunde später brachten die Polizeianwärter das Skelett eines Eichhörnchens zum Vorschein. Der Vorgang wiederholte sich in ähnlicher Weise dreimal, bis Sachs seinen Hund entschuldigte – »Er ist noch jung« – und Rosenbaum die weitere Suche einstellen und die Fundstücke zur Kieler Gerichtsmedizin in der Hospitalstraße bringen ließ.

Rosenbaum und Hedi begleiteten den Transport. Außer den Leichen und der Mütze hatten sie keine Spuren, und

Rosenbaum hoffte, dass wenigstens der Gerichtsarzt ein paar schnelle Tipps würde geben können.

Leiter des Instituts für Gerichtliche Medizin war Professor Ernst Ziemke, ein vornehmer und gebildeter Mann, einerseits preußisch, andererseits mitfühlend, zurückhaltend, von fröhlicher Natur und – wie Hedi immer wieder anmerkte – mit schönen Augen.

»Meine Patienten haben mich gern«, sagte der Professor zur Begrüßung, als Rosenbaum und Hedi die Treppe ins Kellergeschoss hinunterstiegen und die Polizeianwärter ihr Transportgut in den Sektionssaal trugen. »Sobald ich hier bin, kommen sie mich besuchen.« Ziemke war nicht nur Gerichtsarzt in Kiel, sondern auch Chefarzt des in Belgien stationierten Reservefeldlazaretts 54. Während er anfangs in Wochenabstand pendelte, verbrachte er allmählich immer mehr Zeit in Belgien. Doch Leichentransporte zur Gerichtsmedizin fielen meist nur an, wenn Ziemke sich gerade in Kiel aufhielt.

»Vielleicht wäre es für die Kriminalitätsrate von Vorteil, wenn Sie ganz in Belgien blieben«, schlug Rosenbaum vor.

Ziemke schüttelte die Hände seiner Besucher. Gemeinsam gingen sie in den Sektionssaal mit seinem hellen Steinfußboden, den gelben Wandkacheln und fünf Sektionstischen aus Granit, auf die die Polizeianwärter gerade die Leichen gehievt hatten. Zwei Sektionshelfer entkleideten die weitgehend verwesten Körper und Ziemke betrachtete sie eingehend, während Rosenbaum erzählte, was er von dem Fund wusste.

»Alle drei etwa Mitte 30, mesomorpher Körperbau, vermutlich Arbeiter«, sagte der Professor, als der Kommissar mit seinem Bericht fertig war. »Dann machen wir mal als Erstes ein paar Erinnerungsfotos. Oder sind bereits welche angefertigt worden?«

Hedi verneinte. Einen Polizeifotografen gab es in Kiel seit über einem Jahr nicht mehr. Der letzte war kurz vor dem Waffenstillstand an der Ostfront zum Militär eingezogen und nach Brest-Litowsk geschickt worden, weil sich die Militärführung historisch bedeutsame Fotografien erhofft hatte. Indes, es war eben noch vor dem Waffenstillstand gewesen, und der Fotograf war zu einem der letzten Gefallenen der Ostfront geworden, als er dort seine ersten Fotos hatte schießen wollen. Seither begnügte sich die Kieler Polizei wie im letzten Jahrhundert mit Tatortskizzen. Allein die Gerichtsmedizin besaß noch einen Fotoapparat, genau genommen: Ziemke besaß einen – er war Hobbyfotograf und wohlhabend genug, sich eines dieser sündhaft teuren Geräte leisten zu können.

Auf ein Zeichen schafften die Sektionshelfer Kamera, Stativ und Blitzvorrichtung heran, bauten alles routiniert auf und lichteten jede Leiche mehrfach ab, ein eingespieltes Team.

»Machen Sie Großaufnahmen vom Gebiss. Daran wird man die Männer noch am ehesten identifizieren können«, wies Ziemke seine Helfer an und wandte sich dann Rosenbaum zu. »Lag dieser auf dem Bauch, dieser auf der rechten Seite und dieser auf dem Rücken?«, fragte er und deutete nacheinander auf die drei Opfer.

Rosenbaum bejahte.

»Dann war der Fundort vermutlich auch der Tatort. Die drei sind wahrscheinlich verblutet, und zwar nachdem ihnen die Halsschlagadern durchtrennt worden waren.«

»Aha«, sagte Rosenbaum staunend. Er trat an eine Leiche heran und beugte sich hinunter. Ja, ein Schnitt über den Hals, das könnte sein, dachte er. Obwohl nicht mehr viel zu erkennen war.

Ziemke holte zwei Pinzetten von einem Rollwagen und

zog damit die Schnittkanten auseinander. »Hier, die Arteria carotis«, sagte er, »ein sauberer Schnitt mit einem scharfen Messer. Im Gehirn fällt augenblicklich der Blutdruck ab, man wird sofort bewusstlos, oft kommt es zu einem reflektorischen Herzstillstand. In jedem Fall tritt nach kurzer Zeit der Tod ein. Eine sichere, schnelle, halbwegs saubere und nahezu schmerzfreie Sache. Würde sich gut als Hinrichtungsmethode eignen, wird nach meiner Kenntnis aber nirgendwo offiziell angewandt.«

Die beiden traten zurück, um die Sektionshelfer bei ihrer Arbeit nicht unnötig zu stören, und die Ermittler warteten gespannt auf Ziemkes weitere Ausführungen.

»Sehen Sie die Verfärbungen? Dieser Mann hat sie am Rücken, dieser am Bauch und dieser an der Flanke.«

Nur mit Mühe konnte Rosenbaum bei dem, was einmal Haut gewesen war, dezente farbliche Nuancen zwischen Umbra, Oliv und Schwarz ausmachen.

»Das sind Leichenflecken. Sie entstehen eine halbe Stunde nach Kreislaufstillstand an der Körperunterseite, weil das Blut sich dort ansammelt. Wird der Körper danach bewegt, verändern sie sich. Das ist bei diesen Opfern nicht der Fall. Die Männer sind spätestens 30 Minuten nach ihrem Tod in ihre endgültige Position gebracht worden.«

»Respekt«, sagte Hedi leise, und ›Respekt‹, dachte auch Rosenbaum bei so viel Erkenntnis nach so wenigen Blicken. Ziemke war eben ein Meister seines Faches. »Und wie lange ist die Tat her?«

Jetzt zögerte der Gerichtsarzt. »Im Projensdorfer Gehölz in 60 Zentimeter Tiefe vergraben?«

Rosenbaum nickte.

»Wo war der Fundort denn genau?«, fragte Ziemke nach.

Als Hedi stutzte und der Kommissar noch nachdachte, wie die Frage gemeint sein könnte, präzisierte der Professor: »In einer Senke? Auf einer Anhöhe? Unter Bäumen? Auf einer Lichtung?«

»Was ist daran so wichtig?«, fragte Hedi.

»Feuchtigkeit und Sauerstoff. Das sind neben der Temperatur die maßgeblichen Faktoren für die Verwesungsgeschwindigkeit. Am schattigen Rand eines Moores kann ein auf dem Boden liegender Körper innerhalb von zwei Wochen verwest sein. Ein Meter tiefer hält er sich vielleicht Jahrhunderte. Es kommt entscheidend auf die Bedingungen am Fundort an«, dozierte der Professor. »Das Projensdorfer Gehölz ist ein noch relativ neues Areal. Als der Kaiser-Wilhelm-Kanal fertig war, schob man den Aushub zusammen und pflanzte Buchen und Fichten darauf. Das ist über 20 Jahre her. Inzwischen haben sich dort sehr unterschiedliche Habitate gebildet, von sandig-trockenen Hügeln bis zu Feuchtbrachen.«

»Ganz normal im Wald. Unter Bäumen.« Besser konnte Rosenbaum es nicht beschreiben.

»Sechs bis 18 Monate«, lautete Ziemkes Einschätzung.

Das war auch Rosenbaums Gefühl: Einen Sommer dürften die Leichen hinter sich haben, vielleicht auch zwei. Rosenbaum hatte sich eine genauere Festlegung des Fachmanns erhofft.

»Präziser kann ich es nicht sagen«, entschuldigte sich dieser. »Die Verwesungsgeschwindigkeit ist wissenschaftlich nicht sehr gut erforscht. In den letzten Jahren konnten wir zwar einiges hinzulernen – an der Front ergibt sich manchmal die Gelegenheit, Gefallene zu untersuchen, die teilweise mehrere Monate im Niemandsland gelegen haben, bevor sie geborgen werden können. Aber im Grunde haben wir dabei nur gesehen, dass alles sehr unterschiedlich sein kann.«

»Wurden die Opfer misshandelt? Waren sie gefesselt? Gab es vielleicht einen Kampf?«, fragte Rosenbaum in der

Hoffnung, dass sich das magere Ergebnis von Ziemkes Leichenschau aufbessern ließe.

»Der Linke hat auffällige Male an den Handgelenken, er könnte gefesselt gewesen sein. Bei diesem Verwesungsgrad kann man das aber nicht sicher sagen. Vielleicht finden wir noch Fasern von einem Seil. Wir machen die drei gleich mal auf.«

Dann stutzte der Professor. Er beugte sich über eine der Leichen und musterte ihren linken Unterarm.

»Eine Tätowierung«, murmelte er, holte aus einem Wandschrank einen Tupfer, tränkte ihn in einer stark riechenden Flüssigkeit und strich damit sachte über den Arm der Leiche. »Ein Anker und eine Meerjungfrau.«

Mit seiner Pinzette fuhr er die Umrisse der Tätowierung nach, sodass die Ermittler sie auch erkannten.

»Ja, stimmt«, sagte Hedi, und Rosenbaum grunzte zustimmend. Der Geruch der Flüssigkeit stieg in seine Nase. Im Vergleich zu den üblicherweise in diesen Räumen herrschenden Gerüchen war es fast ein Duft.

Bei den beiden anderen Leichen fand Ziemke identische Tätowierungen, jeweils am linken Unterarm.

»Blutsbrüder oder so was«, sagte Hedi und Rosenbaum grunzte.

Auf einem Foto würden die schwachen Farbunterschiede kaum zu erkennen sein. Also zog Hedi Bleistift und Notizblock aus ihrer Tasche und begann, Anker und Meerjungfrau detailgetreu abzumalen.

Ziemke schaute auf einen Regulator, der neben der Eingangstür hing und dessen üppiger Jugendstil einen aussichtslosen Kampf gegen die kühle Funktionalität der übrigen Einrichtung führte. »Ich hab nicht mehr viel Zeit. Ich muss den letzten Zug nach Berlin erwischen. Morgen früh wird dort über eine nationale Erhebung beraten.«

Nationale Erhebung? Rosenbaum und Hedi sahen sich an, als glaubten sie nicht, was sie gehört hatten. Rosenbaum hätte jetzt lieber nicht über Politik gesprochen, aber Hedi fragte nach: »Nationale Erhebung?«

Ziemke sah Hedi verdutzt an, bis er sich zu vergegenwärtigen schien, dass sie eine Frau war und von Politik natürlich nichts verstand. »Die Oberste Heeresleitung ist zurückgetreten und hat die Staatsführung einem unbedarften Aristokraten überlassen, der offenbar einen Unterwerfungsfrieden auf der Grundlage des Wilson-Papiers ansteuert. Die Briten marschieren durch Flandern. Die Volksgemeinschaft ist in Auflösung begriffen, Defätismus greift um sich. Da kann man nicht einfach zusehen, da muss man etwas tun.«

Das waren unerwartete Worte aus dem Mund des Professors. Wie konnte man sie sich erklären? Drei Wochen zuvor war eine unerhörte Nachricht durch die Zeitungen galoppiert: Die militärische Lage sei aussichtslos und der Krieg praktisch verloren. Das traf die Menschen wie ein Blitzschlag aus wolkenlosem Himmel. Sie waren zwar schon seit Jahren kriegsmüde, und die Forderung nach einem Verständigungsfrieden wurde laut. Sogar der Reichstag hatte im Sommer 1917 eine Friedensresolution verabschiedet, wonach deutsche Kriegsziele bei Friedensverhandlungen zur Disposition gestellt werden sollten. Der Separatfriede mit Sowjetrussland setzte dann aber Kräfte frei, die ab März an die Westfront geworfen und Quell neuer Siegeszuversicht wurden. Das war bis vor drei Wochen der Kenntnisstand der Bevölkerung gewesen. Die neuen Informationen riefen zunächst eher Unglauben hervor, immerhin standen die deutschen Truppen nach wie vor tief in Feindesland. Allmählich keimte aber Hysterie auf. Die einen verlangten nach der weißen Fahne, die anderen forderten, die einen zu bekämpfen. Die Hysterie griff um sich und hatte offenbar auch Ziemke erfasst.

»Die Nation soll sich erheben?«, bohrte Hedi abermals nach.

»Bevor wir von homosexuellen, jüdischen und sozialdemokratischen Volksfeinden regiert werden, müssen wir uns erheben!«

Rosenbaum war Jude. Ziemke wusste das, hatte ihm gegenüber aber nie antisemitische Tendenzen erkennen lassen. Seit zwei Jahren war Rosenbaum auch eingetragenes Mitglied der SPD, hatte es aber nicht an die große Glocke gehängt. Homosexuell – oder etwas Ähnliches – war er auch, hielt dies jedoch geheim. Er stellte in Reinform dar, was Ziemke offenbar verabscheute. Er war entsetzt, nicht so sehr über die Anschauungen des Professors, das zwar auch, aber mehr noch darüber, dass er ihn all die Jahre, die sie sich kannten, vollkommen anders eingeschätzt hatte. Konservativ mochte er sein, ja sicher: konservativ, preußisch, pflichtbewusst, tugendhaft. Auch wenn Rosenbaum diese Weltsicht nicht teilte, man konnte dagegen nichts sagen. Die Briten waren auch konservative Monarchisten und hatten doch eine der liberalsten Gesellschaften der zivilisierten Welt hervorgebracht. Und so hätte Rosenbaum Ziemke eingeschätzt: Wäre er kein Preuße gewesen, hätte er gut ein Brite sein können. Über Politik hatten sie nie geredet, aber über Menschen, über soziale Missstände, über tragische Schicksale, mit denen sie beruflich gemeinsam zu tun hatten. Dabei hatten sie sich immer gut verstanden. Eine kleingeistige, deutschnationale, völkische Gesinnung hatte er Ziemke nie zugetraut.

Bevor Hedi erwidern konnte – und sie stand kurz vor einem Ausbruch von donnernder Empörung –, bat Rosenbaum um Übersendung der Fotografien und einen kurzen

Telefonanruf, sobald die weitere Leichenschau beendet sein würde. Dann verabschiedete er sich eilig und zog Hedi mit sich aus dem Saal. Obwohl ihre Skizze noch nicht ganz fertig war, protestierte sie nicht.

Eine halbe Stunde später saßen die beiden Kriminalisten in ihrem Büro in der Blume, dem Kieler Polizeipräsidium, rauchten eine Zigarette und tranken Ersatzkaffee. Seit dem Friedensschluss mit Russland konnte man wieder zu annehmbaren Preisen an türkische Zigaretten kommen. Bei Kaffee sah es anders aus. Aber die Menschen waren nicht mehr so anspruchsvoll wie früher. Viele waren vollkommen mittellos und mussten sich von den Armenküchen vor dem Hungertod retten lassen. Und diejenigen, die sich den Einkauf von Lebensmitteln noch leisten konnten, wurden von dem unausweichlichen Anblick riesiger Menschenschlangen vor den Küchen zur Genügsamkeit ermahnt. Da wurde in Ermangelung von Butter auch schon mal das Fett aus dem Haar der Hausfrau gekämmt und zum Braten verwendet. Und statt Kaffeebohnen verarbeitete man Malz, Gerste, Roggen, Mais, Dinkel, Hagebutten oder Zuckerrüben. Der Kantinenwirt der Blume brühte seit Kurzem halbwegs schmackhaften Ersatzkaffee aus Löwenzahnwurzeln, und davon tranken der Kommissar und seine Assistentin jetzt, ohne Milch, aber mit viel Zucker – den gab es im Überfluss. Früher hatte Rosenbaum seinen Kaffee ohne Zucker getrunken. Das war aber zu Zeiten gewesen, als Kaffee noch nach Kaffee geschmeckt hatte.

Rosenbaum saß hinter seinem Schreibtisch, lehnte sich zurück und schaute auf die gegenüberliegende Wand, wo ein weißer Fleck an ein Porträt des Kaisers erinnerte und daneben eine Schiefertafel hing, auf die er mit Kreide drei Fragezeichen gemalt hatte. Hedi saß auf dem Besucherstuhl vor dem Schreibtisch und blickte aus dem Fenster. Sie sagten nichts. Rosenbaum wollte sich auf seinen Fall konzentrieren, musste aber immer wieder an Ziemke denken. Er hatte sich für einen Spezialisten des menschlichen Seelenlebens gehalten, doch bei Ziemke hatte er sich radikal geirrt.

»Es sieht jedenfalls nicht nach Ehestreit aus, auch nicht nach Raubüberfall«, sagte Hedi in die Stille und führte damit ihren Chef zum Fall zurück. »Eher nach einer Hinrichtung, nach einer inoffiziellen Hinrichtung. Ein Bandenkrieg oder ein politischer Hintergrund.«

»Heutzutage sind Schmugglerringe die einzigen aktiven Banden und für die sind die PP oder die Feldgendarmerie zuständig, wir nicht«, entgegnete Rosenbaum.

»Also Meldung an die PP und Akte schließen?«

»Ganz sicher nicht«, sagte der Kommissar schnell und bestimmt.

›PP‹ stand für ›Preußische Geheime Politische Polizei‹, eine Abteilung der Berliner Polizei, die erst vor wenigen Jahren einen Ableger in die Kieler Stadtpolizei implantiert hatte. Ihr offizieller Titel lautete ›Zentralstelle für Auswertungs- und Informationstätigkeit‹, was viel zu modern klang, niemand sagte das. Ihre Tätigkeit war geheim, intrigant, rücksichtslos und niederträchtig, und genau das gehörte zum Anforderungsprofil eines Beamten, wenn er sich dorthin bewerben wollte. Offiziell belegte die PP in der Blume nur fünf Souterrainräume, aber es hieß, dass sie irgendwo in der Stadt insgeheim über ein ganzes Gebäude verfügte – Rosenbaum würde sich nicht wundern, wenn dort gefoltert wurde. Als örtlicher Leiter der PP fungierte Iago Schulz, und er war der Grund, weshalb Rosenbaum die PP noch weniger leiden konnte als irgendein anderer Kollege. Schulz verkörperte nicht nur alle widerlichen Eigenschaften eines

Geheimpolizisten, sondern führte auch einen Privatkrieg gegen Rosenbaum, seit er vor neun Jahren nach Kiel versetzt worden war. Über seinen Beweggrund konnte Rosenbaum nur spekulieren. Es gab Rivalität und Neid – Rosenbaum leitete von Beginn an die prestigeträchtige Mordkommission, obwohl er zunächst nur Kriminalobersekretär gewesen war und Schulz, damals schon Kriminalkommissar, sich mit Vermögensdelikten hatte abgeben müssen. Aber das allein konnte Schulz' Verhalten nicht erklären. Hinzu kam sein Antisemitismus. Er machte keinen Hehl daraus, dass Juden für ihn minderwertig und schädlich waren, Ungeziefer, dem man Herr werden musste. Und wahrscheinlich war er auch davon überzeugt, dass das Weltjudentum die sich abzeichnende Niederlage Deutschlands im Völkerkrieg geplant hatte. Rosenbaum war Jude, aber was das *Weltjudentum* war, das wusste er nicht. Das wusste auch kein anderer Jude, den er kannte. Das wussten wohl nur die Antisemiten.

»Ganz sicher nicht«, wiederholte Rosenbaum, obwohl es immer heikel war, wenn einer seiner Mordfälle Berührungspunkte mit der PP hatte. Denn Schulz würde nie mit ihm zusammenarbeiten oder auch nur Auskünfte erteilen. Da wäre das Leben für Rosenbaum schon einfacher gewesen, wenn er einen solchen Fall ganz an die PP abgab. Freiwillig würde er so etwas aber nie tun.

»In einem Punkt hat Ziemke recht: Die staatliche Ordnung löst sich allmählich auf, da wittern viele ihre Chance, die Gesellschaft zu verändern«, überlegte Rosenbaum laut und dachte an seinen alten Freund Karl Liebknecht, der in jeder Hinsicht das Gegenteil von Schulz darstellte: integer, aufrichtig, mitfühlend. In mancher Hinsicht war er aber auch unnachgiebig, rücksichtslos sogar, also doch nicht das vollkommene Gegenteil von Schulz. Wenn zwei solche Kontrahenten mit ausreichender Machtfülle aufeinanderstoßen, entstehen Kriege. Vielleicht entstehen Kriege nur auf diese Weise, dachte Rosenbaum. Nein, damit tat er seinem Freund Unrecht. Liebknecht war entschieden gegen den Krieg eingestellt, er kämpfte dagegen. Vor zwei Jahren war er zu Zuchthaus verurteilt worden, weil er gegen Militarismus und Krieg eingetreten war. Als er vor gerade mal einer Woche freigelassen worden war, hatte er seinen Kampf sofort wieder aufgenommen. Für Rosenbaum hatte er nur einen kurzen Telefonanruf übrig gehabt. Liebknecht war gegen den Krieg, dachte Rosenbaum. Dann dachte er an Mephisto, der stets das eine wollte und doch das andere schuf.

»Und?«, fragte Hedi. Rosenbaums Denkpause dauerte ihr offenbar zu lange.

»Denken wir mal nach, Hedi: Welche besonderen politischen Ereignisse gab es zwischen Sommer 1917 und Sommer 1918 in Kiel?«

»Da war doch letztes Jahr diese Matrosenrebellion auf dem Kaiser-Wilhelm-Kanal«, antwortete Hedi. »Und unsere drei Toten wurden 200 Meter südlich des Kanals gefunden.«

Rosenbaum erinnerte sich: Es war im Sommer 1917 gewesen, die ›Prinzregent Luitpold‹, eines der größten und modernsten Großlinienschiffe der Kaiserlichen Marine, kam wegen Befehlsverweigerung mitten im Kanal zum Stehen und blockierte die gesamte Fahrrinne. Die Kieler Polizei war von einem hilflosen Deckoffizier, der keinem Marinesoldaten mehr getraut hatte, alarmiert worden, obwohl sie für den Kanal gar nicht zuständig war und für die Marine erst recht nicht.

»Was ist aus der Sache eigentlich geworden?«, fragte Rosenbaum.

»Ich weiß nicht. In der Zeitung stand darüber nichts. Natürlich nicht«, antwortete Hedi. »Aber: auf Meuterei steht Todesstrafe.«

»Und Sie denken, die sind kurz mal an Land gegangen, haben ein Urteil gesprochen und gleich vollstreckt?« Rosenbaum legte die Stirn in Falten.

»Kurzer Prozess, so was macht man doch gern in Kriegszeiten. Wer weiß, was dort genau geschehen ist.«

»Ich kann mir nicht vorstellen, dass wir das herausbekommen werden. Das ist Militärangelegenheit.«

Hedi grinste. »Also Meldung an die Marinepolizei und Akte schließen?«

»Wenn unsere Toten mit der Matrosenrebellion zu tun haben: ja. Aber dafür gibt es keine ausreichenden Anhaltspunkte. Im Gegenteil, die drei waren Arbeiter und keine Matrosen.«

»Na gut, was haben wir noch?«, fragte Hedi und lieferte gleich die Antwort: »Den Streik im Januar. Und den haben die Werftarbeiter geführt. Passt.«

»Vielleicht«, sagte Rosenbaum. »Vielleicht auch nicht. Wir forschen mal nach, wo gleichzeitig drei Arbeiter verschwunden sind. Das dürfte ja nicht jeden Tag passiert sein. Sie stöbern die Vermisstenkartei durch und ich frage bei den Werften nach.«

III

»Fahrgast Müller, moin, Herr Kaleu. Ich soll Sie unverzüglich zum Stationskommando bringen.«

›Kaleu‹ war in der Kaiserlichen Marine die inoffizielle, aber übliche Anrede für einen Kapitänleutnant. Als ›Gasten‹ wurden rangniedere Marinesoldaten bezeichnet, und ›Fahrgasten‹ waren Gasten im Landfahrdienst der Marine – eine Wortschöpfung, die bei Zivilisten regelmäßig zu Verwirrungen führte. Anders als die Polizei konnte sich die Marine, des Kaisers liebstes Spielzeug, noch Chauffeure leisten.

Kapitänleutnant Klaas Ravens stand im eilig übergeworfenen Schlafrock vor dem Gast und unterdrückte ein Gähnen. Es war kurz vor sieben, in wenigen Minuten würde der Wecker ohnehin klingeln, die Hetzerei wäre nicht nötig gewesen. Aber es schien wichtig zu sein: Vor dem Haus stand ein Mercedes Doppelphaeton mit sechs Zylindern und unfassbaren zehn Liter Hubraum, das Dienstfahrzeug des Gouverneurs. Während der Gast vor der Tür wartete, zog Ravens hastig seine Uniform an. Die Morgentoilette reduzierte er auf das Nötigste, für ein Frühstück blieb keine Zeit.

Der Kopf war noch schwer von der letzten Nacht. Zu Ehren des neuen Gouverneurs war ein Fest gegeben worden, mit üppigen Speisen und noch üppigeren Alkoholika. Die Marine hatte den gesamten Krieg über nicht viel zu tun. Die Hochseeflotte war der britischen Grand Fleet unterlegen und versteckte sich meist in ihren Häfen, lediglich die U-Boote gingen in größerem Umfang auf Feindfahrt. Ansonsten besprach man immer wieder die Lage, übte ab und an einige Manöver und ließ die Decks schrubben. Sonst gab es nichts zu tun. Außer feiern eben. Und dafür standen den Offizieren genügend Vorräte an Speisen, Getränken, Zigarren und Frauen zur Verfügung. Selbstredend nur den Offizieren – die Mannschaften hatten sich mit Kartenspiel und Zigaretten in gesundheitlich unbedenklichen Rationen zu begnügen. Ravens machte sich allerdings nicht viel aus solchen Festivitäten. Für ihn waren es Pflichtveranstaltungen, die er entweder möglichst bald verließ oder sich mit mehreren Litern Rotwein erträglich trank. Dieses Mal hatte er die zweite Variante gewählt.

Der Tag war noch nicht angebrochen, als der Fahrgast den Mercedes nach kurzer Wegstrecke an der Ecke Adolfstraße Lornsenstraße zum Stehen brachte und seinem Fahrgast – nein, ein besseres Wort fiel auch der Marine nicht ein – die Fahrzeugtür öffnete. Vor ihnen lag der Haupteingang eines selbstbewussten, historistischen Verwaltungsgebäudes mit reichlich Erkern, Spitzgiebeln, großen Fenstern und bunten Wappen und Emblemen an der Fassade, der Sitz der Marinestation Ostsee, einer der beiden obersten Kommandobehörden der Kaiserlichen Marine am Land. Fast alle Räume, sogar das große Sitzungszimmer über dem Eingangsportal, strahlten hell erleuchtet und ließen das Gebäude wie ein Weihnachtsbaum aussehen.

Es hätte ein Morgen sein können wie jeder Morgen, nur dass Ravens normalerweise nicht zu Hause abgeholt wurde, unangekündigt erst recht nicht, und dass es deutlich früher war als sonst. Er hastete die Treppe empor, zwei Stufen auf einmal, nicht weil er es eilig hatte, sondern um die restliche Müdigkeit aus seinem Körper zu vertreiben. Er zögerte kurz, dann beschloss er, direkt den Sitzungssaal aufzusuchen und nicht, wie sonst, erst in sein Büro zu gehen. Als er den Saal betrat, saßen Konteradmiral Hans Küsel und Kapitän

Wilhelm Heine am Konferenztisch und redeten hektisch aufeinander ein. Küsel war der Stabschef der Marinestation und Heine der Stadtkommandant, zusammen waren sie die beiden mächtigsten Männer in Kiel, nach dem Gouverneur natürlich.

»Mensch Ravens! Da sind Sie ja endlich!« Küsel schien erleichtert zu sein, mit Ravens hatte er jetzt seine rechte Hand und seinen Sündenbock bei sich. Er besaß ein schwaches Herz, er brauchte einen ständigen Sündenbock, damit er sich nicht zu sehr aufregte.

»Herr Admiral«, sagte Ravens und nickte zur Begrüßung, wandte sich dann Heine zu und nickte nochmals.

»Meuterei im III. Geschwader! Wussten Sie davon?«

»Meuterei?«, wiederholte Ravens überrascht. Sein Körper war wach, sein Gehirn noch nicht so sehr. Bevor es sich mit der Sachfrage auseinandersetzen konnte, war es damit beschäftigt, die im Raum hängende Atmosphäre zu erfassen. Und die hatte etwas Bedrohliches: Küsel schien ihn heute weniger als rechte Hand, eher als Sündenbock zu brauchen.

»Also?«, fragte Küsel nach.

»Nein, Herr Admiral«, antwortete Ravens.

Das III. Geschwader hatte in den letzten Wochen mit der gesamten Hochseeflotte vor Wilhelmshaven auf Reede gelegen und gestern telegrafisch die Rückkehr nach Kiel angekündigt. Von Meuterei hatte in dem Telegramm nichts gestanden. Ravens hatte Küsel Meldung gemacht und die nötigen Vorbereitungen für die Ankunft angeordnet. Routine, Kiel war der Heimathafen des III. Geschwaders, kein Grund zur Aufregung.

Bevor der Kaleu seine Informationen näher erläutern konnte, öffnete sich hinter ihm die Tür und Admiral Souchon, der neue Gouverneur von Kiel und Chef der Marinestation, eilte herein. Im Schlepptau hatte er Vizeadmiral Kraft, den Kommodore des III. Hochseegeschwaders. Küsel und Heine standen hastig von ihren Stühlen auf und Ravens zackte seine Hand an die Stirn.

Er wusste nicht viel über diese beiden Männer. Wilhelm Souchon war vor zehn Jahren in Kiel Stabschef der Ostseestation gewesen und kannte sich deshalb mit den hiesigen Verhältnissen aus, auch wenn es bereits lange her war. Damals hatte Ravens als einfacher Leutnant auf einem Torpedoboot in Wilhelmshaven seinen Dienst versehen. Souchon hatte er erst kennengelernt, als er vor drei Tagen sein neues Amt in Kiel angetreten hatte. Als Gouverneur und Stationschef war Souchon der mit Abstand mächtigste Mann in dieser Stadt, seit der Separatfrieden mit Russland geschlossen und die Dienststelle des Oberbefehlshabers der Ostseestreitkräfte aufgelöst worden war. Große Berühmtheit hatte Souchon als Kommandeur der Mittelmeerdivision erlangt, als er in den ersten Kriegsjahren mit wenigen kleinen Schiffen die britische Mittelmeerflotte an der Nase herumgeführt hatte – er musste ein gewiefter Taktiker sein. Und er zeigte Humor, vor allem dann, wenn ihn jemand als Vizeadmiral bezeichnete, obwohl er bereits vor drei Monaten zum Admiral befördert worden war. Mehr konnte Ravens über Souchon nicht sagen.

Auch über Hugo Kraft wusste er nicht viel. Einige Male hatte er ihn in Sitzungen erlebt: schnelles Urteil, eingeschränkter Horizont, eher Falke als Taube – ein Mann, für den das Menschsein mit dem Rang eines Leutnants zu beginnen schien. Es hieß, er sei Musikliebhaber, Wagner vor allem. Sein Sohn war kurz nach Kriegsbeginn in der Türkei gefallen. Er hatte der Mittelmeerdivision angehört, also unter Souchon Dienst getan. Es hieß, Souchon fühle sich seither in Krafts Schuld. Mehr wusste Ravens nicht.

»Bedenklich, durchaus bedenklich, meine Herren!«, sagte

Souchon und marschierte, ohne Ravens zu beachten, auf den Konferenztisch zu. Auf halbem Weg drehte er um, öffnete die Tür und brüllte »Kaffee!« zum Korridor hinaus. Als er schließlich am Tisch saß, nahmen auch die anderen Herren Platz.

»Am besten, Sie erzählen jetzt mal von Anfang an«, sagte Souchon zu Kraft. Seine Stimme klang nicht danach, dass er sich in Krafts Schuld wähnte.

Der Geschwaderkommodore lehnte sich in seinem Stuhl zurück, als wäre er belästigt und seine Geduld strapaziert worden. »Am 24. Oktober erging durch die SKL der Befehl, die Hochseeflotte in den Ärmelkanal zu führen und dort eine Entscheidungsschlacht mit der Grand Fleet zu suchen. Dieses Vorhaben musste allerdings wieder aufgegeben werden«, begann Kraft seinen Bericht und wurde sofort von Heine unterbrochen.

»Aber die Reichsregierung führt doch Waffenstillstandsverhandlungen!«, empörte er sich.

Das konnte in den meisten Offiziersohren allerdings kein bedeutsames Argument sein. Zwar hatte sich auch bei den Marineoffizieren herumgesprochen, dass der Krieg nicht mehr zu gewinnen sei. Sie waren sogar auf dem Dienstweg über die aussichtslose militärische Lage unterrichtet worden. Aber wie die Zivilbevölkerung hatten auch sie Schwierigkeiten, diese Information angemessen zu verarbeiten. Das theoretische Wissen, ein Krieg könne verloren gehen, war durchaus vorhanden. Aber eben nur in der Theorie, quasi als hypothetische Bedrohung, die es abzuwenden galt. Man beschäftigte sich nicht mit der Niederlage, sondern nur damit, wie sie vermieden werden konnte.

Für deutsche Offiziere war klar, dass Kriege vom Militär geführt werden mussten und nicht von zivilen Regierungen. Also hatte auch das Militär zu entscheiden, ob über

einen Waffenstillstand zu verhandeln war. Dass die Westfront zusammenzubrechen drohte, bestärkte sie nur in ihrer
Auffassung. Dass die Oberste Heeresleitung auf Friedensverhandlungen durch eine zivile Regierung drängte: eine taktische Maßnahme. Dass der uneingeschränkte U-Boot-Krieg
eingestellt worden war: eine weitere taktische Maßnahme, die
zur Freisetzung von Kräften führte, welche beispielsweise für
eine Entscheidungsschlacht eingesetzt werden konnten. Dass
Erich Ludendorff wegen seines Befehls zu einer aussichtslosen Endschlacht an der Westfront auf Drängen des neuen
Reichskanzlers Max von Baden entlassen worden war: eine
Panne. Dass die OHL nach Ludendorffs Entlassung quasi
führungslos war: ein Umstand, der Admiral Scheer als Chef
der SKL, der Seekriegsleitung, zur obersten militärischen
Kommandogewalt verhalf. Dass die neue Reichsregierung
in Windeseile eine Verfassungsänderung herbeigeführt hatte,
nach der der Reichstag für die Entscheidung über Krieg und
Frieden zuständig war: eine Randnotiz, über deren Bedeutung einmal in Ruhe nachgedacht werden sollte. Jetzt aber
hatte man keine Ruhe, jetzt galt es zu handeln.

»Zu unannehmbaren Bedingungen!«, fuhr Kraft den Stadtkommandanten an. »Die Amerikaner fordern die Internie-
rung der Hochseeflotte in England. Das würde unser Volk
entmannen und bis in alle Ewigkeit zu Boden schmettern!«

»Aber die Hochseeflotte hätte keine Chance gegen die
Grand Fleet. Sie würde mit Maus und Mann untergehen«,
entgegnete Küsel und fasste sich an die Brust.

»Die Grand Fleet würde überstürzt von Schottland her-
aneilen, um die Themsemündung zu verteidigen. Unsere
U-Boote würden sie auf dem Weg erheblich dezimieren und
unsere Großkampfschiffe würden anschließend den Rest in
vollendeter Gefechtsformation empfangen.«

»Trotzdem …«

»Wenn wir untergegangen wären, dann wären wir ehrenhaft untergegangen! Und wir hätten zumindest eine verbesserte Ausgangsposition für die Friedensverhandlungen erreicht!« Jetzt konnte man Krafts Liebe zu Wagner spüren. In seiner Stimme setzte eine leidenschaftliche Bläsergruppe ein – forte. Ravens mochte eher Mozart und schwieg.

Stabschef Küsel schüttelte den Kopf. Vielleicht hätte er entgegnet, dass erfolgreiche Friedensverhandlungen auch von der Versöhnungsbereitschaft der Parteien abhingen und dass diese durch unnötiges Blutvergießen nicht gefördert würde. Doch die Tür wurde geöffnet und Kaffeekannen, Tassen, Sahnekännchen und Zuckerdosen verteilten sich auf dem Konferenztisch und unterbrachen den Schlagabtausch.

»Was sagt denn die Reichsregierung dazu?«, fragte Souchon, als die Herren wieder unter sich waren.

»Meines Wissens wurde die Reichsregierung nicht en détail informiert. Es ist nicht üblich, einzelne taktische Maßnahmen mit einer zivilen Regierung abzustimmen.«

»Scheer führt also auf eigene Rechnung Krieg, habe ich Sie da richtig verstanden?« Auch Souchon schien Wagner-Liebhaber zu sein. Seine Frage klang wie der Tristan-Akkord und blieb ohne Antwort. »Berichten Sie weiter«, sagte er schließlich und nahm einen Schluck Kaffee.

»Das Auslaufen der Flotte war für den 30. Oktober vorgesehen. Am Vorabend verteilten ehrlose Halunken Flugblätter unter den Mannschaften, in denen sie zur Befehlsverweigerung aufriefen. Von einem ›sinnlosen Opfer‹ und von ›Vereitelung der Friedensbemühungen der neuen Regierung‹ war die Rede. Auf drei Schiffen meines Geschwaders verweigerten die Besatzungen den Befehl, beim I. Geschwader kam es zu offenen Konfrontationen. Mehrere Großkampfschiffe wurden von dem Gesindel übernommen und die Offiziere von Bord gedrängt. Die Schiffskommandanten bemühten sich, die Männer zur Besinnung zu bringen. Auch ich sprach zu ihnen und versuchte, ihnen klarzumachen, dass der Stachel der zionistischen Weltverschwörung sie infiziert habe, um das deutsche Volk und die gesamte Christenheit zu unterjochen, und dass sie im Begriff waren, den Dolch der neuen jüdischen Reichsregierung in den Rücken der kämpfenden Kameraden an der Westfront zu rammen.«

Ravens leerte seine Tasse in einem Zug und mit dem Kaffee schluckte er den Widerspruch hinunter, der sich auf seiner Zunge angesammelt hatte. Auch er war ein Mann von Ehre, von Soldatenehre. Doch Krafts hirnlos pathetisches Geschwätz konnte er nur schwer ertragen. Aber er sagte nichts. Kraft war Vizeadmiral, er selbst nur Kapitänleutnant, ihm war heute ohnehin die Rolle als Sündenbock zugedacht, und es hätte sowieso nichts genützt.

»Matrosen und Heizer, dumme Kerle. Keiner von denen hat etwas mit Ehre am Hut. Dem Gesindel geht es nur um ihr eigenes, jämmerliches Überleben. Also gaben sie auf, als unsere Torpedoboote drohten, sie zu versenken.« Kraft hielt inne. Schmerz und Schmach verkrampften sein Gesicht. Ihm wird das Bild vor Augen gestanden haben, wie kleine Torpedoboote seine stolzen Großkampfschiffe in die Knie gezwungen hatten, ohne dass sie sich hätten wehren können, weil ihr Kanonenfeuer über die Torpedoboote einfach hinweggeflogen wäre. »Die Rädelsführer, rund 600 Männer, wurden verhaftet und in Wilhelmshaven interniert. Doch noch immer brodelte die Stimmung, an eine Feindfahrt war nicht mehr zu denken. Der Flottenchef entschied, die einzelnen Verbände auseinanderzuziehen, um ein Übergreifen der Unruhen auf loyale Besatzungen zu verhindern. Auf meinen Vorschlag wurde das III. Geschwader nach Kiel detachiert.«

»Was haben Sie sich dabei nur gedacht, Kraft?« Souchon schüttelte den Kopf. »Sie wissen doch, dass die Stimmung in Kiel sowieso schon überaus angespannt ist. Da können wir hier wirklich keine Aufrührer gebrauchen.«

»Die lange Abwesenheit von der Heimat war ein Hauptgrund für die Disziplinlosigkeit der Männer«, antwortete Kraft. »Wenn sie erst einmal an Land gegangen sind, werden sie sich schnell wieder beruhigen.«

Jahrelange Tatenlosigkeit und die schlechte Behandlung der Mannschaften durch die Offiziere war der Hauptgrund. Ravens hatte bereits nach der Matrosenrebellion von 1917 vergeblich angemahnt, die Disziplin durch bessere Verpflegung und gerechtere Behandlung zu stärken.

»Außerdem habe ich die Männer bereits wieder im Griff. Bevor wir in den Kaiser-Wilhelm-Kanal eingefahren sind, habe ich mehrere Gefechtsbilder evolutionieren lassen, klappte alles tadellos. Im Kanal habe ich dann 47 weitere Verantwortliche der Meuterei festnehmen lassen. Der Rest der Mannschaften ist harmlos.«

»Was ist mit den Festgenommenen geschehen?«, erkundigte sich Souchon.

»Wir haben sie vor zwei Stunden an der Holtenauer Schleuse übernommen. Ein Teil wurde in das Arresthaus Feldstraße, der Rest zum Fort Herwarth überführt«, erklärte Küsel, der sich bislang weitgehend zurückgehalten hatte.

»Und Sie glauben, dass Ihre Männer fröhlich den Landgang genießen, während deren Anführer nebenan in Arrest sitzen, ja?« In der Stimme des Stationschefs lag ein dezentes Crescendo. Als Krafts Antwort auf sich warten ließ, wechselte er zum Fortissimo: »Sie verlassen den Hafen sofort wieder! Gehen Sie meinetwegen vor Eckernförde auf Reede.«

»Das mache ich nicht!« Fortissimo forte.

Eine Pause trat ein, in der alle Anwesenden versuchten, sich über das Gewicht der gewechselten Worte im Klaren zu werden. Und das war angesichts eines Tohuwabohu von Kompetenzverschiebungen, das die Marine in den letzten Monaten durchgeschüttelt hatte, nicht leicht: Der Geschwaderkommodore bestimmte, wo sich sein Geschwader aufhielt; der Stationschef bestimmte, wer sich in seiner Station aufhalten durfte. Der Flottenchef hatte das Geschwader nach Kiel beordert, war aber gegenüber einem Stationschef nicht weisungsbefugt. Den Oberbefehlshaber der Ostseestreitkräfte als übergeordnete Behörde gab es nicht mehr. Seine Kompetenzen waren zunächst an die Stationskommandanturen gefallen, aber bald auf die neu gegründete SKL übergegangen. Und die SKL hatte sich zum Aufenthalt des III. Hochseegeschwaders nicht geäußert. Diese Unsicherheit ließ im Sitzungssaal ein Pianoforte entstehen.

»Ich muss den Vorfall noch abschließend untersuchen und gegebenenfalls weitere disziplinarische Maßnahmen und Versetzungen einleiten. Dazu benötige ich die militärpolizeilichen Reserven der Station, um die ich hiermit ersuche.«

»›Der Rest ist harmlos.‹ So, so«, sagte Küsel.

»Nur ein paar unsichere Elemente. Außerdem habe ich dem loyalen Teil der Besatzungen Landurlaub in Aussicht gestellt, um die Männer zu beruhigen. Das kann ich nicht rückgängig machen, ohne ein Wiederaufflammen der Unruhen zu provozieren.«

»Sie stellen mich also vor vollendete Tatsachen«, sagte Souchon mit einem Hang zum Forte. »Wenn ich darauf bestehe, dass die Schiffe den Hafen verlassen, meutern Ihre Männer und kommen ohne meine Erlaubnis zurück. Das wollen Sie mir doch sagen, ja?« Souchon ließ den Kommodore nicht aus den Augen. Es schien, dass die Sündenbockrolle heute an Ravens vorbeiging.

»Außerdem muss mein Flaggschiff in die Werft.« Kraft schaute auf seine Armbanduhr, als wollte er die Sitzung jetzt beenden.

Souchon verharrte unbeweglich und stumm. An Land lag die Befehlsgewalt bei ihm und auch wieder nicht. Das hatte Krafts letzte Bemerkung deutlich gemacht. Sie war kein Argument, sondern ein Basta. Als der Gouverneur sich gefangen hatte, wandte er sich seinem Stabschef zu. »Küsel?«, sagte er, als hätte er noch eine Wahl.

»Die Landurlauber müssten überwacht werden. Das Hafengebiet haben wir unter Kontrolle, für den Rest ist die zivile Polizei zuständig – wäre also machbar«, antwortete Küsel, als könnte eine andere Einschätzung die Entscheidung noch beeinflussen.

»Die zivile Polizei? Diese Pappnasen?«, warf Stadtkommandant Heine ein. »Die können nicht mal richtig den Verkehr regeln. Sie verhängen neuerdings Ordnungsgelder, wenn jemand vor einer Ausfahrt parkt. Neulich musste mein Fahrer …«

»Bislang ist doch noch nichts passiert«, unterbrach ihn Küsel. »Die Polizei hat überall ihre Informanten und kann uns besser auf dem Laufenden halten, als wir es selbst könnten. Vorsorglich sollten wir das I. Ersatz-Seebataillon in Bereitschaft versetzen.«

Souchon nickte. Die Sache war beschlossen. Die Sonne ging auf.

٭

Neun Uhr. Rosenbaum und Hedi saßen wieder beisammen, tranken wieder Löwenzahnkaffee, schauten wieder aus dem Fenster und auf die Schiefertafel mit den drei Fragezeichen. Fast sah es so aus, als hätten sich beide seit dem Vortag nicht bewegt. Dabei hatten sie bis in den späten Abend recherchiert. Viel war jedoch nicht herausgekommen.

Die Vermisstenkartei hatte sich wesentlich umfangreicher dargestellt als erwartet und sie war nach Namen geordnet. Früher hatte die Vermisstenstelle ihre Kartei auch nach Datum sortiert, aber als mit Beginn des Krieges schlagartig Personalnot entstand und zugleich die Vermisstenzahlen in die Höhe schnellten, war an doppelte Sortierung nicht mehr zu denken.

»Wie soll ich damit herausfinden, welche drei Personen gleichzeitig verschwunden sind?«, fragte Hedi ein überfordertes Männchen in der Vermisstenstelle und erntete hilfloses Achselzucken.

Auch bei den Werften hielt sich der Ermittlungserfolg in bescheidenen Grenzen. »Wir haben über 20.000 Arbeiter hier. Das ist ein ständiges Kommen und Gehen«, jammerte ein anderes überfordertes Männchen im Personalbüro der Kaiserlichen Werft, als Rosenbaum sein Anliegen vortrug. »Wie soll ich da herausfinden, welche drei Arbeiter gleichzeitig weggeblieben sind?«

Die Reaktionen in den anderen großen Kieler Werften waren ähnlich. Immerhin hatte Rosenbaum erreichen können, dass man sich an die Arbeit machen wollte. Doch ein Ergebnis würde auf sich warten lassen.

Jetzt saßen die beiden Ermittler also wieder zusammen und berieten, wie sie die Zwischenzeit sinnvoll füllen konnten.

»Wir sollten versuchen, etwas über die Matrosenrebellion im Kanal und über den Streik vom Januar herauszubekommen«, schlug Hedi vor.

Bevor Rosenbaum zustimmen konnte, klopfte es an der Tür und die Sekretärin von Kriminaldirektor Freibier – er hieß wirklich so – richtete aus, dass Rosenbaum unverzüglich im großen Sitzungssaal zu erscheinen habe. Das kannte er schon. Alle paar Wochen geschah etwas, das nach Freibiers Ansicht die öffentliche Sicherheit und Ordnung in existenzieller Weise bedrohte und eine sofortige Krisensitzung der Polizeiführung erforderte. Je älter Freibier wurde, desto bedrohlicher schätzte er die Vorkommnisse ein und desto öfter kam es zu Krisensitzungen. Und Freibier war ziemlich alt, über 70. Im Januar 1916, also mitten im Krieg, war das Rentenalter von 70 auf 65 gesenkt worden. Schlagartig hatte sich die Zahl der Rentner verdoppelt. Die Rentenkassen waren überlastet und viele freigewordene Stellen konnten nicht neu besetzt werden, weil potenzielle Kandidaten an der Front weilten. Freibier mit seinen damals 68 Jahren wurde gebeten, noch nicht in Pension zu gehen. Er versprach Aufschub, bis ein geeigneter Nachfolger gefunden sein würde, also voraussichtlich bis nach Kriegsende. Freibier war – jedenfalls nach eigener Überzeugung – überaus wichtig, geradezu unentbehrlich, und in diesen schweren Zeiten hatte auch er seine persönlichen Interessen hintanstellen und Opfer für das Vaterland bringen müssen.

Der Sitzungssaal füllte sich allmählich mit allen Dienstgraden ab Polizeisekretär aufwärts, soweit die Beamten gerade in der Blume anwesend waren und nach eigener Einschätzung ihre Tätigkeit unterbrechen konnten. Und die Tätigkeiten, die – nach eigener Einschätzung – nicht unterbrochen werden konnten, nahmen mit der Häufigkeit der Krisensitzungen deutlich zu. Für einen kurzen Moment hatte auch Rosenbaum darüber nachgedacht, ob er sein Warten auf die Vermisstenlisten unterbrechen konnte, entschied sich aber für das Erscheinen in der Sitzung. Hedi nahm er gleich mit, er würde auf Iago Schulz treffen und Hedi als Blitzableiter brauchen.

Tatsächlich saß Schulz bereits im Raum, als Rosenbaum eintrat. Er hatte auf dem Platz neben dem des Direktors Platz genommen. Dort hatte er sich im Laufe der Jahre hingedrängelt, um so seinen Anspruch auf Freibiers Nachfolge als Chef der Kieler Kriminalpolizei deutlich zu machen. Rosenbaum suchte sich einen Stuhl in möglichst großer Entfernung von Schulz, Drängeln lag ihm nicht. Und doch – oder vielleicht gerade deshalb – galt auch er als Kandidat für die Nachfolge des Kriminaldirektors, und zwar in den Augen vieler Kollegen mit besseren Chancen ausgestattet als Schulz. Aber bislang herrschte Burgfrieden, das Hauen und Stechen würde erst nach dem Krieg beginnen.

Schließlich erschien auch Freibier mit Nickelbrille und wallendem Backenbart, den er dem österreichischen Kaiser abgeschaut hatte, der ihm aber eher Ähnlichkeit mit einem Eichhörnchen verlieh. Er trug einen dunkelgrauen Tagesanzug – die Uniform des Reservehauptmanns, die er ab Sommer 1914 täglich angelegt hatte, sah man schon seit einigen Monaten nicht mehr an ihm.

»Behalten Sie Platz, meine Herren«, sagte er, obwohl niemand Anstalten gemacht hatte aufzustehen, lief mit eiligen kleinen Schritten zu seinem Platz, setzte sich und blätterte in einem Notizheft, bis der Saal sich beruhigt hatte. »In medias res: Unruhen stehen uns bevor, meine Herren.« Er sah Hedi und ergänzte: »… und meine Dame.«

Hedi war früher seine Sekretärin gewesen. Er hatte sie nur schweren Herzens, aber freiwillig an Rosenbaum abgetreten.

»Die öffentliche Sicherheit und Ordnung ist bedroht, und wir haben davon erst heute Früh durch eine beiläufige Mitteilung des Gouvernements erfahren! Schulz, berichten Sie.«

Iago Schulz erhob sich mit langsamen Bewegungen von seinem Platz und ließ einige Sekunden vergehen, bevor er zu reden begann, dann aber schleuderte er seine Worte heraus wie ein Maschinengewehr und berichtete, was das Marinestationskommando eine halbe Stunde zuvor mitgeteilt hatte.

Freibier übernahm wieder das Wort. »Ja, meine Herren … und meine Dame, so sieht es jetzt also aus: Unsichere Elemente haben seit zwei Stunden Landurlaub und überfluten unsere Stadt, die mit unzufriedenen Rüstungsarbeitern und desillusionierten Matrosen überfüllt ist. Stellen Sie sich eine brennende Fackel, eine Lunte und ein Pulverfass vor.«

»Und wir sollen jetzt die Fackel von der Lunte fernhalten?«, fragte der Kollege Dumrath nach. Obwohl Kriminalkommissar, gehörte er nicht zu den hellsten Beamten in der Blume. Immerhin wusste er das auch, hielt sich deshalb mit spontanen Äußerungen eher zurück, ergriff allerdings gern das Wort, wenn er mal etwas verstanden hatte.

»Ja«, antwortete Freibier.

»Eine Aufgabe für die Schutzpolizei«, warf Rosenbaum ein.

»Nicht nur, mein lieber Rosenbaum«, erwiderte Schulz. In seiner Stimme lag immer etwas Herablassendes, wenn er mit Rosenbaum sprach. »Die Besatzungen des III. Geschwaders bestehen insgesamt aus weit über 5.000 Mann. Davon hat jetzt etwa die Hälfte Landgang. Das bewältigen unsere Schupos nicht allein.«

»Natürlich, ja: Da brauchen sie noch Dumrath und mich, dann schaffen wir das schon.«

»Wir brauchen Männer in Zivil, die vor Ort die Lage sondieren.«

»Sie wollen die gesamte Kieler Kriminalpolizei zu Spitzeln der PP machen?« Rosenbaums Stimme wurde mit jedem Wort lauter. Sein Puls pochte gegen den Hemdkragen.

Schulz antwortete nicht, er schaute Rosenbaum nur an. Er brauchte auch nicht zu antworten. Offensichtlich war sein Plan bereits mit Freibier abgesprochen.

Rosenbaum schnaufte ein paarmal und befahl sich Ruhe.

»Ich kann nicht, ich habe einen neuen Mordfall.«

»Ach«, sagte Schulz ungläubig.

Auch Freibier zog erstaunt die Augenbrauen hoch, und Rosenbaum dachte darüber nach, ob er am Vortag die obligatorische Meldung an seinen Vorgesetzten vergessen haben könnte.

»Drei Leichen im Projensdorfer Gehölz, Identität noch unbekannt, männlich, etwa 35 Jahre alt, vermutlich Werftarbeiter, Tatzeitpunkt vor sechs bis 18 Monaten.«

Freibier kritzelte eilig in sein Notizheft und Schulz wiederholte nachdenklich Rosenbaums letzte Worte: »Sechs bis 18 Monate …«

»Erschossen?«, fragte er schließlich.

»Nein. Wie kommen Sie darauf?« Rosenbaum vermied, die Todesursache zu nennen, genauso wie er vermied, seine Spekulationen zu den Tatumständen oder sonst irgendetwas zu nennen, was dazu führen könnte, dass ihm der Fall entzogen und der PP zugeteilt werden würde.

»Schussverletzungen gehören heutzutage zu den häufigsten Todesursachen, nicht wahr?«, entgegnete Schulz beiläufig. »Haben Sie eine Spur? Ich meine: Ist mit einem baldigen Abschluss der Ermittlungen zu rechnen?«

»Vorerst sind wir mit Hochdruck dabei, die Identität der Opfer herauszufinden. Dafür könnten wir übrigens noch gut ein, zwei Mann zusätzlich gebrauchen.«

Ein amüsiertes Murmeln schwebte durch das Sitzungszimmer. Rosenbaum rechnete nicht damit, dass seiner Bitte nachgekommen oder diese auch nur ernsthaft in Erwägung gezogen werden würde. Er wollte lediglich erreichen, dass man über seinen Fall nicht weiter diskutierte. Und das hatte er geschafft. Schulz widmete sich wortlos seiner Akte und Freibier entschied: »Dann arbeiten die Kollegen Rosenbaum und Kuhfuß erst mal an ihrem Mordfall weiter, alle anderen Kollegen der Kripo stellen sich vorläufig der PP zur Verfügung.«

Der Löwenzahnkaffee war kalt geworden, als Rosenbaum und Hedi in ihr Büro zurückkehrten. Das Büro selbst auch. Sie hatten vergessen, das Fenster zu schließen, bevor sie zur Sitzung gehetzt waren. Hedi riss es immer auf, wenn sie rauchten. Rosenbaum war das nicht so recht, bei geschlossenem Fenster hatte er mehr von dem Zigarettenqualm. Aber in dieser Beziehung konnte er sich gegenüber Hedi nicht durchsetzen. Jetzt schloss er das Fenster und steckte sich eine Zigarette an. Hedi nahm auch eine und öffnete es wieder.

»Haben Sie gehört? Er sagte: ›Kollegen Rosenbaum und Kuhfuß‹. Wir sind Kollegen, Chef.«

›Kuhfuß‹ war Hedis Nachname und sie war erkennbar stolz. Nicht auf ihren Namen, überhaupt nicht. Aber dass sie gleichberechtigt neben Rosenbaum als Kollegin bezeichnet wurde, das bestätigte ihr Selbstbild. Dabei war diese Bezeichnung alles andere als selbstverständlich. Eigentlich war Hedi nur Schreibkraft gewesen, später Sekretärin, aber eine kriminalistische Ausbildung hatte sie nicht – sie war ja eine Frau – und Beamte war sie auch nicht. Allein die vom Krieg geschaffene Personalnot hatte sie zu Rosenbaums Assistentin befördert, ohne dass sie von den Kollegen wirklich akzeptiert wurde. Aber Freibiers Äußerung zeigte ihr, dass selbst preußische Männer lernfähig waren, wenn auch nur langsam.

»Ja, hab ich«, antwortete Rosenbaum. Es schien, als lernte er etwas langsamer als Freibier. Seine Gedanken beschäftigten sich mittlerweile mit Schulz.

»Was ich nicht verstehe, Chef: Warum haben die Matrosen gemeutert? Der Krieg ist doch praktisch vorbei.«

»Weiß ich nicht.«

»Sind Sie jetzt eingeschnappt, Chef?«

»Nein.« Doch. Ein wenig. Aber mehr noch war er mit Schulz beschäftigt. »Fanden Sie das Verhalten von Schulz nicht eigenartig?«

»Ein schmieriger Kerl ist das. Wie der sich bei Freibier immer anbiedert …«

»Das meine ich nicht. Ich meine, wie er reagierte, als ich von unserem Fall erzählte.«

»Hm …« Offensichtlich war Hedi nichts aufgefallen.

»Er brannte darauf, unseren Ermittlungsstand zu erfahren, gab sich aber betont desinteressiert. Fanden Sie nicht?«

»Hm …«

Rosenbaum paffte ein wenig an seiner Zigarette und betrachtete die Fragezeichen auf der Schiefertafel. »Der weiß was«, sagte er schließlich.

»Selbst wenn, er würde es uns nie verraten, Chef.«

»Wenn ihn die drei Arbeiter interessieren, dann sucht er vielleicht nach ihnen.«

Die beiden Ermittler blickten sich an. Dann stand Hedi auf, sagte »Bin in einer Stunde zurück« und verließ den Raum. Manchmal verstanden sie sich ohne Worte. Wenn ein Kollege jemanden suchte, setzte er ihn auf die Fahndungsliste, und wer wissen wollte, wen ein Kollege suchte, der schaute in der Fahndungsliste nach. So etwas dauerte etwa eine Stunde.

Als Hedi weg war, schloss Rosenbaum das Fenster, steckte sich eine weitere Zigarette an und dachte an Schulz. Und zwischendurch an Hedi: dass er froh war, sie zu haben, und dass sie keine echte Raucherin war, sonst würde sie nicht ständig das Fenster aufreißen. Sie missbrauchte das Rauchen auf ihrer Jagd nach gesellschaftlicher Anerkennung. Eine Frau wurde aber nicht anerkannt, weil sie rauchte. Bestenfalls obwohl sie rauchte. Hedi wollte wohl auch nicht als Frau anerkannt werden. Natürlich, sie hatte den Körper einer Frau, das nahm Rosenbaum jedenfalls an, und oft plapperte sie wie ein Marktweib. Aber manchmal gab sie sich wie ein Mann. Und manchmal dachte sie wie ein Mann, unvoreingenommen, kühl, logisch. Sie schminkte sich nicht, oder falls doch, dann so unauffällig, dass Rosenbaum es nicht bemerkte. Sie trug kurzes Haar, nicht so kurz wie ein Mann, aber für eine Frau ungewöhnlich kurz. Als Rosenbaum sie vor etlichen Jahren kennengelernt hatte, waren ihre Haare noch so lang gewesen wie die der anderen Frauen, blond, lang und hochgesteckt. Damals hatte sie sich auch noch erkennbar geschminkt. Aber seit einiger Zeit – wann genau, konnte Rosenbaum nicht sagen – war es damit vorbei. Sie trug Hosen, keine Röcke. Und kein Korsett, oft nicht einmal einen Büstenhalter. Gesprochen hatten sie darüber nie, aber es gab seltene Momente, in denen Rosenbaum diese Feststellungen hatte treffen können und die ihm gut in Erinnerung geblieben waren. Zum Beispiel wenn er am Schreibtisch saß und sie sich herunterbeugte, um ihm in einer Akte etwas zu zeigen. Das kam mehrmals vor, und bald hatte er den Verdacht, dass sie ihm in diesen Momenten eigentlich etwas anderes zeigen wollte. Einmal hatte sie sich darüber beschwert, dass Leute sich über ihren Nachnamen lustig machten. »Rehbein nannte mich dieser Kerl«, schimpfte sie. Und dann: »Ach, lieber würde ich Rosenbaum heißen.« Zunächst hatte Rosenbaum laut aufgelacht, dann verschämt zu Boden gesehen.

Er war viel älter als sie. Er war verheiratet, und er liebte seine Frau, sie hatten zwei Kinder. Hedi wusste das. Er war aber auch homosexuell veranlagt, er liebte seine Frau wie eine Schwester, sie lebte in Berlin, er sah sie nur selten. Auch das wusste Hedi – sie wusste vieles von ihm, sie war seine

Vertraute. Aber nichts, rein gar nichts, konnte ihr Hoffnung geben, dass das Vorzeigen von Brüsten zu irgendetwas anderem führen könnte als zu Komplikationen. Und deshalb schaute er erst gar nicht auf ihre Brüste. Er schaute weg. Jedenfalls nahm er sich vor wegzuschauen.

Nach zwei Stunden war Hedi zurück.

»In der Fahndungskartei hab ich nichts gefunden, aber im Abteilungstagebuch: Drei Arbeiter der Torpedowerkstatt Friedrichsort wurden am 30.1.18 zur Fahndung ausgeschrieben. Die Spalte ›Veranlassende Stelle‹ wurde nicht ausgefüllt. Nur die PP füllt das nicht aus, weil sie so schön geheim ist.« Hedi setzte sich und legte einen Notizzettel mit den Namen der drei Arbeiter vor Rosenbaum auf den Schreibtisch.

»Wenn es keine Karteikarte dazu gibt, muss die Fahndung wieder aufgehoben worden sein«, kombinierte Rosenbaum. »Und aus welchen Gründen wird eine Fahndung aufgehoben?«

Hedi antwortete nicht, wieder dachten die beiden dasselbe, ohne es auszusprechen.

»Bin in zehn Minuten wieder da«, sagte Rosenbaum und stürmte aus dem Büro. Hedi wusste, dass eine Unterredung mit Iago Schulz zehn Minuten dauern würde.

Josef Rosenbaum war ein Meister des subtilen Verhörs. Er konnte Zeugen erzählen lassen, was sie lieber für sich behalten hätten, und er konnte Straftätern ein Geständnis entlocken, ohne viel fragen zu müssen. Wie ihm das gelang, konnte er selbst oft nicht erklären. Manchmal hatte er das Gefühl, dass sein Gesprächspartner seine Anerkennung suchte, dann stellte er sie für ein umfassendes Geständnis in Aussicht. Manchmal spürte er, dass ein Delinquent sich danach sehnte, bestraft zu werden. Dann stellte er das in Aussicht. Manchmal sehnte sich jemand nach Erleichterung – Erleichterung durch ein Geständnis –, auch das konnte er bieten. All das geschah regelmäßig ohne viele Worte. Bei Zeugen und Delinquenten. Bei Kollegen funktionierte das nicht und bei Iago Schulz erst recht nicht. Vielleicht hätte ein ruhiger und phlegmatischer Auftritt bei ihm sogar etwas bewirkt, Rosenbaum wusste es nicht, er hatte es nie ausprobiert. Er war gegenüber diesem Kollegen nicht dazu in der Lage.

Jetzt polterte er in Schulz' Büro und bellte ihn an, ohne die Tür zu schließen und ohne, dass die beiden Assistenten, die mit Schulz gerade eine Liste durchgingen, die Chance hatten, den Raum dezent zu verlassen.

»Was sagen Ihnen die Namen Gustav Bade, Reinhard Lampke und Klaus Marquort?«

»Was sollten sie mir sagen?«

»Sind das die drei Toten aus dem Projensdorfer Gehölz?«

»Das weiß ich doch nicht.« Schulz richtete eine Handbewegung an seine Assistenten, die daraufhin das Büro verließen und die Tür zuzogen.

»Sie haben die Männer zur Fahndung ausgeschrieben. Warum?«

»Ich kenne diese Männer nicht.«

»Später haben Sie die Fahndung aufgehoben. Warum?«

»Sind Sie taub? Ich kenne diese Männer nicht!«

»Sie haben die Fahndung aufgehoben, weil Sie die Männer gefunden haben, nicht wahr?«

Diese Vermutung zu Ende gedacht, würde einen schweren Vorwurf ergeben. Bei jedem anderen Kollegen hätte Rosenbaum zunächst innegehalten und überlegt, ob es nicht auch eine andere Erklärung geben könnte. Und tatsächlich gab es die, etwa, dass es sich bei den gefundenen Leichen nicht um die gesuchten Arbeiter handelte, dass die Fahndung vielleicht gar nicht von der PP veranlasst worden war oder dass sie aufgehoben wurde, weil sich der Anlass erledigt hatte. Eine ganze Reihe von Erklärungen also und nur eine davon war verwerflich. Das wäre Rosenbaum schnell klar geworden, wenn er darüber nachgedacht hätte, aber er wollte nicht nachdenken. Er wollte eine böse Vermutung andeuten.

»Was sind Sie nur für ein naiver Wicht!«, schnauzte Schulz und stand von seinem Stuhl auf. »Wenn es so wäre, wie Sie glauben, würden Sie davon sicher nichts erfahren haben! Außerdem wäre Ihnen der Fall sofort entzogen worden!«

Schulz war außer sich. Rosenbaum war befriedigt. Ein paar Sekunden standen sie sich gegenüber wie Revolverhelden kurz vor einem Duell. Dann drehte Rosenbaum sich ruckartig um und verschwand, wobei er die Stabilität der Türangeln auf die Probe stellte.

Der Besuch bei Schulz dauerte exakt zehn Minuten. Hedi brauchte fünf Minuten mehr, um die Adressen der drei vermissten Männer herauszufinden.

»Alle drei sind mit ihren Familien in der Arbeiterkolonie der Torpedowerkstatt gemeldet. Ich hab für uns einen Dienstwagen ergattert.«

Rosenbaum war beeindruckt. »Erstaunlich, dass die PP nicht schon alle Wagen besetzt hat.«

»Ich hatte den Wagen von gestern gleich für zwei Tage reserviert«, erklärte Hedi und warf Rosenbaum einen koketten Blick zu.

Die Einführung von kleinen Personenkraftwagen bei der Kieler Polizei war nicht zuletzt auf Rosenbaums Initiative zurückzuführen und hatte mit Kriegsausbruch einen jähen Dämpfer erlitten. Denn das Militär requirierte nahezu alles, was zuverlässige Fortbewegung versprach. Zu Beginn des Krieges hatte sich die Oberste Heeresleitung sehr viel Fortbewegung vorgestellt. Dabei wurde besonderen Wert auf die Zuverlässigkeit des Fortbewegungsmittels gelegt. Alte und reparaturanfällige Kraftwagen beließ das Militär den zivilen Stellen. Seither musste sich die Kieler Polizei mit fünf graugrünen Opel 10/12 begnügen – genau genommen mit sechs, aber regelmäßig war einer davon kaputt. Schnell wurden Richtlinien für Vergabe und Reservierung aufgestellt. Einige Kollegen übten sich gekonnt in Strategien, diese zu umgehen, was zu schweren, teils persönlichen und bösartigen Auseinandersetzungen, einem chronisch frustrierten Fuhrparkleiter und häufigen, aber vergeblichen Änderungen der Richtlinien führte. Nach einiger Zeit stellte Kriminaldirektor Freibier öffentlich Überlegungen an, auf die Personenkraftwagen gänzlich zu verzichten: »Wenn es nicht genug Spielzeug für alle Kinder gibt, dann muss es eingesammelt werden«, sagte er. Der Fuhrparkleiter befürchtete seine Einberufung zum Militär und versprach eine radikale Überarbeitung der Vorschriften. Freibier ließ sich besänftigen. Doch auch die neuen Richtlinien hatten Schlupflöcher und die waren nach wenigen Wochen entdeckt. Hedi gehörte zu den Virtuosen im Umgang damit. Rosenbaum missbilligte dies natürlich. Offiziell.

IV

Friedrichsort lag einige Kilometer nördlich von Kiel am Westufer der Förde dort, wo sie am engsten war und einlaufende Schiffe nahe am Land vorbeifahren mussten. Im Dreißigjährigen Krieg war hier eine Festung zum Schutz der Stadt gebaut worden, und seither beherbergte dieser Flecken Rüstungsbetriebe und Militär, Matrosen und Arbeiter. Direkt neben der Festung war die Kaiserliche Torpedowerkstatt errichtet worden und schnell zur bedeutendsten Einrichtung des Ortes herangewachsen. Die Wohnkolonie der Arbeiter war zunächst nur auf 1.000 Beschäftigte ausgelegt gewesen, musste aber inzwischen weit über 2.000 Familien aufnehmen. Im Gegensatz zu den Arbeitervierteln der großen Städte gab es hier genug Platz, man brauchte keine vierstöckigen Mietskasernen zu bauen, man plante ärmliche und kleine Reihenhäuser, einige Doppelhäuser, teils aus Holz und inzwischen 30 Jahre alt, die jüngeren überwiegend aus Backstein.

Die Ermittler parkten ihren Opel in der Feldstraße, stiegen aus und schauten sich um. Der Himmel trug Grau und hatte sich noch nicht entschieden, ob es regnen sollte. Auch sonst hatte die Gegend wenig Farbe zu bieten, genau passend für einen Novembertag und das Drama, das sich regelmäßig bei Todesnachrichten abspielte und den Ermittlern wohl auch jetzt bevorstand. Rosenbaum zog einen Straßenplan und den Zettel mit den Anschriften der vermissten Arbeiter aus seiner Anzugtasche. Beides legte er auf die Motorhaube.

»Ich übernehme Bade – das ist gleich hier. Sie gehen zu Marquort – da um die Ecke«, sagte er und packte alles wieder ein.

Hedi machte sich auf den Weg und Rosenbaum schritt auf die nächste Haustür zu. Sie gehörte zu einem Reihenhaus mit einem durchpflügten Vorgarten, in dem Steckrüben angebaut und größtenteils bereits abgeerntet waren, obwohl die Zeit dafür erst gerade begonnen hatte. Für den Winter würde der Rest nicht mehr reichen. Der heruntergekommene Zustand des Hauses und die ramponierte Tür passten zum Erscheinungsbild des Vorgartens. Ein Namensschild fehlte, aber die Hausnummer stimmte.

Als Rosenbaum an die Tür klopfte, geschah zunächst nichts. Als er stärker klopfte, knarrte sie einen Spalt weit auf, als wäre sie nicht richtig verschlossen. Dann hörte er eilige Schritte. Die Tür öffnete sich ein paar Zentimeter und der Kommissar konnte dahinter ein Augenpaar erkennen.

»Ja?«, sagte eine junge Frauenstimme. Sie klang leise und ängstlich.

Rosenbaum stellte sich vor und hielt der Frau seine Polizeimarke entgegen. »Sind Sie Elfriede Bade, geborene Köbis, verheiratet mit Gustav Bade?«

»Ja.« Die Frau musterte den Kommissar.

Menschen in gutbürgerlicher Kleidung durften selten an ihre Tür geklopft haben, Kriminalbeamte wohl noch seltener. Der Kommissar verhielt sich zurückhaltend und schuf so eine förmliche Atmosphäre, die Atmosphäre einer Todesnachricht. Ohne dass ein weiteres Wort fallen musste, wurde er sich sicher: Einer der Toten war Gustav Bade.

Die Frau zog die Tür wortlos zurück und trat zur Seite. Das war die Aufforderung hereinzukommen. Das Haus bot Schutz vor der Witterung und es hütete bescheidene Habseligkeiten. Wohnlich war es nicht. Ein roher Holz-

pfahl mit zurechtgebogenen Eisennägeln, das war die Flur-
garderobe. Daneben einige zusammengehauene Bretter, das
Schuhschränkchen. An den Wänden klebten unterschiedliche Tapeten, zusammengeklaubte Reste.

Die Frau führte den Kommissar in die Küche. Dort zog
er die Fotos vom Gebiss der Leichen aus seiner Aktentasche
und legte sie auf den Tisch. Die Frau nickte fast unmerklich.
Sie tippte mit dem Zeigefinger auf eines der Fotos und sagte
leise: »Der.« Dann nahm sie auf den Küchenstuhl Platz und
starrte ins Leere. Rosenbaum ersparte ihr die Frage, ob sie sich
sicher war. Er setzte sich zu ihr und sie schwiegen miteinander.
Nach einer Weile fragte die Frau, wie ihr Mann ums Leben
gekommen und wo er gefunden worden war. Der Kommissar berichtete in knappen Worten. Dann schwiegen sie wieder.

Die Küche war schäbig, aber sauber, wie alle Küchen
emsig schuftender Arbeiterfrauen. Sie versorgten die Kinder und den Mann, verbrachten endlose Zeit in Warteschlan-
gen vor Lebensmittelausgabestellen, schraubten an Fließ-
bändern Granaten zusammen und hielten ihre Wohnungen
penibel sauber. Und wie bei allen diesen Frauen hinterließ
das Leben seine Spuren in Form von Rändern unter den
Augen und Schwielen an den Händen. Dennoch erkannte
Rosenbaum Kraft und Leben in dieser Frau. Schon als sie
hinter der Tür gestanden hatte und kaum mehr von ihr zu
erkennen gewesen war als ihre Augen, hatte er das gesehen.
Es waren schöne Augen. Doch jetzt standen auch Tränen
darin und Verzweiflung.

»Darf ich Sie Elfriede nennen?«, fragte Rosenbaum. Das
wollte er gar nicht, er hatte nicht darüber nachgedacht, er
war entsetzt, als er sich das sagen hörte. Er wollte die Frage
wieder zurücknehmen, doch Elfriede kam ihm zuvor.

»Nennen Sie mich Frieda«, sagte sie und schaute ihn aus
ihren verzweifelt schönen Augen an, als hätte er verspro-

chen, sie zu beschützen, und als hätte sie das Versprechen angenommen.

Wieder schwiegen sie. Rosenbaum vermied es, Frieda anzuschauen. Mit Mühe führte er seine Gedanken zurück zu seiner Rolle als Mordermittler. Auf dem Küchenschrank entdeckte er eine von Trauerflor umrahmte Fotografie. Zwei Dutzend Arbeiter posierten vor, neben und auf einem Torpedo.

»Zweite Reihe, dritter von links«, sagte Frieda.

Rosenbaum bat, das Foto mitnehmen zu dürfen. Frieda erlaubte es.

»Seit wann vermissen Sie Ihren Mann?«, fragte er.

»Ende Januar.« Friedas Stimme klang verzweifelt, aber zugleich gefasst.

»Und dann haben Sie ihn gleich als vermisst gemeldet?«

»Nein.«

»Wann denn?«

»Gar nicht.«

Das passte nicht. Nicht zur Situation und erst recht nicht zu dieser Frau.

»Wieso?«

»Ich wusste, dass er tot war.«

»Woher?«

»Ich wusste es eben.« In Friedas Stimme mischte sich Angst zur Verzweiflung.

»Hätten Sie dann nicht erst recht zur Polizei gehen müssen?«

Frieda antwortete nicht. Sie schaute Rosenbaum an, als hätte er das Versprechen, sie zu beschützen, gerade gebrochen.

»Frau Bade ... Frieda, wenn Sie einen Verdacht haben, sollten Sie es mir sagen.«

Keine Antwort.

Rosenbaum atmete tief durch. »Was geschah am Tag vor seinem Verschwinden?«

»Nichts Besonderes. Im Werk hatten sie gestreikt. Am Abend wollte er zu einer Versammlung im Gewerkschaftshaus. Dann ist er nicht mehr zurückgekommen.«

»Er hat am Januarstreik teilgenommen?«

»Alle haben daran teilgenommen. Er konnte ja nicht als Einziger nicht teilnehmen.«

»War er politisch interessiert oder vielleicht sogar aktiv?«

»Eigentlich nicht.« Frieda stand auf, ging zum Spülstein und wischte mit einem Lappen darin herum, obwohl er sauber war. »Nicht mehr als die anderen auch. Er besorgte uns Rübensamen und, als sie keimten, nannte er die Rüben Hindenburg-Knolle.«

»Ihr Mann machte die Oberste Heeresleitung für die schlechte Versorgungslage verantwortlich?«

»Ja. Alle sahen das so.«

Vergeblich nahm Rosenbaum noch einige Anläufe, brauchbare Informationen zu erfragen. Irgendwann ließ er es sein. Er stand auf, packte die Fotos ein, wollte gehen. Frieda legte den Lappen aus der Hand und drehte sich zu ihm um. »Wollen Sie einen Kaffee? Ich kann Ihnen einen machen, echten Bohnenkaffee.«

Rosenbaum setzte sich wieder. Die Aussicht auf echten Kaffee war verlockend. Mehr noch lockte die Hoffnung, vielleicht doch an Informationen zu kommen. Offensichtlich wollte Frieda jetzt nicht allein sein, und vielleicht würde sie als Gegenleistung für seine Anwesenheit etwas Interessantes berichten.

»Echter Bohnenkaffee?«

»Ja«, antwortete Frieda und lächelte ihn an. Es war ein ehrliches und erleichtertes, zugleich verzweifeltes, vielleicht hoffnungsvolles Lächeln. »Schorsch kam eines Tages mit einer

Dose voller Kaffeebohnen nach Hause. Und jetzt steht's nur herum. Ich trinke ja so etwas nicht.« Aus einem Blecheimer nahm sie eine Handvoll Anmachholz, legte es in den Kohleherd und entzündete es. Der Aufwand war immens, viel zu groß für eine Tasse Kaffee, aber Rosenbaum ließ sie machen.

»Wo hatte Ihr Mann die Bohnen her?«

»Die hat ihm jemand geschenkt.«

»Geschenkt? Wer?«

»Weiß ich nicht.«

»Haben Sie denn nicht gefragt?«

»Nein … ja, doch.«

Frieda war mit Feuermachen so sehr beschäftigt, dass sie sich kaum auf Rosenbaums Fragen konzentrieren konnte. Dabei erzählt man leicht mal mehr, als man will, dachte Rosenbaum.

»Was denn nun?«

»Ich hab gefragt, aber Schorsch sagte, ich würde den Mann nicht kennen.«

»Also ein Mann?«

»Ja. Nehme ich an.«

»Wann war das?«

»Letztes Jahr. Kurz vor Weihnachten.«

»Einen Monat vor seinem Tod?«

Frieda verstummte wieder.

An der Haustür klopfte es.

*

Magda Lampke erkannte auf Hedis Skizze die Tätowierung ihres Mannes. Sie setzte sich auf die Eckbank in ihrer Wohnküche und nahm die dreijährige Tochter auf den Arm. Einen Verdacht hatte sie nicht, von besonderen Vorkommnissen konnte sie auch nicht berichten.

»Haben Gustav Bade und Klaus Marquort die gleiche Tätowierung?«, fragte Hedi.

»Ja, genau die gleiche. Die waren sehr eng miteinander. Drei große Kinder.«

Melancholisch schaute die Frau in ihre Vergangenheit, während sie die Tochter auf den Knien hielt und ihr mechanisch über den Kopf streichelte.

»Marquorts Wohnung steht offenbar leer«, berichtete Hedi. Bevor sie hier geklingelt hatte, hatte sie es dort versucht.

»Alwine ist weggezogen, nachdem die Männer verschwanden.«

»Wissen Sie wohin?«

»Nein.«

»Ich dachte, Sie waren so eng miteinander?«

»Die Männer, nicht die Frauen. Reinhard wollte das nicht. Mir war es recht.«

Hedi hatte Verzweiflung erwartet. Mehrfach hatte sie Ehefrauen die Todesnachricht ihrer Männer überbracht oder war zumindest anwesend. Meist waren die Frauen in Weinoder Schreikrämpfe oder in Schockstarre gefallen. Manchmal hatten sie krampfhaft versucht, Normalität zu wahren. Aber Magda Lampke war nicht verkrampft.

»Ich finde, Sie sind sehr gefasst«, sagte Hedi.

Die Witwe schaute auf, ihr melancholischer Blick wurde hart.

»Trauer ist Luxus«, sagte sie.

Hedi verstand.

Die Haustür ging auf, ein Mann kam herein. Hedi stellte sich vor. »Kuhfuß, Kriminalpolizei.« Das erste Wort sprach sie so undeutlich aus, dass es kaum zu verstehen war; das zweite sehr deutlich.

»Polizei? Wegen Reinhard?«

»Ja.«

»Tot?«

»Ja.«

Mehr wollte der Mann nicht wissen. »Ich muss wieder los, zur Schicht.« Er gab der Witwe einen Kuss auf die Stirn und nahm eine vorbereitete Brotdose von der Anrichte. »Ich versuche, heute früher nach Hause zu kommen«, sagte er zum Schluss und verschwand.

Magda Lampke schaute Hedi argwöhnisch an. »Es ist nicht so, wie Sie denken.«

Hedi wusste noch gar nicht genau, was sie denken sollte. »Was denke ich denn?«

»Wir haben uns erst im Sommer kennengelernt, da war Reinhard schon lange verschwunden.«

»Wohnt er hier?«

»Ja.«

Hedi nickte. Doch noch immer wusste sie nicht, was sie von der Sache halten sollte. Auch als sie sich bereits verabschiedet hatte und auf dem Weg zurück zum Opel war, rätselte sie darüber. Magda Lampke war eine Frau, die den Haushalt und das gesamte Familienleben monokratisch bestimmte, die entschied, wann der Mann abends nach Hause zu kommen hatte und ihm abgezähltes Geld für drei Bier mitgab. Eine Frau, die alles kontrollierte, brauchte einen Mann, der die Kontrolle freiwillig abgab. Einen großen Jungen. So einer war Reinhard Lampke gewesen. Das hatte sie gesagt.

Sie erinnerte Hedi an ihre Mutter. Wie sie die Hand über den Kopf des Kindes strich, automatisch. Eine erforderliche Aktion verrichtend. Ohne besondere Zuneigung. So hatte auch Hedi oft auf dem Schoß ihrer Mutter gesessen. Trotzdem war sie ihr eine gute Mutter gewesen. Auch jetzt noch.

Hedi wohnte nach wie vor bei ihren Eltern, so wie man es von einer unverheirateten jungen Frau aus gutbürgerlichen Kreisen erwartete. Zwar gab sie nichts auf die Meinungen der Nachbarn oder von wem auch immer. Doch es war ein bequemes Leben. Die Wohnung war groß genug, die Mahlzeiten standen immer pünktlich auf dem Tisch – auch wenn Hedi nicht zu Hause war –, ihre Wäsche wurde gemacht und sie hatte abends und an den Wochenenden Gesellschaft. Das war aber nicht alles. Die Gesellschaft von gefühllosen Menschen hätte Hedi nicht haben wollen. Die Mutter war auch nicht wirklich gefühllos, sie hatte ihre Gefühle in einem ordentlichen und pflichtbewussten Leben funktionalisiert. Ein Kind korrekt zu versorgen, war für die Mutter wichtig. Auch ihm Anstand beizubringen und es zu streicheln, weil es das brauchte, nicht weil man es gerade so empfand. Trotzdem war die Zuneigung immer da gewesen. Vielleicht war es bei Magda Lampke genauso.

Der Opel stand einsam auf der Straße, als Hedi um die Ecke bog. Rosenbaum hatte seinen Besuch bei der Witwe von Gustav Bade noch nicht beendet. Hedi setzte sich kurz in den Wagen, stieg dann wieder aus und ging auf den Hauseingang der Bades zu.

*

An der Haustür klopfte es.

»Ich geh schon, machen Sie ruhig weiter«, rief Rosenbaum und sprang auf.

Nach der Eroberung von Friedas Vornamen war dies seine zweite merkwürdige Aktion an diesem Tag, im Gegensatz zur ersten aber wohlüberlegt. Wie erwartet war es Hedi, die geklopft hatte. Sie stand bereits im Flur, als Rosenbaum ihr aus der Küche entgegenkam. Er legte seinen Zeigefinger vor die Lippen, sagte »Pst« und drängte sie zur Eingangstür zurück.

»Ich hatte geklopft, aber dann sprang gleich die Tür auf«, entschuldigte sich Hedi.

»Ja, das Schloss ist kaputt. Hab ich auch schon bemerkt. Sind Sie fertig?«

»Frau Marquort soll weggezogen sein. Dann bin ich zu Frau Lampke, sie hat die Tätowierung ihres Mannes auf der Skizze erkannt.«

»Gut, äh … fahren Sie doch mit der Frau zur Identifizierung in die Gerichtsmedizin.«

»Ist was, Chef?«

»Ich knacke hier gerade eine harte Nuss. Da würden Sie nur stören. Holen Sie mich in einer Stunde hier ab. Aber nicht reinkommen. Warten. Parken Sie um die Ecke.«

Hedi durfte allein Auto fahren; Widerspruch war nicht zu befürchten.

Als der Kommissar in die Küche zurückkam, stand bereits der Wasserkessel auf dem Herd, Frieda zerdrückte Kaffeebohnen in einem Mörser und füllte den Raum mit einem herrlichen Aroma. Sie blickte Rosenbaum fragend an.

»Da war niemand. Wahrscheinlich ein Streich von den Nachbarsjungen«, sagte Rosenbaum.

»Niemand?«

»Nein, niemand. Übrigens, das Schloss ist defekt. Sie sollten es reparieren lassen.«

»Das haben die Kinder kaputt gemacht. Immer rein und raus. Die Kinder waren's.«

Rosenbaum nickte und setzte sich wieder an den Tisch. Die Kinder waren es sicher nicht gewesen. Es schien, als sei nichts wirklich wahr, was Frieda sagte.

»Wie viele haben Sie denn?«

»Zwei Jungs. Rabauken, kann ich Ihnen sagen.«

»Sind sie jetzt in der Schule?«

»Nein.«

Rosenbaum wartete, ob eine Erklärung folgte. Dann fragte er nach: »Sondern?«

»Auf dem Land. Bei den Großeltern.«

Keine weitere Erklärung.

»Wieso?«

»Ich kann sie hier nicht haben.«

Jetzt fragte Rosenbaum nicht nach, sondern wartete länger. Die Notwendigkeit einer weiteren Begründung lag so schwer im Raum, dass Frieda es nicht lange schweigend aushalten würde.

»Also, ich muss ja immer in die Fabrik.«

»Aber jetzt sind Sie zu Hause.«

»Vormittags, ich muss nur vormittags in die Fabrik.«

»Vormittags, wenn die Kinder in der Schule sind?«

Der Kessel pfiff. Hektisch schüttete Frieda die zerstoßenen Kaffeebohnen in eine Tasse und goss heißes Wasser darüber. Dann stellte sie die Tasse vor Rosenbaum auf den Tisch. Das war eine gute Gelegenheit, nichts sagen zu müssen. Doch nun war die Gelegenheit wieder vorüber. »Und das Essen. Man bekommt hier kaum ausreichende Rationen. Auf dem Land ist es viel besser.«

Das traf wohl zu. Auf dem Land versorgten die Menschen sich selbst oder hatten einen kurzen Weg zum Bauern. Dennoch, alles, was Frieda sagte, waren erkennbare Ausreden.

»Frieda, Sie verheimlichen mir etwas«, sagte Rosenbaum und ließ den Kaffee unbeachtet. »Was ist los? Sagen Sie es mir.«

Frieda stand vor ihm wie ein Kind vor dem strengen Vater. Die Augen füllten sich mit Tränen, der Mund zitterte. Dann flossen die Tränen.

»Schorsch ist tot! Das ist los!«, schrie sie und hielt die Hände vors Gesicht.

Den Kommissar traf ein kurzer Impuls, die Frau mit den schönen Augen in den Arm zu nehmen. Er widerstand. Frieda setzte sich und schluchzte, Rosenbaum trank vom Kaffee und schwieg.

Als sich die Witwe beruhigt hatte, war der Kaffee ausgetrunken.

»Wollen Sie noch einen? Ich kann noch einen machen, das Wasser ist noch heiß.«

Er bejahte. Zucker oder Milch bot Frieda ihm nicht an, vermutlich hatte sie nichts im Haus. Aber irgendetwas in echten Bohnenkaffee hineinzuschütten, wäre sowieso ein Frevel gewesen.

»Erzählen Sie mir von Ihrem Mann«, sagte Rosenbaum, als Frieda die gefüllte Tasse vor ihm auf den Tisch stellte.

Frieda erzählte. Vor Rosenbaum zeichnete sich das Bild eines einfachen, gefühlvollen, umsorgenden, gut aussehenden, innerlich leuchtenden Mannes. Natürlich war das Bild verklärt und die geschilderten Ereignisse lagen weit zurück. Wenn Rosenbaum versuchte, das Gespräch zur jüngeren Vergangenheit zu lenken, wurden Friedas Schilderungen ausweichend und einsilbig.

»Hat der Unbekannte Ihrem Mann eigentlich noch mehr Geschenke gemacht, außer dem Kaffee?«, fragte er.

»Nein«, antwortete sie, »nicht dass ich wüsste.«

»Aber Sie halten es für möglich?«

»Nein.«

Bevor der Kommissar nachfragen konnte, war Frieda wieder zur entfernten Vergangenheit zurückgekehrt. Die Zeit verging, Frieda redete ihre Seele frei, aber Rosenbaum konnte nichts erfahren, was ihn weiterbrachte. Nach der dritten Tasse Kaffee resignierte er. Hedi wartete sicher schon und es gab noch viel zu tun. Er schlug das Angebot eines vierten Kaffees und einer Scheibe Brot mit Schmalz aus und bedankte sich.

»Sie sollten heute nicht alleine bleiben. Haben Sie jemanden, zu dem sie gehen können?«, erkundigte er sich bei der Verabschiedung.

Frieda schüttelte den Kopf. »Es wird schon gehen«, antwortete sie. »Danke, dass Sie da waren.«

Vielleicht sollte er später noch einmal nach ihr schauen, dachte Rosenbaum, als er um die Straßenecke bog. Nein, das sollte er nicht. Das ginge nicht.

Kriege, jedenfalls große Kriege kann man in drei Phasen einteilen. Am Anfang gibt es ein heilloses Durcheinander, das Militär strukturiert sich um und die Volkswirtschaft verwandelt sich zur Kriegswirtschaft. Dann schleifen sich die neuen Pfade ein. Zum Schluss herrscht wieder das Durcheinander, jedenfalls wenn sich eine Niederlage abzeichnet.

Diese dritte Phase war erreicht. Am Werkstor der Kaiserlichen Torpedowerkstatt Friedrichsort zeigte sie sich an diesem Tag dadurch, dass für einige Stunden die Wachen fehlten. Das Werk hatte als größte deutsche Produktionsstätte für Torpedos den uneingeschränkten U-Boot-Krieg erst ermöglicht, gehörte damit zu den wichtigsten Rüstungsbetrieben im Reich und wurde seit Kriegsbeginn durch das I. Ersatz-Seebataillon hochgradig gesichert. Doch jetzt fehlten die Wachen vorm Tor. Vielleicht war es den durch den Einlauf des III. Hochseegeschwaders entstandenen Wirrungen geschuldet, vielleicht waren es Auflösungserscheinungen, unvorstellbar, aber die Wachen fehlten.

Rosenbaum bemerkte es, als er mit Hedi auf dem Rückweg von Frieda Bade am Werkstor vorbeituckerte. Der Gedanke, das Werk betreten zu können, ohne dies zuvor schriftlich beantragt und dann Wochen darauf gewartet zu haben, war ihm vorher nicht gekommen. Jetzt allerdings schon. Sie stellten ihren Opel in einiger Entfernung ab, gingen in gemäßigtem Schritt zurück zum Tor, achteten auf eine gelassene Beiläufigkeit ihrer Bewegungen, unterhielten sich ohne Thema und bewirkten damit nicht einmal, dass der alte Mann im Pförtnerhäuschen aufschaute, als sie ihn passierten.

Und jetzt?, dachte Rosenbaum.

»Und jetzt?«, flüsterte Hedi.

Orientierungslos, doch um Unauffälligkeit bemüht betraten sie die nächstgelegene Werkshalle, bevor Rosenbaum eine Antwort einfiel. »Wir fragen«, sagte er und zog aus seiner Aktentasche die Fotografie, die er von Frieda Bade bekommen hatte.

Nach kurzer Zeit hatten sich die Ermittler bis zum Kolonnenführer Feddersen durchgefragt.

»Jo, dat sind miene Männers. Un dat bin ick.« Feddersen tippte auf das Foto.

»Gustav Bade, Klaus Marquort, Reinhard Lampke?«, wollte Rosenbaum wissen.

»Der, der un der.« Feddersen tippte dreimal.

Als Rosenbaum erklärte, dass die Männer einem Mordanschlag zum Opfer gefallen waren, setzte sich der Kolonnenführer auf ein dickes Rohr, das hinter ihm lag, und zog gedankenversunken seine Pfeife aus der Tasche. In den Mund steckte er sie nicht, sondern schaute in ihren leeren Kopf.

»De wör plötzlich verschwunden. Dat kümmt schon mal vor, dat eener plötzlich över Nacht an de Front muss, wenn he das Maul to wiet uffgerissen het. Ich krich denn danach immer Beschied. Aber de drei wör plötzlich weg und keener wusste, wo se wörn. Und Beschied het dat uck nich geven.«

»Haben die das Maul denn zu weit aufgerissen?«

»Nö. Dat wörn ganz brave Jungs.«

»Der Mord geschah Ende Januar, während des großen Arbeiterstreiks. Da haben viele das Maul weit aufgerissen.«

Feddersen zuckte mit den Achseln.

»Am Abend ihres Verschwindens besuchten sie eine Versammlung im Gewerkschaftshaus, eine gute Gelegenheit, das Maul aufzureißen. Wissen Sie etwas darüber?«

Achselzucken. Dann schaute Feddersen zu einem krummen, kleinen Kerl hinüber, der sich neben dem Hallentor herumdrückte.

»Wat is?«, rief er mit einer guten Portion Verachtung in der Stimme.

»Nix«, antwortete das Kerlchen und nach einer kurzen Pause: »Ick schall nach Stehbolzen fragen, fuffziger und hunderter.«

»Im Magazin, weeßt de doch!«

Das Männchen schlenderte quer durch die Halle. Rosenbaum fielen seine gut durchbluteten großen Ohren auf, als es an ihm vorbeiging.

»Was können Sie uns über Bade und die anderen beiden sagen?«, fragte Rosenbaum, als der Kerl hinter einer Tür verschwunden war.

»De hevt ömmer tosoom hockt. Un sonst …« Wieder zuckte Feddersen mit den Schultern.

»Waren sie politisch aktiv?«

»Nich mehr als de andern Jungs uck.«

Feddersen hämmerte mit dem Pfeifenkopf auf das Rohr, auf dem er saß, als wollte er Tabakreste herausklopfen. Es klang nicht blechern, wie Rosenbaum erwartet hatte, sondern massiv. Erst jetzt erkannte er, dass das Rohr ein Torpedo war, eine fünfeinhalb Meter lange Zigarre, die 40 Zentimeter dicke Panzerungen brechen konnte. ›Vorsicht!‹ lag auf seiner Zunge, er schluckte es aber hinunter. Feddersen dürfte wissen, was er da tat. Überhaupt war Rosenbaum angesichts seiner hochgradig inoffiziellen Mission bemüht, jeden Anflug von Spionageverdacht zu vermeiden und jede Frage, selbst jeden Seitenblick nach Torpedos zu unterdrücken.

»Wie viele Torpedos stellen Sie eigentlich pro Tag her?«, fragte Hedi und Rosenbaum verdrehte die Augen.

»To veele. Veel to veele.«

Das war defätistisch und gegenüber der Polizei nicht ungefährlich.

»De U-Boot-Kriech is vorbie. Kümmt alles op Halde, jetzt.«

Doch nicht defätistisch.

»Un denn holn sich dat de Tommys.«

Doch defätistisch. Feddersen klopfte mit der flachen Hand tröstend auf den todbringenden Stahl wie ein Reiter auf den Hals seines Pferdes.

Das Kerlchen kam mit einer schwer beladenen Sackkarre zurück und verlangsamte sein Tempo, als es sich näherte.

»Noch wat?«, fragte Feddersen.

»Nö.« Wieder eine Pause und nach drei zögerlichen Schritten: »Geit dat öm de Drillinge?«

»Geit dat nich. Un vor alln geit di dat nix an!«

Das Kerlchen trottete weiter. Mit Drillingen mussten Bade und seine Freunde gemeint sein. Rosenbaum und Hedi sahen einander kurz an, dachten dasselbe und verständigten sich stillschweigend. Dann rannte Hedi dem Männchen mit einem »Moment mal!« hinterher.

Der Kommissar wandte sich wieder dem Kolonnenführer zu. »Wann haben Sie eigentlich zum letzten Mal Bohnenkaffee getrunken?«

Die Frage überraschte den Mann. »Boonkaffee?«

Rosenbaum nickte.

Feddersen schaute ihn an, als überlegte er, ob der Kommissar ausnehmend naiv war oder nur scherzte. Dann schob er seine Mütze zurück und kratzte sich an der Stirn. Bei der Erinnerung half es nur wenig. »Dat is Jahre her.«

»Ist Kaffee vielleicht mal als Weihnachtsgratifikation ausgegeben worden oder wurde damit in der Belegschaft schwarz gehandelt?«

Wieder kratzen. »Ne.« Kratzen. »Dat givt Gerüchte, dat mol U-Boote wat anbrachten. Wenn de Jungs ihre Rohre leergeschossen hevt, sünd se irgendwo in Afrika an Land gegangen und bunkerten, wat se kriegen künnt. Dat durft se nich, soll denn glieks Strafmaßnahmen givt ham. Un de Ladung verschwand ömmer bi de Verpflegungsamt.«

»Das Verpflegungsamt der Marine-Intendantur?«

»Jo. Is aber nur, wat de Lüt so vertelln. Gerüchte.« Jetzt lehnte Feddersen sich vor und sprach leise. »Wenn Se mich fragen: Dat is allns bi de feine Herrn Offiziere bleven. Aber: nur Gerüchte.«

Rosenbaum nickte. Der graue und der schwarze Markt blühten seit Jahren, hauptsächlich mit landwirtschaftlichen Produkten aus der Gegend. Wenn die Waren der öffentlichen Rationierung unterlagen, war bereits dies strafbar. Auf dem Schwarzmarkt gab es aber auch Kolonialwaren und andere Produkte, die nur illegal nach Deutschland gelangt sein konnten. Hin und wieder wurden kleine Händler gefasst und zur Abschreckung mit harten Strafen überzogen. Wenn sie im Besitz von Schmuggelware waren, wurde nie ermittelt, woher sie sie bezogen hatten. Mehr noch: Es wurde öffentlich nicht einmal danach gefragt. Wenn doch ein mutiger Politiker, meist einer der USPD, oder ein Gewerkschaftsfunktionär diese Frage stellte, wurde in den Zeitungen nicht darüber berichtet. Und wenn doch eine Redaktion berichtete, konnte es vorkommen, dass sie bald nicht mehr existierte. Auf diesem Boden wuchsen Gerüchte wie Unkraut. Mehr oder weniger plausibel, manche überaus abenteuerlich, bestätigten oder widersprachen sie sich in wirrem Durcheinander. Kaum eine gesellschaftliche Gruppe, die nicht für den blühenden Schwarzhandel verantwortlich gehalten wurde. Sozialisten standen hoch im Kurs, übertroffen nur von Juden und Offizieren. Und doch, am Ende wusste niemand etwas Konkretes.

Auch die weiteren Auskünfte des Kolonnenführers waren nicht ergiebig. Als Hedi mit dem Kerlchen fertig war, beendete Rosenbaum seine Befragung ebenfalls und die beiden machten sich auf den Weg zu ihrem Opel.

Inzwischen wurde das Werkstor wieder bewacht. Rosenbaum nickte dem verantwortlichen Unteroffizier freundlich zu und erhielt einen strammen militärischen Gruß zurück. Die Wache dürfte bereits wegen der Meuterei im III. Geschwader instruiert worden sein. Für sie ging mittlerweile die Gefahr von anstürmenden Matrosen aus, nicht von Anzugträgern, und schon gar nicht, wenn sie das Werk verließen.

»Onno Rodejahn heißt er, Hilfsarbeiter«, berichtete Hedi.

»Was hat er Ihnen erzählt?«

»Eigentlich nichts. Er war eher daran interessiert, was ich ihm erzählen könnte.«

»Was haben Sie ihm erzählt?« Rosenbaums wusste, dass diese Frage an Hedis Selbstbild kratzte. Sollte sie auch – die vorlaute Erkundigung nach den Torpedos hatte Rosenbaum noch nicht vergessen.

»Chef!«, empörte sich die Assistentin. »Jedenfalls war der Kerl ziemlich eigenartig.«

»Alle waren eigenartig, finden Sie nicht? Die Ehefrauen waren gefasst oder bestürzt, aber nicht überrascht. Der Kolonnenführer war überrascht, aber nicht bestürzt.«

»Also, wenn mein Mann zehn Monate spurlos verschwunden ist und ich dann von seinem Tod erfahre, dann wäre ich auch nicht sonderlich überrascht.«

»Ja, schon. Aber was ich meine: Frieda Bade wirkte auf mich nicht so, als hätte die Todesnachricht ihre schlimmsten Befürchtungen bestätigt, sondern eine Tatsache, die sie schon kannte.«

»Vielleicht.« Hedi dachte nach. »Und Rodejahn war weder bestürzt noch überrascht, aber neugierig«, ergänzte sie nach einer Weile. »Ja, Chef, irgendwie eigenartig.«

Und auch wieder nicht, dachte der Kommissar. Vor dem Krieg wäre es sicher eigenartig gewesen. Aber die Menschen hatten sich verändert. Das Unvorstellbare war Realität geworden und das Eigenartige Normalität.

Jetzt erzählte Rosenbaum von Feddersens Gerüchten.

»Also, eines ist klar, Chef«, urteilte Hedi. »Wenn die Marine-Intendantur mit dem Mord zu tun hat, können wir die Akte sofort schließen. Dann kriegen wir eh nichts heraus.«

Das kam für Rosenbaum nicht infrage, und Hedi konnte ihren Vorschlag nicht ernst gemeint haben. Immerhin war sie Polizistin. Genau genommen war sie das nicht. Aber sie fühlte wie ein Polizist. Sie hatte es nicht ernst gemeint, sie wollte ihren Chef nur necken. Rosenbaum reagierte nicht.

»Gewerkschaftshaus?«, fragte Hedi und grinste zu ihm hinauf. Dabei fasste sie ihn an der Hand wie ein Schulmädchen ihren Vater. Früher hatte Rosenbaum die Hand weggezogen, wenn sie so etwas tat. Das machte er nicht mehr. Er nickte. Im Gewerkschaftshaus in der Fährstraße waren die Ermordeten zuletzt gesehen worden. Jetzt galt es herauszufinden, wer sie dort gesehen hatte.

Am Opel angelangt setzte sich Hedi auf den Beifahrersitz und Rosenbaum versuchte, den Motor anzukurbeln. Es blieb bei dem Versuch. Der Kommissar öffnete die Motorhaube. Ohne viel nachdenken zu müssen, ging er entnervt sämtliche Handgriffe durch, die bei einer Autopanne vorzunehmen waren. Zündkerzen, Verteiler, Benzinleitung prüfen, das war Routine für einen Opelfahrer. Erst zum Schluss stellte er fest, dass das Benzin ausgegangen war. Natürlich erst zum Schluss: Treibstoffmangel gehörte beim Opel 10/12 zu den seltensten Pannenursachen.

»Man sollte vor dem Fahrersitz eine Füllmengenanzeige anbringen«, sinnierte der Kommissar.

»Ach Chef«, stöhnte Hedi und schüttelte den Kopf. Das tat sie immer, wenn sie für seinen Humor nicht in Stimmung war. »Füllmengenanzeige und Scheibenwischvorrichtung. Womöglich auch noch Kopfstützen und ein Abgasreinigungssystem.«

Kopfstützen wären natürlich Unsinn, so etwas würde Rosenbaum nie ernsthaft erwägen. Aber über einen Wischarm, der die Windschutzscheibe vom Regenwasser frei halten könnte, hatte er sich schon mal Gedanken gemacht, ohne allerdings zu ahnen, dass Prinz Heinrich, der in Kiel lebende Bruder des Kaisers, einen solchen Scheibenwischer bereits Jahre zuvor erfunden und sogar ein Patent darauf erhalten hatte. Doch die Automobilindustrie hatte er von dessen Nutzen bislang noch nicht überzeugen können.

Der Kommissar seufzte und trottete zurück zur Torpedowerkstatt, um ein paar Tropfen Benzin zu erbitten. Der Unteroffizier erkannte ihn wieder, grüßte erneut stramm und ließ ihn ohne Kontrolle passieren. Bald hatte er Feddersen wiedergefunden und in kürzester Zeit war der Benzintank des Opels bis zum Rand gefüllt. Auf Bezahlung verzichtete der Kolonnenführer. Stattdessen klopfte er Rosenbaum anerkennend auf die Schulter und sagte: »Finden Sie dat Schwein.«

Hedi hatte im Auto gewartet. »Als Sie weg waren, ist Rodejahn aus dem Tor geradelt«, sagte sie, während Rosenbaum den Opel in Gang setzte.

»Wer?«

»Der Kerl, der die Bolzen gesucht hat. Er wohnt in der Kolonie und hat in drei Stunden Feierabend, ist aber schon jetzt weggeradelt, und zwar in Richtung Kiel.«

V

»Was heißt das: Wir haben keinen Plan?«, fragte Konteradmiral Küsel. Er saß hinter seinem schweren Schreibtisch aus Mooreiche und stützte die Hände auf die Tischplatte, als wollte er Ravens gleich anspringen.

»Das heißt, dass wir für den Schutz der Garnison durch das I. Ersatz-Seebataillon gegen meuternde Schiffsbesatzungen keine Bestimmungen haben.«

»Aber das Bataillon ist doch extra da, um Unruhen zu unterbinden! Da können Sie doch nicht plötzlich sagen, dass das nicht geht, weil sich noch niemand überlegt hat, wie man das macht!« Küsel fasste sich an die Brust. Das tat er oft aus Gewohnheit, manchmal meldete sich aber auch seine Herzschwäche. Ravens kannte das.

»Das Bataillon ist in erster Linie eine Ausbildungseinheit der Marineinfanterie für die Division in Flandern und nur in zweiter Linie eine Eingreifreserve bei Streiks und Krawallen.«

»Das weiß ich!«

»Zu diesem Zweck wurden umfangreiche Bestimmungen insbesondere zur Bewachung von Lebensmittelläden und Werfttoren erlassen. Sie eignen sich nicht zum Schutz von Kriegsschiffen gegen ihre eigenen Besatzungen.«

»Ihre pointierte Ausdrucksweise gefällt mir nicht, Ravens! Gar nicht!«

Klaas Ravens legte es auch nicht darauf an, dem Stabschef zu gefallen. Als er vor zwei Jahren seinen neuen Posten im Stationsstab angetreten hatte, besaß er wegen dessen Übersicht und Besonnenheit noch großen Respekt vor Hans Küsel. Eben dieser Respekt hatte sich aber bald in Verachtung gewandelt, als ihm klar wurde, dass Küsels Übersicht in Wirklichkeit die Übersicht seiner Mitarbeiter und seine Besonnenheit in Wirklichkeit Zauderei waren. Ravens hatte die Übersicht, Küsel nur den Kontakt zum Stationschef. Ravens handelte, Küsel schmückte sich mit dem Erfolg. Und bei Misserfolg? Nach der Meuterei von 1917 hatte Ravens für Küsel eine Analyse erarbeitet und war mit dessen Zustimmung zu dem Schluss gekommen, dass sich unter den Mannschaften der gesamten Ostseestreitkräfte ein die Disziplin gefährdender Mangel an Vertrauen zu den Offizieren ausgebreitet habe, dem nur durch Verbesserung von Menschenführung und Verpflegung begegnet werden könne. Nahezu alle Schiffsoffiziere der Station hatten sich darüber empört – als wären plötzlich sie an der Meuterei schuld –, und Küsel hatte die Welle der Entrüstung direkt auf Ravens umgeleitet. Spätestens seit diesem Vorfall verachtete Ravens seinen Chef.

»Warum haben Sie das nicht heute Morgen bei der Besprechung gesagt?«

»Mir erschien es unpassend, das Problem vor dem Stationskommandanten zu diskutieren, nachdem Sie das Bataillon apodiktisch für den Einsatz festgelegt hatten.«

»Dann arbeiten Sie sofort Instruktionen aus!« Küsel fasste sich an die Brust. Gewohnheit. Wahrscheinlich.

»Und bis dahin?«

»Die Männer sollen ... erst mal auf Patrouille gehen. Präsenz zeigen.«

»Schusswaffeneinsatz?«

»Es ist doch noch gar nichts passiert! Das würde die Sache in ein völlig falsches Fahrwasser leiten.«

»Wenn die Trupps durch die Straßen laufen und auf meuternde Matrosen stoßen, besteht eine erhöhte Gefahr, dass sie in Situationen geraten, in denen sich die Frage nach Schusswaffengebrauch stellt.«

Küsels Mund zuckte, als wollte er etwas sagen, aber er schwieg. Das hatte Ravens erwartet. Früher hätte er seine Frage mit einem Vorschlag verbunden, seit einem Jahr tat er so etwas nicht mehr.

»Wir können die Entscheidung auch den Truppführern überlassen«, sagte er und genoss Küsels Dilemma.

»Sie sollen nur zur Eigensicherung von der Schusswaffe Gebrauch machen«, ordnete der Stabschef schließlich an.

»Also bleibt es bei der allgemeinen Dienstanweisung.«

»Ja. Aber lassen Sie das noch mal ausdrücklich an die Truppführer ausgeben.« Küsel stockte. Eine Betonung allgemeiner Anweisungen käme einer speziellen Anweisung gleich. »Oder nein, lassen Sie das nicht ausgeben.«

Das wiederum lief auf Ravens' Vorschlag hinaus, die Entscheidung den Truppführern zu überlassen. Er hatte vorher gewusst, dass Küsel in dieser Frage keine eigene Entscheidung fällen würde. Er hätte sich die Frage schenken können, aber er hatte ihn demütigen wollen.

»Dann sollten die Männer nur ihre eigenen Pistolen mit sich führen und Gewehre werden nicht ausgegeben«, sagte Ravens schließlich.

Eine Bestätigung wartete er nicht ab, sondern drehte sich um und marschierte in sein Büro. Er griff zum Telefonhörer, ließ sich mit dem zuständigen Bataillonskommandeur verbinden, erteilte Patrouillenbefehl und ordnete an, dass die Truppführer ausdrücklich auf die Beschränkung des Schusswaffengebrauchs zur Eigensicherung hinzuweisen seien.

Ravens war ein Mann der Tat, und er tat, was getan werden musste.

❖

»Ist was, Chef?«, fragte Hedi, als Rosenbaum stumm und in Gedanken versunken vor dem Gewerkschaftshaus stehen blieb und zärtlich das Gebäude betrachtete.

Das Kieler Gewerkschaftshaus stand zentral gelegen, im geschäftigen Damperhofviertel an einer der größten Einfallstraßen zur Altstadt. Mit einem Herbergs- und einem Gastronomiebetrieb, mit Büros und vor allem mit Versammlungsräumen war es der ganze Stolz der Kieler Arbeiterschaft und ein Symbol des erstarkenden Proletariats. Jetzt war man weder zur Abhaltung von Versammlungen noch zur Beherbergung von Gästen auf Wirtshäuser angewiesen und dabei den Schikanen und Repressalien der Polizei ausgesetzt, jetzt war man autark. Die Straßenfront des Gebäudes wies roten Backstein und hellen Putz auf, war reich und verspielt mit Jugendstil-Ornamenten versehen, offen und freundlich und mit großen Fensterflächen ausgestattet. Sogar ein Balkon, früher ein Werkzeug der Hierarchie und Symbol der Obrigkeit, war vorhanden. Dieser Bau ließ keinen Zweifel daran, dass das Proletariat das Stadium des nackten Überlebenskampfes hinter sich gelassen hatte und dass es jetzt um gleichberechtigte Teilhabe ging.

Josef Rosenbaum hatte hier des Öfteren Veranstaltungen besucht, er war im Gewerkschaftshaus ein oft und meist gern gesehener Gast.

Das war nicht immer so gewesen. Als er vor fast zehn Jahren nach Kiel versetzt worden war und nach Orten gesucht hatte, an denen er seine Abende verbringen konnte, hatte man ihm zu verstehen gegeben, dass ein Gewerkschaftshaus für einen Polizeibeamten kein solcher Ort sein konnte. Im Geiste hatte er der Sozialdemokratie schon immer sehr nahegestanden, doch hatte er zunächst nicht gewagt, sich dazu zu bekennen. Vor dem Krieg war so etwas für einen Staatsbediensteten im Deutschen Kaiserreich vollkommen ausgeschlossen gewesen, wenn er weiterhin Beamter bleiben wollte. Ein Sozi hatte Stadtverordneter werden können, Mitglied des Preußischen Abgeordnetenhauses oder gar des Reichstags. Aber Beamter wäre nicht gegangen. Das änderte sich erst, als der Krieg ausbrach. Der Kaiser erklärte, er kenne jetzt keine Parteien mehr, sondern nur noch Deutsche, und die SPD schloss mit ihm Burgfrieden und stimmte im Reichstag den Kriegskrediten zu. Viele Sozialdemokraten meldeten sich freiwillig zum Kriegsdienst, einige brachten es in Berlin zu hohen Regierungsämtern und auch in Kiel gab es plötzlich sozialdemokratische Stadträte. So wurden Sozis zu Menschen. Rosenbaum hätte nun in die SPD eintreten können, ohne Nachteile befürchten zu müssen. Jetzt aber hinderte ihn ein anderer Grund: Er war gegen den Krieg. Bereits als nahezu das ganze Land in patriotischem Rausch an die Front taumelte, war er dagegen. Auch die SPD war dagegen, aber die Mehrheit der Partei meinte, wenn der Krieg nun mal ausgebrochen sei, müsse man da auch durch. Nach zähem Ringen stimmte die SPD-Reichstagsfraktion schließlich den Kriegskrediten zu. Aus taktischer Überlegung, aus Patriotismus, ein wenig vielleicht auch aus Dankbarkeit für die plötzliche gesellschaftliche Anerkennung, aus vielen Gründen. Der Streit zerriss die Partei daraufhin in die MSPD und die USPD. Rosenbaum verfolgte intensiv das politische Geschehen in den Zeitungen, in verschiedenen Zeitungen mit verschiedenen Ansichten. Am Ende konnte er jede dieser Meinungen verstehen, aber keine teilen. Was sollte er in eine Partei eintreten, wenn er keinen Standpunkt besaß? Allmählich verfiel er der Frustration, später der Lethargie, schließlich dem Schwermut. Er las Gontscharows ›Oblomow‹.

Erst Karl Liebknecht, sein guten Freund aus Berliner Tagen, half ihm aus seinem larmoyanten Zustand heraus.

Liebknecht war Reichstagsabgeordneter der SPD und agitierte dermaßen entschieden gegen den Krieg, dass ihm in einem Strafprozess wegen Hochverrats die Todesstrafe drohte. Trotzdem blieb er mutig und ohne Selbstzweifel. In Rosenbaum reifte die Überzeugung, dass es zwar wichtig sei, die richtige Ansicht zu vertreten, noch wichtiger aber, überhaupt eine Meinung zu besitzen. Er marschierte ins Gewerkschaftshaus, wo die MSPD ein Parteibüro unterhielt und erklärte seinen Beitritt. Im großen Saal des Gewerkschaftshauses besuchte er politische Veranstaltungen, meist als Zuhörer, zunehmend auch als Redner, und beteiligte sich an Diskussionen. Er war gegen den Krieg und den Burgfrieden, aber auch gegen die Revolution, eigentlich war er gegen alles. Er las Hume und Kant und erhob Skepsis zum Prinzip. Wenn ihm ein Genosse vorwarf, den Marxismus zu verraten, schleuderte er ihm Zitate von Eduard Bernstein entgegen. Er hätte Menschen überzeugen können, wenn er nur selbst gewusst hätte wovon. Er hätte sie führen können, wenn er gewusst hätte wohin. Doch so lähmte er nur die Entschlusskraft der Genossen. Aber seinen Oblomow hatte er überwunden. Und das Gewerkschaftshaus war der Ort seiner Gesundung.

»Chef?«, fragte Hedi noch einmal.

Rosenbaum verneinte. Gemeinsam nahmen sie die Treppe des Haupteingangs, als ihnen Dr. Wilhelm Spiegel entgegenkam. Spiegel war Jude, Stadtverordneter der SPD und ein bekannter Strafverteidiger. Er hatte Ähnlichkeit mit Karl Liebknecht und Leo Trotzki, besaß aber nicht deren radikale politische Ansichten. Er war gegen den Krieg, aber für die Kriegskredite und hatte sich freiwillig an die Front gemeldet. Erst seit ein paar Monaten war er wieder zu Hause.

»Genosse oder Kommissar?«, fragte Spiegel.

»Wir sind dienstlich hier.«

Spiegel reichte den Ermittlern in vollendet kniggescher Manier die Hand, zuerst der Dame, und er redete Hedi immer mit *Frau* Kuhfuß an. Schon deshalb mochte sie ihn.

»Kann ich helfen?« Das war für einen Strafverteidiger eine ungewöhnliche Frage, wenn er sie an einen Kriminalkommissar richtete – und wenn er sie denn ernst meinte. Doch seit sich der Kommissar und der Anwalt vor fast zehn Jahren kennengelernt hatten, war die anfängliche Skepsis allmählich einer gegenseitigen Achtung zwischen ihnen gewichen und hätte vielleicht sogar in Freundschaft umschlagen können, wären die beiden nur in beruflicher Hinsicht nicht so oft entschiedene Gegner.

»Können wir reingehen?«, fragte Rosenbaum.

Spiegel schaute auf seine Taschenuhr. »Dauert es lange? Eigentlich muss ich zur Stadtverordnetenversammlung, kurzfristig einberufen, irgendwas unglaublich Wichtiges.«

»Wir können Ihnen erzählen, worum es bei der Versammlung vermutlich gehen wird«, sagte Rosenbaum. Dass diese beiden Genossen einander beharrlich siezten, irritierte viele Sozis, war aber beruflich bedingt.

»Na gut. Vielleicht fällt dabei ja ein Mandat für mich ab.«

Während die beiden Männer die Treppe zum Parteibüro der MSPD ansteuerten, blieb Hedi mit den Worten »Ich schau mich mal um« in der Eingangshalle zurück. Rosenbaum nickte zustimmend. Obwohl sie sich nicht abgesprochen hatten, wusste er, dass Hedi nach USPDlern suchen wollte. Die USPD war in Kiel zu klein und zu unbedeutend, um im Gewerkschaftshaus ein regelmäßig besetztes Parteibüro vorhalten zu können, sodass man nicht einfach dort anklopfen konnte. Aber ihre Funktionäre liefen hier ständig herum, man konnte sie einfach auf den Fluren abpassen – das Gewerkschaftshaus war nicht ihr Büro, wohl aber ihre Lobby.

Als Rosenbaum und Spiegel das SPD-Büro betraten, fanden sie einen kleineren Mann an einem Schreibtisch sitzen. Es war der Bezirksparteisekretär Heinrich Kürbis, der mit seinem schwarzen Schnurrbart, widerspenstig wallendem Haupthaar und großen traurigen Augen an Albert Einstein erinnerte. Gerade studierte er einen Bericht über die Magistratsnachwahlen vom vergangenen Mittwoch und war unverkennbar deprimiert.

»Vier Prozent Wahlbeteiligung, vier Prozent!«, sagte er. »Die Menschen gehen nicht mehr wählen, sie gehen auf die Straße.« Kürbis stand seufzend auf und putzte seine Brille. »Dort müssen wir sie wieder einfangen. Wir müssen auch auf die Straße.«

Rosenbaum nickte. Dann schüttelte er den Kopf. Endlich war die SPD an der neuen Reichsregierung beteiligt, endlich hatte sie wirklichen politischen Einfluss errungen. Mehr noch: Sie traf die Entscheidungen über das, was jetzt im Staat vor sich ging. Es war ein offenes Geheimnis, dass der großherzogliche Prinz Max von Baden nur deshalb zum neuen Kanzler ernannt worden war, weil dadurch die konservativen Kräfte ruhiggestellt werden konnten; er sollte repräsentieren, nicht regieren. Die politischen Entscheidungen wurden von seinem parlamentarischen Staatssekretär getroffen; das war Philipp Scheidemann, SPD. Außerdem war die Oberste Heeresleitung entmachtet und die Staatsverfassung mit wenigen Federstrichen zu einer parlamentarischen Demokratie verwandelt worden. Das alles war in den letzten vier Wochen geschehen – endlich. Jetzt musste man gestalten und nicht opponieren.

Andererseits konnte man die Straße nicht den radikalen Kräften überlassen. Der Einzug der Demokratie hatte sich noch nicht überall rumgesprochen. Ein Vulkan war ausgebrochen, und die Menschen hatten es nicht bemerkt. Sie sollten mitgestalten, nicht rebellieren. Und das konnte man ihnen doch nur dort erklären, wo sie sich aufhielten. Rosenbaum nickte wieder.

Doch in diesem Moment war das nicht sein Thema. Er hörte, wie Spiegel ihm leise zuflüsterte: »Wir müssen ihn wieder aufbauen«, und bat die beiden Genossen an den Besprechungstisch.

»Also? Worum geht's?«, fragte Spiegel.

Rosenbaum berichtete über die Meuterei und die Besorgnis der Polizeiführung, beantwortete einige Nachfragen und verursachte grübelndes Schweigen, das erst endete, als der Hausmeister Willi in der Tür stand.

»Da will ein Haufen Matrosen in den großen Saal, eine Versammlung abhalten«, sagte er. »Aber der Saal ist heute für den Gesangsverein reserviert.«

»Wie viele sind es denn?«, fragte Kürbis.

»Unzählige.«

»Natürlich, die sollen in den Saal gehen, der Chor kann nach hinten umziehen. Ich komme gleich.«

Willi nickte und verschwand. Zu der den Raum beherrschenden Nachdenklichkeit gesellte sich Nervosität.

»Sind das die Meuterer?«, fragte Spiegel.

Niemand wusste die Antwort, aber alle würden sie gern erfahren.

Rosenbaum beeilte sich, zum Grund seines Besuches vorzustoßen. Er zog das Foto der ermordeten Arbeiter aus seiner Tasche, legte es auf den Tisch und erzählte von den aufgefundenen Leichen. »Am Abend des 28. Januar wollten sie hier im Gewerkschaftshaus eine Veranstaltung besuchen. Danach waren sie verschwunden, jetzt sind sie tot«, sagte er.

Spiegel und Kürbis betrachteten die Fotografie und schüttelten den Kopf.

»Kenn ich nicht,« sagte der Parteisekretär.

»Ich auch nicht. Im Januar war ich sowieso noch an der Front«, sagte der Anwalt. »Wenn das alles ist, würde ich jetzt gern im großen Saal vorbeischauen. Und dann muss ich dringend zu den Stadtverordneten gehen.«

»Warten Sie noch«, erwiderte Rosenbaum. »Vielleicht fällt doch ein Mandat für Sie ab.« Er dachte dabei an Frieda Bade, die vielleicht keinen Anwalt nötig hatte, aber sehr wohl Beistand.

Kürbis ging zum Aktenschrank und durchsuchte die Mitgliederkartei. »Zu uns gehören die nicht«, sagte er schließlich. Dann holte er seinen Kalender vom Schreibtisch und blätterte darin. Es war ein dicker Kalender mit vielen nachträglich eingelegten Notizblättern, ein Ersatztagebuch, das Kürbis sorgfältig führte, weil er ahnte, dass er in bedeutsamen Zeiten lebte, und sich vorgenommen hatte, als alter Mann seine Memoiren zu schreiben.

»Am 28. Januar? Hm. Mit dem Januarstreik hatten wir eigentlich nicht viel zu tun. Den haben sich die Unabhängigen untern Nagel gerissen. Und was die machen, wird ja sowieso nichts«, murmelte er. »Ah, hier! 25. Januar: Arbeitsniederlegung in der Torpedowerkstatt … Vertrauensleute geschlossen zum Heer eingezogen … 28. Januar: Einigung zwischen den Unabhängigen und der Werksleitung, dass zukünftig Versetzungen von Vertrauensleuten vorher beraten werden müssen. Der Ausstand sollte am nächsten Tag beendet werden. Inzwischen hatte die Berliner Zentrale der Unabhängigen zum landesweiten Streik aufgerufen, aber offenbar vergessen, ihre Kieler Leute davon in Kenntnis zu setzen. Dieser Chaotenverein. Am Abend: Versammlung der Arbeiter im Gewerkschaftshaus, auf Einladung der Unabhängigen. Das dürfte die Veranstaltung sein, die die Mordopfer besucht haben. Die Unabhängigen wollten den

Streik fortsetzen, aber die Arbeiter hatten keine Lust mehr. Beendigung der Versammlung ohne Beschluss. 29. Januar: Streik fortgesetzt ... Großkundgebung auf dem Wilhelmplatz. 30. Januar: Trotz andauernden Streiks kehrten viele Arbeiter an ihre Arbeitsplätze zurück. 1. Februar: Überall wurde wieder regulär gearbeitet.«

»Ja, ich erinnere mich«, sagte Rosenbaum. »Die Genossen Theil, Strunk und Popp wurden verhaftet, danach gab es keine richtigen Streikführer mehr und die Aktion fiel in sich zusammen.«

Spiegel nickte. »Das hat sich euer Polizeipräsident von den Fischern abgeguckt: einfach den Kopf abhacken und den Rest in Salz werfen. Ein wenig zuckt es noch, aber bald ist Ruhe.«

»Dann gehörten die drei Opfer vielleicht der USPD an«, kombinierte Rosenbaum. »Oder sie waren nur als Streikteilnehmer da.«

»Oder beides oder beides nicht«, ergänzte Kürbis. »Ich hab mir das ja angeschaut, was die Unabhängigen an jenem Abend veranstalteten. Vielleicht waren diese drei Männer anwesend, aber aufgefallen sind sie mir nicht.«

»Wie gut war diese Veranstaltung denn besucht?«

»Tja. 300, vielleicht 400 Arbeiter.«

»Hatten die drei möglicherweise etwas mit der Kanal-Meuterei vom letzten Jahr zu tun?«, wollte Rosenbaum wissen.

»Du meinst die Matrosenrebellion vom August 17? Als die ›Prinzregent Luitpold‹ den Kaiser-Wilhelm-Kanal blockierte?« Kürbis zog das Foto zu sich herüber und betrachtete noch einmal die Gesichter. »Die Blockade war der Höhepunkt einer schleichenden Revolte, die den ganzen Sommer über schwelte. Aber da waren damals ausschließlich Matrosen beteiligt, und diese Männer sind Arbeiter.« Kürbis lehnte sich zurück und schaute konzentriert zur Decke. »Ich erinnere mich gut an die Sache: Einer der Anführer hieß Albin Köbis. Als die Rebellion niedergeschlagen war, standen plötzlich drei deiner Kollegen von der PP vor meiner Tür und wollten mich verhaften. Sie dachten, ich wäre mit dem Köbis verwandt.«

»Köbis und Kürbis?«

»Ja. Die sind nicht sehr helle, die Jungs von der PP.«

Das stimmt, dachte Rosenbaum. »Was ist aus der Sache geworden?«

»Die Männer kamen vors Kriegsgericht. Köbis und ein anderer wurden zum Tode verurteilt, der Rest zu langer Festungshaft. Mehr konnten wir nicht herausfinden, alles geschah unter großer Geheimhaltung.«

Rosenbaum hatte von Hinrichtungen wegen Meuterei gehört. Ihm war aber nicht klar gewesen, dass es sich dabei um die Kanal-Meuterer gehandelt hatte. Er hätte es auch nicht für möglich gehalten, denn die Meuterer hatten bald aufgegeben und, soweit er wusste, nichts Schlimmes angerichtet, außer für ein paar Stunden den Befehl zu verweigern.

Der Genosse Spiegel trommelte ungeduldig mit den Fingern auf die Tischplatte.

»Möglicherweise kann die Witwe eines der Opfer Beistand gebrauchen«, sagte Rosenbaum zu ihm, um sein Versprechen von einem möglichen Mandat einzulösen. Zugleich wurde ihm bewusst, wie töricht diese Aussage war.

»Was soll sie angestellt haben?«, fragte Spiegel.

»Ich weiß nicht. Ist eigentlich nur ein Gefühl.«

»Ein Gefühl?«, wiederholte Spiegel. »Welcher Paragraf wäre das?«

»Entschuldigung«, sagte Rosenbaum.

*

Hedi stand in der Eingangshalle des Gewerkschaftshauses und überlegte, woran man einen Parteifunktionär der USPD erkennen konnte. Die USPDler, das waren radikale Sozialisten, die trugen Arbeiterkleidung, waren unrasiert und hatten einen verbissenen Blick. Noch während Hedi überlegte, kam ihr in gepflegtem Anzug und mit einem freundlichen, bartlosen Gesicht Lothar Popp entgegen. Er war der Vorsitzende der örtlichen USPD, Hedi hatte sein Bild in der Zeitung gesehen. Sie ging auf ihn zu, stellte sich vor und fragte ohne Umschweife, ob er die Arbeiter Bade, Marquort und Lampke kenne.

»Hm, tja.« Popp kratze sich an der Stirn. »Bade, Bade, Bade? Marquort? Lampke? Sind die nicht Mitglied bei uns? Ja, doch – Bade, Lampke, die sind bei uns. Ich hab sie aber lange nicht gesehen.«

»Sie sind seit Januar tot«, sagte Hedi und erzählte in wenigen Sätzen von den aufgefundenen Leichen. In Popps Gesicht machte seine Freundlichkeit einem Anflug von Betroffenheit Platz.

»Können wir das genauer herausfinden, ob die drei bei der USPD waren?«, fragte Hedi schließlich.

Der Bezirksvorsitzende bot an, in der Mitgliederkartei nachzusehen. »Ich kann Ihnen morgen eine Nachricht ins Präsidium schicken.«

»Wäre es möglich, das sofort zu prüfen?«

Popp schaute Hedi an, als spielte ihr Aussehen für seine Entscheidung eine Rolle. Nun ja, natürlich spielte es eine Rolle. Hedi wusste das.

»Dann müssten Sie in unser Parteibüro mitkommen. In die Preußerstraße.«

Hedi nahm das Angebot an.

Kaum hatten sie das Gewerkschaftshaus verlassen, kam ihnen eine kleine Gruppe von Matrosen entgegen, dann eine größere. Und noch eine, wieder etwas kleiner. Im Grunde nichts Besonderes, aber es waren viele Grüppchen, sie diskutierten aufgeregt und hatten offenbar das Gewerkschaftshaus zum Ziel.

»Gibt's was zu feiern?«, fragte Popp das vierte Grüppchen, das sie passierten.

»We mut unsere Kameraden befrieen«, schallte es zurück.

»Aha.« Popp schien darüber nachzudenken, ob er nicht gerade veralbert wurde. »Und die sind im Gewerkschaftshaus eingesperrt?«

»Wir müssen da unsere Strategie beraten, Herr Bezirksvorsitzender«, antwortete ein anderer Matrose, der Popp offensichtlich erkannt hatte.

»Und we bruckt de Warfarbeiter«, rief ein dritter und ein vierter: »Ne, bruckt we nich!«

»Ich sehe schon: kompliziert.« Popp machte eine beschwichtigende Handbewegung. »Geht erst mal rein und sagt dem Hausmeister, dass ihr den großen Saal braucht. Und sagt ihm, ich hätte das angeordnet. In einer halben Stunde bin ich bei euch.«

Popp hatte seine Freundlichkeit wiedergefunden. Mit einem Lächeln drehte er sich zu Hedi. »Gehen wir?«

Hedi nickte.

»Sind Sie für die Matrosen so etwas wie ein Kindermädchen?«, fragte sie, während sie die Muhliusstraße entlangliefen.

»Das ist Parteiarbeit an der Basis.« Der Bezirksvorsitzende stöhnte und lächelte dabei. »Mühsam, aber notwendig.«

Gern hätte Hedi zurückgelächelt. Aber sie war im Dienst, und Leute von der USPD waren potenzielle Aufrührer.

»Wir sind keine Menschenfresser«, sagte Popp, als hätte er Hedis Gedanken gelesen. »Eher das Gegenteil.«

»Menschenauswürger?«

»Menschen...sammler.«

Jetzt lächelte Hedi doch. Aber nur kurz.

Den Rest des Fußweges tauschten die beiden ihre Meinungen zum Wetter aus – trübe und novemberlich, aber ostwärts ziehendes Hochdruckgebiet, bald würde es sonniges Wetter geben –, ansonsten schwiegen sie. Der Parteifunktionär wusste offenbar noch nichts von der Meuterei, und Hedi hätte gern mit ihrem Wissen geprahlt, aber Popp war ein Aufrührer. Es blieb dabei: Hedi schwieg.

»Ja, hier.« In der Preußerstraße angelangt zog Popp die Karten von Bade, Marquort und Lampke aus dem Karteikasten. »Eingetreten am 5. August 17. Das war während der Matrosenrebellion ...« Popp setzte sich und ließ mehrmals ein nachdenkliches Hm hören. »Haben Sie vielleicht eine Fotografie von den dreien?«

Hedi setzte sich zu ihm. Das Gruppenfoto, das von Frieda Bade stammte, hatte sie nicht bei sich, nur ihre Skizze mit den Tätowierungen, aber damit konnte Popp nichts anfangen.

»Marquort – der war damals ganz interessiert. Der kam mehrmals vorbei und wollte genau wissen, wie das so ist mit Marx und Weltrevolution.«

»Und dann ging er bei Ihnen in die Kaderschule?«

»Unsinn. Ich hab ihm seine Fragen beantwortet, mehr nicht.«

»Hat er denn aktiv Parteiarbeit betrieben? Die Weltrevolution vorbereitet?«

Popp schaute Hedi argwöhnisch an. ›Weltrevolution‹, das war sein Wort, aber wenn Hedi es aussprach, musste es wie ein Vorwurf klingen, wie Hohn vielleicht.

»Wir sind die USPD, nicht die Spartakisten«, entgegnete er.

»Ach, ich dachte der Spartakusbund wäre der USPD bei-getreten?«

»In Berlin vielleicht. In Kiel gibt es keine internationa-listischen Marxisten.«

»Wie auch immer.« Hedi räusperte sich. »Hat Marquort aktive Parteiarbeit gemacht?«

»Dafür war er noch zu unbedarft. Er hat in seiner Arbeits-kolonne für uns geworben, mehr nicht. Hatte wenig Erfolg damit. Und irgendwann war er auch nicht mehr wiederge-kommen.«

»Und die anderen beiden?«

»Tja – alle drei hatten irgendwas mit der Matrosenrebel-lion zu tun. Ich weiß aber nicht mehr was.« Nachdenklich tippte der Funktionär mit den Fingern an seine Nase. »Einer von denen schien mir etwas patenter zu sein – war es der Bade? Aber ich denke, er hat sich nicht wirklich für Politik interessiert, nur für diese Matrosenrebellion.«

»Was genau?«

»Ich weiß es wirklich nicht.«

Hedi hatte den Eindruck, dass Popps Erinnerungslücken echt waren. Und ein Menschenfresser war er wirklich nicht. Für sein freundliches Gesicht wären vielleicht sogar ein paar Sympathiepunkte drin.

»Könnten Sie vielleicht in Ihren Unterlagen nachschauen?«

Der Funktionär schüttelte den Kopf. »Mein liebes Fräu-lein«, sagte er.

Fräulein. Keine Punkte.

»Haben Sie denn nicht mitbekommen, was damals los war?«

»Liebes Herrlein …«, sagte Hedi. Wollte sie nicht, war ihr so rausgerutscht. Sie hielt inne und musste lachen. Popp lachte mit. Für einen kurzen Moment sah Hedi etwas Fun-kelndes in seinen Augen. Vielleicht doch ein Punkt.

»Drei der Rädelsführer bei der Matrosenrebellion waren Unabhängige, also USPD-Mitglieder. Sie klagten schon lange über ungerechte Behandlung und miserable Verpflegung und sie baten uns um Unterstützung. Wir verhandelten mit der Marineführung und konnten erreichen, dass Menagekommissionen eingerichtet wurden.«

»Menagekommissionen?«

»Ja. Menage. Haushalt, Verpflegung. Französisch.«

»Klar. Menage.« Peinlich.

»Die Kommissionen bestimmten bei der Bordverpflegung mit. Dort kamen Matrosen und Heizer der verschiedenen Schiffe zusammen und tauschten sich über die jeweilige Lage an Bord aus. Jeder hatte etwas noch Empörenderes zu berichten als der andere. Regelmäßig redeten sie sich heiß und trugen die Hitze zurück an Bord. Das führte immer wieder zu kleineren Aufsässigkeiten – unerlaubtes Entfernen von der Truppe, einige Hungerstreiks, aber alles nur für ein paar Stunden. Die Marineführung reagierte gnadenlos, Abhilfe wurde nicht geschaffen. Schließlich mündete die Unzufriedenheit darin, dass die ›Prinzregent Luitpold‹ eines Tages wegen Befehlsverweigerung im Kaiser-Wilhelm-Kanal liegen blieb und den gesamten Verkehr blockierte. Wir hatten damit nichts zu tun. Im Gegenteil, wir versuchten, die Männer zu beruhigen.«

»Ach, Sie wollten der Marineführung helfen?«

»Wir wollten einen geordneten sozialistischen Kampfgeist einführen, der diszipliniertes und planvolles Handeln ermöglicht.«

»Für die große Weltrevolution, richtig?«

Popps freundliches Gesicht wurde ernst, dann wieder fröhlich. Statt eine Antwort zu geben, wiegte er den ausgestreckten Zeigefinger und grinste. Hätte er Hedis Frage bejaht, könnte sie ihn sofort festnehmen. Ungewollt hatte sie ihm eine Falle gestellt und er hatte es rechtzeitig erkannt.

»Jedenfalls, nach der Blockade war die Geduld der Marineführung erschöpft. Die Wortführer wurden festgenommen und uns wurde unterstellt, dass wir zur Rebellion angestiftet hätten. Der gesamte Kieler Parteivorstand wurde verhaftet oder zum Militär eingezogen, und alle Unterlagen wurden beschlagnahmt. Bis heute.«

»Also: Keine genaue Erinnerung, warum die drei Torpedoarbeiter gerade zu dieser Zeit bei Ihnen eingetreten sind?«

»Sie haben sich empört, über die Staatsgewalt. Wahrscheinlich haben sie sich einfach nur empört. Mehr kann ich wirklich nicht sagen. Damals ging alles drunter und drüber.«

»Ja, verstehe ich. Welche Rolle haben die drei denn beim Januarstreik gespielt?«

»Soweit ich weiß: keine.«

»Aber bei der Veranstaltung am 28. Januar waren sie doch anwesend?«

»Weiß ich nicht. Ich selbst war nicht da.«

»Urlaub?«

»Klar, Urlaub. Vier Quadratmeter in der Jugendherberge Gartenstraße.«

In ganz Kiel gab es keine Jugendherberge, und der einzige Beherbergungsbetrieb in der Gartenstraße war der Gewahrsamstrakt des Polizeipräsidiums.

»Ich hatte kurz vorher eine ungenehmigte Großkundgebung auf dem Wilhelmplatz organisiert. Dafür gab es zwei Wochen umsonst Wasser und trockenes Brot.«

»Tut mir leid.«

»Nicht so schlimm. Zu Hause hätte es Wasser und Steckrüben gegeben.«

»Vielleicht hätten Sie zurückhaltender vorgehen sollen.«

»Liebes Fräulein ...« Popp stockte und schaute Hedi an. Hedi schaute zurück. Beide begannen zu lachen. Popp hatte nicht nur ein freundliches Gesicht, es war auch hübsch. Ein wenig.

»Haben Sie einen Vornamen?«, fragte er.

»Sagen Sie doch einfach *Frau* zu mir«, antwortete sie. Hedi vermied jetzt, ihn anzuschauen. Weil er ein Aufrührer war und weil er Böses brachte. Nicht weil sie verlegen war, natürlich nicht.

»Liebe Frau, wir sind die Unabhängigen Sozialisten. Wir haben uns von der Mehrheits-SPD abgespalten, weil wir deren Verrat am Frieden nicht länger unterstützen konnten und wollten. Wir haben gemacht, was eine sozialistische Partei machen muss. Noch vor der Abspaltung haben wir im ganzen Reich die Demonstrationen gegen die Inhaftierung von Karl Liebknecht organisiert. Wir haben die Matrosenrebellion, äh … eingedämmt. Und wir haben den Januarstreik geführt, während die Mehrheitssozialisten an ihrer bürgerlichen Reputation feilten.«

»Gebracht hat es aber nichts, oder?«

»Wir können in Kiel keine eigene Parteizeitung drucken. Wissen Sie warum?«

»Sie haben nicht genügend Papier?«

»Das auch. Aber vor allem haben wir keine Redakteure. Die Massen strömen uns zu, aber uns fehlen die Führer. Nach jeder Aktion haben die feinen Herren unsere Kader weggesperrt, so lange, bis keiner mehr übrig ist. Ich selbst bin nur ein kleines Rad, aber hier in Kiel bin ich seit dem Januarstreik das einzige.«

»Die neue Regierung hat Karl Liebknecht begnadigt.«

»Weil es denen gerade in den Kram passt. Liebknecht ist ihr Schafspelz. Aber wenn es hart auf hart kommt, wird die Mehrheits-SPD wieder mit den alten Mächten paktieren, wie sie es immer getan hat. Und uns werden sie wieder einsperren. Oder umbringen.« Popp zögerte einen Moment, bevor er weitersprach. »Und um Ihre Frage zu beantworten: Ja, wir streben nach der Revolution.«

Er schaute Hedi prüfend an. Er hatte sich ihr gerade ausgeliefert. Hedi sah weiter an ihm vorbei.

»Und? Bin ich nun verhaftet?«

Jetzt blickte Hedi ihn an. »Warum? Haben Sie wieder eine Demonstration organisiert?«

Sie sahen einander tief in die Augen. Wie zwei Duellanten. Oder zwei Liebende. Das war nicht auszumachen.

Dann begannen sie zu lachen.

»Ich muss im Gewerkschaftshaus nach dem Rechten sehen«, sagte Popp. »Gehen wir?« Es fehlte nicht viel und er hätte Hedi seinen Arm zum Unterhaken angeboten. Und vielleicht hätte Hedi angenommen.

»Muss man bei der Polizei eigentlich seinen Ehering ablegen, wenn man im Dienst ist? Oder seinen Verlobungsring?«, fragte Popp, als sie in die Fährstraße einbogen.

»Nein. Wer so einen Ring hat, trägt ihn auch im Dienst.«

Hedi trug keinen.

*

Rosenbaum begleitete Kürbis und Spiegel in den großen Saal, der mit wenigen zivil gekleideten Personen und rund 250 Männern in blauen Matrosenanzügen nur mäßig gefüllt war. Auf den Mützenbändern der Matrosen stand in goldenen Lettern ›SMS Bayern‹, ›SMS König‹ und ›SMS Markgraf‹ zu lesen, allesamt Großlinienschiffe des III. Hochseegeschwaders. Sie gehörten zu den mächtigsten und modernsten Kampfschiffen, die die Kaiserliche Marine vorzuweisen hatte. Zusammen besaßen die drei Schiffe eine Besatzung von fast 4.000 Mann. 250 von ihnen hatten sich jetzt hier versammelt.

»Kennen wir jemanden?«, fragte der Kommissar.

»Die in Zivil sind von der Gewerkschaft, von uns und von der USPD. Und der dort, der aussieht wie Käpt'n Ahab, ist ein Polizeispitzel.« Kürbis räusperte sich. Käpt'n Ahab war seit Jahren als Spitzel bekannt und er dürfte gewusst haben, dass man ihn kannte. »Von den Matrosen – hm, ein paar Gesichter hab ich vielleicht mal irgendwo gesehen, aber sonst ...«

Die Männer in Blau redeten wild durcheinander und verursachten ein hektisches Stimmengewirr. Aufgeregt gestikulierende Arme flogen durch die Luft und vereinzelt schlug jemand mit der Faust auf den Tisch. Wortfetzen wie »Kommando übernehmen« und »Stadt beschießen« drangen an Rosenbaums Ohr. Er besaß genug Fantasie sich vorzustellen, dass die Großlinienschiffe des III. Geschwaders eine Stadt wie Kiel innerhalb weniger Stunden in Asche legen könnten.

Nach einer Weile stand einer der Matrosen auf und verschaffte sich mit einer Handglocke, die er zuvor vom Hausmeister erhalten hatte, Gehör. Er begrüßte die Kameraden und forderte unter großem Applaus bessere Verpflegung und sofortigen Frieden. Ein zweiter erhob sich und schlug vor, die Reihenfolge umzukehren, zuerst müsse der Friede kommen, und das solle jetzt gleich mal beschlossen werden. Ein Heizer widersprach ihm: Zuallererst müssten die Inhaftierten der SMS Markgraf freigelassen werden. Man müsse einen Soldatenrat wählen, rief jemand dazwischen und ein weiterer Zwischenruf forderte, die Kieler Arbeiterschaft zu mobilisieren.

Inzwischen war Hedi von ihrem Ausflug in die Preußerstraße zurückgekehrt. Rosenbaum führte sie hinaus in den Flur, wo die beiden ihre zwischenzeitlichen Erkenntnisse austauschten. Als sie den Saal wieder betraten, stand Lothar Popp hinter dem Matrosen mit der Handglocke und redete auf ihn ein. Heinrich Kürbis war ihm gefolgt und versuchte, sich an dem Gespräch der beiden zu beteiligen.

Mit der Zeit wurden die Wortbeiträge emotionaler und ihre sachlichen Anteile beschränkten sich auf Wiederholungen. Der Matrose mit der Glocke ergriff erneut das Wort und versuchte ein Schlusswort:

»Kameraden! Natürlich ist der Friede das Wichtigste. Den können wir hier und heute aber nicht erzwingen. Wir sind noch zu wenige, wir müssen mehr werden! Und morgen werden wir mehr sein!« Aus dem Nichts ertönte stürmischer Beifall. »Morgen treffen wir uns wieder, selber Ort, selbe Zeit. Geht auf eure Schiffe und geht auf die anderen Schiffe und zu den Landeinheiten und verkündet es: Alle, die Beine haben, sollen morgen kommen! Der Genosse Popp wird bei den Rüstungsarbeitern für unsere Sache werben. Und morgen werden wir so viele sein, dass nicht mehr alle in diesen Saal passen!«

Die letzten Worte gingen im Beifall unter.

Während der gesamten Zeit hatte sich Käpt'n Ahab fleißig Notizen gemacht, ohne dabei auch nur den Versuch zu unternehmen, seine Spitzeltätigkeit geheim zu halten. Das hatte sich über die Jahre so eingebürgert. Nach anfänglichen Meinungsverschiedenheiten hatten Gewerkschaft und SPD beschlossen, auf ein Hausverbot für Ahab zu verzichten, weil er ohnehin nie der einzige Spitzel im Saal gewesen sein dürfte und man an seinen Reaktionen abschätzen konnte, was die Polizei für wichtig hielt. Heute war Ahabs Reaktion überaus hektisch. Kurz vor Ende der Veranstaltung verließ er überhastet den Saal.

Die Matrosen diskutierten noch ein wenig und bald machten sich die ersten Grüppchen auf, um von der morgigen Veranstaltung zu verkünden.

»Da passiert noch was«, sagte Spiegel zu den beiden Ermittlern.

»Den Spitzel meinen Sie?«, fragte Hedi nach.

Rosenbaum nickte und schaute zu Kürbis hinüber, der mit Popp und dem Glocken-Matrosen in ein Gespräch vertieft war. »Ja, wenn Ahab aus dem Saal rennt, gibt es kurz danach eine Razzia. Das kennen wir schon.«

Rosenbaum hatte noch nicht ganz zu Ende gesprochen, als die aus dem Saal strömende Menge in Stillstand geriet und vom Eingang zornige Rufe herüberschallten.

Rosenbaum und Spiegel drängelten sich bis zur Straße durch. Dort versuchte ein Großtrupp von 14 Marineinfanteristen, die aus dem Gewerkschaftshaus drängende Masse aufzuhalten. Rosenbaum schritt auf den Truppführer zu, stellte sich vor und zeigte seine Polizeimarke.

»Was ist hier los?«, fragte er.

»Feldwebel Jensen, I. Ersatz-Seebataillon. Wir führen hier eine Ordnungsmaßnahme durch. Ich bitte, nicht zu stören.«

»Welche Art Ordnungsmaßnahme?«

»Personenfeststellung.«

»Warum?« Rosenbaum wusste genau warum. Er wusste aber auch, dass die aufgebrachten Matrosen sich das nicht gefallen lassen würden. Sie würden den Trupp überrollen, Schusswaffen müssten eingesetzt werden. Es wäre gut, wenn auch der Truppführer die Lage so einschätzte.

»In dem Gebäude wurde zu Kriegsverrat aufgerufen«, antwortete der Feldwebel. »Gehen Sie jetzt bitte aus dem Weg.«

Spiegel schaltete sich ein. Kriegsverrat, Paragraf 58 Militärstrafgesetzbuch, das war sein Metier. »Was genau wurde denn gesagt?«

Jensen drehte sich Hilfe suchend zu Ahab um, der ein paar Meter entfernt stand und mit seinem Gesichtsausdruck signalisierte, dass es schwierig wäre, die Wortbeiträge der Versammlung spontan unter den Tatbestand des Kriegsverrats zu subsumieren.

»Jedenfalls wurde eine nicht genehmigte Versammlung abgehalten«, sagte der Feldwebel.

»Aha«, entgegnete Spiegel mit einer riesigen Portion zur Schau gestellter Überlegenheit. »Wo steht denn, dass man eine Versammlung in geschlossenen Räumen genehmigen lassen muss?«

Der Feldwebel hatte sich aufs Glatteis führen lassen. Unter dem herrschenden Kriegsrecht war er berechtigt, Personenfeststellungen ohne jede Begründung vorzunehmen. Er hätte sich auf keine Diskussion einlassen müssen. Spiegel hatte ihn aber so weit verwirrt, dass er kurz davor war, sein Vorhaben aufzugeben. Doch jetzt drängten die Matrosen voran. Der Feldwebel wich einen Schritt zurück, dann noch einen.

»Stehen bleiben!«, rief er und zog seine Pistole aus dem Holster. »Sonst wird von der Schusswaffe Gebrauch gemacht!«

Die Matrosen blieben stehen. Der Kommissar und der Anwalt standen zwischen ihnen und dem Feldwebel. Es gab in diesem Moment keinen Ort, an dem Rosenbaum sich weniger gern aufgehalten hätte.

»Besinnen Sie sich!«, rief er dem Feldwebel zu, und Spiegel versuchte, die Matrosen mit einer besänftigenden Geste zurückzuhalten.

»Festnehmen!«, rief der Feldwebel seinen Leuten zu und zeigte auf Rosenbaum.

Aber niemand rührte sich.

Jensen drehte sich um und schrie noch einmal: »Festnehmen!«

Im Trupp murmelte es, der einzig erkennbare Laut war ein verlegenes »Nö«.

Der Feldwebel drehte sich wieder zu den Matrosen und entsicherte seine Pistole. In endlosen Sekundenbruchteilen verwandelten sich ein Anwalt, ein Kommissar und ein Feldwebel zu Salzsäulen, sonst geschah nichts. Dann setzten sich die Matrosen in Bewegung, ganz langsam wie ein anrollender D-Zug, und zogen gemächlich an den Salzsäulen vorbei. Jensen wurde zwei-, dreimal leicht angerempelt, während Rosenbaum vereinzeltes Schulterklopfen spürte. Auch auf die Schultern der Marineinfanteristen wurde geklopft und ihre Hände wurden geschüttelt. Schließlich rückte der Feldwebel mit seinen Soldaten ab. Rosenbaum fasste mit beiden Händen an sein Revers, zog es ruckartig zurecht und blies durch die Nase. Spiegel nickte aufmunternd in seine Richtung. Hedi stürmte auf ihn zu, sie hatte sich gewaltige Sorgen gemacht.

Gemeinsam gingen sie ins Gewerkschaftshaus zurück, in den großen Saal, der sich inzwischen fast vollständig geleert hatte. Nur Popp, Kürbis und der Glocken-Matrose standen noch in einer Ecke und diskutierten. Man brauchte nicht zu hören, was sie sagten, man konnte sehen, dass sie sich nicht einig waren. Von dem Vorfall auf der Straße hatten sie nichts mitbekommen. Rosenbaum und Hedi setzten sich an einen Tisch. Spiegel rief den Diskutanten zu, sie sollten sich dazusetzen. Sie ließen Bier kommen. Popp berichtete vom Meinungsstand, Spiegel vom Geschehen auf der Straße, und alle versuchten, sich gegenseitig zu beruhigen. Letzteres glückte nicht wirklich.

»Ihr seid doch irre!«, schrie Kürbis den verdutzten Popp an. »Gerade jetzt! Die Oberste Heeresleitung wurde entmachtet, die Verfassung reformiert, Friedensverhandlungen aufgenommen! Und gerade jetzt wollt Ihr eine Revolution anzetteln?«

»Gerade jetzt haben die Admiräle eine Entscheidungsschlacht befohlen!«, erwiderte Popp und der Matrose ergänzte: »Das war ein konterrevolutionärer Militärputsch! Und die Matrosen haben nur die zivile Regierung verteidigt!«

»Quatsch! Ausgemachter Blödsinn!« Kürbis holte tief Luft, um seine Sicht der Dinge zu bekräftigen, wurde aber von Spiegel daran gehindert.

»Das können wir doch alles gar nicht wissen«, sagte der Anwalt und legte seine Hand auf Kürbis' Arm. »Sollte es tatsächlich einen Putsch geben, wird er in Berlin entschieden, nicht in Kiel. Doch wenn sich in Kiel die Matrosen erheben, drohen Straßenschlachten. Einen Aufstand werden wir vielleicht nicht mehr verhindern können, aber wir können versuchen, ihn in geordnete Bahnen zu lenken. Die SPD und die USPD müssen sich gemeinsam an die Spitze der Bewegung setzen.«

Das war ein unannehmbarer Vorschlag. Für Popp und für Kürbis. Minutenlang schrien sie sich an. »Revisionist!«, schrie der eine, »Bolschewik!«, der andere. Die Heiserkeit nahm zu, die Lautstärke ab, die Verbissenheit blieb. Bis Hedi fragte: »Und was ist mit den Menschen?«

Die Streitlust legte sich allmählich und machte Platz für ein wenig Besonnenheit. Schließlich zog grummelnde, teils widerwillige Zustimmung ein. Kürbis und Popp konnten mit dem Vorschlag möglicherweise doch leben, könnten es zumindest versuchen. Sie hatten sehr unterschiedliche Vorstellungen von den geordneten Bahnen, in die die Bewegung gelenkt werden sollte, aber ihnen wurde klar, dass sie zusammenarbeiten mussten.

»Wir gehen jetzt«, sagte Rosenbaum, schaute Hedi auffordernd an und stand auf. Es war spät geworden, Zeit für den Feierabend, und als Polizeiangehörige hätten sie an dem Gespräch besser erst gar nicht teilgenommen.

»Ich trinke nur schnell das Bier aus«, erwiderte Hedi und blieb sitzen. Sie saß neben Lothar Popp, das war Rosenbaum vorher nicht aufgefallen.

Sein Heimweg war nicht weit. Er lief die Muhliusstraße entlang, dann würde ein kleines Stück Knooper Weg folgen, schließlich quer über den Exer. Es war bereits dunkel geworden, aus den Fenstern drang fahles Licht. Die Menschen saßen am Küchentisch und aßen Abendbrot. Um diese Uhrzeit war hier kaum jemand auf der Straße. Rosenbaum konnte seine Schritte hören.

Und er hörte fremde Schritte. Hinter ihm musste jemand gehen, in einiger Entfernung, in dieselbe Richtung. Das war nichts Besonderes, das passierte in einer Großstadt schon mal. Ein junger Kerl kam ihm entgegen, auch dessen Schritte konnte er vernehmen. Sie wurden lauter und, als sie einander passiert hatten, wieder leiser. Die Lautstärke der anderen Schritte blieb gleich. Rosenbaum widerstand der Versuchung, sich umzusehen. Er wollte jetzt nicht hysterisch werden. Er zwang sich, nicht schneller zu werden. Die Schritte blieben, sie hatten dieselbe Frequenz wie seine, als wären sie sein Echo. Er fasste in seine Brusttasche, dann in die Seitentaschen, blieb stehen, fasste in die Hosentaschen, als suchte er nach etwas. Die fremden Schritte verstummten. Er zog seine Zigaretten heraus, steckte sich eine an, ging weiter. Die Schritte erklangen wieder. Es waren harte Schritte, sie mussten von schweren Stiefeln stammen. Am Ende der Straße erreichte er die Jakobikirche. Ein schmaler Fußweg schlängelte sich um das Querschiff hinauf zum Knooper Weg. Hier war Rosenbaum für seinen Verfolger einen kurzen Moment außer Sicht. Dass er gerade von der Evangelischen Kirche Hilfe erfahren würde, hätte er nie erwartet. Er sprang hinter einen Busch. Die Schritte kamen näher, dann verstummten sie. Der Verfolger musste sich direkt hinter dem Busch befinden. Rosenbaum hielt den Atem an. Dann wieder Schritte, laut, schnell, Laufschritte. Die Silhouette eines Mannes tauchte auf. Rosenbaum trug eine

Pistole, jeder halbwegs gescheite Polizist hätte sie in dieser Situation gezogen. Rosenbaum hatte nicht daran gedacht. Jetzt war es zu spät. Er sprang den Mann an. Gemeinsam gingen sie zu Boden. Sie wälzten sich, und Fäuste flogen. Der Mann trug eine Marineuniform, vielleicht hatte auch er eine Waffe bei sich. Rosenbaum musste ihn daran hindern, sie zu ziehen. Mit beiden Armen umschlang er fest Oberkörper und Arme seines Gegners, der sich dadurch kaum bewegen konnte. Rosenbaum aber auch nicht.

»Was wollen Sie von mir?«, fragte er mit einem angestrengten Pfeifen in seiner Stimme.

»Dass Sie mich loslassen!«

Das wäre zu gefährlich. Rosenbaum lag auf dem Mann, hatte ihn fest im Griff. Wie er die Situation jetzt bereinigen könnte, fiel ihm aber nicht ein.

Eine Frau kreischte. Sie war mit ihrer kleinen Tochter auf dem Fußweg näher gekommen. Als sie die beiden Männer entdeckte, wie sie sich am Boden schlängelnd umarmten, zog sie die Tochter zurück und kehrte peinlich berührt um.

Plötzlich zog ein stechender Schmerz durch Rosenbaums Körper, als hätte ihm jemand einen stumpfen Pfahl von unten durch die Eingeweide getrieben.

∗

Hedi und Lothar Popp waren inzwischen allein im Saal. Nachdem der Kommissar sich verabschiedet hatte, diskutierte die Runde kurz weiter, bis sich auch Kürbis und Spiegel eilig und beunruhigt ihren neuen Aufgaben zuwandten.

»Ich muss jetzt auch«, sagte Popp und trank den letzten Schluck aus seinem Glas.

»Schade«, entfuhr es Hedi. Sie wusste selbst nicht so genau, warum sie das sagte. Sie hatte sich demonstrativ zu

Popp gesetzt und ihn, sagen wir, freundlich angeschaut. Das dürfte Rosenbaum bemerkt haben. Sie war sitzen geblieben, als Rosenbaum gehen wollte. Das könnte ihn ins Grübeln gebracht haben. Doch jetzt gab es keinen Grund mehr, ›Schade‹ zu sagen.

»Wieso? Wollen Sie mich noch einmal verhören?«

Popp sah Hedi lächelnd an, und Hedi befürchtete, ein wenig übertrieben zu haben.

»Nein. Ich will nur wissen, ob Sie das ernst meinen. Ob Sie wirklich eine Revolution wollen. Jetzt, wo sich alles zum Guten wendet.«

»Finden Sie, dass sich alles zum Guten wendet?«

»Hindenburg und Ludendorff sind entmachtet …«

»Jaja, klar.« Der Revolutionär blickte im Raum umher. Der sich anbahnende Flirt war abgewendet. »Stellen Sie sich mal vor, es gäbe eine neue rechtsradikale Partei. Ihre Wähler sind Hirnamputierte, niemand anderes würde eine rechtsradikale Partei wählen. Nennen wir sie: ›Partei für – sagen wir – Allgemeine fortschreitende Demenz‹. Sie erreicht stabil zwölf Prozent der Wählerstimmen – mehr geht nicht, denn es gibt nicht mehr Hirnamputierte in Deutschland. Aber zwölf Prozent sind zu wenig, um politischen Einfluss zu gewinnen. Also sagt der Vorsitzende: Wir brauchen neue Wählerschichten. Nehmen wir die Schwerstverblödeten, die stehen uns am nächsten. Unterstellen wir mal, die Partei beschließt das so – was sie nie tun würde, denn es sind ja Hirnamputierte –, aber nehmen wir es mal an. Der rechtsradikale Kurs muss sich öffnen. Völlig egal, welche Position man vertritt, es muss nur blöd sein, und zwar so blöd, dass keine andere Partei diese Meinung teilt. Die Hirnamputierten bemerken den Kurswechsel nicht und die Schwerstverblödeten wollen es so.«

»Und was wären das für Positionen?«

»Beispielsweise die Größenwahn-Strategie. Sagen Sie dem Volk, es sei allen anderen Völkern so sehr überlegen, dass es ruhig mal einen Weltkrieg führen kann, es siegt ja sowieso. Die Blöden kriegen Sie damit garantiert rum und die besonders Blöden melden sich sogar freiwillig zum Militär. Irgendwann müssen Sie Ihr Wahlversprechen aber einlösen. Denn Blöde sind blöd, aber nicht vergesslich. Sie müssen also Krieg führen. Den verlieren Sie, weil Sie so viele verblödete Soldaten haben. Doch das ist Ihnen vorher nicht klar, denn Sie sind ja ein Hirnamputierter.«

Popp hatte Geist und Humor. Einen verbissenen USPDler hatte Hedi sich anders vorgestellt. Sie fand ihn interessant. Sie lächelte ihn an, nicht so sehr, dass erneut eine erotische Stimmung aufflammen könnte, aber ein wenig schon.

»Doch so weit kommt es wahrscheinlich zunächst noch nicht, denn Hirnamputierte und Schwerstverblödete machen zusammen nur 25 Prozent der Bevölkerung aus – noch immer zu wenige. Also nehmen wir noch die Phobiker hinzu.«

»Klar, die Phobiker.«

»Ja, Menschen, die ständig Angst haben. Wenn Sie denen ihre Ängste nehmen, wählen die Sie.«

»Und wie mach ich das? Ich bin kein Psychiater.«

»Sie wenden die Sündenbock-Strategie an, funktioniert prächtig. Damit erreichen Sie nicht nur die Phobiker, sondern garantiert auch jeden Blöden. Machen Sie einfach die Ausländer für alles Böse verantwortlich und versprechen Sie Ihren Wählern, dass Sie sie aus dem Land jagen.«

»Es gibt hier kaum Ausländer.«

»Umso besser, dann merkt niemand, dass sie nur Blödsinn erzählen. Aber Sie können auch ganz traditionell die Juden nehmen. Oder konkurrierende politische Parteien, dann würden Sie sogar zwei Fliegen mit einer Klappe schlagen.

Wenn Sie für Ihre Blöden einen Krieg führen und irgendwann vor einer Niederlage stehen, setzen Sie schnell eine liberale Regierung ein, die die Kapitulation erklären muss. Wichtig ist nur, dass Sie das machen, bevor Ihre blöden Soldaten sich dem Feind ergeben. Nach ein paar Jahren werfen Sie der liberalen Regierung die schmachvolle Niederlage vor. Jeder Schwerstverblödete wird Ihnen das glauben. Und wenn Sie versprechen, dass Sie mit den liberalen Politikern aufräumen, haben Sie auch die Phobiker wieder eingefangen.«

Hedis Lachen verebbte. »Glauben Sie, dass es so kommt?«

»Ich weiß nicht. Ich hoffe nicht.«

»Von Demokratie halten Sie nicht viel, nicht?«

»Die Verführer sind nur Verführer. Das Volk wählt sie.«

»Aber sind Sie nicht auch ein Verführer?«

Popp begann, Hedi auf eine bestimmte Weise anzusehen.

»Nicht so.« Hedi stupste ihn an der Schulter.

VI

Kapitänleutnant Klaas Ravens hatte die Nacht in der Wachtmeisterei, im Archiv und an seinem Schreibtisch verbracht.
Ihm war eine Idee gekommen, eine geniale Idee, und er
hätte nicht Ruhen können, bis er herausgefunden hatte, ob
sie realisierbar war. Gegen Ende der Nacht schlenderte er
nach Hause, nahm einen halben Liter Rotwein und etwas
Käse zu sich, wechselte die Wäsche und wartete auf den
Fahrgast, der ihn – angesichts der Ereignisse des Vortages –
mit großer Sicherheit wieder unangekündigt abholen würde,
und zwar vermutlich wesentlich früher als beim letzten Mal.

Eine halbe Stunde später saß er vor dem Schreibtisch des
Stabschefs und Küsel saß dahinter.

»Was war das gestern Abend?«, fragte Küsel. Seine Hand
lag auf der linken Brust und er schnappte nervös nach Luft.
»Vorm Gewerkschaftshaus, was war das?«

Nicht so sehr die Frage an sich, vielmehr ihr Tonfall
machte deutlich, dass Küsel seinen Kaleu wieder zum Sündenbock machen wollte. Doch Ravens war gewappnet.

»Eine Gruppe von Matrosen des III. Geschwaders hat
sich dort versammelt …«

»Das weiß ich! Aber wieso hat man die Personalien der
Rädelsführer nicht festgestellt? Der Truppführer hat den
Befehl erteilt, aber seine Männer haben es nicht getan! Erklä-
ren Sie mir das bitte.«

»Der Trupp war eine Patrouille des I. Ersatz-Seebatail-
lons, wie Sie es gestern angeordnet haben.«

»Und?«

»Das Bataillon ist eine Ausbildungseinheit der Marine-infanterie …«

»Das weiß ich! Halten Sie mich für senil?«

Auf diese Frage wollte Ravens sich nicht einlassen. Zu leicht könnte ihm herausrutschen, wofür er den Konteradmiral tatsächlich hielt.

»Die Offiziere kommen aus dem Heer, aber die Mannschaften verstehen sich als Angehörige der Marine. In den Matrosen sehen sie ihre Waffenbrüder.«

Küsel war nicht dumm. Er verstand. Dennoch setzte Ravens seine Ausführungen fort, der Demütigung wegen: »Ihr Befehl, das Bataillon gegen aufrührerische Matrosen einzusetzen, um ein Übergreifen der Unruhen auf loyale Truppenteile zu verhindern, kommt dem Versuch gleich, einen Waldbrand mit Baumstämmen zu löschen.« Ravens sprach langsam und leise. Und ohne ein Wort zu betonen, auch das erste nicht. Aber das erste war das wichtigste. Eine Pause entstand, in der Ravens darauf lauerte, dass Küsel sich verteidigen würde. Die einzige und wohl auch zutreffende Verteidigung hätte sein können, dass Küsel nicht geahnt hatte, wie sehr die Disziplin in der Truppe bereits angegriffen war. Ravens' Antwort hätte dann gelautet, dass er vor dieser Entwicklung bereits seit über einem Jahr warnte und dass man die Männer besser hätte behandeln müssen, nicht aus Sorge um ihr Wohlergehen – sie waren Soldaten, sie sollten in den Tod marschieren, wenn man es ihnen befahl –, sondern damit sie gehorchten, wenn ein solcher Befehl erfolgte. Küsel verteidigte sich nicht. Er war nicht dumm.

»Uns stehen doch nur Marinesoldaten zur Verfügung. Etwas anderes haben wir hier nicht«, sagte er stattdessen.

»Aber wir brauchen Armeeeinheiten.«

»Das Heer soll uns beschützen? Sind Sie noch bei Trost?«

Ravens' Vorschlag musste in den Ohren eines Marineoffiziers wie eine Ungeheuerlichkeit, wie ein Verrat klingen, wenn er aus dem Mund eines anderen Marineoffiziers kam. Seit Langem fühlte sich die Marine vom Heer gegängelt, bevormundet, nicht ernst genommen. Sie musste die Schmach ertragen, dass die Hochseeflotte sich in ihren Häfen versteckte und fast sämtliche Kriegsehrungen an das Heer ging. Noch schlimmer, sie konnte bei der Kriegsführung nicht einmal gleichberechtigt mitreden, weil sie bis vor Kurzem keine der Obersten Heeresleitung vergleichbare Führungsebene besessen hatte. Während die OHL in den letzten beiden Kriegsjahren faktisch die Staatsmacht innehatte und selbst der Kaiser nicht mehr zu widersprechen wagte, schaute die Marine dem Geschehen nur zu. Sogar den uneingeschränkten U-Boot-Krieg durfte sie erst beginnen, als die OHL ihn befürwortete – das war die allergrößte Schmach. Jetzt auch noch das Heer um Schutz zu bitten, war vollkommen undenkbar.

Die Tür zu Küsels Büro öffnete sich ohne vorheriges Klopfen und mit brachialer Energie. Außer dem Stabschef selbst gab es nur eine Person, die sein Zimmer in dieser Weise betreten durfte. Küsel und Ravens erhoben sich von ihren Stühlen. Während Küsel zur Begrüßung des Besuchers kurz nickte, sagte Ravens: »Moin, Herr Admiral.« Dabei war das ›Moin‹ keineswegs despektierlich. Auf den Schiffen der Kaiserlichen Marine wurde Plattdeutsch gesprochen, und zwar nicht nur unter den Mannschaften, sondern auch unter den Offizieren. Fast die gesamte Seemannssprache bestand aus plattdeutschen Begriffen. Wer kein Platt beherrschte, musste es lernen. Sobald ein Offizier aber an Land ging, sprach er Hochdeutsch, als wäre ein Schott gefallen. Doch das ›Moin‹ blieb übrig.

»Ah, Ravens, gut dass Sie auch da sind«, sagte Souchon, wandte sich um, brüllte »Kaffee und Marmeladenbrot!«

in den Korridor hinaus, schloss die Tür, steuerte auf ein mächtiges Chesterfield-Sofa aus grünem Leder zu und erklärte seine Bestellung:»Im Hotel haben sie nur Pampe und Löwenzahnplörre.«

Souchon logierte seit seiner Ankunft in der Seeburg, dem Studentenhaus der Universität, nördlich vom Schlossgarten gelegen, direkt an der Förde, ausgestattet mit einem herrlichen Ausblick aufs Wasser und berühmt für ihre Mensa, die zweitälteste Deutschlands, auch wenn sie in letzter Zeit nur Pampe und Plörre anbieten konnte.

»Heine soll auch herkommen, wir müssen uns neu kalibrieren«, ordnete der Stationschef an. Sein Blick fiel auf die gegenüberliegende Wand, wo ein Porträt des Kaisers hing. Wilhelm II. posiert in Großadmiralsuniform auf der Kommandobrücke eines riesigen Kriegsschiffs. Er hält ein Fernglas in der Hand, mit dem er in die Zukunft schauen kann. Sein Blick ist grimmig. Der Kaiser war der oberste Befehlshaber der Marine, doch er erteilte keinen Befehl, schon seit Langem nicht.

Mit der rechten Hand fasste sich Küsel an die Brust, mit der linken führte er den Telefonhörer an sein Ohr und erfuhr, dass Stadtkommandant Heine noch nicht im Haus war.

»Die Ereignisse des gestrigen Tages geben Anlass zu großer Besorgnis«, sagte Souchon, den Blick noch immer auf den beharrlich schweigenden Kaiser gerichtet.

Küsel griff zu einer Telefonnotiz, die er vor sich bereitgelegt hatte. »Die PP hat gemeldet, dass für heute Abend eine weitere Versammlung im Gewerkschaftshaus geplant ist«, berichtete er. »Mit großer Beteiligung aus Kreisen der Matrosen und der Arbeiterschaft ist zu rechnen.«

»Wir sollten Stadtalarm geben«, schlug Ravens vor. »Dann dürfen die Männer ihre Kasernen nicht verlassen.«

»Blödsinn! Wir richten unsere Kanonen auf den Feind,

nicht auf Spatzen«, erwiderte Küsel. »Es reicht, wenn wir heute das Gewerkschaftshaus für Marineangehörige schließen. Dann pöbeln die Kerle ein wenig herum und gehen anschließend nach Hause.«

»Gut, Matrosen dürfen diese Brutstätte des Sozialismus heute nicht betreten. Das kann die Stadtpolizei regeln. Heine soll sich drum kümmern, sobald er ausgeschlafen hat. Über Stadtalarm denken wir später nach.« Souchon zog eine Zigarre aus seiner Jackentasche und begann, sie mit einem umständlichen Ritual zu entzünden.

»Aber denken Sie tiefer, meine Herren«, sagte er zwischendurch in bedächtigem, fast phlegmatischem Ton. »Eine neue Form der Spanischen Grippe greift um. Ihr Symptom ist nicht Fieber, sondern Ungehorsam. Sie ist mit dem III. Geschwader nach Kiel gekommen und sie erfasst junge und kräftige Männer. Können wir sie wirksam mit Quarantäne bekämpfen?«

»Die Spanische Grippe ist nach wenigen Tagen vorbei. Wer nicht stirbt, ist schnell wieder gesund«, entgegnete Küsel.

Das stimmte nicht. Die Rekonvaleszenz der seit einigen Wochen die ganze Welt überflutenden Grippewelle war überaus langwierig. Küsel musste es wissen, er kannte die Berichte. Aber offensichtlich wollte er nicht so tief denken, wie Souchon es vorgeschlagen hatte.

»Meine Frage, Küsel: Kommen wir wirklich ohne auswärtige Ärzte aus?«

Küsel antwortete nicht. Er verweigerte diese Gedankentiefe. Kaffee und Marmeladenbrote erschienen und verschafften dem Stabschef eine Atempause, bis der Ordonanzbursche wieder verschwunden war.

Dann nahm Ravens das Gespräch auf: »Wir hatten dieselbe Idee gerade besprochen, als Sie hereinkamen, Herr Admiral«

»Und?«

»Das Heer.«

Küsel verzerrte das Gesicht. »Es sind doch nur ein paar unsichere Elemente, zwei- oder dreihundert einfache Matrosen, denen Zigtausende loyale Männer gegenüberstehen.« Das klang, als wüsste Küsel nicht, was eine Grippewelle war. Er dürfte dies selbst bemerkt haben und versuchte eine Korrektur: »Vielleicht könnte Berlin einen herausragenden Sozialdemokraten schicken.«

»Sie meinen, der soll den Kranken Medizin geben und die Gesunden impfen?«, fragte Souchon nach und Küsel nickte.

»Es gibt keinen Impfstoff gegen Grippe«, warf Ravens ein. Metaphern lagen ihm nicht, er bevorzugte eine klare Sprache. Aber er wusste, dass man Menschen leichter erreichen konnte, wenn man ihre Ausdrucksweise übernahm. Und in der Sache hatte er recht: Gegen Pocken, Tollwut, Typhus und Cholera konnte man impfen, bei Grippe war man machtlos. »Wir müssen ja nicht gleich das Kriegsministerium darum ersuchen, Kiel von der Armee einnehmen zu lassen.«

Souchon schaute den Kaleu stumm an.

»In Lübeck, Rendsburg und Neumünster stehen die Heimattruppen des IX. Armeekorps, das Generalkommando sitzt in Altona, Kommandierender General ist Adalbert von Falk. Armeekorps und Marinestation stehen auf vergleichbarer Hierarchiestufe, jedoch in unterschiedlichen Teilstreitkräften.« Ravens legte eine Pause ein, um sicherzustellen, dass er Souchon gedanklich nicht abhängte. »Die Anforderung von Truppen bei einem Armeekorps durch eine Marinestation unter Umgehung der Hierarchieketten kann demnach als Amtshilfeersuchen um Personalgestellung aufgefasst werden.«

Ab hier brauchte Ravens nicht weiterzureden. Souchons Augen richteten sich nicht mehr auf ihn, sondern auf einen endlos entfernten Punkt dahinter. Ein seltener Moment geschah, als wäre erstmals eine neue Schacheröffnung gespielt worden und die Fachwelt fragte sich, was gerade passiert sei.

Dabei war es ganz einfach: Das Schlüsselwort lautete ›Amtshilfe‹. Sie kam vor, wenn die beteiligten Behörden in keinem Weisungsverhältnis zueinander standen. Personalgestellung im Wege der Amtshilfe führte dann zur Weisungsbefugnis der empfangenden Behörde gegenüber dem entsandten Personal. Zwar konnte die Armee nach eigenem Ermessen entscheiden, ob sie einem Amtshilfeersuchen der Marine nachkommen wollte, aber der Chef einer Marinestation besaß das Immediatrecht, hatte also direkten Zugang zum Kaiser, während der Kommandierende General eines Armeekorps unter Kriegsrecht mehrere Stationen passieren musste, bevor er zum Monarchen vordringen durfte. Dem damit verbundenen Reputationsvorsprung konnte sich ein General nicht verschließen.

»Geht das denn einfach so?«, fragte Souchon nach einer Weile konzentrierter Stille.

»Es gibt keine Dienstvorschrift, die so etwas vorsieht. Aber auch keine, die es verbietet.« Das herauszufinden, hatte Ravens die Nacht gekostet.

»Ich kenne Falk ganz gut. Der wird uns nicht einfach seine Männer geben«, warf Küsel ein. »Der wird das Kriegsministerium um Weisung bitten.«

»Nicht, wenn wir es dringend machen«, erwiderte Ravens. »Falk darf keine Zeit mehr haben, auf eine Reaktion aus Berlin zu warten.«

»Es ist aber nicht dringend. Bislang ist noch nichts passiert, nicht mal eine Ordnungswidrigkeit.«

»Aber sobald etwas passiert, kann es schnell gehen.«

Souchons Zigarre war inzwischen ausgegangen. »Wir warten noch, bereiten aber beides schon mal vor, Berliner

Sozialdemokrat und Armeekräfte«, entschied er und beauftragte Küsel, sich darum zu kümmern. Dann verschwand er. Kaffee und Brot hatte er nicht angerührt.

Bedacht, einen hämischen Gesichtsausdruck zu vermeiden, ansonsten aber gelassen schaute Ravens seinen Vorgesetzten an. Küsel seufzte und beauftragte seinen Untergebenen, einen ohnehin überfälligen Bericht fürs Ministerium zu entwerfen und dabei um Entsendung eines Sozialdemokraten zu ersuchen.

»Aber machen Sie es nicht zu dramatisch, sonst schicken die Ludendorff gleich mit – nur um ihn loszuwerden«, fügte er hinzu. »Und sondieren Sie, ob Falk überhaupt Männer übrig hat.«

Als Ravens nickte und im Begriff war aufzustehen, fiel Küsel noch etwas ein: »Gestern Abend hab ich eine Nachricht erhalten.« Er kramte eine Notiz aus seinem Postkorb und übergab sie dem Kaleu. »Drei Arbeiter der Torpedowerkstatt sind ermordet worden. Soll uns das irgendwas sagen?«

Ravens las die Namen. Sie sagten ihm etwas. »Das sind die Männer, die den Januarstreik übernehmen wollten.«

»Und die sind jetzt tot?«

»Sie waren damals plötzlich verschwunden. Die Belegschaften sind an ihre Arbeitsplätze zurückgekehrt und wir haben uns nicht mehr um die Sache gekümmert.«

»Und ausgerechnet jetzt werden ihre Leichen gefunden. Kein guter Zeitpunkt.«

Äußerst selten kam es vor, dass Ravens derselben Meinung war wie der Stabschef, jetzt aber schon.

»Wir müssen die Sache kleinhalten«, entschied Küsel.

Ravens nickte. »Ich kümmere mich darum.« Dann verließ er den Raum und machte sich an die Arbeit.

*

Hedi stellte ihrem Chef eine Tasse Löwenzahnkaffee mit viel Zucker auf den Schreibtisch.

»Oh, mein Gott!«, rief sie aus. Dann setzte sie sich voller Entsetzen und Neugier zu ihm. »Und wie ging es weiter?«

»Plötzlich hat er mir sein Knie – gewissermaßen – in den Schritt – gerammt.«

»Heftig«, sagte Hedi. Rosenbaum konnte nicht erkennen, ob sie wirklich entsetzt war oder sich amüsierte. Vielleicht beides.

»Vor Schmerz lockerte ich meinen Griff, er riss sich los, zog seine Pistole und richtete sie auf mich.«

»Und dann?«

»Dann lief er weg. Einfach so.«

»Wo war denn Ihre Pistole?«

»Zu Hause. Hab sie da vergessen.«

Dass er sie vergessen hatte, stimmte, wenn auch nicht zu Hause. Er war es nicht gewohnt, seine Waffe einzusetzen. Nur selten musste er sie ziehen, geschossen hatte er damit fast nie und erst recht nicht auf Menschen. Außer vor zwei Jahren, da hatte er jemanden erschossen. Er war im Recht gewesen, die Staatsanwaltschaft hatte nicht mal ein Ermittlungsverfahren gegen ihn eingeleitet, niemand hatte ihm das vorgeworfen – niemand außer ihm selbst.

Unwillkürlich musste er an Max Orlowski denken, seinen Freund und Kollegen aus alten Berliner Tagen. Er war tot, Kopfschuss. Damals waren sie dem ›Reichsverein ehemaliger Strafgefangener‹ auf der Spur gewesen. Das war eine Vereinigung, die ihren Statuten nach den Mitgliedern durch soziale Unterstützung zu einem ehrbaren Lebenswandel verhelfen wollte und als solche sogar in das Berliner Vereinsregister eingetragen war. Tatsächlich handelte es sich aber um eine kriminelle Bande von Erpressern und Zuhältern, dem Abscheulichsten, was die Vorkriegszeit zu bieten hatte. Lange hatten

Rosenbaum und Orlowski ermittelt, doch der letzte Beweis fehlte. Sie kamen auf die Idee, dass sich einer von ihnen ins Milieu einschleusen sollte. Die Wahl fiel auf Max, weil er nicht verheiratet war. Er suchte die ›Schnurrbartdiele‹ auf, eine Kaschemme im Scheunenviertel, wo die Vereinsmitglieder regelmäßig verkehrten, legte sich den Namen Erich Dorff zu und gab sich als ein nach langer Zuchthausstrafe entlassener Zuhälter aus. Man prüfte seine Entlassungspapiere, gab ihm den Spitznamen Luden-Dorff und gewährte ihm nach und nach Zugang zu den innersten Kreisen der Vereinigung. Rosenbaum war nicht wohl bei der Sache, denn Max lebte schon lange in Berlin, jederzeit konnte er jemandem begegnen, den er kannte. Kurz bevor sie die nötigen Beweise beisammen hatten und die Bande hochnehmen wollten, flog Max tatsächlich auf. Aber nicht weil ihn jemand enttarnte, sondern weil Rosenbaum einen Fehler gemacht hatte, einen schweren und unverzeihlichen Fehler. Deshalb war Max jetzt tot.

»Das war wirklich mutig von Ihnen«, sagte Hedi und riss Rosenbaum aus seiner Wehleidigkeit. »Auch wie Sie sich dem Infanterietrupp entgegengestellt haben, das war besonders mutig.«

Rosenbaum selbst fand sein Verhalten vor dem Gewerkschaftshaus auch mutig. Dann dachte er wieder an Max und dann an die Männer, die ein paar Hundert Kilometer entfernt in Gräben kauerten, bis ihnen ein Arm, ein Bein oder der Kopf weggeschossen wurde oder bis sie den Verstand verloren. Jetzt fand er sich nicht mehr mutig. Doch über seinen Mut wollte er nicht nachdenken.

»Aber was hat der Kerl gewollt, Hedi? Haben Sie eine Ahnung?«, fragte er und versuchte, seinen Gemütszustand dem Alltag anzupassen.

»Wegen des Vorfalls vor dem Gewerkschaftshaus vielleicht?«, spekulierte Hedi.

»Glaube ich nicht«, sagte der Kommissar und nahm einen Schluck aus seiner Tasse. Dann ging er zur Schiefertafel. »Fassen wir mal zusammen.«

Die Fragezeichen auf der Tafel waren inzwischen ausgewischt und durch die Namen der Mordopfer ersetzt. Rosenbaum fügte ›Aug. 17: Matrosenrebellion‹ und ›Jan. 18: Januarstreik‹ hinzu. Dann setzte er sich wieder.

»Bade, Marquort und Lampke hatten mit der Matrosenrebellion vom letzten Jahr angeblich nichts zu tun, waren aber genau zu diesem Zeitpunkt in die USPD eingetreten. Weil sie sich über die repressive Staatsgewalt empörten? Oder war es nur Zufall? Zum Januarstreik von diesem Jahr hatten die drei angeblich auch nichts Wesentliches beigetragen, wurden aber während des Streiks umgebracht. Zufall?«

»Die Ehefrauen sagen, ihre Männer waren unpolitisch und brav.« Hedi setzte sich auf den Besucherstuhl. »Der Vorarbeiter sagt das auch.«

»Können wir den Frauen denn glauben? Die eine hat in Windeseile einen neuen Fisch an der Angel und die andere verhält sich zumindest sehr eigenartig.«

»Und die dritte ist spurlos verschwunden. Wenn mein Mann vermisst wird und ich noch hoffen kann, dass er wieder auftaucht, dann hinterlasse ich doch zumindest eine Kontaktadresse, oder?«

»Es sei denn, ich weiß, dass er tot ist. Alle drei wussten bereits, dass ihre Männer tot waren. Aber woher?«

»Weil sie sie selbst umgebracht haben. Vielleicht.«

»Sicher, Hedi, sicher. Drei Freundinnen sind ihrer Männer überdrüssig, sie schleppen sie in den Wald, nachts, im Winter …«

»Schon gut, Chef. Meinetwegen sind es brave Ehefrauen und sie hatten brave Männer.«

»Aber wer brav ist, hat in diesen Zeiten keinen Bohnen-kaffee zu Hause.« Rosenbaum schaute in seine Tasse und schob sie zurück.

»Dann waren sie also unpolitisch, aber nicht brav«, urteilte Hedi, stand auf und öffnete das Fenster. Das war das Zeichen, dass Rosenbaum ihr eine Zigarette anbieten sollte. »Auf dem Schwarzmarkt können sie sich nicht ein-gedeckt haben, dazu fehlt einfachen Arbeitern das Geld. Also waren sie selbst Schwarzhändler.«

Rosenbaum nickte gedankenversunken. Hedis Auffor-derung hatte er verstanden, befolgte sie aber nicht.

»Haben Sie mit dem Rauchen aufgehört?«, fragte Hedi nach.

»Ich habe meine Zigaretten vergessen.«

Hedi verschwand im Vorzimmer, während Rosenbaum erneut zur Tafel ging und ›Kaffee‹ darauf schrieb. Als Hedi zurückkam, hielt sie zwei Zigaretten und eine Streichholz-packung in der Hand. Dann wurde gequalmt.

»Sie waren doch keine Schwarzhändler. Ihre Frauen hät-ten das gewusst«, sagte Hedi und blies eine dicke Qualm-wolke aus.

»Ach, Hedi, Sie und Ihre romantischen Vorstellun-gen von Ehe: Entweder man bringt sich gegenseitig um oder man vertraut sich alle Geheimnisse an.« Rosenbaum hauchte ein dünnes Wölkchen in die Luft. Hedis Wolken waren immer dicker als seine, denn er filterte mit seinen Lungen alles, was er aus seinen Zigaretten sog, und Hedi tat das nicht.

»Selbst wenn die Frauen was wissen: Würden Sie der Polizei erzählen, dass Ihr Mann ein Schieber war?«, fragte Rosenbaum.

»Wenn er deshalb ermordet wurde? Ein Streit unter Gau-nern? Selbstverständlich!« Dicke Wolke. »Es sei denn ...«

»Es sei denn, Sie sind selbst in Gefahr.« Dünne Wolke.
»Frieda Bade weiß mehr, als sie sagt. Zuerst machte sie nicht
auf, außerdem war kein Namensschild an der Tür. Als wollte
sie nicht besucht werden. Dann diese ausweichenden Antworten.«

»Und die aufgebrochene Tür«, ergänzte Hedi.

»Das waren die Kinder. Sagte sie jedenfalls.«

»Das waren keine Kinder. Das waren Einbrecher.«

»Einbrecher?«

»Finde ich schon. Das sah nach Einbruchspuren aus.«
Letzte dicke Wolke, dann drückte Hedi die Zigarette aus.
»Haben Sie sich das nicht angesehen?«

»Doch, doch. Natürlich.« Hatte er nicht. Egal. »Kommen Sie, wir fahren da jetzt hin.«

Kurz darauf parkte der Opel wieder in der Friedrichsorter Feldstraße. Die Ermittler hatten ihn am Vortag
zunächst nicht in den Fuhrpark zurückgestellt, bevor sie
den kurzen Fußweg von der Blume zum Gewerkschaftshaus angetreten hatten. Und als sie Feierabend gemacht
hatten, war der Fuhrpark bereits geschlossen. Also hätten sie den Wagen jetzt zurückgeben müssen. Aber dafür
war keine Zeit.

Als Frieda Bade die Tür öffnete, ließ Rosenbaum ihr
keine Gelegenheit, sich über seinen Besuch zu freuen. Eilig
stellte er seine Assistentin als »Fräulein Kuhfuß von der
Kriminaltechnik« vor. Im Augenwinkel konnte er Hedis
Verwunderung über ihre neue Dienststellung beobachten. Er hätte sie darauf vorbereiten können, vertraute aber
ihrem Improvisationstalent. Tatsächlich existierte eine solche Abteilung Kriminaltechnik bei der Kieler Polizei nicht.
Kurz vor dem Krieg hatte Rosenbaum durchgesetzt, dass
die einzelnen Kommissariate einen technisch besonders

fortgebildeten Kollegen bekommen sollten. Der Krieg verhinderte aber die Umsetzung.

Hedi betrachtete die Eingangstür mit kritischem Blick. »So, so«, sagte sie fachmännisch. »Ein Knebeldrücker- schloss, alte Bauart.«

›Knebeldrückerschloss‹ hatte Rosenbaum schon mal gehört, hätte aber nicht beschreiben können, wie so etwas aussah.

Die improvisierte Kriminaltechnikerin tippte mit dem Zeigefinger auf eine zersplitterte Stelle an der Zarge. »Das Schließblech: ausgebrochen, mit roher Gewalt. Kinder waren das nicht.«

Rosenbaum schaute Frieda ernst an. »Bei Ihnen wurde eingebrochen.« Sein Tonfall drückte Enttäuschung darüber aus, von ihr belogen worden zu sein. Tatsächlich aber ver- spürte er Scham. »Können wir reinkommen?«

Die Witwe trat stumm zur Seite. Im Flur sah Hedi sich um, Spurensuche, das konnte sie. Frieda ging in die Küche. Wortlos, gekrümmt und den Blick gesenkt, setzte sie sich auf einen Schemel. Hedi schaute sich auch hier um, fand nichts Auffälliges und zog weiter in die Wohnstube, wäh- rend Rosenbaum neben Frieda Platz nahm.

»Chef!«, rief Hedi. Möglicherweise war das nicht das Wort, mit dem Kriminaltechniker Ermittler ansprachen, aber Frieda schien dies nicht bemerkt zu haben.

»Was?« Rosenbaum spurtete zu Hedi hinüber.

»Einbruchspuren am Wohnzimmerschrank.« Obwohl der Kommissar neben ihr stand, sprach sie so laut, dass Frieda es in der Küche hören musste.

»Ich schau noch im Schlafzimmer nach«, sagte Hedi und lief nach nebenan.

Rosenbaum kehrte in die Küche zurück und setzte sich wieder zu Frieda. Sie schwiegen, dann legte er seine Hand auf ihre Hände. Ob er damit ihre Befürchtung, nicht mehr von ihm beschützt zu werden, oder seine eigene Scham lindern wollte, konnte er nicht sagen. Wahrscheinlich beides. Hedi betrat die Küche und Rosenbaum zog seine Hand zurück.

»Kommen Sie, Frieda. Erzählen Sie«, sagte er.

Die schöne Witwe schaute erst den Kommissar an, dann zur Assistentin, wieder den Kommissar und dann zum Boden.

»Vertrauen Sie uns.« Rosenbaum wusste, dass er sie gleich so weit haben würde.

Es dauerte noch einen kurzen Moment.

»Vor ein paar Monaten.« Die Witwe sprach so leise, dass sie kaum zu verstehen war. »Ich kam nach Hause und alles war durcheinander.«

»Wann genau?«

Das war Hedi, natürlich war sie das. Sie konnte die Leute nicht frei reden lassen. Und immer wieder missachtete sie, dass sie den Mund zu halten hatte, wenn Rosenbaum mit einem Zeugen sprach.

»Im Frühjahr.«

»Kurz nach dem Verschwinden Ihres Mannes?«

Schon wieder.

Rosenbaum drehte sich zu ihr um. »Schreiben Sie doch schon mal Ihren Bericht. Wegen der Einbruchspuren. Im Auto.«

Hedi drehte sich schnippisch um und verschwand. Eine sanfte und schamhafte Ruhe kehrte ein. Frieda hob langsam ihren Blick und sah Rosenbaum in die Augen.

»Mehr weiß ich nicht«, sagte sie.

»Fehlte etwas?« Rosenbaum schaute zu Seite. Jetzt war nicht die Zeit, in schöne Augen zu blicken.

»Nein.«

»Haben Sie Anzeige erstattet?«

Friedas Blick senkte sich wieder. »Ich wollte keinen Ärger.«

»Was für Ärger?«

»Weil … weil … weil es immer Ärger gibt mit der Polizei.«

»Welchen Ärger hatten Sie denn bereits mit der Polizei?«

»Das weiß man doch, dass es mit der Polizei immer Ärger gibt! Das weiß man doch!«

»Böse Buben bekommen Ärger mit der Polizei, sonst niemand.« Natürlich stimmte das nicht, aber es war die beste Entgegnung, wenn jemand von Ärger mit der Polizei sprach. Tausendmal erprobt.

»Frieda, sagen Sie mir endlich, was Sie wissen. Vielleicht kann ich Ihnen helfen.« Damit hat Rosenbaum sein Schutzversprechen bekräftigt, aber auch eingeschränkt. Doch Frieda schwieg.

»Ich bin sehr enttäuscht von Ihnen, sehr enttäuscht.« Vor allem war Rosenbaum enttäuscht, dass er mit der Verständnismasche, seiner liebsten und erfolgreichsten Strategie, nicht weiterkam.

Frieda schaute wieder zu ihm hoch. »Wollen Sie einen Kaffee?«

»Nein!« Das war für Rosenbaums Verhältnisse eine außergewöhnliche Lautstärke. Frieda blickte wieder zu Boden, während er sich räusperte und weiterfragte, ein wenig leiser, aber beschwörend: »Ihr Mann war Schwarzhändler, Frieda. Ein Schieber war er.« Der Kommissar ließ seine Worte eine Weile wirken, bevor er weiterredete. »Woher bezog er seine Ware? Hatte er Streit mit seinen Lieferanten? Oder vielleicht mit Konkurrenten?« Zwischen jeder Frage ließ er eine Pause. »Womit hat Ihr Mann gehandelt? Mit Kaffee, was noch? Wo lagerte er seine Ware? Hier in der Wohnung?« Rosenbaum wurde ungeduldiger, seine Fragen schneller, weniger beschwörend, eher bedrohlich. »Warum wurde bei Ihnen eingebrochen? Wer war das? Was haben die gesucht? Die Ware?«

Die Witwe blieb stumm.

»Sie haben Angst, Frieda. Vor wem? Vor den Mördern Ihres Mannes?«

Die Witwe stumm, der Kommissar bedrohlicher.

»Wenn Ihr Mann ein Schieber war, und danach sieht es aus, dann stehen Sie im Verdacht, ihm geholfen zu haben. Beihilfe, Frieda! Beihilfe ist genauso strafbar wie die Haupttat.«

Es half nichts. Rosenbaum gab auf. Die Situation war ihm zuwider. Er konnte Frieda gut leiden, aber er musste seine Pflicht tun. Das war sein Beruf, er hatte ihn sich ausgesucht.

»Kennen Sie einen Anwalt?«, fragte er.

Frieda schüttelte den Kopf.

Der Kommissar zog seinen Notizblock aus der Jacketttasche, schrieb ›Kanzlei Dr. Wilhelm Spiegel‹ und die Adresse darauf, riss das Blatt heraus und legte es auf den Tisch.

»Ich hab kein Geld für einen Anwalt.«

»Das regele ich schon. Sprechen Sie mit ihm und sagen Sie ihm, was Sie mir nicht sagen wollen. Und tun Sie es bald.«

Dann verabschiedete sich Rosenbaum. Einem Verdächtigen anwaltlichen Beistand zu empfehlen, so etwas machte er nicht oft. Die Übernahme der Anwaltskosten zu versprechen, so etwas hatte er noch nie getan.

Als Rosenbaum wenig später den Opel ankurbelte und an die Fahrertür trat, saß Hedi hinterm Steuer und ignorierte ihn.

»Rutschen Sie rüber«, sagte er.

»Nein.«

»Hedi!«

»Nein.«

Weiber. Rosenbaum hatte nur mit Weibern zu tun, mit verbockten, hysterischen Wesen. Kein Wunder, dass er sie nicht ausstehen konnte. Er mochte Männer.

Jetzt saß er auf dem Beifahrersitz und hoffte, dass Hedi den Mund halten würde. Tat sie aber nicht.

»Und? Haben Sie sich noch nett mit *Frieda* unterhalten?« Hedi betonte den Namen, als wäre es ein unanständiges Wort.

»Was?«

»Sie nennen sie Frieda! Hab ich genau gehört. Was sagt sie denn zu Ihnen? Hakennäschen?«

Rosenbaum hatte keine Hakennase. Vielleicht eine große Nase, aber keine Hakennase. Wenn er jetzt nicht reagierte, würde Hedi sich vielleicht beruhigen. Ein sinnvolles Gespräch wäre im Moment sowieso nicht möglich.

»Das ist unprofessionell. Kann man Sie denn keinen Augenblick allein lassen?«

»Ihr Kaffee ist jedenfalls besser als Ihrer.« Hatte er das gesagt? Das hatte sich selbst gesagt.

VII

Kapitänleutnant Klaas Ravens saß an seinem Schreibtisch. Vor ihm lag ein Stichwortzettel für den Bericht ans Ministerium, daneben die Notiz über die ermordeten Arbeiter. ›Ermittelnder Beamter: Kriminalkommissar Rosenbaum‹. Ein Jude, dachte Ravens, ein schmieriger Jude. Die Augenlider waren schwer. Er rauchte eine Zigarette und pumpte sich mit Kaffee voll.

Ravens war ein Mann von Ehre, von Soldatenehre. Jedenfalls war er das früher gewesen. Er kam aus einer wohlhabenden Familie, die auf Fehmarn ein Landgut besaß. Aufgewachsen mit permanentem Meeresrauschen und den Geschichten über die Seeabenteuer des Prinzen Heinrich war ihm bereits früh klar, dass seine Zukunft auf dem Meer liegen würde. Gegen den Willen seines Vaters trat er in den Dienst der Kaiserlichen Marine. Selbst eine ansehnliche Geldsumme, die der Vater ihm für eine Weltreise und ein anschließendes Universitätsstudium zur Verfügung stellte, konnte seine Militärkarriere nur so lange unterbrechen, wie er brauchte, um die wichtigsten Orte der Seefahrtsgeschichte, von Dartmouth bis Bangkok, zu bereisen. Zurück in Deutschland trat er erneut der Marine bei und absolvierte die Akademie als zweitbester seines Jahrgangs. Bei Ausbruch des Krieges war er 31 und Oberleutnant. Bald wurde er zum Kapitänleutnant befördert und als Erster Offizier eines Schlachtkreuzers eingesetzt. Dann verließ ihn das Glück. Seine Frau starb im Kindbett, er hatte nur noch die Marine und das Vaterland. Er wollte kämpfen, aber man ließ ihn nicht. Die Flotte gähnte im Hafen, während das Heer einen heldenhaften Kampf focht. Er bewarb sich für ein U-Boot-Kommando, war aber zu groß, ganze drei Zentimeter. Während der Skagerrakschlacht kurierte er an Land eine Mittelohrentzündung aus, die ihm anschließend einen bleibenden Schaden am linken Trommelfell bescherte und seine Tauglichkeit für den Seedienst aufhob. Also hatte er sich in den Stab beworben. Hier steckte er seit zwei Jahren als Sündenbock und Ausputzer fest.

Jetzt war er vielleicht kein Mann von Ehre mehr. Denn schon immer war er auch ein Mann der Tat gewesen. Als Kind hatte er eine Katze gefunden, die vom Dach gefallen war. Sie hatte sich ein Bein gebrochen und konnte nicht mehr laufen. Er erlöste sie von ihrem sinnlosen Dasein, mit den bloßen Händen. Er war schockiert, aber auch fasziniert. Von den Möglichkeiten. Von seiner Fähigkeit, das Richtige zu tun, auch wenn es wie das Böse aussah. In der Schule hatte er Leibniz lesen müssen. Seither wusste er, dass diese Welt die beste war. Gott ist allwissend, allmächtig und gut. Also hatte er die beste aller möglichen Welten geschaffen. Also war das Böse nicht böse, sondern gut. Mehr musste Ravens von Gott und der Welt nicht wissen.

Im Stabsdienst einer Marinestation vertrugen sich Ehre und notwendige Handlungsgebote manchmal nicht. Man musste das Meer betrachten, nicht die Wellen. Ehre war etwas für Männer, die noch im 19. Jahrhundert feststeckten, mit heldenhaftem Kampf, mit fairen Mitteln.

Anmaßung, Übermut.

»Es gibt Situationen, in denen wirst du schuldig, egal wie du handelst«, hatte der Pastor im Konfirmandenunterricht einmal zu ihm gesagt. Das war das gefühlige Geschwätz eines Kirchenmannes, hatte er damals gedacht. Aber jetzt verstand er es besser. Manchmal musste man etwas tun, was sich mit der naiven Vorstellung von Soldatenehre nicht vereinbaren ließ. Und wenn man damit erst einmal anfing, wurde man schnell zum Mann für die Drecksarbeit, zu dem, der das Rohr durchblasen musste, wenn das Klo überlief. Man konnte nichts mehr dagegen tun, außer seine Pflicht nicht zu erfüllen. Doch das ging auch gegen die Ehre.

Ravens zog den Telefonapparat zu sich heran und ließ sich mit der Kriminalpolizei verbinden.

»Rosenbaum«, meldete sich eine Stimme.

Der Kaleu stellte sich vor und teilte seinem Gesprächspartner den Grund des Anrufs mit: »Sie haben gestern in der Torpedowerkstatt die Arbeiter nach drei Aufrührern befragt.«

»Aha«, antwortete der Kommissar, als habe er vergessen, was er getan hatte.

»Was: ›aha‹?«

»Ich ermitele in einem Mordfall an drei Arbeitern. Aufrührer waren sie nicht. Wahrscheinlich hatten sie etwas mit Schwarzmarkthandel zu tun, aber Aufrührer waren sie nicht.«

»Gustav Bade, Klaus Marquort und Reinhard Lampke?«, fragte der Kapitänleutnant nach, um sich zu vergewissern, dass kein Missverständnis vorlag.

Rosenbaum bestätigte die Namen.

»Die Torpedowerkstatt gehört zum Militärischen Sicherheitsbereich. Da dürfen Sie nicht ohne besondere Erlaubnis ermitteln.«

»Es geht um Mord«, verteidigte sich der Kommissar.

Ravens staunte, zu welcher Naivität zivile Polizeibeamte fähig waren. »Wir leben in Kriegszeiten. In jedem Augenblick geht es um viel mehr als um irgendeinen Mord.« Natürlich konnte Ravens dem Kommissar nicht darlegen, was in dringendem Staatsinteresse geheim zu halten war, und er konnte mit ihm auch nicht darüber diskutieren, ob überhaupt ein Geheimhaltungsbedürfnis bestand. Hier gab es nichts zu erklären, sondern nur anzuweisen. Und Ravens war als Vertreter sowohl der Marinestation als auch des Gouvernements gleich in zweifacher Hinsicht befugt, eine solche Anweisung zu erteilen. »Jedenfalls können wir nicht dulden, dass zivile Stellen in Militärangelegenheiten herumschnüffeln. Dafür ist das Militär selbst zuständig.«

»Ach, das Militär ermittelt in dieser Angelegenheit? Können Sie mir da einen Verantwortlichen nennen? Ich teile ihm gerne meine bisherigen Ermittlungsergebnisse mit.«

»Sie sollen sich da raushalten, Mann! Wenn wir Ihre Hilfe brauchen, dann melden wir uns!«

Im Allgemeinen war nach derart apodiktisch und lautstark formulierten Befehlen nur mit spontanen Reaktionen wie ›Raushalten, jawohl!‹ zu rechnen. Ravens konnte sich nicht erinnern, in solchen Situationen jemals eine andere Antwort gehört zu haben – außer von seiner verstorbenen Frau vielleicht. Jetzt aber hörte er nur ein Knacken in der Leitung. Jede Reaktion, die dem Kaleu einfiel – ein erneutes Brüllen oder ein freundliches Nachfragen –, hätte zu ungewollter Komik führen können. Also blieb Ravens stumm, wartete auf irgendeine Äußerung seines Gesprächspartners und hoffte, dass nur die Leitung unterbrochen war. Dann hörte er eine Art Schmatzen und schließlich wieder Rosenbaums Stimme.

»Entschuldigen Sie, ich war abgelenkt.« Es hörte sich an, als habe der Kommissar gerade von einem Butterbrot abgebissen. »Sie müssen verstehen, dass ich keine telefonischen Anweisungen entgegennehmen kann, ohne überprüfen zu können, ob Sie wirklich Kapitänleutnant ...«

»Ravens.«

»Kapitänleutnant Ravens sind und entsprechende Befehlsgewalt besitzen. Vielleich sollte der übliche Dienstweg ...«

Mehr hörte Ravens nicht, er hatte aufgelegt.

Für ein paar Sekunden ließ er seinen Blick auf dem Telefonapparat ruhen. Rosenbaum, ein Jude, den Namen würde er sich merken. Nicht dass er persönlich etwas gegen Juden hatte – in der Schule war er mit einem befreundet gewesen und bei der Marine gab es vereinzelt junge jüdische Offiziere, mit denen er meist gut zurechtkam. Er hatte nichts gegen Juden, im Prinzip. Aber ganz zufällig wird sich ihr Ruf auch nicht gebildet haben. Sie waren assimiliert, sie gaben sich wie normale Bürger, man erkannte sie nicht immer sofort. Doch wenn irgendwo eine Intrige aufgedeckt wurde, waren meistens auch Juden daran beteiligt. Die durchtrieben respektlose Art, mit der dieser jüdische Polizist ihm begegnet war, passte gut ins Bild. Aber eigentlich hatte Ravens nichts gegen Juden.

Er fasste einen Entschluss, tippte zur Bestätigung mit der flachen Hand gegen den Telefonapparat, erhob sich von seinem Stuhl und ging nach nebenan.

»Ich soll beim Polizeipräsidenten anrufen und ihn anweisen, in einem konkreten Verfahren die Ermittlungen einzustellen?«

Ja, das sollte Küsel tun. Er besaß die Befugnis, und die Verfahrenseinstellung war erforderlich. Für Ravens wäre das kein Problem gewesen. Der Stabschef aber zögerte, der Kaleu hatte es vorausgesehen. Die Maßnahme war, sagen wir, unüblich, und für so etwas hatte Küsel noch nie mit seinem Namen einstehen wollen. Wahrscheinlich um sein Herz zu schonen.

»Es ist unumgänglich, Herr Admiral«, antwortete Ravens. Als sich der Stabschef noch immer nicht durchringen konnte, fügte er hinzu: »Wir können ja einen Gerichtsoffizier mit der Wiederaufnahme der Ermittlungen betrauen, sobald die Verhältnisse sich beruhigt haben.« Das lag nicht in der Absicht des Kaleu. Um die Zuständigkeit der Militärgerichte zu begründen, brauchte es mehr Sachverhaltskenntnisse, als bei der zivilen Polizei vorhanden war, Kenntnisse, die nur er und Küsel besaßen. Kenntnisse, die sie offenbaren mussten, wenn sie ein militärgerichtliches Ermittlungsverfahren einleiten wollten, Kenntnisse, die nach Offenbarung die Frage aufwerfen würden, warum sie nicht schon viel früher offenbart worden waren. Im Ergebnis mussten die Ermittlungen also dauerhaft ruhen. Aber jetzt ging es erst einmal darum, sie vorerst zum Ruhen zu bringen.

*

Rosenbaum hatte ein Machtwort gesprochen und Hedi ins Archiv geschickt, um nach Akten über die Matrosenrebellion und den Januarstreik zu suchen. Das hätte sie sowieso tun sollen und zwischen den alten Ordnern konnte sie sich allmählich beruhigen. Ein sinnvolles Gespräch wäre vorher ohnehin nicht möglich gewesen. Für Hedi stand nicht nur fest, dass Frieda Bade ihrem Mann bei seinen Schiebereien geholfen, sondern auch, dass sie ihn und seine beiden Kollegen eigenhändig umgebracht hatte. Diesen Verdacht hatte Hedi zwar nicht mehr wiederholt, aber mit Sicherheit glaubte sie weiterhin daran. In ihrem Zustand von eifersüchtiger Hysterie konnte sie nicht anders denken. So war sie. Und dieser Verdacht war so absurd, dass Rosenbaum gar nicht weiter drüber nachdenken wollte, und diskutieren wollte er ihn erst recht nicht.

Er saß in seinem Büro, betrachtete die Schiefertafel, malte ein Fragezeichen darauf und verband es durch zwei Linien mit ›Gustav Bade‹ und ›Frieda Bade‹. Dann dachte er an Zigaretten und an Hedis Handtasche, die unbeaufsichtigt im Vorzimmer lag. Nein, er konnte nicht einfach in ihren Sachen wühlen.

Andererseits hatte sie Strafe verdient.

Nein, konnte er nicht tun.

Andererseits …

Das Telefon klingelte. Ein Kapitänleutnant von der Marineverwaltung wollte ihm seine Mordermittlungen verbieten. Das kam durchaus zum richtigen Zeitpunkt. Frustration abbauen. Rosenbaum zählte diesen tumben Krieger aus, mit einfachsten Mitteln: verunsichern, subtil beleidigen, Kompetenz bestreiten. Nach dem Gespräch fühlte er sich besser und war in der Lage, mit dem Rauchen bis zu Hedis Rückkehr zu warten.

Als sie kam, lief er zum Fenster und öffnete es. Noch war kein Wort gesprochen. Hedi schaute ihn böse an, er schaute böse zurück. Sein Zorn war verflogen, Hedis wohl auch, aber noch schmollten beide. Für einige Sekunden, länger hielten sie es nicht durch.

Hedi holte zwei Zigaretten heraus, steckte sie nacheinander in den Mund, entzündete sie und reichte eine ihrem Vorgesetzten. »Sehen Sie, Chef: Sie brauchen mich.«

Natürlich brauchte er sie, dringend sogar. Und Hedis Augen waren fast so schön wie die von Frieda. Aber dieses Thema sollte er jetzt besser nicht anschneiden.

Er berichtete von seinem Telefongespräch. »Dieser Kapitänleutnant wusste, dass wir in Sachen Bade und Co. ermitteln, und er meinte, sie wären Aufrührer gewesen.«

»Dann ist vielleicht doch etwas dran?«

»Aber wenn jemand ein Aufrührer ist, müssten doch

zumindest diejenigen es wissen, mit denen er gemeinsam rührt, oder nicht?«

»Vielleicht haben die SPD-Leute uns belogen? Die haben keine guten Erfahrungen mit der Polizei gemacht, vor allem die von der USPD. Vielleicht hatten Bade und seine Kumpels da dick mitgemischt, und wir sollten das nicht erfahren.«

»Glauben Sie?« Rosenbaum dachte an seine Worte, dass nur böse Buben mit der Polizei Ärger bekämen.

»Ne, glaube ich eigentlich nicht. Aber ich hab im Archiv was rausbekommen, vielleicht ist doch etwas an der Sache dran.« Hedi grinste. »Wollen Sie hören?«

Wollte er.

»Also die Akte vom Januarstreik«, sagte Hedi langsam und spannungstreibend. »Die gehört der PP, unter Verschluss, da kommen wir nicht ran.« Das sagte sie sehr schnell. Dann in moderatem Tempo: »Aber die Akte von der Matrosenrebellion, das war unsere eigene, die habe ich gefunden. Hier.«

Hedi legte ihrem Chef ein paar verlorene, von einer dünnen Schnur zusammengehaltene Papierblätter vor.

»Die Januarakte ist wahrscheinlich meterdick. So gleicht sich alles wieder aus.«

»Aha«, sagte Rosenbaum. Er hatte es nicht leicht mit seiner Assistentin. Wenn sie stritten, war es für ihn kaum auszuhalten. Wenn sie danach schmollten, auch nicht. Wenn sie sich schließlich wieder versöhnt hatten, war Hedi oft so aufgedreht und albern, dass kaum eine Chance zu sinnvoller Arbeit bestand.

»Nun lesen Sie schon«, quengelte Hedi.

Rosenbaum kam der Aufforderung nach; vielleicht war es nicht nur Albernheit. Der Vorgang bestand aus ganzen vier Blättern. Die ersten beiden enthielten einen belanglosen Bericht über die Befehlsverweigerung auf der ›Prinzregent Luitpold‹. Rosenbaum hatte ihn damals selbst verfasst.

»Das nicht, das kennen Sie bereits.«

Der Kommissar blätterte weiter und fand das Schreiben eines Rechtsanwalts Arkenau aus Wilhelmshaven. Es bestand aus vier Zeilen, in denen der Anwalt sich erkundigte, ob bei der Kieler Polizei eine Akte über seinen Mandanten Albin Köbis geführt wurde.

»Na, was sagen Sie, Chef?«

»Kürbis hatte von einem Köbis erzählt. Das war wohl einer der Haupträdelsführer damals.«

»Genau, Köbis wurde dafür zum Tode verurteilt und hingerichtet. Köbis, Chef. K-ö-b-i-s.«

»Tja«, sagte Rosenbaum. Mehr fiel ihm dazu nicht ein.

Hedi schüttelte den Kopf. »Schauen Sie doch mal auf Ihren Zettel, den mit der Adresse von Ihrer Frieda.«

Der Zettel mit den Adressen. Rosenbaum hatte ihn bei sich gehabt, als sie gestern zum ersten Mal bei den Witwen gewesen waren. Wo hatte er ihn hingesteckt? Hätte Hedi nicht einfach sagen können, was sie meinte? In der Aktentasche? Nein. Die Jacketttasche vielleicht? Er kramte den Zettel hervor und las: ›Elfriede Bade, geborene Köbis‹.

Vor nicht einmal drei Stunden waren sie bei Frieda Bade gewesen, jetzt fuhren sie wieder hin. Den Opel hatten sie – zufällig – noch nicht zurückgegeben. Wie es sich gehörte, saß Rosenbaum hinter dem Lenkrad.

»Eines ist mir nicht klar, Chef. Wenn zutrifft, was Sie sagen, und Ihre Frieda bedroht wird und Angst hat, wieso lässt sie die Eingangstür nicht reparieren? Das wäre das Allererste, was ich tun würde.«

Rosenbaum überhörte, dass Hedi statt ›Frieda Bade‹ neuerdings ›Ihre Frieda‹ sagte und es in einer spöttischen Weise betonte.

»Vielleicht eine Unterwerfungsgeste? Wie der unterlegene Wolf, der dem Gegner die Gurgel hinhält. Oder vielleicht ein Hilferuf? An uns?«

»Genau, Chef. Sie will Ihnen damit sagen, dass Sie sich nachts vor ihr Bett legen sollen.«

Auch das überhörte Rosenbaum, es fiel ihm nicht leicht.

»Mir ist auch etwas nicht klar, Hedi«, sagte er. »Wie muss man sich Menschen vorstellen, die eine Tür brachial aufbrechen und eine andere Tür schonend mit einem Dietrich öffnen?«

»Stimmt, die Hütte im Projensdorfer Gehölz wies keine Einbruchspuren auf. Das kann ich Ihnen bestätigen, Chef. Als Fachmann.«

Rosenbaum lächelte. Etwas Gutes besaß ein Streit mit Hedi ja doch: Wenn sie sich wieder versöhnt hatten, fühlte sich Rosenbaum besser als vor dem Streit.

Wieder war die Haustür nur angelehnt. Hedi klopfte, Rosenbaum rief. Niemand erschien. Aber ein leises Wimmern drang an die Ohren der Ermittler, es kam aus dem Schlafzimmer. Frieda saß auf dem Bett und betrachtete sich im Spiegel der Frisierkommode. Eine Wange und die Unterlippe waren angeschwollen, mit einem Leinentuch tupfte Frieda Blut vom Mundwinkel.

»Frieda! Was ist passiert?« Rosenbaum blieb in der Tür stehen und achtete auf einen professionellen Klang seiner Stimme, wusste aber, dass er Hedi damit nicht täuschen konnte.

»Nichts«, antwortete die Witwe und tupfte ein wenig in ihrem Gesicht herum. Ihre Bewegungen sahen routiniert und beiläufig aus, als wäre sie gerade mit der täglichen Morgentoilette beschäftigt.

»Was ist passiert?«, fragte Rosenbaum noch einmal etwas lauter und mit professionellem Nachdruck.

»Ich bin von der Leiter gefallen.«

Hedi schnippte mit deutlicher Verärgerung ein »Ach!« heraus.

»Was haben Sie auf einer Leiter gemacht?«, fragte Rosenbaum.

»Ich war auf dem Dachboden.«

»Was haben Sie dort gemacht?«

»Was gesucht.«

»Und was?«

»Haben Sie da Ihre Ware versteckt?«, fragte Hedi, als Frieda nicht sofort antwortete.

Rosenbaum seufzte. Seine eifrige Assistentin würde es nie lernen, dass sie in solchen Momenten den Mund zu halten hatte. Wenn Frieda noch irgendetwas hätte freiwillig erzählen wollen, war es damit jetzt sicher vorbei.

»Wo ist die Leiter?«, fragte Rosenbaum.

Lange wartete Hedi nicht auf die Antwort. Sie durchsuchte das Haus, zwei Zimmer, Küche, Flur, kein Keller, eine Leiter fand sie nicht. Dann durchsuchte sie den Garten, das Toilettenhäuschen, einen kleinen Schuppen, wo sie fündig wurde. Sie schleppte ihren Fund ins Haus.

»Völlig verstaubt. Da hat lange niemand draufgestanden«, sagte sie zu Rosenbaum. Dann stellte sie sie im Flur an die Dachluke und inspizierte den Boden. Er war leer, keine Schwarzmarktware, aber auch sonst nichts, was Frieda dort gesucht haben könnte.

»Wer hat Sie geschlagen?«, fragte Rosenbaum.

Eine Antwort erhielt er nicht.

»Haben Sie inzwischen mit Rechtsanwalt Dr. Spiegel gesprochen?«

»Das geht doch nicht.«

Was aus Friedas Sicht nicht ging, war offensichtlich Rosenbaums Versprechen, die Kosten zu übernehmen. Der

Kommissar fragte nicht nach; Hedi stand neben ihm und wusste nichts von diesem Versprechen. Und sie sollte auch nichts davon erfahren.

»Nach dem, was jetzt passiert ist, müssten wir Sie in Schutzhaft nehmen, solange wir die Sache nicht einschätzen können«, sagte Rosenbaum.

»Oder in Beugehaft«, ergänzte Hedi.

Beides war ohne Weiteres nicht möglich. Aber laut drüber nachdenken konnte man schon.

»Ich weiß es doch auch nicht«, jammerte Frieda.

»Wer hat Sie geschlagen?«, wiederholte Rosenbaum seine Frage.

»Ich weiß nicht. Ich kenne die nicht.«

»Erzählen Sie uns jetzt bitte, was passiert ist.«

»Kurz nachdem Sie vorhin weggefahren waren, kamen zwei Männer. Sie schlugen mich und fragten, ob ich noch Unterlagen hätte.«

»Was für Unterlagen?«

»Ich weiß es nicht.« Frieda schluckte ein paarmal. »Sie sagten, es würde mir schlecht ergehen, wenn ich bei der Polizei etwas aussage.«

»Wenn Sie *was* aussagen?«

»Ich weiß es doch nicht!«

»Wer waren die Männer?«

»ICH WEISS ES NICHT!«

Immer wieder dieselben Fragen, immer dieselben Antworten, und immer mehr Ungeduld.

Rosenbaum wechselte das Thema.

»Kannten Sie Albin Köbis?«

Diese Frage überraschte Frieda offensichtlich. Sie sah den Kommissar an, als hätte sie ihn missverstanden oder als müsste er die Frage näher erläutern.

»Also? Kannten Sie ihn?«

»Albin war mein Bruder. Er ist tot.«

»Er hat die Matrosenrebellion vom letzten Jahr angeführt und wurde hingerichtet, nicht wahr?«

Frieda nickte und schaute mutlos zu Boden.

»Hatte Ihr Mann etwas damit zu tun?«

»Mit der Rebellion? Nein, nicht dass ich wüsste.«

»Aber Sie hatten doch sicher Kontakt zu Ihrem Bruder, nicht? Dann hat er bestimmt mal von den Verhältnissen an Bord erzählt. Von der schlechten Verpflegung und der ungerechten Behandlung durch die Offiziere.«

»Klar hat er das. Und er hat auch erzählt, dass sich die Matrosen und Heizer gegen die Ungerechtigkeiten wehren wollten. Er und ein paar andere.«

»Hat er auch erzählt, was sie unternehmen wollten?«

»Die hatten keinen Plan, jedenfalls nicht, dass ich wüsste. Das passierte alles spontan. Schorsch und ich haben Albin gewarnt, er sollte sich nicht so hervortun. Angefleht hab ich ihn! Aber er hatte seinen eigenen Kopf. Er war bei den Unabhängigen Sozialisten und wollte mit ihnen zusammen den Frieden erzwingen. Er hat sich da richtig reingesteigert. Dann wurde er verhaftet und die Sozialisten kümmerten sich nicht mehr um ihn.«

»Ihr Mann trat der USPD ebenfalls bei.«

»Wir dachten, wir könnten auf diese Weise erreichen, dass die sich für Albin einsetzen. Alle Hebel haben wir in Bewegung gesetzt, alle Hebel. Schorsch ist zum Parteivorstand nach Berlin gefahren und beim Marinegouverneur hat er vorgesprochen. Aber niemand wollte helfen. Oder konnte helfen. Oder traute sich zu helfen. Es war beschlossene Sache, dass sie Albin hinrichten. Das stand fest, bevor der Prozess überhaupt begann. Sie wollten ein Exempel statuieren, hat Schorsch gesagt.«

»Dann hat sich Ihr Mann intensiv für seinen Schwager eingesetzt. Könnte er sich dabei Feinde gemacht haben?«

Frieda zuckte mit den Schultern. »Er hat Albin damals viel besucht und irgendwas haben sie ausgeheckt. Aber Genaues hat er mir nicht erzählt.« Frieda hielt einen Moment inne. Dann stand sie auf, ging ins Wohnzimmer und stöberte in der Anrichte. Rosenbaum und Hedi folgten ihr.

»Hier«, sagte Frieda und reichte Rosenbaum einen abgerissenen Notizzettel, »den hab ich in Schorschs Hosentasche gefunden. Zuerst wollte ich ihn wegwerfen. Aber es ist Albins Handschrift. Da hab ich es aufbewahrt.«

Auf dem Zettel stand eine Zahl: ›226‹. Sonst nichts.

VIII

Es war später Nachmittag. Schulz saß an seinem Schreibtisch und brütete über einer Liste für den Personaleinsatz vor dem Gewerkschaftshaus. Uniformierte Beamte hatte er genug, ein paar von ihnen könnte er in Zivil auftreten lassen. Es klopfte an der Tür, das war ungewöhnlich. Seine Assistenten klopften nicht, sie kamen einfach herein. Sonst hatte niemand ohne Begleitung Zutritt zum Korridor der PP. Außer Freibier natürlich, aber der klopfte auch nie an. Ebenso Rosenbaum, der nur selten vorbeikam und eigentlich keinen unangekündigten Zutritt hatte, sich aber regelmäßig darüber hinwegsetzte.

»Herein!«, rief Schulz.

Der Polizeipräsident stand in der Tür.

Der Polizeipräsident. In seiner Tür.

Selbstverständlich hatte der Präsident Zutritt, war aber, soweit Schulz sich erinnern konnte, noch nie hier gewesen.

»Herr Präsident!« Schulz stand hektisch von seinem Stuhl auf, wie der Unteroffizier vom Dienst, wenn der Oberst die Wachstube betrat.

»Ja, guten Tag, Kommissar Iago Schulz.«

Niemand wurde mit Rang, Vornamen und Nachnamen zugleich angesprochen. Außer Iago Schulz, ihm passierte es hin und wieder. Die Leute gingen auf Nummer sicher, weil sie oft nicht wussten, ob ›Iago‹ der Vorname war oder ›Iago-Schulz‹ der Nachname.

›Iago‹ war gar kein Name, vielleicht für einen Hund oder eine Reithose, aber nicht für einen Mann. Dennoch hatte sein Vater ihn so taufen lassen. Dafür hasste er ihn, für die Momente, wenn er mit ›Kommissar Iago Schulz‹ angesprochen wurde.

Und nicht nur dafür, auch weil er für ihn nie gut genug war. So sehr er sich auch angestrengt hatte, für den Vater war es stets zu schlecht, zu langsam oder das Falsche. Schon als Schuljunge interessierte er sich für das Praktische, moderne Physik und kaufmännisches Rechnen wollte er lernen. Der Vater schickte ihn jedoch auf ein humanistisches Gymnasium, wo er sich mit Latein und Altgriechisch herumschlagen musste. Nach der Schule strebte Iago Schulz eine Banklehre an, der Vater bestand aber auf Höherem, Philosophie sollte Iago studieren oder zumindest Medizin oder sich mit den schönen Künsten beschäftigen. Das war verkehrte Welt. Seit alters her wollten Väter, dass ihre Söhne einen auskömmlichen Beruf erlernten, die Söhne hingegen scherten sich nicht um Verdienstaussichten, sondern um ihre Berufung. Bei Iago Schulz und seinem Vater war es umgekehrt. Schließlich einigten sie sich darauf, dass er zunächst den Militärdienst als Einjährig-Freiwilliger antreten sollte. Doch auch nach dem Dienstjahr konnten sie sich nicht einigen, also hängte Iago Schulz weitere Jahre als Heeresoffizier dran.

Dann starb der Vater. Insgeheim jubelte der Sohn, nach Außen trauerte er. Weder Mitgefühl noch Scham hinderten ihn, und er entdeckte sein außergewöhnliches Talent für diese Art Schauspielerei. Endlich von seinem Peiniger befreit war er für eine Banklehre jedoch zu alt. Also tat er, was viele ausgemusterte Heeresoffiziere taten, er ging zur Kriminalpolizei und wurde nach kurzer Anwärterzeit zum Kommissar befördert.

Dabei kultivierte er sein schauspielerisches Talent. Jedem Verdächtigen und jedem Zeugen war er überlegen, weil er sie glauben lassen konnte, was er wollte. Er war der Meister der Mimen. Sogar seinem Vater hätte es gefallen.

In seine Anfangszeit bei der Kieler Polizei war die Spezialisierung der Kommissariate gefallen. Schulz hatte die Vermögensdelikte erhalten. Das hatte sowohl zu seiner kaufmännischen, als auch zu seiner schauspielerischen Neigung gepasst, denn es hatte mit Täuschung und Intrigen zu tun. Schulz hatte sich damals wohlgefühlt bei seiner Arbeit. Doch seither schoss jedes Mal, wenn jemand ›Kommissar Iago Schulz‹ sagte, die Erinnerung an den Vater durch seinen Kopf.

»Nett haben Sie es hier«, sagte der Präsident.

»Danke, Herr Präsident.« Aber nett hatte er es hier wirklich nicht. Egal.

»Ich wollte Ihnen das hier kurz persönlich hereinreichen.« Der Präsident gab dem Kommissar einen Briefumschlag. »Es ist ein wenig dringend.«

»Direktor Freibier …«

»Der läuft hier irgendwo aufgeregt herum. Erledigen Sie das schnell selbst.«

Der Präsident nickte freundlich und ging wieder, während Schulz den Umschlag öffnete und ein Schriftstück herauszog. Es war die gezeichnete und gesiegelte Anweisung des Präsidenten, Rosenbaums aktuellen Mordfall zu übernehmen und auf direktem Weg an die Marinestation abzugeben.

Rosenbaums aktueller Mordfall.

Rosenbaum.

Seit Josef Rosenbaum da war, fühlte Schulz sich bei der Kieler Kriminalpolizei nicht mehr wohl. Der Kollege war vor etlichen Jahren nach Kiel versetzt worden und hatte sofort die Leitung der als ständige Einrichtung neu gebildeten Mordkommission erhalten. Und das obwohl er Jude und zunächst nur Kriminalobersekretär war. Für Schulz stand fest, dass das nicht mit rechten Dingen zugegangen war. Nirgendwo sonst wurde eine Mordkommission, also das erste und angesehenste aller Kommissariate einer städtischen Kriminalpolizei, einem Obersekretär unterstellt, und überhaupt, nirgendwo sonst leiteten Juden Kommissariate. Die offizielle Erklärung lautete, Rosenbaum komme aus Berlin und solle die fortschrittlichen Polizeistrukturen, die er dort kennengelernt hatte, in Kiel einführen. Das war offensichtlich vorgeschoben. Schulz machte sich daran, den wahren Grund herauszufinden und gelangte dabei zu wenigen, aber erschütternden Erkenntnissen. Dass Rosenbaum in homosexuellen Kreisen verkehrt hatte, war noch das Harmloseste. Es gab Hinweise, dass er in einen Mordfall an einem seiner Kollegen verwickelt gewesen war. Und das dürfte der wahre Grund dafür gewesen sein, weshalb man ihn in Berlin nicht behalten wollte. Möglicherweise war Rosenbaum ein Mörder, und die Kieler Polizei machte ihn zum Leiter ihrer Mordkommission.

So sehr Schulz sich auch anstrengte, Konkretes konnte er jedoch nicht herausfinden. Rosenbaum wurde offensichtlich gedeckt, und zwar von einflussreichen Juden – eine andere Erklärung konnte es nicht geben. Schulz war davon überzeugt, dass das jüdische Volk die Weltherrschaft anstrebte, dass seine Anführer einen geschickten Plan verfolgten, die christlichen Staaten durch soziale Unruhen, Kommunismus und Anarchie zu destabilisieren und sie in Kriegen aufeinanderzuhetzen, bis sie so geschwächt sein würden, dass sie von den Juden leicht übernommen werden konnten. Der Völkerkrieg, die Russische Revolution, alles passte ins Bild. Dafür wurden mehr oder weniger wichtige Schlüsselpositionen in Staat und Wirtschaft von den Juden besetzt, unter anderem die Kieler Mordkommission.

Das alles war kein Hirngespinst, man konnte darüber nachlesen. In Russland war ein Buch dazu veröffentlicht worden: ›Die Protokolle der Weisen von Zion‹. Schulz hatte es nicht gelesen, er konnte kein Russisch, aber bei der Kriminalpolizei wurde viel darüber gesprochen. Und so fantastisch sich das alles auch anhörte, für Schulz war Rosenbaum der endgültige Beweis, dass es die jüdische Weltverschwörung tatsächlich gab.

Als ihm das alles klar geworden war, hielt ihn nichts mehr bei den Vermögensdelikten. Er sagte der Verschwörung den Kampf an und meldete sich zur PP.

Seine Ermittlungen über Rosenbaum hielt er geheim. Er hatte eine Akte über ihn angelegt und bewahrte sie zu Hause auf. Noch hatte er nichts Konkretes in der Hand und noch wusste er nicht, wem er sich anvertrauen konnte. Doch eines Tages würden seine Erkenntnisse noch wichtig werden.

Vielleicht jetzt. Schulz begriff die Zusammenhänge noch nicht, aber er konnte eine jüdische Verschwörung geradezu riechen. Alles an der Sache war ungewöhnlich: dass die Anweisung an ihn erging und nicht an Rosenbaum, dass sie direkt vom Polizeipräsidenten kam und nicht über den Kriminaldirektor, dass sie überhaupt vom Präsidenten kam, dass man sich gerade jetzt, zu Zeiten eines drohenden Matrosenaufstandes, damit beschäftigte. Der Mordfall selbst war ungewöhnlich. Drei Rädelsführer waren spurlos verschwunden und nach fast einem Jahr als Leichen wiederaufgetaucht. Als er durch Rosenbaum von dem Leichenfund erfahren hatte, hatte er sofort Meldung an die Marinestation gemacht, und jetzt sollte er Rosenbaum die Akte wegnehmen.

Ungewöhnlich war auch, dass ihm ein persönlicher Ansprechpartner bei der Marinestation genannt wurde:

Kapitänleutnant Ravens. Schulz kannte ihn zwar nicht persönlich, hatte aber mehrmals schriftlich mit ihm zu tun gehabt. Und er wusste, dass Ravens in der Hierarchie der Marinestation ziemlich weit oben stand.

Einen Reim konnte sich Schulz aus dem Verhalten der Marinestation nicht machen – außer vielleicht, dass man auch bei der Marinestation Rosenbaum nicht traute. Kurz überlegte er, ob er Ravens anrufen sollte, vielleicht würde er dabei die Hintergründe erfahren. Aber ihm fehlte die Zeit, er hatte mit den rebellischen Matrosen alle Hände voll zu tun und in einer halben Stunde sollte er sich mit Rodejahn treffen.

Er könnte Rosenbaum zu sich zitieren oder ihn in seinem Büro aufsuchen und ihm mitteilen, dass er den Fall abzugeben habe. Dieser Gedanke war sehr verlockend und auf diese Weise wäre die Sache auch am schnellsten erledigt. Er würde einfach rübergehen, Rosenbaum die Anordnung des Präsidenten vorzeigen und die Akte gleich mitnehmen. Aber nein. Er sollte ihm die Anordnung nicht zeigen. Das könnte ihn misstrauisch machen. Unverfänglich wäre nur eine Anordnung von Freibier.

Der Kriminaldirektor war nervös, hatte aber nur wenig Arbeit. In erster Linie trug er die Verantwortung und traf manchmal eine Entscheidung, meist eine, die Schulz ihm vorgab, sonst eigentlich nichts. Und tatsächlich, wie der Präsident es bereits angemerkt hatte, Freibier lief in diesen Stunden aufgeregt durch die Blume. Schulz fing ihn auf dem Korridor im zweiten Stock ab.

»Warum denn das?«, fragte Freibier, als er die Anweisung des Polizeipräsidenten gelesen hatte.

»Das weiß ich nicht«, antwortete Schulz. »Vielleicht weil Rosenbaum Jude ist.«

»Das ist doch Unsinn. Na, egal. Dann schickt Rosenbaum seine Akte eben an die Marinestation.«

»Ich schlage vor, dass wir die Vorgaben der Anweisung einhalten«, entgegnete Schulz. »Die Akte wird der PP übertragen und die PP gibt sie anschließend an die Marinestation ab.«

»Finden Sie das nicht ein wenig umständlich? Als hätten wir sonst nichts zu tun …«

»Es wird seinen Grund haben.« Schulz ahnte auch, welchen: Weil Rosenbaum Jude war. »Im Übrigen lässt sich die Ermittlungszuständigkeit der PP begründen, die der Marinestation nicht. Wenn Rosenbaum erfährt, dass die Marine die Ermittlungen übernehmen will, könnte das seine allseits bekannte Renitenz hervorrufen.«

✳

Nach ihrer Rückkehr von Frieda Bade stellten Rosenbaum und Hedi ihren Dienstwagen am Kleinen Kiel ab. Dort war er vor einer zufälligen Entdeckung durch den Fuhrparkleiter sicher. Der Mann hieß Jacobsen und war ein freundlicher und gutmütiger Mann. Solange die Vorschriften beachtet wurden.

»Das wird ein Nachspiel haben!«, brüllte er, als Rosenbaum und Hedi ihr Büro betraten. Seit Stunden musste er dort auf sie gewartet haben.

»Was denn?«, fragte Hedi.

Jacobsen schnaufte vor Wut.

»Der Opel? Ja, tut mir leid. Gestern Abend war es spät geworden.«

»Dann hätten Sie ihn heute früh zurückgeben müssen!«

»Ja?«

Rosenbaum wurde hellhörig. Die Art, wie Hedi das Ja

ausgesprochen hatte, die Mischung aus Naivität und Hinterhältigkeit, versprach einen großen Triumph.

»Das steht doch in den Richtlinien! Da steht das doch!« Hedi setzte sich an ihren Schreibtisch, kramte die ›Richtlinien für Vergabe und Reservierung von Dienstkraftwagen‹ hervor und zitierte: »… spätestens abends um 6 Uhr dem Fuhrpark zurückzuführen. Sollte dies nicht möglich sein, ist der Dienstkraftwagen am nächsten Morgen um 8 Uhr zurückzuführen, es sei denn, dass er dem Beamten für mehrere Tage zugeteilt wurde.«

»Na also«, sagte der Fuhrparkleiter und klang erleichtert, dass ihm bei seiner neuen Richtlinie nicht erneut ein Schlupfloch unterlaufen war.

»Der Wagen war uns für zwei Tage zugeteilt.«

»Doch nicht heute. Er war Ihnen für gestern und vorgestern zugeteilt, aber nicht für heute.« Jacobsens Erleichterung schwand. »Gemeint ist doch, dass man den Wagen morgens nicht zurückgeben braucht, wenn man ihn am selben Tag noch benutzen darf.«

»Ach so ist das gemeint.« Hedis Stimme erreichte den Gipfel an Naivität und Hinterhältigkeit. »Steht da aber nicht.«

Jacobsen schien die Lust am Diskutieren verloren zu haben. »Schlüssel!«, bölkte er und streckte Hedi seine offene Hand entgegen.

Rosenbaum zog den Fahrzeugschlüssel aus seiner Tasche und händigte ihn aus. »Ja, hier. Bitte schön«, sagte er. Ein wenig war Jacobsen auch sein Leidensgenosse.

»Wo steht der Wagen?«

Rosenbaum zögerte mit der Antwort. Gäbe er jetzt den wahren Standort an, offenbarte er damit seine Hinterhältigkeit. Dabei wollte er dem armen Jacobsen nichts Böses.

»Könnten wir den Wagen morgen wieder bekommen?«

Hedi kam Rosenbaums Antwort mit betonter Freundlichkeit zuvor. »Wir müssten noch einmal nach Friedrichsort. Und morgen ist ja Sonntag, da liegt sicher keine Reservierung vor.«

Einige schwer definierbare, kantige und zischende Laute verließen Jacobsens Mund. Dann pfefferte er den Schlüssel auf den Tisch und verließ den Raum.

Hedi genoss ihren Triumph.

»Kränkung gehört zu den häufigsten Mordmotiven«, mahnte Rosenbaum.

»Dann hätte ich Sie schon lange umgebracht, Chef. Und man könnte mir nichts beweisen, weil es unzählige Verdächtige gäbe.« Hedi öffnete das Fenster. »Na gut, morgen bin ich nett zu ihm.«

Die Ermittler setzten sich um Rosenbaums Schreibtisch. Während Hedi zwei Zigaretten anzündete, zog Rosenbaum Friedas Zettel aus der Tasche und legte ihn langsam und beschwörend auf die Tischplatte. ›226‹ stand darauf, sonst nichts.

»Ein Code? Ein Schließfach?«, mutmaßte Hedi.

»Sie fahren doch sowieso gleich mit dem Zug nach Wilhelmshaven, dann können Sie am Bahnhof mal bei den Schließfächern vorbeisehen.«

»Was tu ich?«

Rosenbaums Mundwinkel zogen sich auseinander. »Das war doch klar, oder nicht?«

»Nein, mir nicht.«

»Wenn man nachdenkt, wird es einem klar. Sie fahren nach Wilhelmshaven und sprechen mit diesem Anwalt Sonstwie über Albin Köbis. Sonnenklar.«

Ein paar dicke und ein paar dünne Wölkchen stiegen in die Luft. Offensichtlich begann Hedi erst jetzt nachzudenken, war aber schnell damit fertig. Widerworte gab sie nicht.

»Sie nehmen am besten den Nachtzug. So sind Sie morgen Mittag wieder zurück.«

Hedi nickte. Anschließend wandten sich die Kriminalisten wieder der Zahl zu: 226.

»Vielleicht auch eine Zimmernummer? Ein Hotel?«, tippte Rosenbaum.

»Dann müssten wir von allen Kieler Hotels herausbekommen, wer im August letzten Jahres in Zimmer 226 logierte. Viel Spaß. Damit können Sie ja beginnen, wenn ich unterwegs bin.«

Rosenbaum ließ sich nicht aus der Ruhe bringen. »Oder von einem Amtsgebäude.«

Die Ermittler schauten sich an. In Kiel gab es unzählige Amtsgebäude, mehr noch als Hotels. Aber man konnte die Suche eingrenzen.

»Die Torpedowerkstatt«, sagte Hedi, und Rosenbaum nickte.

Die Assistentin ergriff den Telefonhörer, ließ sich mit der Torpedowerkstatt verbinden und erfuhr, dass es dort keine Zimmernummer 226 gab.

Dann versuchte sie es im Gewerkschaftshaus: Damentoilette.

Köbis' Heimatkaserne: Fehlanzeige.

»Marinestation«, sagte Rosenbaum und Hedi ließ sich verbinden.

»Stationsverwaltung, Guten Tag.«

»Zimmer 226 bitte.«

»Die Intendantur? Moment bitte.« Klicken, Pause, klicken. »Oberleutnant Staakenmeyer ist im Haus, nimmt aber nicht ab.«

Hedi bedankte sich und legte auf. Nachdem die Kriminalisten ein wenig über die Schreibweise des Namens rätselten, bestätigten sie sich gegenseitig, einen erheblichen Schritt vorangekommen zu sein. Was sie aber wirklich bewegte, sprachen sie nicht aus: das unbehagliche Gefühl, sich jetzt womöglich mit der Marine anlegen zu müssen.

Es war fortgeschrittener Nachmittag und höchste Zeit, sich um eine Zugverbindung nach Wilhelmshaven zu kümmern. Kiel und Wilhelmshaven waren die einzigen Reichskriegshäfen; es dürfte eine engmaschige und stark frequentierte Verbindung mit Schnellzügen geben, und wahrscheinlich musste Hedi sich frühzeitig darum kümmern, wenn sie den Nachtzug nehmen wollte und ein Schlafabteil beanspruchte.

»Packen Sie zu Hause ein paar Sachen ein und dann ab in den Nachtzug«, ordnete Rosenbaum an.

»Ja, Chef. Hier nehmen Sie. Ich brauche die nicht, wenn Sie nicht da sind.« Wie ein Abschiedsgeschenk reichte Hedi ihre halb volle Zigarettenschachtel über den Tisch. Dann stand sie auf, legte die Hand auf Rosenbaums Schulter und beugte sich zögerlich hinunter, als wollte sie ihm einen Abschiedskuss geben.

Rosenbaum stand ebenfalls auf, unvermittelt und hektisch, fast wären ihre Köpfe aneinandergestoßen. »Ich werde inzwischen versuchen, etwas über diesen Staakenmeyer herauszufinden«, sagte er. Einen Kuss konnte er nicht dulden, auch keinen Abschiedskuss. Assistentinnen gaben ihren Chefs keine Abschiedsküsse. Schon gar nicht junge, hübsche Assistenten ihren alternden, verheirateten, homosexuellen Chefs. Und erst recht nicht, wenn sie sich für nicht einmal 24 Stunden verabschiedeten.

Hedi schien gekränkt zu sein. Das ging auch nicht, Kränkung war ein Mordmotiv. Vielleicht wäre ein unschuldiger Kuss auf die Wange doch angebracht, Chefs mussten den Mitarbeitern ihre Wertschätzung auch mal zeigen. Langsam beugte Rosenbaum sich zu Hedi vor. Sie drehte ihren

Kopf, er verfehlte sein Ziel und traf ihren Mund. Der Kuss dauerte ein wenig zu lange, um wirklich unschuldig zu sein, und Rosenbaum hatte den Eindruck, als spürte er Hedis Zunge an seinen Lippen.

Als die Assistentin bereits eine Zigarettenlänge weg war, saß der Kommissar wieder auf seinem Stuhl und dachte an seinen Fall. An den ominösen Oberleutnant Staakenmeyer und an Frieda Bade. Und nach Frieda dachte er an Hedi, an ihre Lippen und ihre Zunge. So verging eine zweite Zigarette. Rosenbaum hätte wohl noch die dritte, vielleicht die vierte auf diese Weise verbracht, wenn nicht das Telefon geklingelt hätte: Er sollte zu Freibier kommen.

»Ah, Rosenbaum, kommen Sie rein«, sagte der königlich preußische Kriminaldirektor, als der Kommissar in seiner Tür stand, und deutete auf den Besucherstuhl. »Was machen die Mordermittlungen?«

Rosenbaum setzte sich und begann zu berichten.

»Jaja. Sehr interessant. Marine-Intendantur«, unterbrach ihn der Direktor. Rosenbaum kannte den Tonfall, Freibier fand das gar nicht interessant. »Und Sie denken jetzt, dass die Marine die weiteren Ermittlungen selbst übernehmen sollte?«

Das dachte Rosenbaum überhaupt nicht, und natürlich glaubte auch Freibier nicht, dass er das dachte. »Etwaige Hinweise auf eine Verwicklung der Marine haben sich noch nicht so weit verdichtet, dass sich eine Abgabe rechtfertigen ließe.«

»Noch nicht, mein lieber Rosenbaum. *Noch* nicht.«

»Und wenn sich die Hinweise verdichten würden, wäre eine Abgabe an die Marine erst recht nicht richtig. Man lässt ja auch die Schweine nicht entscheiden, ob man sonntags einen Braten essen soll.«

Freibier seufzte. »Aber politisch ist die Sache schon: Sozialisten, Streiks, Rebellion … Das wäre eher etwas für die PP, nicht wahr?«

Der Kriminaldirektor schaute nachdenklich aus dem Fenster, als würde er um eine Entscheidung ringen. Doch Rosenbaum wusste, dass die Entscheidung schon lange gefallen war.

»Uns fehlen die Kapazitäten, gerade jetzt. Die aufsässigen Matrosen planen für heute Abend eine groß angelegte Versammlung. Das müssen wir verhindern. Da brauchen wir jeden Mann, vor allem im Stab. Das schafft Schulz nicht allein.«

»Ich soll die Akte also schließen?«

»Nein, nein. Nicht schließen, das geht natürlich nicht.« Freibier tat so, als hätte er in diesem Moment seine Entscheidung getroffen. »Sie tauschen.« Er kramte zwei dünne Aktenordner aus seiner Schreibtischschublade heraus und reichte sie dem Kommissar. »Hier, zwei Vorgänge, die die PP gern abgeben möchte, nichts Politisches. Die können Sie übernehmen. Im Gegenzug verfügen Sie Ihre Akte einfach an die PP und geben sie in die Wachtmeisterei. Nächste Woche kann Schulz da mal reinschauen.«

Das war keine Begründung, das war an den Haaren herbeigezogen, das war Unsinn. Und: Schulz war ein Schwein. Eines, das man nicht über den Sonntagsbraten bestimmen lassen sollte. Zumindest möglicherweise war er das. Belastbare Verdachtsmomente hatte Rosenbaum nicht; aber Schulz war verdächtig, weil Rosenbaum ihm zutraute, seine dreckigen Hände im Spiel zu haben. Das war allerdings kein Argument, das er vorzubringen wagte. Andere Argumente besaß er nicht.

»Nein, das verfüge ich nicht!«, bölkte er, obwohl ihm klar war, dass bloßer Widerspruch nicht helfen würde. Doch er konnte sich diesem Unsinn nicht einfach fügen. »Wenn Sie den Fall der PP übertragen wollen, dann müssen Sie das selbst verfügen!« Er stand auf und wollte gehen.

»Dann verfüge ich das hiermit!«, fuhr Freibier ihn an. »Bringen Sie die Akte sofort zu Schulz rüber! Außerdem stellen Sie sich bis auf Weiteres der PP zur Verfügung.«

Es folgte Rosenbaums Auftritt bei Schulz, der sich von dem am Vortag nur wenig unterschied. Wieder war Rosenbaum hochgradig erregt und wieder standen zwei Assistenten mit Listen um Schulz herum, als Rosenbaum hereinpolterte. Dieses Mal hielt er aber die Ermittlungsakte in der Hand und schleuderte sie dem PP-Chef entgegen. Er hatte sich vorher nicht überlegt, wie er sich verhalten sollte, und als er Schulz umrahmt von seinen Paladinen an seinem Schreibtisch sitzen sah, zielte er zunächst auf dessen Gesicht. Im letzten Moment besann er sich und senkte die Flugbahn, sodass die Akte auf den Schreibtisch knallte, sich in ihre Bestandteile auflöste, mit den dort ausgelegten Listen mischte und über den halben Raum verteilte.

»Spielen Sie Billard?«, fragte Schulz, während seine Assistenten die Blätter vom Boden aufsammelten.

»Gestern sagten Sie: Wenn meine Vermutungen zutreffen, wird mir der Fall entzogen. Jetzt wurde er mir entzogen.«

»Ich kann nichts dafür.«

Natürlich konnte er das. Aber Rosenbaum hatte keine Wahl, er musste sich fügen. »Kümmern Sie sich wenigstens um Frieda Bade, sie wird bedroht.«

»Ich schau mir das an«, sagte Schulz und legte die inzwischen wieder vollständige Mordakte zur Seite.

Rosenbaum brauchte einige Minuten, bis er sich beruhigt hatte. Mittlerweile saß er wieder in seinem Büro und ließ eine Zigarette vergehen. Das Fenster hielt er geschlossen – ein Vorteil, den Hedis Abwesenheit mit sich brachte. Der einzige Vorteil, ihre Anwesenheit hätte ihn erleichtert. Die Fahrt nach Wilhelmshaven war überflüssig geworden, aber Hedi dürfte bereits im Zug sitzen, er hätte sie nicht mehr abfangen können.

Eigentlich hatte er nun Feierabend. Heute gab es für ihn nichts mehr zu tun. Außer sich der PP zur Verfügung zu stellen, doch diese Anweisung hatte er überhört, gewissermaßen. Und Schulz hatte auch nicht danach gefragt. Am nächsten Morgen wäre es immer noch rechtzeitig. Außerdem musste er die beiden Ersatzfälle bearbeiten, die Freibier ihm gegeben hatte.

Schulz würde sich nicht um Frieda Bade kümmern. Das war ihm klar. Nachdem Rosenbaum ihn darum gebeten hatte, noch viel weniger. Zur Strafe für seine Naivität biss Rosenbaum sich auf die Lippe. Er müsste sich selbst um Frieda kümmern, und vielleicht sollte er das auch machen. Dienstlich hatte er mit ihr nichts mehr zu tun und jetzt war Feierabend. Kaum hatte er diesen Gedanken gefasst, verwarf er ihn wieder. Was sollte er tun? Mit geladener Pistole vor ihrem Bett wachen?

Rosenbaum packte die beiden neuen Akten in seine Ledertasche und machte sich auf den Weg zum Opel, der noch immer am Kleinen Kiel stand. Der Kommissar nahm den Fußweg, der durch einen schmalen, mit Sträuchern und Bäumen bewachsenen Grünstreifen führte und die kürzeste Verbindung zwischen Polizeipräsidium und Rathaus darstellte. Die Kieler nannten ihn ›Beamtenlaufbahn‹, wobei in der Bezeichnung ein subtiler Spott mitschwang, der sich dadurch zeigte, dass mehrere Parkbänke die Beamten bei ihrem anstrengenden Aufstieg zum Verschnaufen einluden. Preußische Beamte nahmen dieses Angebot gern an. Für

Bestechlichkeit waren sie nicht sehr anfällig, für Bequem-
lichkeit schon.

Und tatsächlich, bereits von Weitem sah Rosenbaum zwei
Männer mit dem Rücken zu ihm auf einer Bank sitzen. Sie
unterhielten sich erregt, bis einer von ihnen wild gestiku-
lierend auf die Beine sprang. Es war Iago Schulz. Auch der
andere erhob sich, und auch ihn hatte Rosenbaum schon
einmal gesehen: Onno Rodejahn, das neugierige Männchen,
das in der Torpedowerkstatt nach Stehbolzen gefragt hatte.
Rosenbaum hüpfte hinter eine Buche. Er war nicht weit
von den Männern entfernt, doch so aufgeregt sie aufeinander einredeten, verstehen konnte Rosenbaum nichts. Näher
würde er sich nicht anschleichen können, wenn er unentdeckt bleiben wollte. Einige Male lugte er vorsichtig hinter dem Baumstamm hervor und gewann den Eindruck,
dass Schulz den Hilfsarbeiter rügte, vielleicht beschuldigte,
möglicherweise bedrohte. Dann trennten sich die beiden,
Rodejahn schlich in Richtung Hafen davon, Schulz marschierte Richtung Blume. Rosenbaum blieb verdutzt, aber
unentdeckt zurück. Was auch immer dieser Vorfall bedeu-
ten mochte, er bewies, dass Schulz seine dreckigen Hände
im Spiel hatte.

IX

Nun war es Ravens nicht so sehr darum gegangen, die Ermittlungsakte möglichst schnell in die Hände zu bekommen, sondern in erster Linie, dass die polizeilichen Ermittlungen ohne viel Aufsehen eingestellt wurden. Doch beides wurde in Rekordzeit erreicht. Man konnte von der Kieler Polizei halten, was man wollte, aber schnell war sie, jedenfalls, wenn es um die Ausführung von Weisungen des Gouvernements ging – jedenfalls, wenn die Weisung für die Polizei eine Arbeitserleichterung darstellte. Mittags war die Order an den Polizeipräsidenten per Boten hinausgegangen, am Nachmittag hatte ein Kommissar Schulz von der politischen Abteilung der Polizei bei Ravens angerufen und mitgeteilt, dass er die Ermittlungsakte gerade bekommen und sofort an das Gouvernement weitergeschickt habe, und am Abend lag die Akte auf Ravens' Schreibtisch. Jetzt musste sie nur noch verschwinden. Der Inhalt interessierte den Kaleu nicht, er brauchte sich damit auch nicht herumzuschlagen. Andere, dringende Aufgaben warteten auf ihn. Aber die Akte war recht dünn und es könnte nicht schaden nachzuschauen, wie weit die Ermittlungen gediehen waren. Und ein wenig interessierte es Ravens doch. Die Mordkommission hatte eine Verbindung zwischen Gustav Bade und den Rädelsführern der Matrosenrebellion vom Vorjahr aufgedeckt. Eine Verbindung, von der Ravens nichts gewusst, nicht einmal geahnt hatte, die aber gut ins Bild passte und die diesen Kommissar Rosenbaum möglicherweise auf eine sehr unangenehme Spur hätte führen können.

Das letzte Blatt der Akte passte für Ravens jedoch nicht ins Bild: ein Zettel mit einer Zahl und einer Notiz, dass es sich dabei um eine Zimmernummer der Stationsintendantur handeln könnte, und zwar die von Oberleutnant z. S. Friedhelm Staakenmeyer.

Ravens kannte Staakenmeyer. Er war ein eigennütziger, intriganter und rücksichtsloser Kerl. Wenn er etwas tat, dann nur für sich selbst. Was er mit den drei Aufrührern zu tun haben könnte, wollte Ravens allerdings nicht einfallen. Staakenmeyer passte nicht in das Bild, das er sich von der Sache gemacht hatte. Nach einiger Zeit wurde ihm jedoch klar, dass er ein Vexierbild gemalt hatte, ein Suchbild, in dem Staakenmeyer erkennbar war, wenn man nur lange genug hinschaute. Er entschloss sich, den Oberleutnant anzurufen.

»Haben Sie mit den Toten zu tun?«

»Wie kommen Sie darauf?«

Staakenmeyer hatte damit zu tun. Anderenfalls wäre die Frage für ihn nicht verständlich gewesen und er hätte nachgefragt, welche Toten gemeint waren.

»Das hat die Polizei ermittelt.«

»Blödsinn!«, plärrte Staakenmeyer mit einem spöttischen Ton in der Stimme, als amüsierte er sich über Ravens' Einfältigkeit. »Wenn es darum geht, jemanden vom Leben zum Tode zu befördern, sind doch Sie zuständig. Immer ein kleines Stück an den Vorschriften vorbei, und schwupp ist wieder einer dahin.«

Staakenmeyers Beleidigungen waren bloße Provokation, nur um von sich selbst abzulenken. Ravens wusste das. Aber er ließ sich nicht provozieren. Er drehte den Spieß um.

»Ich denke, Sie haben die drei Arbeiter in Ihre miesen, kleinen Geschäfte eingespannt.« Der Kaleu ließ eine Pause, die lang genug war, dass Staakenmeyer sich zu einer Antwort herausgefordert fühlen musste, aber zu kurz, um tatsächlich zu reagieren. »Die Polizei vermutet bereits, dass die Arbeiter Schieber waren.«

»Dieser Rosenbaum ist ein Schwachkopf, der nur bei Frieda Bade herumstöbert. Der will einen Stich bei ihr machen, sonst will der nichts.«

An Staakenmeyers Einwurf war verwunderlich, dass er den Namen des Kommissars kannte, und dass er offenbar genau wusste, womit er sich gerade beschäftigte. Oder zumindest, dass er es zu wissen glaubte.

»Soll ich das als Geständnis werten?«, fragte Ravens.

Jetzt ließ Staakenmeyer eine Pause entstehen. »Was wollen Sie von mir?«, fragte er schließlich und klang nicht mehr amüsiert.

»Ich habe die Ermittlungen übernommen.«

»Sie? Und jetzt wollen Sie mir was unterschieben?«

»Ihre Geschäfte interessieren mich nicht. Ich will nur wissen, was Sie mit den drei toten Arbeitern zu tun haben.«

»Sie schauen auf Ihre Fahne und sehen, dass der Wind sich dreht. Da wollen Sie schon mal vorsorgen, nicht? Sich mit dem frischen Wind anfreunden. Tapfer, der Herr Kapitänleutnant, liefert sogar Offiziere ans Messer, bravo!«

»Wie kommt die Polizei auf Sie? Was steckt dahinter? Wenn Sie mir nichts sagen, kann ich Sie auch nicht schützen.«

»Sie? Mich? Schützen? Ha! Es geht Ihnen doch nicht um mich, es geht Ihnen um Ihren eigenen Kopf! Das höre ich an diesem nervösen Flattern in Ihrer Stimme. So hören Sie sich immer an, wenn es für Sie eng wird.«

»Also?«

»Glauben Sie mir, mein Lieber, dass ich mehr über Sie weiß, als Sie denken. Und ich kann das beweisen.«

Vor dem Krieg hatten solche Drohungen regelmäßig zu Pistolenduellen geführt. Doch war diese Art der Satisfaktion aus der Mode gekommen, und im konkreten Fall hätte sie ein beträchtliches Aufsehen erregt, was Ravens jetzt am wenigsten gebrauchen konnte. Er legte den Hörer auf, ohne ein weiteres Wort zu sagen. Und er hatte kein Flattern in der Stimme.

Dabei war ihm Staakenmeyer im Grunde egal und er würde nicht gegen ihn ermitteln, solange er nicht musste – warum auch. Ravens hatte aber eine Befürchtung: Wenn dieser Rosenbaum den Hinweis auf Staakenmeyer und den Befehl, die Ermittlungen einzustellen, in unmittelbarem zeitlichen Zusammenhang erhalten hatte, dann könnte ihn das misstrauisch gemacht haben. Wenn er obendrein erfahren hatte, dass der Befehl auf einer Order der Stationsverwaltung beruhte, könnte er vielleicht versucht sein, die Sache nicht auf sich beruhen zu lassen.

Ravens rief bei Schulz an. Er kannte ihn kaum – von wenigen belanglosen Vorgängen –, und nur telefonisch. Schulz gehörte zur PP, aber das bedeutete nicht viel. Ravens musste vorsichtig sein. Möglicherweise hatte Rosenbaum seinen Kollegen eingeweiht und sie steckten unter einer Decke.

»Sind Sie gewappnet? Stehen Ihre Männer vor dem Gewerkschaftshaus bereit?«, fragte er, als Schulz sich meldete.

»Natürlich, Herr Kapitänleutnant. Heute Abend kommt niemand ins Gewerkschaftshaus, der eine Marineuniform trägt.«

»Gut. Gut, gut. Lassen Sie nach Möglichkeit die Personalien feststellen.«

»Die Wachtmeister haben bereits entsprechende Anweisung.«

»Sehr gut, sehr gut.« Pause. »Ich werde mir hier notieren, dass Sie Ihre Aufgaben sehr prompt und zuverlässig erledigen.«

»Vielen Dank, Herr Kapitänleutnant.«

Pause. Überleitung.

»Das mit der Mordakte ging ja auch ganz fix. Erstaunlich schnell, im Grunde.«

»Danke.«

Pause.

»Ihr Kollege, dieser Kommissar Rosenbaum, war sicher heilfroh, dass er dieser Last jetzt entledigt ist.«

»Nun ja …«

»Nein?«

Pause. Argwohn?

»Doch, doch.«

»Der Vorgang ist heikel, den bearbeiten wir lieber selbst. Das hatten Sie sich wahrscheinlich schon gedacht.«

Pause.

»Tja …«

Sicher Argwohn. Egal.

»Ich meine, dass wir eine förmliche Order geschickt haben. Da wird der Kollege wahrscheinlich erst mal komisch geguckt haben, nicht?«

»Ich habe ihm das gar nicht so ausdrücklich mitgeteilt.«

Oder doch kein Argwohn?

»Im Vertrauen: Sind Sie eigentlich sicher, dass dieser Rosenbaum nicht heimlich weiterermittelt?«

»Warum sollte er?«

»Es könnte sein, dass er selbst in die Sache verwickelt ist. Nur ein Verdacht, aber das war letzten Endes der Hauptgrund, weshalb wir den Vorgang übernommen haben. Und jetzt muss ich sehen, dass die Ermittlungsakte möglicherweise manipuliert worden ist.«

»Manipuliert?«

»Davon muss man wohl ausgehen.«

»Sie meinen den Hinweis auf den Oberleutnant von der Marine-Intendantur?«

»Genau. Wir wissen es nicht sicher, aber es wäre möglich, dass Kommissar Rosenbaum eine falsche Fährte legen
wollte. Offensichtlich um von sich abzulenken. Der Mann
ist doch Jude, nicht wahr?«

»Ja, das stimmt.«

Die Tatsache, dass jemand Jude war, konnte einen Verdacht gegen ihn erhärten. Je länger man drüber nachdachte,
desto härter.

»Lassen Sie den Kollegen beobachten«, ordnete Ravens
nach einiger Zeit der Erhärtung an. »Und halten Sie mich
telefonisch auf dem Laufenden.«

※

Eine direkte Zugverbindung zwischen Kiel und Wilhelmshaven gab es nicht, einen Nachtzug, gar mit Schlafwagen, erst
recht nicht. Hedi hatte sich beeilen müssen, die letzte Verbindung für diesen Tag zu erreichen, mit Umstieg in Altona
und Hamburg.

Jetzt saß sie in einem Schnellzug und kaum hatte er den
Kieler Hauptbahnhof verlassen, da blutete es aus ihr, wie es
das jeden Monat tat. Dieses Mal geschah es eine Woche zu
früh und hatte sich nicht, wie üblich, durch Krämpfe angekündigt. Hedi war unvorbereitet. In ihrem Koffer hatte sie
einige Tücher eingepackt, aber es gab keine Möglichkeit, sie
anzulegen: Das Abteil war voll besetzt und sie konnte es nicht
verlassen. Zwar versah die Preußische Staatseisenbahn ihre
Schnellzüge regelmäßig mit modernen Durchgangswagen,
bei denen während der Fahrt ein Abort aufgesucht werden
konnte, doch nach vier Jahren Kriegswirtschaft musste immer
häufiger auf die alten Abteilwagen zurückgegriffen werden.

Hedi schob ihre Hand unauffällig unter das Gesäß, Feuchtigkeit konnte sie nicht spüren. Dann stand sie auf. Bevor

sie sich umdrehte, warf sie mit größtmöglicher Beiläufigkeit einen prüfenden Blick auf die Sitzfläche und zog damit die Aufmerksamkeit ihrer Mitreisenden auf sich. Die Damen schauten verständnisvoll, die Herren teils angeekelt, teils leidenschaftlich. Natürlich, jetzt wussten alle Bescheid. Hedi errötete vor Scham und vor Zorn, Zorn auf Rosenbaum, der sie in diese Situation gebracht hatte. Es war seine Schuld. Sie stellte sich vors Fenster, betrachtete die Landschaft, als genösse sie deren Novembergrau, und presste die Schenkel zusammen. Entgegen ihrer Gewohnheit trug sie heute einen Rock mit Unterrock. Außerhalb von Rüstungsfabriken waren Frauen fast nie in Hosen anzutreffen. Hedi bildete die Ausnahme, doch heute geschah – zum Glück – eine Ausnahme von der Ausnahme. Eine Weile könnte es in dieser Körperhaltung noch gut gehen, doch bald würde der Beweis von Hedis Weiblichkeit an ihren Beinen herabrinnen.

Gott sei Dank blieben die Krämpfe aus. Dann kamen sie doch. Hedi blickte gen Himmel, murmelte: »Ich hab den Apfel doch gar nicht gestohlen!«, und wartete auf eine Antwort wie: ›Aber du begehrst einen verheirateten Mann!‹ Die Schmerzen wuchsen nahezu ins Unerträgliche. Hedi hätte sich hinlegen wollen, zumindest hinsetzen. Aber sie musste stehen bleiben. Schon immer waren ihre Krämpfe so schmerzhaft gewesen, selbst als Schulmädchen. Wenn sie sich dann ins Bett gelegt hatte, sagte ihre Mutter tröstend voraus, dass sich das bessern würde, sobald sie ein Kind bekäme. Noch heute sagte sie das, aber nicht mehr tröstend, eher mahnend. Hedi hatte keine Kinder. Auch das war Rosenbaums Schuld.

Der einzige Halt vor Altona war Neumünster. Hedi ließ sich von dem leidenschaftlich blickenden Herrn ihren Koffer aus dem Gepäcknetz ziehen, stolperte aus dem Zug, tippelte mit schnellen, kleinen Schritten zur Bahnhofstoilette und beseitigte ihre Peinlichkeit. Gegen die Schmerzen fiel ihr auch etwas ein. Zwar konnte man im vierten Kriegsjahr nicht einfach Medikamente in einer Apotheke kaufen. Aber Hedi hatte beobachtet, dass Restaurationsbetriebe meist ein Arsenal von unterschiedlichsten Kräutern bereithielten, wenn sie schon keinen Bohnenkaffee oder schwarzen Tee anbieten konnten. Eine freundlich aussehende Gaststube gegenüber dem Bahnhof war jetzt Hedis Hoffnung. Sie vertraute sich der mitfühlenden Wirtin an, und kurz darauf schlürfte sie hoffnungsvoll einen Aufguss von Gänsefingerkraut, Frauenmantel und Kamillenblüten.

Alles Schlechte in Hedis Leben war Rosenbaums Schuld, jedenfalls alles Schlechte, das ihr einfiel, während sie vor der dampfenden Teetasse saß und auf ein Nachlassen der Krämpfe wartete. Dass sie keine Kinder hatte, dass sie einsam war, dass die Monatskrämpfe noch immer so heftig ausfielen. Bereits bei ihrer ersten Begegnung, als er sich über ihren Namen lustig gemacht hatte und dann überstürzt davongelaufen war, hatte sie geahnt, dass er ihr das Leben verderben würde. Das war fast zehn Jahre her, in einer Woche hatte sie Geburtstag, dann würde sie 31 Jahre alt sein. 31 vergeudete Jahre. Sie hatte sich für ihn aufbewahrt und zugleich gewusst, dass es nicht richtig war. Und dass es aussichtslos war. Vor allem aber, dass es nicht richtig war. Und dass es seine Schuld war. Er hatte sich ihr anvertraut, seine Gedanken, seine Gefühle. Sie kannte ihn so gut, sie waren Verschworene. Bis gestern hatte sie sich für ihn aufbewahrt. Dann hatte sie sich einem anderen Mann hingegeben, einem Aufrührer. Alles Rosenbaums Schuld.

Nach drei Stunden hatten sich die Schmerzen so weit gelegt, dass Hedi ihre Reise fortsetzen konnte. Die Wirtin füllte ihr etwas von dem Zaubertee ab und versorgte sie mit zwei Binden aus dem eigenen Bestand. Hedi zahlte das Doppelte des verlangten Entgelts. Am Bahnhof löste sie für die erste Klasse nach – dort gab es Aborte –, wartete auf den nächsten Zug und nippte immer wieder an ihrem Tee. In Altona stieg sie in den Verbindungszug nach Hamburg, wo sie den Anschlusszug nach Wilhelmshaven verpasste. Den letzten an diesem Tag. Also tingelte sie mit Regionalzügen, die keine Aborte besaßen, durch Bahnhöfe, deren Toiletten nachts verriegelt waren. In dieser Nacht kämpfte sie mehrmals gegen Tränen. Alles Rosenbaums Schuld.

✳

Die Matrosen des III. Geschwaders, die von der Polizei daran gehindert worden waren, sich an diesem Abend erneut im Gewerkschaftshaus zu treffen, zogen nun kurz entschlossen zu einem Versammlungsplatz im Vieburger Gehölz weiter. Sie teilten sich in drei Gruppen auf und nahmen unterschiedliche Wege. Wenn sie Passanten begegneten, riefen sie ihnen ihre Parolen zu. ›Frieden‹ war zu hören, ›Soldatenrat‹ und ›Amnesie‹.

Josef Rosenbaum wohnte in der Beletage eines hübschen Kachelhauses am Großen Kuhberg 48. Dort saß er jetzt am Küchenfenster, paffte eine Zigarette und schaute hinab in den dämmerungstrüben Hinterhof. Er zählte die Mülltonnen, taxierte die Länge der Teppichstange, den Durchmesser des Kohleschachts und die Höhe der Bretterwand, die den eigenen Hof von dem der Nachbarhäuser trennte und hinter der sich weitere Mülltonnen, Teppichstangen und Kohleschächte verbargen. Frau Sonstwer, die Nachbarin von oben, deren Namen er sich nie merken konnte, lehrte ihren Aschekasten in einer Mülltonne. Sie trug dicke

Schminke auf grauer Haut, die keine Luft durchließ und die Haut immer grauer machte und immer dicker wurde. Sie sah ihn nicht.

Vor ihm stand eine Tasse Ersatzkaffee, die er nicht anrührte. Er dachte an Schulz und an Frieda Bade und dass er sie nicht mehr beschützen konnte.

Es war Zeit, Lotte anzurufen, seine Frau, die in Berlin blieb, als er nach Kiel versetzt worden war. Er schleppte sich ins Wohnzimmer. Vor der Wandnische neben dem Kachelofen stand das Telefon. Er hatte sich den Anschluss dorthin verlegen lassen, weil er sich vorgestellt hatte, dass er dort behaglich in seinem Ohrensessel sitzen und mit Lotte telefonieren könnte. Tatsächlich befeuerte er den Ofen aber nur im tiefsten Winter und nur an den Wochenenden, und den Sessel hatte er neben den Rauchertisch vors Fenster gestellt. Behaglich war es nicht.

Er setzte sich auf den Stuhl neben dem Telefon und bat das Fräulein vom Amt, ihn mit Lotte zu verbinden. Fast täglich tat er das, um Lottes Stimme zu hören, um sich nach Hilde, ihrer Tochter zu erkundigen, vor allem aber um zu fragen, ob ein Brief von Albert angekommen war, von Albert, ihrem Sohn, der sich freiwillig zum Kriegsdienst gemeldet und es sehr bald bereut hatte.

»Nein«, sagte Lotte. Das sagte sie fast jedes Mal, wenn er anrief. Es war einen Monat her, dass sie zum letzten Mal ›Ja‹ gesagt hatte.

»Dann lies noch einmal seinen letzten Brief vor«, sagte Rosenbaum.

Das tat sie.

Albert schrieb schon lange nicht mehr über die Kämpfe, die er erlebte, oder die Verluste, die seine Kompanie erlitt. Er schrieb, als wäre er auf einem Ausflug und als würde er bald wieder zu Hause sein.

»Der Krieg ist bald zu Ende. Der Junge wird bald wieder zu Hause sein«, sagte Lotte, als sie am Ende des Briefes angelangt war. Das sagte sie seit ein paar Wochen jedes Mal.

»Gewiss«, antwortete Rosenbaum. Das antwortete er jedes Mal.

Es tat gut, Lottes Stimme zu hören. Sie schwiegen ein wenig. Es tat auch gut, mit ihr zu schweigen.

»Es wird vielleicht eine Revolution geben. Deckt euch mit Lebensmitteln ein. Und verlasst das Haus nicht, wenn es soweit ist«, sagte Rosenbaum schließlich.

Er würde Lotte und Hilde nicht beschützen können, er hatte seine Familie verlassen. Nein, nicht verlassen. Er konnte nichts dafür. Er war versetzt worden, es war nicht seine Entscheidung gewesen. Sie waren getrennt worden. Aber er hätte sie mitnehmen können, und vielleicht hätte er sie mitnehmen müssen. Und auch später hatte er sich nie wirklich bemüht, die Familie wieder zu vereinen. Er hatte sie doch verlassen. Und jetzt konnte er sie nicht beschützen. Selbst hier, in Kiel, konnte er niemanden beschützen. Auch Frieda Bade nicht.

»Sophie hat auch schon gesagt, dass sie eine Revolution planen«, antwortete Lotte.

»Hat sie auch gesagt, wer?«

»Karl. Und die Spartakusleute und die Revolutionären Obleute und wie die sich alle nennen. Sophie hat gefragt, ob du nicht mal mit Karl sprechen kannst.«

»Und ihm die Revolution ausreden?«

Sophie Liebknecht, Karls Frau, sie schien derart verzweifelt zu sein, dass sie sich einbildete, Rosenbaum hätte einen solchen Einfluss auf seinen Freund. Dennoch versprach er Lotte, ihn anzurufen.

Er versuchte es gleich im Anschluss, erreichte jedoch nur Sophie.

»Karl ist nicht zu Hause. Er ist eigentlich nie zu Hause. Vor zehn Tagen wurde er vorzeitig aus der Haft entlassen, und seitdem kommt er nur nach Hause, um zu schlafen«, schluchzte sie.

»Lotte sagte etwas von Revolutionsplänen?«

»Karl plant mit seinem Spartakusbund einen Generalstreik in allen großen Städten und einen bewaffneten Aufmarsch vor Heereskasernen. Sie glauben, die Soldaten würden die Waffen niederlegen oder sich ihnen sogar anschließen.«

»Aber die Verfassungsreform ...«

»Karl sagt, das sei nur ein Täuschungsmanöver, um die Proletarier von der Revolution abzuhalten. In Wahrheit habe sich nichts geändert.«

So hatte Rosenbaum die jüngsten politischen Entwicklungen noch nicht betrachtet.

»Und wann soll das losgehen?«, fragte er.

»Karl sagt, sie brauchen die Revolutionären Obleute dafür, aber die würden vor einem bewaffneten Kampf noch zurückschrecken.«

Von der Straße drangen Rufe und Pfiffe an Rosenbaums Ohr wie von einem Demonstrationszug, der in einiger Entfernung vorüberzog. Er versprach Sophie am nächsten Tag noch einmal anzurufen. Dann legten sie auf. Er hastete zum Wohnzimmerfenster, schaute nach links Richtung Hörn, geradeaus die Sandkuhle hinunter und nach rechts über den Exer. Dort konnte er die Matrosen des III. Geschwaders ziehen sehen.

Der Marsch geriet zu einem Demonstrationszug, der nicht ohne Wirkung blieb. Bislang hatte die Bevölkerung von den jüngsten Vorfällen kaum etwas mitbekommen, allenfalls über die ungewöhnlich zahlreichen Marinepatrouillen gestaunt. Das sollte sich an diesem Abend ändern. Etliche Passanten schlossen sich dem Zug an oder verbreiteten die Nachricht darüber in der Stadt. Noch immer wussten die Menschen nicht viel von dem, was vor sich ging, aber sie begannen, etwas zu ahnen.

Als der Zug der Matrosen vorüber war, wurde es schnell ruhig, außergewöhnlich ruhig, gespenstisch ruhig. Nur wenige Menschen hielten sich noch in den Straßen auf. Wer nicht mit den Matrosen gezogen war, eilte nach Hause. Kaum jemand wusste Näheres, aber Gewalt lag in der Luft.

Zwei Marinepatrouillen marschierten Richtung Hafen, eine weitere vom Hafen kommend über den Exer, sonst geschah bis in die späte Nacht nichts.

Rosenbaum blickte noch Stunden auf die nächtliche Straße hinunter wie auf ein Standbild. Die Fenster ringsum waren dunkel und die Straßenlaternen wurden seit Jahren nur im Winter befeuert – und das auch nur für ein oder zwei Stunden täglich; man sparte an allem, auch an Stadtgas, obwohl es daran keinen echten Mangel gab. Nur der Mond und ein wenig auch die Werften am Hafen sandten etwas diffuses Licht, das knapp ausreichte, um die Konturen der Häuser zu erahnen. Rosenbaum öffnete das Fenster, der Geruch von Kohle mischte sich mit dem Nikotinausdünstungen der Gardinen. Und Gewalt lag in der Luft.

Es mochte zwei Uhr gewesen sein, vielleicht später. Rosenbaum streifte seinen Mantel über und ging hinaus auf die Straße, nach links hinunter zur Hörn, dann wieder links, den Kai des Handelshafens entlang. Am gegenüberliegenden Ufer befand sich der Ausrüstungskai der Germaniawerft, davor lag die fast fertiggestellte U 142, mit einer Länge von annähernd 100 Metern das bislang größte deutsche Kampf-U-Boot – es würde wohl nicht mehr in Dienst gestellt werden, denn der Krieg war praktisch vorbei.

Ein Ziel hatte Rosenbaum nicht, der Weg ergab sich von selbst. Ebenso die Gedanken. Bilder tauchten vor ihm auf. Er sah Hilde und Albert. Und Frieda Bade und Max Orlowski. Er sah Karl, der immer mit dem Kopf durch die Wand stürmte, weil er die Tür nicht fand. Entweder riss er Mauern ein oder er brach sich den Schädel. Rosenbaum war anders, er blieb stehen, wenn keine Tür da war. Hatte Karl nicht auch ein klein wenig recht?

Er sah Iago Schulz, der seine dreckigen Hände im Spiel hatte. Dann tauchte wieder Frieda Bade vor ihm auf. Karl würde sich nicht darum scheren, wenn ihm der Fall weggenommen werden würde. Er würde weiterermitteln. Karl würde das tun.

X

Es war bereits hell, als Hedi in Wilhelmshaven eintraf – kurz vor dem ersten Schnellzug aus Hamburg. An einem Sonntagmorgen um neun Uhr saßen gute preußische Familienväter mit ihren Lieben am Frühstückstisch, fragten den Filius Lateinvokabeln oder Mathematikformeln ab, rauchten vielleicht noch eine Pfeife und machten sich allmählich für den Gottesdienst fertig. Es war nicht die Zeit, zu der man sie an ihren Arbeitsplätzen antreffen würde. Hedi kannte von Dr. Johannes Arkenau allerdings nur die Kanzleiadresse. Also musste sie dorthin. Nachdem sie auf der Bahnhofstoilette das Nötige erledigt hatte, bestieg sie die Straßenbahn, passierte das Gebäude des Stationsgerichts, wo der Prozess gegen Albin Köbis stattgefunden haben dürfte, verließ nach einem Kilometer vor dem Marinefriedhof in der Gökerstraße die Bahn, lief bis zur nächsten Straßenecke, erreichte einen Hauseingang, an dem ein stolzes Kanzleischild prangte, und klopfte beim Hausmeister, um nach der Wohnadresse des Anwalts zu fragen. Es öffnete sich aber die Tür der Kanzlei.

»Da ist jetzt niemand«, sagte ein Mann in dunkelgrünem Wollsakko. Mitte 30, sorgfältig rasiert und mit Augenbrauen, die an die Pinselohren von Eichhörnchen erinnerten.

»Dr. Arkenau?«

Der Mann nickte. Tatsächlich, es war der Anwalt. Hedi staunte, dass auch mal etwas klappte. Sie stellte sich vor, und Arkenau bat sie herein.

»Sie glauben nicht, was ich hier alles zu tun habe. Da

muss ich auch sonntags ran«, sagte er halb stolz und halb müde.

»Ich komme wegen Ihres ehemaligen Mandanten Albin Köbis«, sagte Hedi und ließ sich auf dem ihr angebotenen Sessel nieder. »Erinnern Sie sich an ihn?«

Jetzt wurde der Anwalt nachdenklich. Er musste sicher nicht lange grübeln, ob er Köbis kannte, aber er schien jedes Wort abzuwägen, bevor er es aussprach. »Der Köbis, ja den habe ich verteidigt.« Arkenau nickte bedächtig. »Und Sie kommen von der zivilen Polizei?«

»Kriminalpolizei Kiel, Mordkommission«, bejahte Hedi und hoffte, dass er sie nicht nach ihrer Polizeimarke fragen würde. So etwas besaß sie nicht.

Der Anwalt musterte seinen Besuch von oben bis unten. Ihm schien wichtig zu sein, dass Hedi nicht dem Militär angehörte. Natürlich gab es keine Frauen beim Militär, bei der Kriminalpolizei aber eigentlich auch nicht.

»Und wie kann ich Ihnen helfen?«, fragte Arkenau noch immer zurückhaltend.

Hedi berichtete in kurzen Worten von ihrem Mordfall. »Wir fragen uns jetzt, ob Gustav Bade etwas mit dem Prozess gegen Köbis zu tun hatte.«

»Gustav Bade?« Arkenau erinnerte sich nicht an den Namen. Er schüttelte den Kopf, sagte: »Moment«, rannte aus dem Zimmer und kam nach einigen Minuten zurück. Im Arm trug er eine dicke Akte, die er aus dem Keller geholt hatte, und blätterte darin. Wieder schüttelte er den Kopf und murmelte »ungeheuerlich« und »haarsträubend«.

Hedi fragte nach: »Was ist ungeheuerlich?«

Arkenau blätterte weiter, schaute zwischendurch Hedi an, dann wieder in die Akte, dann wieder zu Hedi, und hörte nicht auf, mit dem Kopf zu schütteln.

»Der ganze Prozess«, sagte er, »der ganze Prozess.« Arkenaus Zurückhaltung wich allmählich offensichtlicher Empörung. »Ich hatte lange nicht mehr an die Sache gedacht. Aber jetzt ...«

»Albin Köbis wurde zum Tode verurteilt, soweit ich weiß«, sagte Hedi.

»Es gab mehrere Todesurteile, zwei davon wurden vollstreckt, gegen Albin Köbis und Max Reichpietsch. Das waren Fehlurteile.« Arkenau blätterte weiter. »Hier, der Tenor: ›Vollendung der kriegsverräterischen Aufstandserregung ...‹. Bei den Angeklagten hatte man Namenslisten und politisches Propagandamaterial gefunden. Die Beweisaufnahme erbrachte, dass sie wegen schlechter Verpflegung demonstriert und bei ihren Kameraden für den Beitritt zur USPD geworben hatten – mehr nicht. Das Gericht hingegen konstruierte daraus, dass die Angeklagten mithilfe der USPD eine Organisation zur Lahmlegung der Flotte gebildet hätten. Dafür gab es nicht einmal im Ansatz Beweise. Ich identifiziere mich wahrlich nicht mit den merkwürdigen politischen Thesen der Sozen, aber ...« Arkenau hielt inne und schüttelte nur noch mit dem Kopf. Dem Jongleur mitreißender Plädoyers fehlte das passende Wort.

»Dann war das Rechtsbeugung? Ein Justizmord?«

»Ich sage mal so: Hätte der Richter eine solche Urteilsbegründung bei seinem juristischen Examen abgeliefert, wäre er ziemlich sicher durchgefallen.«

»Konnte man da denn nichts mehr machen?«

»Gegen Urteile von Feldkriegsgerichten sind keine Rechtsmittel möglich. Ich habe eine Eingabe beim Reichsmarineamt gemacht, ein Rechtsgutachten der dortigen Justizabteilung gab mir sogar recht. Aber vergebens.«

»Und warum?« Jetzt schüttelte auch Hedi mit dem Kopf. »Warum wurde so ein Urteil gefällt?«

Arkenau kam aus dem Kopfschütteln nicht mehr heraus und zuckte nun zusätzlich mit den Schultern.

»Wollte man ein Exempel statuieren?«, fragte Hedi nach.

»Dann hätten lange Haftstrafen ausgereicht. 20 Jahre Zuchthaus, und sobald der Krieg vorbei ist, kann man die Männer begnadigen. Eine probate Vorgehensweise.«

»Dann steckte mehr dahinter?«

Der Anwalt schaute Hedi stumm an. Das Gesprächsthema gefiel ihm nicht. »Lassen Sie es gut sein, liebes Fräulein. Sie werden es ohnehin nicht herausfinden.«

»Das ist aber meine Aufgabe.«

»Dann warten Sie wenigstens das Kriegsende ab.«

»Haben Sie Angst, Herr Doktor?«

Arkenau hätte Hedi in wortgewaltigen Tiraden zerreißen können, wie Rechtsanwälte es mit Polizisten gern machten, und vielleicht wäre zu erwarten gewesen, dass er es jetzt täte. Aber er schwieg. Er hatte Angst, offensichtlich.

»Köbis meinte, die Marinestations-Intendantur wollte ihn aus dem Weg schaffen, weil er als Mitglied der Menagekommission von dortigen Unregelmäßigkeiten erfahren hatte.«

»Was für Unregelmäßigkeiten?«

»Das wollte er mir nicht erzählen. Warten Sie, ich wollte doch den Namen nachschlagen … Gustav Bade, sagten Sie?« Arkenau blätterte eine Weile. »Ja, hier: Gustav Bade, sein Schwager. Er hat ihn in der Untersuchungshaft mehrmals besucht. Irgendwas haben die beiden ausgeheckt, aber sie haben mir nicht erzählt, was. Und es ist ja auch nichts dabei herausgekommen.«

»Warum hat Köbis Ihnen nichts davon erzählt? Hatte er kein Vertrauen zu Ihnen?«

»Tja, offensichtlich hatte er nicht genug Vertrauen. Er

wollte auch nicht, dass sein Verdacht im Prozess erwähnt wird, weil er um seine Schwester fürchtete.«

»Seine Schwester?«

»Ja, er glaubte dass man ihr etwas antun würde, wenn er seine Geschichte offenlegt. Er hat sich da völlig verrannt.«

»Seine Schwester ist die Ehefrau von Gustav Bade.«

»Aha«, sagte Arkenau nachdenklich. »Das wusste ich nicht.« Er blickte in seine Akte und schien zu kombinieren. »Und Gustav Bade ist jetzt tot. Trotzdem – selbst wenn es diese vermeintlichen Unregelmäßigkeiten gegeben haben sollte, es handelte sich doch nur um eine Stationsintendantur, eine untergeordnete Marinebehörde. Die sind gar nicht wichtig genug, um ein hochrangiges Kriegsgericht zu beeinflussen.«

»Und wer ist wichtig genug?«

Arkenau schaute sich weiter die Akte an, als hätte er Hedis Frage nicht gehört. Oder als dachte er darüber nach, ob er erzählen sollte, was er wusste.

»Mir war aufgefallen, dass die Beschuldigten von den Ermittlungsführern intensiv nach ihren Verbindungen zur USPD befragt wurden. Es kamen extra Spezialisten aus Berlin und Kiel, die die Verstrickungen ermitteln sollten.«

»Wie hießen diese Spezialisten?«

Arkenau blätterte. »Der aus Kiel war ein Kapitänleutnant Ravens.« Intensives Blättern. »Der aus Berlin ... weiß ich jetzt nicht. Jedenfalls, diese Spezialisten haben Köbis Strafmilderung in Aussicht gestellt, wenn er die USPD-Leute ans Messer liefern würde. Aber das konnte er nicht, weil die USPD mit der Rebellion nun mal nichts zu tun hatte.«

»Das erklärt ein Todesurteil aber auch nicht.«

»Erinnern Sie sich an die Friedensresolution des Reichstags? Darin wurde die Regierung aufgefordert, auf ihre weitreichenden Annexionspläne zu verzichten und einen

Verständigungsfrieden anzustreben. Das war letztes Jahr, wenige Wochen vor dem Strafprozess.«

»Haben die USPD-Abgeordneten nicht gegen die Resolution gestimmt?«

»Richtig, sie stimmten dagegen, obwohl ein Verständigungsfrieden immer die wichtigste Forderung der USPD war. Trotzdem wurde die Resolution mit großer Mehrheit der übrigen Abgeordneten beschlossen. In kaisertreuen Kreisen, insbesondere bei den Alldeutschen, interpretierte man das Verhalten der Unabhängigen so, dass sie inzwischen nicht mehr den Frieden wollten, sondern den Umsturz. Für die Kaisertreuen stand fest, dass die USPD bereits begonnen hatte, die Soldaten zur Revolution aufzustacheln, und dass die Matrosenrebellion erst der Anfang davon war – sie konnten es nur nicht beweisen.«

»Also wurden zwei Angeklagte hingerichtet, um die anderen zum Reden zu bringen«, kombinierte Hedi den Verdacht zu Ende. Und dabei lief ihr ein Schauer über den Rücken, derselbe Schauer, den sie als Kind kannte, wenn sie nachts im Bett heimlich Geschichten über Buschermänner und Mitschnacker las.

»So könnte es gewesen sein.«

Hedi wartete ab, bis der Schauer sich legte.

»Haben denn die übrigen Angeklagten danach gegen die USPD ausgesagt?«

»Nicht dass ich wüsste. War wohl auch nichts dran an dem Verdacht. Die Oberreichsanwaltschaft hat schließlich beantragt, die Immunität der USPD-Abgeordneten im Reichstag aufzuheben. Der Antrag wurde nahezu einstimmig abgelehnt, sogar mit den Stimmen der Konservativen. Offenbar gab es nicht einmal einen Verdacht, der ausreichte, überhaupt ein Ermittlungsverfahren gegen die Abgeordneten einzuleiten.«

Hedi ließ die Worte des Anwalts auf sich wirken. »In den Zeitungen wurde über den Prozess nie berichtet«, sagte sie schließlich.

»Wundert Sie das?«

»Eigentlich nicht.«

Hedi zog ihren Notizblock und einen Bleistift aus der Tasche und schrieb ein paar Stichworte auf. ›USPD‹ schrieb sie, ›Intendantur‹ und ›Friedensresolution‹.

Die Friedensresolution.

Alle Zeitungen hatten damals ausführlich über die Ereignisse berichtet. Die Resolution war der erste Versuch des Reichstags gewesen, gestaltend in das politische Geschehen des Krieges einzugreifen. Der Papst hatte sie aufgegriffen, einen Friedensappell an die Welt gerichtet und den Kriegsparteien seine Vermittlung angeboten. Aber die Resolution war eben nur eine Resolution gewesen, eine Erklärung ohne jede Verbindlichkeit. Die Reichsregierung hatte das Angebot des Papstes abgelehnt und die Resolution ignoriert.

Hedi brauchte Zeit nachzudenken. »Würden Sie mir Ihre Handakte überlassen?«, fragte sie.

»Das darf ich nicht. Das muss Ihnen doch klar sein.«

»Dann werde ich sie in Beschlag nehmen.«

»Wenn Sie dafür einen richterlichen Beschluss erwirken: bitte sehr.«

Hedi würde keinen Beschluss bekommen, das wusste sie. Kein Amtsrichter würde so etwas wagen und kein Militärgericht hätte ein Interesse daran.

»Bei Gefahr im Verzug brauche ich keinen Beschluss.«

»Gefahr im Verzug?«

»Wenn Sie beabsichtigen, die Akte zu vernichten, beispielsweise.« Hedi hätte nicht sagen können, wie sie auf diesen Gedanken kam. Sogar als sie ihn noch aussprach, hatte sie nicht vollständig begriffen, wie genial er war.

Arkenau schaute Hedi fest in die Augen. Wohl nicht, um gegenzuhalten, sondern um keine Regung erkennen zu lassen, um Zeit zum Nachdenken zu gewinnen.

»Ja, ich glaube, das müsste ich tun«, sagte er nach einer Weile. »Ich denke, es ist meine Pflicht, die Akte zu vernichten, damit Sie sie nicht in die Hände bekommen. Sobald Sie weg sind, werde ich sie in den Ofen werfen.«

»Unter diesen Umständen bin ich gezwungen, die Akte zu beschlagnahmen. Bitte händigen Sie sie mir aus.«

»Tja, wenn das so ist, kann ich wohl nichts dagegen machen«, sagte Arkenau und schob seine Handakte zu Hedi herüber.

*

Rosenbaum röchelte in den Telefonhörer: Die Spanische Grippe habe ihn über Nacht erfasst und jetzt werde er zu Hause in Berlin von seiner Frau gepflegt. Dann legte er auf, bevor das Fräulein in der Zentrale auf die Idee kommen konnte, ihn zu Freibier oder Schulz durchzustellen.

An einem gewöhnlichen Sonntagmorgen wäre die Zentrale der Blume nicht besetzt gewesen und Rosenbaum hätte mit einem verschlafenen Wachmeister reden müssen. An einem gewöhnlichen Sonntagmorgen hätte er sich aber auch nicht krankgemeldet, selbst wenn er krank gewesen wäre. Gewöhnliches war an diesen Tagen nicht zu erwarten.

Den Opel hatte Rosenbaum in der Neuen Reihe geparkt, vom Schlafzimmerfenster aus konnte er ihn sehen. Unnötige Autofahrten sollte er vermeiden, denn der Opel war im Straßenbild nicht ganz unauffällig. Er holte sein Fahrrad aus dem Keller, es würde ihn problemlos die zwei weitgehend flachen Kilometer zur Stationsintendantur bringen.

Die beiden am Eingang als Wachen postierten Marineinfanteristen konnte er nur knapp überwinden. Seine Polizeimarke und die Angabe, von Oberleutnant Staakenmeyer erwartet zu werden, halfen nicht entscheidend weiter. Erst als er Staakenmeyers Zimmernummer angeben konnte – denn die habe Staakenmeyer ihm genannt, und der Oberleutnant warte wahrscheinlich schon ungeduldig –, wurde ihm Einlass gewährt. Matrosen waren an diesen Tagen bei der Marine verdächtig, Zivilisten waren es immer.

Im Korridor begegnete Rosenbaum einem Matrosen, er fragte ihn nach dem Weg und wurde über die Haupttreppe in den zweiten Stock links, den Gang durch und dann rechts geschickt. Schließlich stand er vor dem Zimmer 226, dachte bei sich, es sei ziemlich einfältig zu erwarten, dass sich der Oberleutnant jetzt in seinem Büro aufhielt, klopfte und hörte ein unfreundliches »Herein«.

Der Kommissar öffnete die Tür und schaute in eine kleine, karg eingerichtete Amtsstube mit Blick auf den Innenhof. »Kommissar Rosenbaum, Kriminalpolizei.«

Ein nachlässig rasierter Mann blickte von seinem Schreibtisch hoch. Er trug eine schluderig übergeworfene Uniformjacke, die eine mittelbreite Ärmeltresse und einen Rangstern an den Schulterstücken aufwies. Das bedeutete: Oberleutnant, glaubte Rosenbaum, war sich aber nicht ganz sicher. Der Offizier mochte um die 40 Jahre alt sein, ziemlich alt für einen Oberleutnant.

»Rosenbaum?«

»Ja, Rosenbaum. Oberleutnant Staakenmeyer?«

»Ja. Was wollen Sie?« Staakenmeyer schien überrascht zu sein. Und ein wenig besorgt.

Der Kommissar schloss die Tür und kam langsam näher. Er erklärte kurz, dass er in einem Mordfall ermittle, und stellte dann die heikle Frage: »Kannten Sie Georg Bade?«

»Georg?«

»Ach nein – Gustav. Gustav war ja sein Vorname. Sie kannten ihn also?«

»Sie befinden sich auf militärischem Boden. Sie dürfen hier keine Nachforschungen anstellen.«

»Ich könnte mir jederzeit vom Marinegouvernement eine Sondergenehmigung erteilen lassen.«

»Wie kommen Sie darauf, dass Sie diese Erlaubnis bekommen würden?«

»Wieso nicht?«

Staakenmeyer stand von seinem Stuhl auf und ging zum Fenster. »Arbeiten Sie denn überhaupt noch an diesem Fall?«, fragte er.

Woher wusste er das?

»Das sehen Sie doch.«

»Na gut, selbst wenn: Die Marineführung hat sicher kein Interesse daran, dass Sie hier rumschnüffeln.«

»Wieso?« Natürlich hatte die Marine kein Interesse daran und Rosenbaum war das auch klar. Mit dem Ausmaß seiner demonstrativen Naivität wuchs Staakenmeyers Selbstsicherheit.

»Denken Sie mal scharf nach.«

Rosenbaum tat so, als dachte er nach. Er hatte sich das vorher nicht so zurechtgelegt, er folgte einem spontanen Gedanken. Seine gespielte Begriffsstutzigkeit war ihm ein wenig peinlich, aber er tröstete sich mit der Hoffnung, den Offizier auf diese Weise zu einer unbedachten Äußerung zu bewegen. Als Rosenbaums Nachdenken keine erkennbaren Erfolge brachte, setzte sich Staakenmeyer wieder an seinen Schreibtisch, bot dem Kommissar einen Stuhl an und legte einen wohlwollenden Tonfall auf.

»Wissen Sie, mein lieber Rosenbaum, wir leben in Zeiten, in denen geht alles drunter und drüber. Da kann man leicht unter die Räder kommen.«

»Den Friedensschluss? Sie meinen den Friedensschluss?«, fragte Rosenbaum und blickte den Offizier an, als erwartete er eine Offenbarung.

»Zum Beispiel. Wissen Sie, wie es danach weitergeht? Werden Sie in einem Jahr noch Kommissar sein? Der Kaiser wird vielleicht abdanken müssen. Was wird dann aus seinen Beamten?«

»Oder aus seinen Offizieren.«

Staakenmeyer sah Rosenbaum in die Augen, als suchte er nach einem Bestätigung, dass er ihm trauen konnte. »Man muss jetzt genau darüber nachdenken, wo die wirklichen Freunde sitzen.«

»Wie findet man das heraus?«

»Man schaut zu, wie sich die Leute verhalten.«

»Und wie verhalten sich *Freunde*?«

»Es beginnt damit, dass sie einem keine Steine in den Weg legen.«

»Und wie geht es weiter?«

»Dann entwickelt sich vielleicht ein Vertrauensverhältnis, bei dem man einander behilflich ist.«

»Hört sich nach einem Bestechungsversuch an.«

Die freundschaftliche Atmosphäre war dahin. Staakenmeyer schien zu überlegen, ob er einen weiteren Annäherungsversuch unternehmen sollte.

»Nein, gar nicht«, sagte er. »Es ist nur der Hinweis darauf, dass es Situationen gibt, in denen man sich entscheiden muss, ob man sein Leben riskiert.«

»Was ist die Alternative?«

»Reich werden, zum Beispiel.«

»Ich bin Polizist, ich riskiere oft mein Leben.«

Der Oberleutnant stand ruckartig von seinem Stuhl auf und ging wieder zum Fenster. »Ich will Sie nur warnen.«

»Wovor?«

»Vor Leuten, die in einer ganz anderen Etage sitzen als Sie. Oder ich.«

»Und welche Etage wäre das?«

»Die Etage, in der beispielsweise entschieden wird, ob Ihr Sohn morgen bei einem Himmelfahrtskommando eingesetzt wird. Albert, nicht wahr?«

Woher wusste Staakenmeyer von Albert? Rosenbaum fühlte sich wie vom Blitz getroffen. Er versuchte, sich nichts anmerken zu lassen, brauchte aber einige Sekunden, bis er sicher sein konnte, dass seine Stimme nicht versagte. »Das hört sich eher nach einer Drohung als nach einer Warnung an.«

»Es ist eine Warnung. Ich habe meine Finger nicht in diesem Spiel. Da überschätzen Sie meine Möglichkeiten.«

»Drei Arbeiter werden in einem Wald erschossen, als sich der Januarstreik auf dem Höhepunkt befand, eine Art Hinrichtung, nicht wahr? Und einer von ihnen hatte einen Zettel mit Ihrer Zimmernummer bei sich. Es sieht so aus, als hätten Sie ihre Finger gewaltig im Spiel.«

»Denken Sie doch nach, bevor Sie in Ihr Unglück rennen. Ich bin nur ein Oberleutnant in der Marine-Intendantur, Abteilung für Naturalverpflegung. Bei den Januarstreiks ging es um die Funktionsfähigkeit kriegswichtiger Einrichtungen, das hat mit Naturalverpflegung nichts zu tun. Wenn Sie schon stöbern, dann doch besser in den Führungsstäben.«

»Sie meinen das Stationskommando, das Gouvernement?«

Beredtes Schweigen.

»Fragen Sie nach Kapitänleutnant Ravens.«

✳

Die Notwendigkeit zu schlafen hatte Klaas Ravens schon immer verabscheut. Sie verdammt die wichtigsten Männer zum Nichtstun, aber man konnte sich ihr nicht dauerhaft widersetzen. Auch in der letzten Nacht hatte Ravens nur für kurze Zeit Schlaf gefunden. Dann war er wieder in aller Frühe ohne Ankündigung von zu Hause abgeholt worden und hatte etliche Berichte vom Vorabend durchzuarbeiten, bevor er zur Lagebesprechung in den Sitzungssaal des Stationskommandos beordert wurde. Dort herrschte große Aufregung. Stadtkommandant Heine, Geschwaderkommodore Kraft und weitere Inspekteure und Kommandanten waren anwesend, Stabschef Küsel saß der Sitzung vor. Nur Stationschef Souchon fehlte – Küsel sollte ihm nach der Sitzung berichten.

Bereits in der Nacht hatte die Polizei gemeldet, dass die rebellischen Matrosen am Vorabend mit beträchtlichem Aufsehen durch die Stadt gezogen seien und für den heutigen Abend eine neue, noch umfangreichere Versammlung beschlossen hätten.

»Mit großem Hallo vom Gewerkschaftshaus zum Vieburger Gehölz, also durch die gesamte Innenstadt!« Küsel stockte und fasste sich an die Brust. Das Gewerkschaftshaus für die Matrosen zu sperren, war seine Idee gewesen. Ravens genoss den Moment.

»Und der Befehl, die Männer festzunehmen, wurde wieder nicht ausgeführt?« Küsel schaute den Kaleu an, als wollte er ihn zumindest dafür verantwortlich machen.

»Soweit ich weiß, haben die Truppführer den Befehl unterlassen, um keine offene Befehlsverweigerung zu provozieren«, erklärte Stadtkommandant Heine.

»Na, das ist doch wohl klar, dass man die Männer festnehmen muss, wenn man ihnen den Zutritt verweigert. Dann ist's ja kein Wunder!« Küsel räusperte sich. »Haben Sie das notiert, Ravens? Dass die Truppführer den Befehl zur Festnahme pflichtwidrig unterließen? Haben Sie das?«

Der Kaleu führte das Sitzungsprotokoll. Er nickte. In seinen Notizen fand sich nur ein Strichmännchen, das am Galgen hing.

Nachdem die Verantwortlichen der gestrigen Panne also beweisfest ausgemacht waren, konnte sich die Sitzung den neu anstehenden Problemen widmen. Das war die für diesen Abend zu erwartende Versammlung, noch größer als die gestrige. Und das waren nutzlose Marineinfanteristen, denen man nicht befehlen konnte, gegen die Aufständischen vorzugehen.

»Wir sollten Stadtalarm geben. Dann dürfen die Männer ihre Kasernen nicht verlassen«, sagte Ravens. Das war bereits gestern sein Vorschlag gewesen. Heute reduzierte Küsel ihn nicht auf die Sperrung des Gewerkschaftshauses. Er wurde angenommen.

Nach der Sitzung begleitete Ravens seinen Chef in dessen Büro, um den Entwurf eines neuen, leicht dringlicher formulierten Berichts für das Ministerium zu besprechen. Auf dem Schreibtisch fanden sie zwei Telegramme.

»Die wollen *was*?«, rief der Stabschef aus, nachdem er das erste gelesen hatte. Er gab es kopfschüttelnd an Ravens weiter und setzte sich auf seinen Schreibtischsessel. Dabei stützte er den rechten Arm auf die Tischplatte, als versagten ihm die Beine.

»Niemand *will*«, beschwichtigte der Kaleu, nachdem er das Telegramm gelesen hatte. »Staatssekretär von Mann und Kriegsminister Scheüch lassen lediglich die Option prüfen, ob U-Boote unbemerkt in die Förde einfahren und von Aufständischen übernommene Schiffe bekämpfen können.«

»Und das hier?« Der Stabschef hatte inzwischen das zweite Telegramm gelesen und wedelte damit aufgeregt in der Luft herum. »Das ist die Abschrift eines Telegramms, das der Chef der Seekriegsleitung Admiral Scheer an den Chef der Hochseeflotte Admiral von Hipper geschickt hat.« Dann rückte Küsel seine Brille zurecht und begann, aus dem Telegramm zu zitieren: »›… im Einvernehmen mit der Regierung … jeden Widerstand sofort brechen … Kiel durch IX. Armeekorps zu Lande … und durch Hochseekommando zur Seeseite absperren.‹« Küsel fasste sich an die linke Brust und atmete tief durch. Mit seinen 48 Jahren würde er bald ein Alter erreichen, in dem Männer, die bei Aufregung an ihre linke Brust fassten, sich schnell mal überhaupt nicht mehr aufregten. *Vielleicht* würde er es erreichen. »Im Einvernehmen mit der Regierung?«

»Ein Missverständnis. Möglicherweise.«

»Ein Missverständnis? Das ist kriegsentscheidend!«, brüllte Küsel. Aus Gewohnheit oder vielleicht aus Furcht vor allzu großer Gedankentiefe war ihm eine in den letzten Jahren oft gebrauchte Floskel durchgerutscht, die höchste Wichtigkeit ausdrücken sollte, in letzter Zeit aber nicht mehr recht passte. Es ging jetzt nicht mehr um den Krieg, sondern um die Existenz des Kaiserreichs. »Man kann eine Stadt wie Kiel mit 40.000 schwer bewaffneten Soldaten nicht belagern. Und keine U-Boot-Besatzung der Welt wird die eigene Flotte mit all ihren Kameraden an Bord versenken! Das muss Berlin doch einsehen!«

»Ich denke, zu diesem Schluss wird auch die Reichsregierung …«

»Aber Scheer und Hipper haben die Hochseeflotte vorsorglich mal auf den Weg nach Kiel gebracht!«, schimpfte Küsel.

»Das weiß ich nicht. Allerdings …«

»Und Falk? Ist er womöglich auch schon unterwegs?«

»Nun ja, Armeetruppen können nicht ohne Vorbereitung einen Belagerungsring vor irgendwelchen Stadtmauern errichten. Der Dreißigjährige Krieg ist vorbei – und Kiel hat auch gar keine Stadtmauern mehr.«

»Ravens!« Wieder ein Griff an die Brust. »Machen Sie sich etwa lustig über mich?«

»Nein, Herr Admiral!« Ravens' Neigung zu Humor war in der Tat nicht ausgeprägt. Eigentlich wollte er nur Küsels koronare Belastungsfähigkeit prüfen. Sollte der Stabschef ausfallen, dann besser jetzt als zu einem Zeitpunkt, an dem es drauf ankommen würde. »Ich wollte nur darauf hinweisen, dass das Verschieben größerer Armeeeinheiten Sonderzüge der Eisenbahn benötigt. Die müssen organisiert werden. Außerdem existieren wahrscheinlich keine aktuellen Pläne für die Belagerung Kiels.« Es gab eine bis zu den Brigadestäben verteilte Generalstabsstudie von 1908 über den ›Kampf in insurgierten Städten‹, und Ravens hatte davon gehört. Aber das war jetzt nicht so wichtig. »Wenn sich nicht rechtzeitig jemand Gedanken macht, wie das ablaufen könnte, fahren die Soldaten einfach bis zum Hauptbahnhof durch. Ich will sagen: Die Armee ist bei Weitem nicht so flexibel wie die Marine. Die brauchen viel mehr Vorbereitungszeit.«

»Natürlich! Das weiß ich doch! Ich frage mich nur, wie Scheer so schnell von unserer Lage erfahren hat.«

»Admiral Scheer hat das III. Geschwader doch selbst nach Kiel geschickt«, gab Ravens zu bedenken.

Küsel schürzte die Lippen und tat, was er nicht gerne tat: Er dachte nach. »Sie meinen, Scheer wollte hier eine Rebellion provozieren, um dann die restliche Flotte hinterherzuschicken, damit sich zum Schluss alle gegenseitig versenken?«

»Er wollte die Hochseeflotte in den Entscheidungskampf gegen die Grand Fleet führen und wird gewusst haben, dass sie dabei untergehen würde. Der Gedanke, die Schiffe besser zu versenken, als den Briten auszuliefern …«

»Das ist absurd! Seien Sie still!«

Ravens wurde still.

»Das haben Sie nicht gesagt, und ich habe das nicht gehört!«

Ravens blieb still.

Der Stabschef brauchte etwas Zeit, um sich zu beruhigen. Aus seiner Schreibtischschublade zog er eine Tabakdose, die mit einem groben, bräunlichen Pulver gefüllt war, schüttete ein wenig davon in ein Glas, goss behutsam etwas Wasser darüber, schwenkte das Ganze und trank es vorsichtig aus. Ravens kannte das schon. Das Pulver war Dynamit. Irgendein Hexenmeister hatte Küsel einmal geraten, bei Brustschmerzen dieses Ritual durchzuführen. Und Küsel schwor, dass es ihm half. Dynamit trinken, so ein Unsinn! Aber Ravens blieb still.

»Souchon muss unbedingt Falk anrufen«, sagte Küsel, als er das Glas gelehrt hatte. »Und Sie senden ein Telegramm nach Berlin, dass wir hier alles im Griff haben. Und dass die jetzt unverzüglich einen Sozialdemokraten herschicken sollen. Einen ausführlichen Bericht senden wir später hinterher.« Dann tippte er nervös mit den Fingern gegen seine Lippen. Bei all der Aufregung noch eigenverantwortlich Entscheidungen treffen zu müssen, war vielleicht etwas zu viel für ihn. »Das heißt: nein. Bereiten Sie das Telegramm zunächst nur vor. Ich spreche erst mit dem Gouverneur, bevor wir es abschicken.«

Der Kaleu nickte und ging in sein Büro. Ob er selbst glaubte, was er angedeutet hatte? Nein. Admiräle würden ihre eigene Flotte nicht selbst versenken.

Auf einer Holzbank im Gang saß ein Zivilist, der ihn anschaute, als wollte er etwas von ihm. Ravens hatte jetzt keine Zeit für irgendwelche Anliegen von Zivilisten und

Lust hatte er erst recht nicht darauf. Er versuchte, den Mann zu ignorieren, geschäftig und unwirsch an ihm vorbeizuhasten, erst gar nicht um die Erteilung einer Auskunft oder die Entgegennahme eines Gesuchs gebeten zu werden. Im selben Moment stand der Mann auf, und Ravens wusste, dass er ihm nicht entgehen konnte.

»Kapitänleutnant Ravens? Kriminalkommissar Rosenbaum.«

Natürlich, er hätte es gleich wissen müssen. Die Judennase, die fettigen, welligen schwarzen Haare – auch wenn sie vielleicht nicht fettig waren, sie sahen so aus – und der verschlagene Blick: Vor ihm stand diese unverschämte jüdische Schmeißfliege. Er hätte den Kommissar unbeachtet lassen sollen, aber die Überraschung verlangsamte seinen Schritt und so blieb er vor Rosenbaum stehen. »Was wollen Sie?«

»Mit Ihnen über Oberleutnant Staakenmeyer von der Stationsintendantur sprechen. Sie kennen Ihn?«

»Haben Sie nichts Besseres zu tun?«

»Nein.«

»Aber ich.« Den Matrosenaufstand eindämmen, eine Belagerung der Stadt abwenden, die Versenkung der Hochseeflotte verhindern. Und anzuordnen, dass Zivilisten ohne Passierschein nicht mehr ins Stationsgebäude gelassen werden dürften.

Ravens wandte sich ab und wollte weitergehen, Rosenbaum hielt ihn am Arm zurück, Ravens riss sich los. Für einen kurzen Moment lag ein ›Wache!‹ auf seinen Lippen, aber ein 35-jähriger Kapitänleutnant benötigte keine Hilfe, um mit einem 50-jährigen Juden fertigzuwerden.

»Ich nehme Sie hiermit fest, weil Sie widerrechtlich in das Stationsgebäude eingedrungen sind und in kriegsgefährdender Weise Ermittlungen über aktive Militärpersonen anstellen.«

»Kriegsgefährdende Weise«, wiederholte Rosenbaum, und es schien, als genösse er die Wortwahl. Weil sie übertrieben klang? Und deshalb Hilflosigkeit ausdrückte?

Spätestens jetzt wäre der Moment, doch nach einer Wache zu rufen, wenn Ravens den Kommissar nicht selbst abführen wollte. Er zögerte, womöglich hatte dieser abgefeimte Jude ein Ass im Ärmel.

»Interessiert Sie nicht, was Oberleutnant Staakenmeyer über Sie erzählt?«

Das Ass.

Eine Finte.

Staakenmeyer konnte nichts Bedeutendes über Ravens erzählen, weil er nichts von Bedeutung über ihn wusste.

Sicher.

Wahrscheinlich.

Jedenfalls sollte Ravens auf die Hinterlist dieses Kommissars nicht hereinfallen. »Interessiert mich tatsächlich nicht«, antwortete er. »Außerdem arbeiten Sie gar nicht mehr an diesem Fall.«

»Komisch, das glaubte Staakenmeyer auch«, erwiderte Rosenbaum. »Wie kommen Sie beide eigentlich darauf?«

Aus allem drehte dieser Jude einem einen Strick. Ravens hatte keine Zeit, sich jetzt darauf einzulassen. Aber er konnte den Kommissar auch nicht weiter ermitteln lassen. »Kommen Sie mit«, sagte er, führte Rosenbaum in sein Büro und schloss sorgsam die Tür. »Ich kann mich im Moment nicht mit Ihnen beschäftigen. Sie werden in einer Arrestzelle ein paar Tage darauf warten müssen.«

»Sie wollen mich wirklich festnehmen?«

Ravens antwortete nicht, sondern griff zum Telefonhörer, um Rosenbaum abführen zu lassen. Ja, er wollte ihn festnehmen, anders konnte man diesen Mann von seinen Schnüffeleien offenbar nicht abhalten. Noch bevor sich jemand in der Leitung meldete, spürte Ravens einen Schlag gegen sein Kinn, der vermutlich von der Faust des Kommissars stammte, und anschließend einen Stoß gegen den Kopf, der vermutlich von der Wand stammte, gegen die Ravens geschleudert war. Genau konnte er es nicht sagen – eine Weile blieb er benommen in der Zimmerecke sitzen. Als er wieder einen klaren Gedanken fassen konnte, war Rosenbaum weg.

Vielleicht war es gut so.

Der Kaleu tastete behutsam seinen Unterkiefer vom Kinn bis zum linken Gelenk ab und biss prüfend die Zähne zusammen. Über dem Wangenknochen begann die Haut anzuschwellen, ansonsten schien alles halbwegs in Ordnung zu sein. Der Telefonapparat lag auf dem Boden. Ravens krabbelte hin, beruhigte einen irritierten Matrosen von der Fernsprechzentrale mit der durchaus wahrheitsgemäßen Erklärung, ihm sei der Apparat versehentlich vom Schreibtisch gefallen, hängte ein, setzte sich auf den Stuhl, tätschelte ein wenig seine Wange und dachte nach.

Dann griff er wieder zum Hörer. Er musste Gempp anrufen. »Verbinden Sie mich mit der OHL Berlin, Abteilung III b, Major Gempp.«

»Das könnte etwas dauern«, antwortete der inzwischen nicht mehr irritierte Matrose. »Die Leitung nach Berlin ist zur Zeit überlastet.«

Es dauerte. Ravens wartete und dachte weiter nach.

Der Matrose meldete sich wieder. »Major Gempp befindet sich auf dem Weg zum Großen Hauptquartier in Spa. Er wird erst im Laufe der Nacht dort eintreffen und ist vorher nicht zu erreichen.«

Ravens überlegte kurz, dann ließ er sich mit der Blume verbinden. Er verlangte Kommissar Schulz, der jedoch nicht im Hause war. Nach einigem Hin und Her konnte er zumindest einen Kriminalassistenten der PP an den Hörer bekommen. Er wies ihn an, alle verfügbaren Kräfte auf die Matrosen des III. Geschwaders zu konzentrieren. »Ausnahmslos alle Kräfte, das hat absolute Priorität. Jede anderweitige Tätigkeit, inklusive Observierungen, ist sofort abzubrechen. Haben Sie das verstanden?«

»Jawohl. Ich müsste das allerdings zuvor von Kommissar Schulz genehmigen lassen.«

»Das müssen Sie nicht! Wenn Schulz nicht im Haus ist, muss es doch eine Vertretung geben!«

»Das bin ich. Eine so weitreichende Entscheidung kann ich allerdings nicht allein treffen. Außerdem ist mir nicht bekannt, ob derzeit überhaupt anderweitige Vorgänge hier verfolgt werden.«

Ravens dachte an die Worte von Stadtkommandant Heine, dass die Polizei für anspruchsvolle Aufgaben nicht wirklich qualifiziert sei, und befahl sich Ruhe.

»Dann versuchen Sie, Schulz möglichst schnell zu erreichen. Und er soll Vollzug melden, sobald alle anderweitigen Aktivitäten eingestellt sind.«

Nach diesem Gespräch ließ Ravens sich mit Staakenmeyer verbinden.

»Was haben Sie diesem Kommissar Rosenbaum über mich erzählt?« Das war eine heikle Frage. Sie offenbarte Unsicherheit, sie machte ihn angreifbar, sie nährte den Verdacht, er habe etwas zu verbergen, und provozierte möglicherweise Nachforschungen. Ob es wirklich schlau war, dem Oberleutnant diese Frage zu stellen, welchen Nutzen Ravens sich realistischerweise davon versprechen konnte, ob Staakenmeyer überhaupt die Wahrheit sagen würde, über all das dachte Ravens nicht nach. Er wollte sich in erster Linie Klarheit darüber verschaffen, ob Staakenmeyer sein Feind war.

»Nichts. Aber gut, dass Sie anrufen.«

›Nichts‹ war also die Antwort. Keine Klarheit, kein Nutzen. Nur die heikle Frage.

Staakenmeyer fuhr fort: »Die Polizei hat bei einer der Leichen einen Zettel mit meiner Zimmernummer gefunden. Ich denke, nur Sie konnten den Mann damit ausgerüstet haben.«

»Womit?«, fragte Ravens. Er war noch damit beschäftigt, die Dummheit seines Anrufs zu verdauen.

»Mit dem Zettel, auf dem meine Zimmernummer stand. Wollten Sie den Verdacht auf mich lenken?«

»Sind Sie irre?«, empörte sich der Kaleu und im gleichen Moment fragte er sich, ob er selbst vielleicht irregeworden war. Allen Ernstes schien Staakenmeyer ihn für den Mörder zu halten. Und ... »Was für ein Zettel?«

»Wenn das eine Kriegserklärung sein soll, Ravens, dann mache ich Sie fertig!«

Der Zettel mit Staakenmeyers Zimmernummer – jetzt erst wurde Ravens klar, worum es überhaupt ging. »Unsinn, den Zettel mit Ihrer Zimmernummer hat Bades Ehefrau der Polizei übergeben.«

Ein Moment des hoch konzentrierten, vielleicht auch leicht verwirrten Schweigens folgte, bis Staakenmeyer zurückhaltender und wesentlich leiser als zuvor das Wort ergriff: »Der Kommissar sagte, der Zettel sei bei der Leiche gefunden worden.«

»Dann hat er Ihnen die Unwahrheit gesagt. Ich habe die polizeiliche Ermittlungsakte hier. Aus einem Vermerk geht eindeutig hervor, dass Frieda Bade dem Kommissar diesen Zettel übergeben hat und dabei angab, ihn bei ihrem Mann gefunden zu haben.«

Beiderseits folgten jetzt Rückzugsgefechte. Zurückhaltende, aber gesichtswahrende Vorwürfe, dezente Entschuldigungen. Als Ravens den Hörer auflegte, hatte er den Eindruck, einen stillschweigenden Nichtangriffspakt mit Staakenmeyer geschlossen zu haben. Erklären konnte er sich das alles noch immer nicht, vor allem nicht, was Staakenmeyer mit dem Mordfall zu tun hatte. Er wusste nur, dass der Oberleutnant Dreck am Stecken hatte, aber das war wirklich nichts Neues.

Jetzt musste er sich dringend an den Entwurf des Telegramms für Berlin machen. Küsel und Souchon würden es sicher gleich sehen wollen. Er zog Stift und Papier zu sich heran, doch bevor er etwas schreiben konnte, kam ein Matrose herein: Kommissar Schulz von der Kriminalpolizei habe telefonisch mitgeteilt, dass die Observierung von ›R-Punkt‹ mit sofortiger Wirkung abgebrochen worden sei. »Was er mit ›R-Punkt‹ meinte, wollte der Kommissar trotz Nachfrage nicht näher erläutern. Er sagte, Sie wüssten Bescheid.«

Ravens bedankte sich und ordnete an, dass Obermaat Hintz kommen solle.

Eilig schrieb er seinen Text herunter, das Telegramm für Berlin. Er formulierte beschwichtigend ›… Lage in jeder Hinsicht vollkommen im Griff …‹ und flehend ›… bitte, wenn irgend möglich, hervorragenden sozialdemokratischen Abgeordneten hierherzuschicken, um im Sinne der Vermeidung von Revolution und Revolte zu sprechen …‹ und stutzte. Ob das widersprüchlich war? Nein. Eigentlich nicht. Es klopfte, Obermaat Hintz trat ein. Ravens ließ ihn unbeachtet warten und nahm noch ein paar kurze Korrekturen vor. Jetzt empfand er die Beschwichtigung und das Flehen innerhalb eines einzigen Textes doch als widersprüchlich. Andererseits sollte das Ministerium in Berlin die Lage nicht selbst einschätzen, sondern nur tun, worum es durch die Marinestation in Kiel ersucht wurde. Ravens hatte keine

Zeit mehr, sich intensiv mit dem Für und Wider feinster Formulierungsvarianten auseinanderzusetzen. Er legte Stift und Papier zu Seite und widmete sich dem Obermaat.

»Finden Sie Kommissar Josef Rosenbaum, Kriminalpolizei Kiel, Variante Alpha«, ordnete Ravens an. »Der Mann hält sich im Kieler Stadtgebiet auf. Er betreibt Hochverrat. Wir müssen davon ausgehen, dass er sich irgendwo versteckt.« Dann lieferte Ravens eine ausführliche Personenbeschreibung. Mehr sagte er nicht.

Obermaat Hintz bestätigte »Rosenbaum, Kriminalpolizei, Variante Alpha.« Mehr sagte er nicht.

XI

Das Telefon flog regelrecht durch den Raum. Es war ein verdammt harter Schlag, den Josef Rosenbaum diesem tumben Krieger versetzt hatte. Nachdem er ihn gleich danach gegen die Wand geschleudert hatte, blieb der Mann benommen liegen. Das war die Chance, einer Festnahme zu entgehen. Rosenbaum hechtete aus dem Zimmer, vergaß aber nicht, die Tür zu schließen, sprintete durch den leeren Flur, die Treppe hinunter. Jederzeit musste er mit Alarm rechnen und sah bereits aus allen Türen Soldaten auf ihn zu stürzen. Doch der Alarm blieb aus, und die Soldaten blieben weg. Am Eingangsportal verlangsamte er seine Schritte auf eine gerade noch unauffällige Geschwindigkeit und versuchte, möglichst ruhig zu atmen, als er die Wachen passierte. Er überquerte die Adolfstraße und ging die Lornsenstraße hinauf in Richtung Westen. Als er außer Sichtweite der Wachen war, ließ die Anspannung nach. Das Fahrrad lehnte noch am Zaun vor dem Stationsgebäude, es würde dort eine Weile bleiben müssen. Er marschierte weiter, bog nach links in die Holtenauer Straße ein, eilig, aber bemüht unauffällig – jederzeit konnte eine Militärpatrouille um die Ecke biegen. Und gerade in diesen Tagen war man vor Kontrollen nicht sicher, wenn man sich auffällig verhielt.

Seinen Abstecher zur Stationskommandantur hatte Rosenbaum sich anders vorgestellt. Ein reumütiges Geständnis hatte er von Ravens zwar erwartet. Auch nicht, dass er ihm einen heißen Tipp geben würde. Genaugenommen hatte er keine Vorstellungen davon gehabt, was geschehen würde.

Eigentlich wollte er den Kapitänleutnant nur persönlich kennenlernen, um ihn besser einschätzen zu können, möglicherweise wollte er seinen gestrigen Triumph bei einem verbalen Schlagabtausch wiederholen, vielleicht wollte er auch ein wenig herumstochern und sich überraschen lassen, was passieren würde. Tatsächlich hatte sich sein Besuch dann zu einer handfesten Überraschung entwickelt. Rosenbaum hatte nicht damit gerechnet, dass dieser überreizte Offizier ihn am Ende würde einsperren wollen. Hätte er es für eine realistische Möglichkeit gehalten, wenn er darüber nachgedacht hätte? Und hätte es seine Entscheidung, diesen hitzköpfigen Kapitänleutnant aufzusuchen, beeinflusst? Vielleicht. Oder auch nicht. Er hatte jedenfalls nichts Dergleichen in Erwähnung gezogen. Und das war, was ihn jetzt am meisten wurmte. Dass er die Lage falsch eingeschätzt hatte, dass er mögliche Entwicklungen nicht vorausgesehen hatte, dass er naiv in die Situation gestolpert war. Das wurmte ihn. Andererseits wäre ihm keine sinnvolle Alternative eingefallen, wenn er den Mordfall aufklären wollte. Nach und nach wurde ihm klar, er hätte den tumben Ravens selbst dann besucht, wenn er mit seiner Festnahme gerechnet hätte. Aber wenigstens wäre dann vorbereitet gewesen.

Ohne es sich vorgenommen zu haben oder es auch nur bewusst wahrzunehmen, hatte er den Weg zu seiner Wohnung im Kuhbergviertel eingeschlagen. Von der Bergstraße bog er in die Muhliusstraße ab, blieb kurz stehen, drehte um, erreichte wieder die Bergstraße und marschierte sie hinunter bis zum Kleinen Kiel. Der Weg über die Muhliusstraße hätte ihn gefährlich nahe an der Blume vorbeigeführt. Er erreichte die Holstenbrücke, die gar keine Brücke war, sondern eine Straße, seit vor einigen Jahren das Fleet zwischen dem Kleinen Kiel und dem Bootshafen zugeschüttet worden war. Dann bog er nach rechts in die Holstenstraße ab und erreichte die Schevenbrücke, die seit der Zuschüttung des Mühlenbaches auch keine Brücke mehr war. Von hier aus hätte Rosenbaum den Großen Kuhberg hinaufsteigen müssen, wenn er wirklich in seine Wohnung hätte gehen wollen. Ihm war aber inzwischen nicht nur klargeworden, dass er die Nähe der Blume meiden sollte, sondern auch sein Zuhause. Also ging er geradeaus weiter und erreichte den Ziegelteich, der kein Teich mehr war. Holsten-Fleet, Mühlenbach, Ziegelteich, ein überzeugender Grund für diese Zuschüttungen erschloss sich Rosenbaum nicht. Es war wohl einfach modern. In hundert Jahren würde es wahrscheinlich als altmodisch gelten, und man würde das Holsten-Fleet wieder aufreißen.

Als es kurz nach elf war, erreichte Rosenbaum den Bahnhof. Hedi würde am Nachmittag hier ankommen, er wusste nur nicht, wann genau und mit welchem Zug. Angesichts der letzten Entwicklungen, von denen Hedi nichts ahnen konnte, durfte er sie nicht unvorbereitet in die Blume fahren lassen. Er sollte sie hier am Bahnhof abpassen. In der Halle studierte er die Fahrpläne. Von Wilhelmshaven aus wäre je nach Verbindung mit einer Reisedauer von sechs bis acht Stunden zu rechnen. Vor drei Uhr nachmittags würde sie nicht da sein. Vielleicht käme sie kurz nach vier mit dem Schnellzug aus Berlin, wenn sie rechtzeitig in Hamburg sein würde, um dort zuzusteigen. Eine Stunde später sollte ein Zug aus Bremen eintreffen.

Rosenbaum stellte sich vor die Absperrung zu den Bahnsteigen und tat so, als interessierte ihn ein kettenrauchendes Ungetüm, das gerade mit letzter Kraft auf Gleis 4 einlief und zehn Meter von ihm entfernt stöhnend zusammenbrach. Rauchen sei ungesund, sagte man neuerdings. Nun war eine Dampflok keine Rauchlok, aber Rosenbaums Assoziation dürfte entstanden sein, weil er seit dem Aufstehen erst eine Zigarette geraucht hatte. In der letzten Nacht hatte er nahezu pausenlos gequalmt und bis auf zwei alle Zigaretten vernichtet, am Morgen dann die vorletzte. Jetzt steckte er sich die letzte an, grüßte das Dampfungetüm mit »Kollege« und nickte ihm zu.

Eine Militärpatrouille kam die Haupttreppe herauf, streifte wichtig durch die Bahnhofshalle, kontrollierte einige Reisende und durchsuchte ihre Koffer. Wer keinen Koffer bei sich hatte, schien einigermaßen sicher vor den Soldaten zu sein. Rosenbaum rauchte mit demonstrativer Ruhe seine Zigarette zu Ende, schlenderte anschließend durchs Westportal in das Sophienblatt und kehrte an der Einmündung Harmsstraße im ›Friedrichseck‹ ein. Dort wollte er sich mit Zigaretten versorgen.

Ganz sicher war es nicht, dass er welche bekommen würde. Zwar gab es seit den Friedensverträgen von Brest-Litowsk einen sicheren Handelsweg zum Osmanischen Reich, über den türkische Zigaretten eingeführt werden konnten. Doch hatte sich bald zwischen den Deutschen und den Türken ein heftiger Streit entwickelt, bei dem es um die Aufteilung der von Russland erbeuteten Gebiete ging, und der sich zu einer militärischen Auseinandersetzung auszuweiten drohte. Bereits jetzt kam es zu Hamsterkäufen, und das Angebot an türkischen Zigaretten verknappte sich, obwohl sie noch immer in großer Menge importiert wurden.

Rosenbaum hatte Glück, der Wirt besaß einen stolzen Vorrat von ›Murad – The Turkish Cigarette‹ unter der Theke, ließ sich jedoch nur zur Abgabe einer einzigen Schachtel überreden, und selbst das nur, wenn Rosenbaum etwas zu essen oder zu trinken bestellen würde. Er bestellte ein kleines Bier und einen Köm. Der Wirt bestätigte »Lütt un Lütt? Jo, kümmt glieks«, legte seinem Gast im Handumdrehen die Zigaretten vor und brachte kurz darauf die Getränke. Zur Feier des Tages trank er einen Köm mit und erzählte dem Kommissar, was es zu feiern gab. Seine Aussprache war verwaschen – er musste heute schon mehrfach auf den Tag angestoßen haben –, aber das Wesentliche konnte Rosenbaum heraushören: Die Matrosen und die Werftarbeiter würden jetzt für Frieden sorgen; ganz Kiel treffe sich am Abend um sechs Uhr auf dem großen Platz im Vieburger Gehölz, um deren Forderungen zu unterstützen.

Rosenbaum betrachtete nachdenklich die Zigarettenschachtel, auf der ein osmanischer Pascha umringt von Haremsdamen auf seinem Diwan lag und lässig eine Murad rauchte. Die Zeit der Paschas würde bald zu Ende sein, bei den Osmanen und auch bei den Deutschen. Was danach kommen würde, war ungewiss.

Lütt un Lütt waren lütt und schnell ausgetrunken. Rosenbaum hatte viel Zeit. Er bestellte sich noch ein kleines Bier – den Köm ließ er besser weg – und eine weitere Schachtel Zigaretten, die er Hedi überlassen wollte, immerhin hatte er ihre Zigaretten aufgeraucht. Als er hungrig wurde, bestellte er etwas zu essen, außerdem ein kleines Bier und eine Schachtel Zigaretten. Das heutige Mittagsangebot war dasselbe wie das der letzten Tage und vermutlich auch das der kommenden Wochen: Rübenmalheur, ein Eintopf mit Steckrüben, Kartoffeln und Kassler, der sonderbar süß schmeckte und den man sich wohl nur in der Holsteiner Gegend traute, so zuzubereiten. Als Rosenbaum das Rübenmalheur zum ersten Mal probiert hatte, fand er, dass es seinen Namen zu recht trug. Inzwischen hatte er sich daran gewöhnt und konnte der eigentümlichen Kombination aus deftigen und süßlichen Geschmacksnoten – ›broken Sööt‹, gebrochene Süße, sagten die Kieler dazu – sogar etwas abgewinnen.

»Kassler is ut. Kartüffeln uck«, sagte der Wirt und setzte Rosenbaum einen Teller mit zerstampften Rüben vor. Immerhin.

Nach dem Essen bestellte Rosenbaum ein letztes kleines Bier und als Vorrat eine letzte Schachtel Murad. Auf einem Tischchen neben der Garderobe lag noch die Samstagzeitung aus. Während der Kommissar sein Bier trank, blätterte er ein wenig darin und erfuhr, dass Österreich im Begriff war, mit den Westalliierten ein Waffenstillstandsabkommen zu unterzeichnen, an dessen Zustandekommen die zivilen Politiker nicht beteiligt gewesen waren – sie hätten sich geweigert, die Verantwortung für die Beendigung eines Krieges zu übernehmen, den allein der Kaiser begonnen hatte.

Rosenbaum runzelte die Stirn. In Deutschland war es genau anders herum. Kaiser, Falken und Junker hatten den Krieg zu verantworten, während liberale und sozialdemokratische Politiker ihn beenden sollten. Ob das so richtig sein konnte?

Der Kommissar nahm einen Schluck Bier und blätterte um. Seit die Siegfriedstellung, die letzte befestigte Verteidigungslinie der Westfront, hatte aufgegeben werden müssen, nähere sich der Frontverlauf in kleinen Schritten, aber unaufhaltsam dem geliebten Vaterland, und der Widerstand der tapferen Armeesoldaten drohe, alsbald in sich zusammenzubrechen. Nach Meinung eines unbenannten Zeitungskommentators würde die Bereitschaft der Westmächte, bei Waffenstillstandsverhandlungen Zugeständnisse zu machen, beständig abnehmen, je weiter man sich dem Tag des militärischen Zusammenbruchs nähere.

Rosenbaum entzündete die fünfte und, wie er sich vornahm, vorerst letzte Zigarette. Es brauchte keinen Mut mehr, gegen den Krieg zu sein. Jetzt brauchte man Mut für den Frieden.

Kurz nach drei raffte sich der Kommissar auf und verließ leicht benommen die Gaststätte. In den letzten Stunden hatte er nicht an Frieda gedacht, obwohl der Gedanke nahegelegen hätte, während der Wartezeit nach ihr zu schauen. Er hatte sogar so nahe gelegen, dass er sorgfältig um ihn hatte herumdenken müssen.

Die frische Luft tat gut, sie machte den Kopf frei und den Schritt fest. Rosenbaum wählte einen Umweg über die Hummelwiese, bevor er zum Bahnhof ging. Ein leises, dumpfes Summen schlich sich in sein Ohr, als testeten die Schiffe im fünf Kilometer entfernten Kriegshafen ihre Nebelhörner. Kurz darauf hörte er ein Pfeifen und Trommeln, zuerst leise, dann immer lauter. In der Ferne sah er kleine Trupps von Soldaten durch die Straßen ziehen. Marineinfanteristen, die in den letzten zwei Tagen eifrig Patrouille gelaufen waren, jetzt hatten sie ihre Waffen gegen Signalinstrumente getauscht. Der Anblick besaß etwas Karnevalistisches, offenbarte aber eine ernste Militäraktion: Stadtalarm beorderte alle Militärpersonen in ihre Kasernen zurück.

Im Bahnhof stellte Rosenbaum fest, dass Hedi nicht im Zug aus Berlin saß. Er schlenderte durch die Bahnhofshalle zurück zum Westportal und zündete sich eine Zigarette an. Der Stadtalarm trommelte noch immer durch die Straßen, und eine eigentümliche Unruhe ergriff die Passanten. Menschen, die einander fremd waren, standen in kleinen Grüppchen zusammen, schauten nervös den lärmenden Soldaten hinterher und berieten sich. Andere strömten hektisch in irgendwelche Richtungen oder drängten in die Straßenbahnen. Stadtalarm war etwas Außergewöhnliches, selbst für einen Reichskriegshafen, selbst in Kriegszeiten. Rosenbaum fragte einen Matrosen, der gerade an ihm vorbeihetzte, was los sei.

»Friedenskundgebung, Vieburger Gehölz, großer Militärplatz«, antwortete er und hetzte weiter.

Zehn Minuten vor fünf fuhr der D-Zug aus Bremen planmäßig auf Gleis 3 ein. Rosenbaum wartete an der Absperrung zu den Bahnsteigen. Als er Hedi zwischen den Reisenden entdeckte, empfand er eine kindliche Freude, keine Wiedersehensfreude, eher eine Art Erleichterung – weil das nervtötende Warten ein Ende hatte, so sagte er sich –, und beschloss, diese Empfindung vor Hedi zu verbergen. Aus der Entfernung wirkte sie müde und abgespannt, obwohl sie die letzten 24 Stunden meist in einem bequemen Zugabteil verbracht haben dürfte. Als sie vor ihm stand, hätte er sie fast in den Arm genommen, so nervtötend war das Warten gewesen.

»Sie holen mich vom Bahnhof ab und kommen zu Fuß? Und der Opel steht wo?«

Er parkte im Kuhbergviertel. Auf dem Weg zum Bahnhof war Rosenbaum ziemlich nahe an ihm vorbeigelaufen, ohne daran gedacht zu haben, ihn mitzunehmen. Zur Strafe musste er jetzt Hedis Koffer tragen. Sie wohnte mit ihren Eltern am Ravensberg, drei Kilometer entfernt – zu weit weg, um zu Fuß dort hinzugelangen, vor allem mit Reisegepäck.

»Wir nehmen die Tram«, entschied der Kommissar. Hedi suchte kurz die Damentoilette auf, dann verließen sie den Bahnhof. Draußen drängelten sich vor den Straßenbahnhaltestellen wartende Menschenmengen, hauptsächlich Matrosen, aber auch Zivilisten, und Rosenbaum änderte seine Entscheidung ab. »Vorher müssen wir reden.«

Er führte seine Assistentin ins ›Friedrichseck‹, bestellte zwei Schachteln Murad und zwei Tassen schwarzen Tee, obwohl er Tee nicht mochte – er wollte in Hedis Gegenwart kein Bier bestellen, und der in dieser Gaststätte zu erwartende Ersatzkaffee war sicher viel schlimmer als Tee.

Hedi korrigierte die Bestellung. »Für mich bitte einen Tee mit Gänsefingerkraut, Frauenmantel und Kamillenblüten. Haben Sie das da?«

»Klor«, antwortete der Wirt und zwinkerte Hedi zu, als habe sie ihm gerade eine versteckte Botschaft gesendet. Hedi errötete.

Dann tauschten die Kriminalisten sich über ihre neuen Erkenntnisse aus. Sie breiteten sie vor sich auf dem Tisch aus wie eine in ihre Einzelteile zerlegte Taschenuhr und versuchten, die Teile passgerecht zusammenzusetzen. Doch es fehlten viele Zahnräder und Schräubchen.

»Er glaubt, das Kriegsgericht hätte an Köbis und Reichpietsch Justizmord begangen?«, fragte Rosenbaum nach. Von den Nachbartischen flogen verstohlene Blicke zu ihm herüber. Er beschloss, leiser zu sprechen.

»Für mich klang es nachvollziehbar.«

»Jetzt kommen Sie mal wieder runter, Hedi.« Rosenbaum schaute seine Assistentin ratlos an. Sein Fall war Bade und dessen Freunde, nicht ein Mord an den Rädelsführern der Matrosenrebellion.

»Chef, es geht hier nicht mehr nur um Kaffeeschmuggel; es geht um Meuterei und Defätismus, um Politik auf höchster Ebene, mitten im Krieg: Es geht um alles.«

Ein atemloser Matrose riss die Eingangstür auf und rief in den Gastraum: »Alle Mann zum Vieburger Gehölz! Für den Frieden!« Dann verschwand er wieder.

»Jedenfalls ging es bisher um alles«, korrigierte sich die Assistentin. »Der Anwalt in Wilhelmshaven, er hatte Angst. Das habe ich gespürt. Und Frieda Bade hat auch Angst.«

Wenn es um alles ging, könnte es auch für Rosenbaum und Hedi gefährlich werden. Sie sprachen diesen Gedanken nicht aus, aber er machte sich in ihren Köpfen breit.

»Wir wissen noch zu wenig über die Sache«, sagte der Kommissar. »Wir können nicht beurteilen, ob deren Angst realistisch ist oder bloße Hysterie.«

Rosenbaum war kein ausgesprochen mutiger Mensch. Aber ängstlich zu sein, nur weil andere Angst hatten, das wäre selbst ihm wie Feigheit erschienen. Hedi nickte.

»Aber was hat das mit Bade und seinen Kumpels zu tun?«

»Darüber habe ich auf der Rückfahrt lange nachgedacht, Chef.« Zur Bekräftigung nickte Hedi erneut und machte eine Pause, bevor sie ihre Erleuchtung weitergab. »Also: Köbis hat als Mitglied der Menagekommission von irgendwelchen Unregelmäßigkeiten bei der Intendantur erfahren. Vermutlich von der Verpflegungsstelle. Damit wären wir bei Staakenmeyer.«

Rosenbaum reichte Hedi eine Zigarette, gab ihr Feuer und zündete sich selbst auch eine an. Wieder warfen brave, preußische Mitbürger von den Nachbartischen Blicke zu ihnen herüber, dieses Mal nicht verstohlen, sondern missbilligend. Sie fanden es unschicklich, wenn Frauen in der Öffentlichkeit rauchten. Rosenbaum beachtete sie nicht, und Hedi schienen diese Blicke sogar zu gefallen. ›Entrüstung der Spießigkeit‹ hatte sie einmal dazu gesagt.

Sie setzte ihre Ausführungen fort: »Als Köbis vor Gericht gestellt wurde, wollte er Staakenmeyer erpressen, damit er ihm bei seinem Strafprozess half. Er saß aber in Wilhelmshaven in Untersuchungshaft. Also bat er seinen Schwager Gustav Bade um Hilfe. Bade sollte mit Staakenmeyer in Kontakt treten. Dafür gab er ihm einen Zettel mit dessen Zimmernummer.«

»Staakenmeyer ist ein einfacher Oberleutnant. Wie sollte der ein Kriegsgericht beeinflussen?«

»Dafür brauchte er Ravens.« Hedi stieß eine große Wolke aus und schaute sich nach einem Fernster um, das sie öffnen konnte. »Ravens und Staakenmeyer stecken unter einer Decke. Immerhin ist Ravens extra aus Kiel nach Wilhelmshaven gereist, angeblich nur um Köbis zu verhören. Tatsächlich hat er aber in Staakenmeyers Auftrag die Verhandlungen mit ihm geführt. Und den Kontakt zum Gericht hergestellt und die Richter beeinflusst.«

»Ravens ist Kapitänleutnant im Stab der Stationskommandantur. Er wird sicher keine Aufträge für einen Oberleutnant von der Intendantur ausführen.«

»Meinetwegen ist es umgekehrt: Ravens ist der Chef und Staakenmeyer sein Zuträger.«

»Ich habe aber nicht den Eindruck, dass die beiden gemeinsame Sache machen. Staakenmeyer hat mir den Tipp mit Ravens gegeben.«

»Sie haben sich inzwischen entzweit. Und Staakenmeyer gab den Tipp, um sich selbst zu entlasten.«

Rosenbaum paffte ein wenig und dachte nach. Hedis Theorie war nicht rund. Doch wo lag der Denkfehler? Ravens und Staakenmeyer hatten Köbis nicht geholfen, zumindest hatten sie keinen Erfolg gehabt. Und was hatte das alles mit Schulz zu tun? Und mit diesem Rodejahn? Und warum war Bade erst ein halbes Jahr später ermordet worden? Und seine beiden Kumpels gleich mit? Wenn es um eine Erpressung gegangen war, dann hätte man Bade doch sofort liquidiert. Wie Köbis.

»Das sind wilde Theorien. Sonst nichts«, urteilte Rosenbaum schließlich.

Hedi seufzte. »Ach, Chef, hier ist die Luft so schlecht. Können wir nicht in die Blume gehen und dort weiterreden?«

Nein, das konnten sie nicht. Ein bloßes ›Nein, das können wir nicht‹ wäre für Hedi allerdings nicht ohne Weiteres verständlich. Möglicherweise hatte Rosenbaum versäumt, ein nicht ganz unbedeutendes Ereignis des letzten Tages mitzuteilen. Er holte es nach.

»Wir ermitteln gar nicht mehr?«, fragte Hedi ungläubig nach.

»Doch, aber nicht offiziell.«

»›Nicht offiziell‹ heißt in diesem Fall ›nicht legal‹. Und ›nicht legal‹ heißt bei mächtigen Gegnern ›ziemlich gefährlich‹. Oder sehe ich da etwas falsch?«

Rosenbaum schaute schuldbewusst in seinen Tee. Er durfte nicht feige sein, er war Kriminalkommissar. Aber Hedi war im Grunde nur eine Schreibkraft. Von ihr durfte er nicht den Mut verlangen, den er sich selbst auferlegen musste.

»Dann lassen Sie uns in Ihre Wohnung gehen, die ist ja nicht weit«, sagte Hedi.

Der Kommissar holte die Mitteilung eines weiteren Ereignisses nach.

»Chef, Sie sind … auf der Flucht!«

Flucht, dieses Wort hätte Rosenbaum nicht verwendet, aber widersprechen mochte er auch nicht. Sie blieben sitzen, rauchten noch eine und versuchten emotionslose, klare Gedanken zu fassen.

»Sie können vorerst bei mir übernachten«, bot Hedi an.

Rosenbaum schüttelte den Kopf. »Das wird nicht nötig sein«, sagte er, ohne bereits Alternativen erwogen zu haben. Aber darüber wollte er jetzt nicht nachdenken. Wichtiger war, mehr Licht in den Fall zu bringen. »Wir wissen noch nicht viel über Staakenmeyer und Ravens. Dazu sollten wir die Ehefrauen unserer Mordopfer befragen.«

Hedi nickte.

»Das kann ich allein machen. Ruhen Sie sich erst einmal aus. Ich bringe Sie jetzt nach Hause und dann fahre ich nach Friedrichsort.«

»Nein«, entgegnete Hedi. »Nein, wir fahren gemeinsam nach Friedrichsort.«

Rosenbaum kannte diesen Tonfall gut, er war entschieden, fast bockig. Man konnte nur schwer dagegen ankommen. Er ließ es bleiben und winkte dem Wirt.

»Ich muss vorher nur kurz wo hin«, sagte Hedi, als Rosenbaum die Zeche zahlte. Der Wirt schaute von seinem Block auf und zwinkerte ihr zu. Sie errötete, ergriff ihren Koffer und marschierte zur Toilette.

✣

Die Zeit verging nicht. Ab fünf Uhr morgens hatte Frieda wach im Bett gelegen. Heute musste sie nicht in die Fabrik, also blieb sie liegen, den Blick auf einen Fleck an der Decke gerichtet, schräg über dem Fenster, ein alter Wasserschaden. Als gegen acht der Rücken zu schmerzen begann, stand sie auf. Zum Frühstück musste sie sich zwingen. Eine Scheibe Graubrot und ein Glas Wasser, mehr schaffte sie nicht. Dann putzte sie die Wohnung, obwohl nichts dreckig war. Das Mittagessen ließ sie ausfallen, sie hatte keinen Hunger. Sie saß in der Küche. Sie brauchte Beistand, vielleicht von dem Anwalt, den der Kommissar ihr empfohlen hatte. Aber nein, das ging nicht.

Ein Geräusch kam von der Eingangstür, kein Klopfen, kein Besucher, eher ein Rascheln, oder ein Knarren von den Angeln vielleicht. Ein beunruhigendes Geräusch. Frieda spähte vorsichtig aus dem Fenster, bedacht, nicht selbst entdeckt zu werden. Vielleicht doch nur ein Besucher. Sie konnte niemanden sehen. Aber im Flur musste jemand sein. Sie konnte nichts hören, aber sie spürte es: Da war jemand. Wie neulich.

✣

»Wir machen es wie beim letzten Mal: Sie gehen zu Frau Lampke und ich zu Frieda Bade.« Rosenbaum kletterte aus dem Opel, den er gerade in der Friedrichsorter Feldstraße abgestellt hatte.

»Nein.« Wieder dieser Tonfall. »Das machen wir zusammen.«

Rosenbaum schaute seine Assistentin an und knirschte mit den Zähnen. Hätte er vorgeschlagen, dass Hedi zu Frieda Bade gehen würde und er zu Magda Lampke, dann wäre Hedi sicher einverstanden gewesen. Aber über polizeiliche Ermittlungsmaßnahmen eines Kriminalkommissariats wurde nicht abgestimmt, sie wurden festgelegt, vom Kommissar. Hedi nahm sich in letzter Zeit zu viel heraus. Er konnte das nicht dulden. Nächstes Mal würde er sich durchsetzen.

Zuerst klingelten sie bei Magda Lampke. Von ihr erfuhren sie nichts, und ihr glaubten sie, dass sie nichts wusste. Schließlich kam Frieda Bade an die Reihe.

Wieder lehnte die Haustür nur an, wieder erschien niemand, als Hedi klopfte und Rosenbaum rief. Der Kommissar drückte die Tür auf und schaute in einen leeren Flur. Er rief, keine Antwort. Er ging hinein, Hedi folgte. Frieda stand in der Küche, als Rosenbaum sie durch die offene Tür erblickte. Er grüßte, ebenso Hedi, Frieda grüßte zurück. Ihr Gesicht war angespannt, die schönen Augen weit geöffnet, der Körper starr. Rosenbaum konnte keine Spur von Freundlichkeit, erst recht keine Wiedersehensfreude bei ihr entdecken.

»Entschuldigen Sie die Störung«, sagte er. Hedi versuchte, ihn in die Küche zu schieben. Er drückte gegen an. »Wir haben noch ein paar Fragen. Können Sie uns zum Präsidium begleiten?«

Frieda starrte Rosenbaum an. »Nein«, antwortete sie zögerlich. »Das geht jetzt nicht.«

»Wir bringen Sie wieder zurück. Es dauert höchstens eine Stunde.«

Sie deutete ein Kopfschütteln an.

Frieda wollte gern mitkommen, aber sie konnte nicht. Das spürte Rosenbaum. Er machte einen kleinen Schritt nach vorn, sodass er neben der Küchentür stand, die im rechten Winkel in den Raum hineinragte. Mit dem Zeigefinger deutete er auf das Türblatt und hob fragend die Augenbrauen. Frieda schlug kurz die Augen nieder. Wenn sie seine Frage verstanden hatte, dürfte dies ein ›Ja‹ gewesen sein.

»Dann können Sie uns vielleicht jetzt schnell ein paar Fragen beantworten. Als Sie mir gestern von der Familie Ihres Mannes erzählt haben – Sie erinnern sich doch, oder?«

Frieda hatte Rosenbaum nichts von der Familie ihres Mannes erzählt. Sie nickte.

»Wie viele Brüder hatte er eigentlich? Zwei?«

Aus der Ermittlungsakte wusste Rosenbaum, dass Gustav Bade Einzelkind war.

»Einen.«

Vorsichtig zog Rosenbaum seine Dienstpistole aus dem Schulterholster, drehte sich leise zu Hedi um und deutete auf einen Schemel, der im Flur stand.

»Aber … keine Schwester?« Er zeigte auf die Pistole in seiner Hand und zog erneut die Augenbrauen hoch.

»Doch, eine.«

»Ach ja, stimmt. Das hatten Sie gesagt. Eine.«

Sie hatte es nie erwähnt.

Hedi holte den Schemel aus dem Flur und stellte ihn lautlos neben die Tür. »Und die Eltern Ihres Mannes, die sind bereits verstorben?«, fragte sie, während Rosenbaum geräuschlos auf den Schemel kletterte.

»Ja.«

»Beide?«

»Ja, beide.«

Rosenbaum beugte sich langsam über die Tür und sah einen militärisch kurz geschnittenen, dunkelblonden Haarschopf mit akribisch gezogenem Mittelscheitel, unter dem eine fleischige Nasenspitze hervortrat, und vor dem der Lauf einer P08 in Friedas Richtung schräg zur Decke ragte. Ob die Pistole durchgeladen und entsichert war, konnte er nicht erkennen, wohl aber dass auf ihrem Abzug ein Zeigefinger lag. Seine eigene Pistole, ebenfalls eine P08, war jedenfalls gesichert und nicht durchgeladen. Bevor er würde feuern können, musste er den Knieverschluss zurückziehen, und das würde ein Geräusch verursachen. Er hörte Hedi eine Frage stellen und Frieda eine Antwort geben; was sie sagten, bekam er nicht mit. Seine rechte Hand führte die Pistole langsam an den Schopf unter ihm, mit der linken Hand umklammerte er den Knieverschluss. Gleichzeitig setzte er den Lauf auf und lud durch.

»Hände hoch!« Seine Stimme klang souverän und gefährlich.

Einen kurzen Moment geschah nichts, der Mann unter ihm zuckte nicht einmal. Dann hoben sich dessen Hände wie in Zeitlupe, zuerst die mit der Pistole, die andere folgte. Der Finger blieb am Abzug. Bevor Rosenbaum die Pistole greifen konnte, drehte der Mann seinen Kopf nach oben, genauso langsam, wie er die Hände hob. Plötzlich schlug er mit seiner Pistole gegen die von Rosenbaum, die dadurch vom Kopf abglitt und zur Decke zeigte. Ein Schuss löste sich, Putz rieselte herunter. Frieda schrie auf. Mit der linken Hand ergriff Rosenbaum die Pistole des Mannes, der im selben Moment mit seiner Linken die von Rosenbaum fasste. Er zog den Kommissar über die Tür zu sich hinunter, Rosenbaum ließ sich hinabgleiten und drückte den Mann zu Boden. Noch ein Schuss, das Küchenfenster zersprang, wieder ein Schrei von Frieda, die Kugel musste haarscharf an ihrem Kopf vorbeigeflogen sein. Hedi stürzte auf sie zu und schupste sie in die Zimmerecke. Die Männer wälzten sich auf dem Boden.

Wieder ein Schuss. Wieder ein Schrei.

Stille.

Neun Millimeter Blei hatten sich durch das Gehirn des fremden Mannes gebohrt und mit einer Fontäne seine Schädeldecke abgesprengt.

Rosenbaum schnaufte schwer, als er sich aus der schlaffen Umarmung des Toten befreite. Über seine Wangen rann Blut, an seinem Haar klebte Hirnmasse, in seinem Kopf verbreiteten sich Grausen und Ekel. Hektisch wischte er über sein Gesicht, als hätten ihn Tausend Ameisen befallen. Er stolperte zum Spülstein, drehte am Wasserhahn und hielt seinen Kopf darunter. Als er sich von den fremden Sekreten weitgehend befreit hatte, beruhigte er sich allmählich.

Frieda kauerte wimmernd in der Ecke neben dem Küchenfenster. Hedi reichte Rosenbaum ein Tuch, das sie auf dem Kohleherd gefunden hatte. Niemand sprach.

Mit Mühe gewannen die Ermittler ihre gewohnte Besonnenheit zurück. Hedi legte die rechte Hand auf Friedas Schulter, fragte, ob sie in Ordnung sei, und führte sie nach nebenan in die Wohnstube. Rosenbaum folgte ihnen.

»Wissen Sie, wer das war?«, fragte er.

Frieda verneinte zuerst. Dann schniefte sie und korrigierte sich: »Doch, das war einer der Männer, die gestern hier waren.«

Hedi schob Frieda zum Sofa, beide setzten sich.

»Und der andere?«, wollte der Kommissar wissen.

Frieda zog die Schultern hoch. Aus ihrer Kitteltasche zog sie ein Tuch und schnäuzte hinein.

»Was wollte er?«

Wieder Schulterzucken.

»Was hat er denn gesagt?«

»Nichts.«

»Frieda! Bitte!« Rosenbaum hatte es nicht leicht mit dieser Frau, die nie etwas wusste.

»Er sagte nichts. Gar nichts. Er stand plötzlich vor mir
und hielt mir seine Waffe vors Gesicht. Und dann sind auch
schon Sie gekommen.«

Rosenbaum ging zurück in die Küche und durchsuchte
den Toten. Er trug zivile, etwas nachlässige Kleidung, einen
einfachen Straßenanzug, ein weißes Oberhemd, keinen Bin-
der. In den Hosentaschen fand Rosenbaum zwei Schlüssel,
einer dürfte ein Wohnungsschlüssel sein, der andere könnte
zu einem Vorhängeschloss gehören. In der Jacketttasche
steckte ein kleines graues Heftchen, ein Militärpass. Der
Einband verriet, dass sein Inhaber Herrmann Gudow hieß
und Feldwebel der Marine war. Rosenbaum schlug den Pass
auf. Unter ›Dienststelle‹ war nichts eingetragen. Die Feldwebel gehörten bei der Marine zu den Landdiensten, der
entsprechende Rang im seemännischen Dienst hieß Wachtmeister. Mehr wusste Rosenbaum darüber nicht – seinen
Militärdienst hatte er beim Heer abgeleistet. Er betrachtete
das Passbild und verglich es mit dem entstellten Gesicht der
Leiche. Es war derselbe Mann, und Rosenbaum hatte ihn
schon einmal gesehen. Denn er war es, der ihn vorgestern
Abend verfolgt hatte.

»Er ist Soldat«, sagte Rosenbaum, als er ins Wohnzimmer zurückkam. »Trug er gestern auch Zivil?«

»Ja.«

»Und sie waren zu zweit, gestern? Können Sie den anderen Mann beschreiben? Trug er auch Zivil?«

»Ja, auch Zivil. Mittelgroß, zwischen 30 und 40, Schnurrbart – ganz normal eigentlich.«

»Wenn er auch Soldat war, würden Sie sagen: eher Offizier oder eher Matrose?«

Frieda zögerte. »Weiß nicht. Jedenfalls war der andere der, der gesprochen hat. Dieser hat eigentlich gar nichts gesagt.«

Rosenbaum gab Hedi ein Zeichen und beide gingen wieder hinüber in die Küche.

»Sie kann nicht hier bleiben«, flüsterte er.

Hedi druckste, und Rosenbaum legte nach: »Gestern waren zwei Männer hier und bedrohten Frieda. Heute kommt einer von denen wieder. Um noch einmal zu drohen? Kaum. Wollte er Frieda entführen? Dann wäre er nicht allein gekommen. Außerdem hätte er ein Automobil mitgebracht und direkt vor dem Haus abgestellt. Und er hätte Fesseln oder Handschellen mitgebracht. Also, was wollte er?«

»Sie erschießen.«

»Und deshalb kann sie nicht hierbleiben.«

»Aber wo wollen Sie sie denn hinbringen?«, fragte Hedi. »Wir können sie höchstens in Polizeigewahrsam nehmen. Also – ich könnte das tun, Sie sind ja auf der Flucht.«

Rosenbaum nickte. Dann schüttelte er den Kopf. »Sie sollten mehr nachdenken und sich nicht so sehr auf Ihre spitzen Bemerkungen konzentrieren. Dann würde Ihnen Folgendes klar werden: Wenn man jemanden zuerst nur bedroht, aber einen Tag später töten will, muss in der Zwischenzeit etwas passiert sein. Und was könnte das sein, Hedi?«

»Der Zettel?«

»Genau. Die hatten Frieda zwingen wollen, uns keine Auskünfte zu geben, aber sie überreichte uns den Zettel mit Staakenmeyers Zimmernummer. Die Drohung hatte also nicht gewirkt. Deshalb der Mordanschlag, damit sie nicht noch mehr verrät.«

»Dann weiß sie noch etwas, das sie uns bislang nicht verraten hat.«

»Möglich, aber darauf wollte ich nicht hinaus. Sondern darauf: Nur Ravens, Schulz und Staakenmeyer wussten von dem Zettel. Polizei und Militär. In Polizeigewahrsam ist sie nicht sicher.«

Hedi druckste. »Na ja, vielleicht können Sie beide bei mir übernachten. Erst mal.«

Damit hatte Rosenbaum nicht gerechnet. Er fand Hedis Angebot rührend. »Nein, das geht nicht«, sagte er, streckte seine Hand aus und strich ihr über die Wange. Er war verantwortlich für sie, er durfte sie in die Sache nicht hineinziehen.

Hedis Gesicht verfinsterte sich, als hätte sie seine Gedanken gelesen. »Oh, Sie alter Chauvinist!«

Rosenbaum zog seine Hand abrupt zurück. Bisher hatten sie geflüstert, um zu vermeiden, dass Frieda sie verstehen konnte. Damit war es jetzt vorbei.

»Ich bin Polizist, genau wie Sie! Auch wenn in meinem Anstellungsvertrag etwas anderes steht, faktisch bin ich Polizistin. Und der Kerl hier, der hätte uns alle drei abknallen können, mich genauso wie Sie. Und sie.« Hedi ballte die Fäuste, sprach wieder etwas leiser, aber nicht minder scharf. »Sie müssen nicht mich beschützen, sondern wir beide müssen Frau Bade schützen!«

Auch damit hatte Rosenbaum nicht gerechnet. Eine Erwiderung fiel ihm nicht ein. Er schwieg.

Hedi beruhigte sich mit ein paar tiefen Atemzügen. »Wir können sie zu Frau Lampke bringen.«

»Zu nah.«

»Oder zu ihren Eltern aufs Land.«

»Zu weit. Das Benzin würde nicht reichen.«

»Also doch zu mir.«

Rosenbaum sagte dazu jetzt lieber nichts.

»Spiegel!«, rief er nach einer Weile aus. »Dr. Spiegel, der Anwalt. Er könnte sie vorläufig in seiner Kanzlei unterbringen. Vielleicht hat er auch andere Möglichkeiten. Sie ist sowieso seine Mandantin. Bald.«

Hedi schaute verdutzt, aber Rosenbaum war der Chef. »Wir fahren da jetzt hin.«

Die Sache war beschlossen. Während der Kommissar den Militärpass des Feldwebels und dessen Schlüssel einsteckte, spülte seine Assistentin vorsichtig die beiden Pistolen unter fließendem Wasser ab.

»Diese könnte ich vielleicht erst mal behalten«, sagte sie, während sie Rosenbaum seine P08 herüberreichte und die andere zurückbehielt.

»Nein«, erwiderte Rosenbaum. Er zog Hedi auch die zweite Pistole aus der Hand und vernahm aus ihrem Mund ein leises Gezische, das sich anhörte wie ›Chauvinist‹. Er fragte nicht nach.

Frieda erzählten sie nur das Nötigste, dass sie nicht allein in ihrem Haus bleiben könne und dass sie sie jetzt mitnehmen würden. Die Witwe fragte nicht nach, obwohl sie allen Grund dazu hatte. Wieso die Schutzpolizei nicht gerufen oder weshalb der Tatort nicht untersucht wurde, zum Beispiel. Aber dafür interessierte sie sich nicht, sie erklärte sich sofort bereit mitzukommen und lächelte erleichtert. In einen Beutel packte sie etwas Wäsche und – auf Hedis besonderen Rat – ein paar Binden. Oben drauf legte sie die Dose mit den Kaffeebohnen und lächelte Rosenbaum dabei an. Dann musterte sie seine blutverschmierte Kleidung und suchte ihm ein Hemd und eine Jacke ihres Mannes heraus.

»Presswurst«, kommentierte Hedi den Anblick, nachdem er sich umgezogen hatte, und Frieda kicherte.

XII

Seit dem frühen Nachmittag saß ein Großteil der Marineführung im Sitzungszimmer des Stationsgebäudes beisammen. Stadtkommandant Heine war fast durchgehend anwesend, meist auch Küsel und Ravens und ein halbes Dutzend weiterer Offiziere. Selbst Gouverneur Souchon kam in kurzen Abständen hereingestürmt, erkundigte sich nach dem Sachstand, gab einige Anweisungen und verschwand wieder. Bohnenkaffee wurde getrunken, Gebäck wurde geknabbert, dennoch sank die Stimmung rapide, und die Hektik stieg. Spätestens als Heine berichtete, dass einige für den Vormittag vorgesehene Verhaftungen aufrührerischer Matrosen fast an der Renitenz der eingesetzten Marineinfanteristen gescheitert wären und nur unter Auferbieten aller Suade durchgeführt werden konnten, machte sich eine nervöse Skepsis im Raum breit.

»Aha, befehlen geht nicht mehr – man muss die Herren jetzt bitten«, kommentierte ein vorlauter Fregattenkapitän. Das war die letzte launige Bemerkung an diesem Tag.

Der gerade anwesende Gouverneur schaute auf, zischte leise, aber markdurchdringend, Heine solle mitkommen, und verließ mit ihm den Raum.

Als der Stadtkommandant nach einer Viertelstunde zurückkam, blickte er Hilfe suchend zu Ravens herüber, und Ravens wendete sich ab. Dass an diesem Tag überhaupt Verhaftungen vorgenommen werden sollten, war zuvor nicht kommuniziert worden – Ravens hätte abgeraten. Dass Heine anschließend nicht unverzüglich von dem aufgetretenen Ungehorsam berichtet hatte, verfälschte die Einschätzung der Lage beträchtlich. Dass er es jetzt tat, ließ auf einen außergewöhnlichen Mangel an Instinkt schließen. Damit musste er allein zurechtkommen. Ravens würde ihm nicht zur Seite springen.

Bald war diese Aufregung aber vergessen. Nachdem der Befehl zu dem am Morgen beschlossenen Stadtalarm pünktlich um drei Uhr erteilt und in der folgenden Stunde ausgeführt worden war, fieberte man den erlösenden Erfolgsmeldungen entgegen. Sie blieben aus. Stattdessen rannten in kurzen Abständen Boten aus der Telefonzentrale in den Sitzungssaal und überbrachten eingegangene Lagemeldungen. Mehrere Truppführer hätten beobachtet, dass lustwandelnde Matrosen auf den Alarm vielfach nicht reagiert hätten. Einigen sei nicht klar gewesen, dass sie ihre Kasernen aufzusuchen hatten, andere hätten den Alarm – bewusst oder unbewusst – dahin gehend missverstanden, dass sie eine Versammlung im Vieburger Gehölz besuchen sollten, und hätten dieses Missverständnis auch unter den Zivilisten weiterverbreitet. Nicht einmal die Hälfte der Mannschaften halte sich momentan in ihren Kasernen oder auf ihren Schiffen auf. Vielfach seien dienstfreie Angehörige der städtischen Feuerwehr zu ihren Wachen geeilt und hätten gefragt, wohin sie ausrücken sollten.

Mit jeder neuen Meldung wurde klarer: Der Stadtalarm hatte sein Ziel, die Versammlung im Vieburger Gehölz zu verhindern, nicht nur nicht erreicht, sondern das Gegenteil bewirkt.

»Die stets das Böse will und stets das Gute schafft«, zitierte Souchon nachdenklich aus seinem Lieblingsdrama. »Vielleicht eher umgekehrt.« Dann seufzte er. »Vorschläge?«

»Wir sollten eine Bekanntmachung aushängen und die Bürger zu Besonnenheit ermahnen«, meinte Küsel.

Und Heine: »Wenn die Feuerwehrleute gerade in ihren Wachen sind, sollten sie erst mal dort bleiben. Möglicherweise brauchen wir sie noch.«

Ravens schüttelte den Kopf. »Der stets das Gute will und stets das Blöde sagt«, murmelte er so leise, dass niemand es hören konnte.

Die nächste Meldung traf ein: Die Versammlung sei innerhalb kürzester Zeit über die heutigen Verhaftungen zu einem solchen Maße in Empörung geraten, dass sie sich spontan aufgelöst habe. Fünf- bis sechstausend marodierende Defätisten und Friedenshetzer, auch Frauen darunter, seien geschlossen abmarschiert.

Gleich noch eine Meldung: Ein mordlüsterner Mob sei vom Vieburger Gehölz zum nahe gelegenen Etablissement Waldwiese gezogen und drohe, die dort untergebrachte Kompanie anzugreifen. Der Kompaniechef ersuche dringendst, unterstützende Kräfte zu schicken.

»Heine, erledigen Sie das«, befahl Gouverneur Souchon mit scharfer Stimme. »Aber nur treue und loyale Männer.«

Alle noch zuverlässigen Einheiten waren indes auf Patrouille oder zum Schutz der wichtigsten Marinebehörden befohlen, freie Reserven gab es nicht. Was in diesem Moment in dem Stadtkommandanten vorgegangen sein mag, ließ sich nur schwer erahnen. Möglicherweise dachte er an die Feuerwehr, kam aber nicht mehr dazu, sich zu äußern.

Denn schon flatterte die nächste Nachricht auf den Tisch: Die Stellung Waldwiese sei gefallen. Nachdem der Mob gewaltsam in einen Seitentrakt eingedrungen sei, habe der Kompaniechef die Räume übergeben, um unnötiges Blutvergießen zu verhindern. Ein Teil seiner Leute habe sich dann den Rebellen angeschlossen. Außerdem sei die Waffenkammer geplündert worden.

»Jetzt sind sie bewaffnet.« Heine stöhnte und schaute in die Runde.

»Wie kommt der Kerl denn dazu?«, echauffierte sich Küsel und hielt seine Hand an die Brust. »Ein Kompaniechef muss doch seine Stellungen verteidigen!«

»Könnte schwierig sein, wenn man keine Schusswaffen einsetzen darf.« Keine Schusswaffen, alle Anwesenden glaubten, dass dies Küsels Befehl gewesen war. Nur Ravens wusste es besser. Er sagte nichts weiter. Er genoss den kurzen Moment.

»Ist gut, meine Herren. Denken wir an gleich, nicht an vorhin«, sagte Souchon. »Was hat die Meute jetzt vor?«

»Sie haben sich bewaffnet«, hielt Ravens fest. »Gewiss wollen sie nicht zum Jagen in den Wald. Sie wollen in die Stadt.«

Der Gouverneur stimmte dieser Einschätzung zu. »Heine! Werfen Sie den Rebellen alle verfügbaren Einheiten entgegen. Von der Schusswaffe ist bei Bedarf Gebrauch zu machen.«

Der Stadtkommandant sprang auf. »Man müsste Patrouillen umleiten und entferntere Wachmannschaften heranführen«, murmelte er und eilte aus dem Saal.

Nächste Meldung: Der Mob sei am Bahnhof angekommen und habe dort eine Passantin erschossen.

Ravens beobachtete, wie sich Küsels Gesichtszüge verzogen. Mit der Hand rieb er über seine Brust und schob sie unter das Revers. Ein wenig sah er aus wie Napoleon.

Korrekturmeldung: Die Passantin sei nicht erschossen, sondern von der Menge unter eine fahrende Straßenbahn gedrückt worden, ein Unfall.

Küsels Züge erholten sich.

»Alles im Griff, nicht wahr?«, spottete Ravens. So oder so, Küsels naive Friedfertigkeit war gescheitert.

Und wieder eine Meldung: Am Sophienblatt sei eine Patrouille am Mob vorbeigezogen, ohne ihn aufzuhalten, eine weitere Patrouille sei von den Aufständischen entwaffnet worden. Der Mob bewege sich jetzt in Richtung Schloss.

»Zum Schloss? Was wollen die da?«, wunderte sich Küsel.

»Wo ist der Prinz?«

Gemeint war Prinz Heinrich, dem im Kieler Schloss residierenden Bruder des Kaisers. An den Wochenenden hielt er sich meist auf Gut Hemmelmark, seinem Landsitz bei Eckernförde, auf. Doch niemand wusste, ob es auch heute so war.

»Hinter dem Schloss liegt die Seeburg«, gab der vorlaute Fregattenkapitän von vorhin zu Bedenken.

Das Schloss war der Sitz des Prinzen, die Seeburg der des Gouverneurs. Selbst wenn beide momentan nicht dort verweilten, diese Orte besaßen einen besonderen symbolischen Wert, sie mussten unter allen Umständen verteidigt werden. Als Heine in den Sitzungsraum zurückkehrte, schickte Gouverneur Souchon ihn gleich wieder weg, die Schutzmannschaften beim Schloss und bei der Seeburg zu verstärken.

»Lassen Sie große Einheiten bilden. Ein Trupp von zehn Mann wird vom Mob nicht ernst genommen.«

Meldung: Die Rebellen seien am Schloss vorbeigezogen, ohne sich dort aufzuhalten. Viele Passanten hätten sich dem Zug zwischenzeitlich angeschlossen. Insgesamt seien jetzt bis zu 10.000 Personen unterwegs.

»Also doch die Seeburg!« Der Fregattenkapitän fühlte sich bestätigt.

»Oder hierher, zum Stationsgebäude«, vermutete Küsel. »Wenn sie an der Brunswiker Straße links abbiegen, wäre das der direkte Weg.«

Schloss und Seeburg mochten Symbole der alten Ordnung sein, das Stationsgebäude aber war das Machtzentrum. Einige Hemdkragen im Raum wurden enger.

»Die Trupps vom Schloss sollen hierherkommen«, ordnete Souchon an, und Heine, der gerade in der Tür erschienen war, drehte wieder um.

»Aber am meisten hatten die Menschen sich doch über die Verhaftungen empört, oder nicht?« Ravens stand von seinem Stuhl auf und schritt auf einem großen Stadtplan zu, der an der Wand hing. »Hier, Brunswiker hoch, dann Karlstraße und sie stehen vor dem Arrestgebäude, in dem ein Teil der Verhafteten einsitzt.«

Als der Stadtkommandant in den Sitzungssaal zurückhetzte, hechelte er und tupfte Schweißperlen von seiner Stirn. Doch noch durfte er sich nicht ausruhen.

»Lassen Sie das Arrestgebäude Karlstraße sichern«, befahl Souchon.

»Ich habe keine Männer mehr frei.« Heines Stimme klang ratlos, ein wenig verzweifelt fast. »Die Polizei höchstens. Und die Feuerwehr.« Dann rannte er wieder hinaus.

※

An einem späten Sonntagnachmittag im November, wenn die Sonne bereits untergegangen war, hielten sich gute preußische Familienväter gewöhnlich zu Hause auf. Man war von seinem Spaziergang im Park oder an der Uferpromenade zurückgekehrt und bereitete sich gemächlich auf das Abendessen vor. Rosenbaum nahm an, dass er Rechtsanwalt Dr. Spiegel in seinem Haus antreffen würde. Hedi äußerte gewisse Zweifel. Sie habe erst vor ein paar Stunden einen guten preußischen Rechtsanwalt kennengelernt und vermute, dass sich diese Herren immer in ihren Kanzleien aufhielten. Aber Rosenbaum meinte, Spiegel wohne ja im Düsternbrooker Villenviertel, das liege quasi auf dem Weg in die

Innenstadt, wo er seine Kanzlei unterhielt, und da könne man dann immer noch hinfahren.

Aus dienstlichem Anlass hatte der Kommissar den Anwalt schon öfter zu Hause aufgesucht, vor etlichen Jahren auch einmal privat, als er dort zum Essen eingeladen war. Frau Spiegel hatte koscher gekocht und sogar eine Flasche koscheren Rotwein besorgt, was selbst vor dem Krieg nicht einfach gewesen war. Als sie die Flasche leer getrunken hatten, merkte der Gastgeber an, man müsse jetzt auf Wasser umsteigen, weil nur noch treifer Wein im Hause sei. ›Treif‹, das Wort hatte Rosenbaum schon lange nicht mehr gehört, bedeutete ›nicht koscher‹. Erst in diesem Moment wurde den Anwesenden klar, dass keiner von ihnen auf Einhaltung der Kaschrut Wert legte. In den folgenden Stunden vernichteten die beiden Männer große Mengen an Tabak und treifem Wein und ihr eigentümliches Verhältnis von persönlicher Zuneigung und beruflicher Distanz hatte sich zementiert.

Im Opel herrschte gespannte Stille, als sie den Kaiser-Wilhelm-Kanal überquerten. Unter ihnen zog ein Küstenfrachter mit seinen weißen, grünen und roten Lichtern vorbei. Rosenbaum war in Gedanken versunken, und in Besorgnis.

Hedi drehte sich zu Frieda um. »Denken Sie bitte noch einmal genau nach«, sagte sie zu ihr. »Es muss einen Grund geben, weshalb Sie zweimal überfallen wurden.«

Frieda antwortete, dass sie nichts wisse.

Hedi bohrte nach. Frieda begann zu wimmern.

»Wir riskieren hier unser Leben für Sie! Da können wir doch ein wenig Kooperation erwarten!«

Friedas Wimmern schwoll zu einem Jaulen an, wie von einem waidwunden Tier.

»Genug!«, sagte Rosenbaum.

Erneut trat Stille ein.

Als Rosenbaum den Opel in den Düsternbrooker Forstweg lenkte, hatte er einige Schwierigkeiten, die Spiegel'sche
Villa zu finden. Linker Hand musste es sein, etwa halbe Stra-
ßenlänge. Er hielt den Wagen an und klapperte zu Fuß zwei
Häuser ab, bis er zum richtigen kam.

»Tut mir leid, Herr Kommissar«, sagte Emma Spiegel.
»Mein Mann ist schon seit heute Vormittag in der Kanzlei.
Oder im Rathaus, vielleicht auch im Gewerkschaftshaus. Er
sagte, es kann spät werden.«

Anschließend fuhren sie wortlos weiter Richtung Innenstadt. Tatsächlich war der Umweg nicht groß. Sie nahmen
die Feldstraße, bogen in die Karlstraße ein, dann wollten
sie rechts in die Brunswiker abbiegen und würden so die
Bergstraße erreichen, wo sie auf direktem Weg über die
Holtenauer ebenfalls angelangt wären. Doch auch wenn der
Umweg nicht groß war, er war fatal. Am Ende der Karlstraße trafen sie auf 15 oder 20 Schutzmänner, die sich in
einer gleichmäßigen Kette über die gesamte Straßenbreite
verteilt hatten. Sie standen mit dem Rücken zu ihnen und
bewegten sich nicht. Sie warteten auf etwas. Anwohner lug-
ten aufgeregt aus den Fenstern der umliegenden Mietshäu-
ser, eine schwache Gaslaterne erhellte die Straße nur unzu-
reichend. Die Scheinwerfer des Opels strahlten die Schupos
von hinten an, ihre langen Schatten hatten etwas Gespens-
tisches. Nur wenige Meter weiter zweigte die Brunswiker
Straße ab, doch an ein Vorbeikommen war nicht zu denken. Als Rosenbaum den Opel wenden wollte, stürzte ein
Wachtmeister auf sie zu.

»Bleiben Sie da stehen und lassen Sie die Karbidlampen
eingeschaltet! Das Licht wird dringendst benötigt!« Schnau-
fend hastete der Wachtmeister zurück.

Für einen Moment dachte Rosenbaum daran, die Anweisungen zu ignorieren oder zumindest dem Wachtmeister

hinterherzulaufen und zu verhandeln. Doch der Opel war ein Polizeifahrzeug, in dem er jetzt gar nicht sitzen durfte, und er selbst wurde möglicherweise polizeilich gesucht. Da sollte er die Aufmerksamkeit des uniformierten Kollegen nicht unnötig auf sich ziehen. Das Auto blieb stehen und er darin sitzen.

»Gut gemacht, Chef«, spottete Hedi. Rosenbaum ignorierte es.

Von irgendwo stürmten plötzlich 30 oder 40 Soldaten vor das Auto und bildeten eine zweite Kette hinter den Schupos. Dann wurde Gegröle hörbar, noch konnte man nichts sehen, aber offensichtlich rollte eine tobende Menge heran.

»Was wird das?«, fragte Hedi.

»Ich habe keine Ahnung«, antwortete Rosenbaum.

Er spürte, wie Frieda von der Rückbank aus ängstlich an seine Schulter fasste. Hedi zog die Hand der jungen Witwe von ihm weg, drückte sie und ließ sie nicht wieder los. Ob sie Frieda trösten oder nur von ihm fernhalten wollte, mochte er nicht beurteilen.

Bald war die grölende Menge heran, junge kräftige Kerle – Matrosen und Arbeiter – mit Gewehren in der Hand. Die Schupos trugen Säbel.

»Halt! Stehen bleiben!«, brüllte eine Stimme.

»Aus dem Weg!«, eine andere.

Die Meute wurde langsamer, aber stehen blieb sie nicht. Die Gewehre wurden nicht gehoben, die Säbel nicht gezogen. Niemand wollte eine Eskalation. Als die Bäuche von Arbeitern und Polizisten sich fast berührten und einzelne Schupos von hervorschnellenden Armen zurückgestoßen wurden, räumte die Polizei das Feld. Sie rannte einfach davon. Zuerst ein Schupo, gleich darauf der nächste, dann der nächste, wie Dominosteine.. Ein Kommando war nicht gegeben worden.

Noch zehn Meter bis zur Kette der Soldaten. Die trugen Gewehre und waren schussbereit. Ihr Leutnant trat vor, hob die rechte Hand und rief den Rebellen zu: »Männer! Ich kann euch hier nicht durchlassen! Ihr wisst, dass ich das nicht kann!«

Noch acht Meter.

»Ich habe Befehl, von der Waffe Gebrauch zu machen, wenn aus dem Zuge heraus Gewalt angewendet werden sollte!«

Sieben Meter.

»Selbst wenn ihr meine Leute überwinden würdet: Das Arrestgebäude ist mit Maschinengewehren ausgerüstet!«

Sechs Meter.

»Seid vernünftig, Männer!«

»Tun Sie doch was, Chef«, flehte Hedi und fasste Rosenbaums Hand, ohne die von Frieda loszulassen. Vier Hände drückten einander.

Rosenbaum konnte nichts tun. Was geschah, geschah aus einer inneren Gesetzmäßigkeit heraus. Die ersten Reihen der herannahenden Matrosen schienen stehen bleiben zu wollen, wurden aber von den nachfolgenden Massen vorangedrückt.

Vier Meter.

»Feuer!«, schrie der Leutnant.

30-faches Mündungsfeuer und ein ohrenbetäubender Donner flogen in die Nacht. Ein Matrose brach zusammen; nur einer, die meisten Soldaten hatten in die Luft geschossen. Der Druck aus den hinteren Reihen ließ nach und die Menge wich zurück, aber nicht weit. Die Konfrontation blieb. Ein Unteroffizier fasste sein Gewehr am Lauf und schleuderte es von hinten gegen den Kopf seines Leutnants. Der Leutnant brach zusammen. Das war für die Rebellen das Zeichen zum Angriff. Einige sprangen den bewusstlosen Leutnant an, schlugen und traten ihn. Andere luden ihre

Waffen durch, wieder andere stürmten mit Geschrei auf die Soldatenkette zu. Schüsse fielen, diesmal gezielte Schüsse. Und Menschen fielen.

Im Opel war es still, sechs vor Entsetzen aufgerissene Augen verfolgten ungläubig das Geschehen. Eine ziellose Gewehrkugel blitzte neben ihnen auf das Pflaster. Nur weg, dachte Rosenbaum. Hier konnte er niemandem helfen und er musste die beiden Frauen in Sicherheit bringen. Er sprang aus dem Auto und kurbelte den Motor an. Als er sich wieder aufrichtete, stand ein Mann vor ihm, ein Unteroffizier – Obermaat, wenn er das Rangabzeichen mit stehendem Anker und Kaiserkrone richtig deutete.

»Kriminalkommissar Josef Rosenbaum?« Der Obermaat schaute ihm konzentriert in die Augen. Seine Stimme klang sonderbar ruhig, als flögen nicht gerade tödliche Geschosse um seine Ohren.

»Ja.« Rosenbaum klang alles andere als ruhig.

Bevor der Mann etwas sagen konnte, explodierte sein rechtes Auge, und wieder hatte der Kommissar fremde Körperflüssigkeit in seinem Gesicht.

Noch während der Obermaat wie ein Kartoffelsack langsam zur Seite kippte, hörte Rosenbaum schräg hinter sich einen Befehl: »Schnell! Einsteigen!«

Er fuhr herum. Iago Schulz stand dort und hielt eine Pistole in der Hand. Der Obermaat war nicht von einer verirrten Kugel getroffen worden, Schulz hatte ihn erschossen, absichtlich. Rosenbaum hob die Hände und blieb wehrlos vor seinem Kollegen stehen. Noch immer pfiff Blei durch die Luft.

»Jetzt kommen Sie doch!« Der PP-Chef sprang auf Rosenbaum zu, packte ihn an der Schulter und stieß ihn in Richtung Fahrzeugtür. Rosenbaum stieg ein. Schulz drängte ihn nach hinten, setzte sich selbst auf den Fahrersitz, wendete das Auto und brauste mit Höchstgeschwindigkeit aus dem Gefahrenbereich. Hedi beobachtete durch das Heckfenster den sich entfernenden Tumult, Rosenbaum wischte mit den Ärmeln sein Gesicht trocken, und Frieda presste sich in die Rückenlehne. Drei Kreuzungen weiter hielt Schulz an und atmete tief durch. Seine Waffe hatte er auf die Knie gelegt. Rosenbaum erkannte seine Chance, die Kontrolle zu übernehmen, vielleicht war es seine letzte. Blitzschnell zog er seine P08 aus dem Holster, lud sie durch und drückte den Lauf an den Hinterkopf seines Kollegen. Dieses Mal würde er sich nicht überrumpeln lassen.

»Hände hoch!«

»Mensch, Rosenbaum! Sind Sie übergeschnappt?« Schulz schlug wütend gegen das Lenkrad.

»Hände hoch!«, wiederholte Rosenbaum, es könnte wirklich übergeschnappt geklungen haben.

Schulz hob seine Hände und Hedi zog die Pistole von seinen Knien.

»Was soll das? Ich hab Ihnen das Leben gerettet!«

»Sie haben einen Mann erschossen!«

»Einen Mann, der gerade dabei war, Sie zu erschießen!« Rosenbaum stutzte.

»Er hatte eine durchgeladene und entsicherte Pistole auf Sie gerichtet.«

Eine Pistole hatte Rosenbaum nicht gesehen. Unterhalb der Brustlinie hatte er von dem Mann gar nichts gesehen.

»Ja, das stimmt, Chef. Er hielt eine Waffe in der Hand.«

»Was glauben Sie denn, was der Mann von Ihnen wollte? Nach der Uhrzeit fragen?« Schulz ließ seine Hände langsam sinken, bis Rosenbaum »Na, na, na« sagte und mit dem Lauf gegen den Schädel des Kollegen klopfte. Dann hob Schulz seine Hände wieder.

Was der Obermaat von Rosenbaum wollte? Ihn festnehmen, hätte er spontan getippt. Allerdings, die Vorstellung, jemanden festzunehmen, wenn ringsum Menschen aufeinander schossen, hatte etwas Absurdes. Er selbst hätte eine Festnahme vorher durchgeführt, oder danach, aber sicher nicht in diesem Moment.

»Kapieren Sie nicht?«, bohrte Schulz nach. »Kriegen Sie nicht mit, was hier gerade passiert? Anarchie zieht ein. Noch in hundert Jahren werden die Historiker sich nicht darüber einig sein, wer wen heute Nacht umgebracht hat. Das ist die beste Gelegenheit, jemanden ohne Aufhebens kaltzumachen. In diesen Tagen werden viele alte Rechnungen beglichen. Und die neuen gleich mit.«

»Und was für eine Rechnung wäre ich?«

»Ich würde sagen, eine neue Rechnung.«

Schulz gehörte zu den Bösen. Das war für Rosenbaum ein Naturgesetz. Wenn jemand ihn umbringen wollte, dann Schulz. Doch er hatte nicht ihn erschossen, sondern den Obermaat.

»Was wissen Sie darüber?«

»Nur Bruchstücke.«

»Erzählen Sie. Von Anfang an.«

»Kann ich die Hände runternehmen?«

»Legen Sie sie aufs Lenkrad so, dass ich sie sehen kann.«

Schulz legte seine schweren Arme ab. Die Situation entspannte sich ein wenig.

»Also: Was ist mit den drei getöteten Arbeitern?«

»Ende Januar begann der große Arbeiterstreik abzuebben.«

»Weil Ihr die Wortführer eingesperrt hattet, ich weiß.«

»Von einem Verbindungsmann bekamen wir die Meldung, dass drei Arbeiter der Torpedowerkstatt planten, die Streikführung zu übernehmen.«

»Bade, Marquort und Lampke?«

»Genau. Wir wollten sie beschatten und gegebenenfalls festnehmen, aber wir konnten sie nicht finden.«

»Und dann?«

»Dann war der Januarstreik vorbei, wir nahmen die drei von der Fahndungsliste und kümmerten uns um andere Sachen.«

»Das ist alles?«

»Zunächst ja.«

»Wie hieß denn der Verbindungsmann, der den Tipp gegeben hatte?«

»Onno Rodejahn. Hilfsschweißer bei der Torpedowerkstatt.«

»Das dachte ich mir. Guter Mann?«

»Früher war er durchaus zuverlässig. Neuerdings gibt es Anzeichen, dass er ein doppeltes Spiel treibt. Wir haben uns jetzt von ihm getrennt.«

Rosenbaum nickte nachdenklich. »Als die Leichen der drei Arbeiter gefunden wurden, kam aber wieder Leben in die Sache. Auch für Sie, nicht?«

»Als feststand, dass die Männer ermordet wurden, ist mir klargeworden, dass wir sie nur deshalb nicht gefunden hatten, weil uns damals jemand zuvorgekommen war.«

»Wer?«

»Ich hatte über den Polizeipräsidenten Meldung zum Gouvernement gemacht, sonst wusste niemand von den dreien.«

»Das Gouvernement, die Marinestationsverwaltung. Die haben die Arbeiter um die Ecke gebracht?«

»Ja, wahrscheinlich. Das dämmerte mir aber erst, als wir die Ermittlungen von Ihnen übernehmen und dann dahin abgeben sollten.« Schulz' Hände glitten in den Schoß. Rosenbaum ließ ihn gewähren.

»Ach, Sie ermitteln in dieser Sache auch nicht?«

»Nein, wir sollten uns nur Ihre Akte holen und sofort weitergeben. Später erhielten wir den Auftrag, Sie zu observieren, obwohl wir mit dem sich anbahnenden Matrosenaufstand wirklich Wichtigeres zu tun hatten. Das war schon sehr eigenartig. Auch die Begründung kam mir komisch vor: Kapitänleutnant Ravens sagt, er vermute, dass Sie persönlich mit dem Mord zu tun hätten, aber dann empfängt er Sie, den Verdächtigen, zu einer Besprechung.«

»Sie meinen, als ich heute Früh bei der Stationsverwaltung war?« Empfangen hatte er ihn nicht direkt.

Schulz nickte. »Hab ich genau beobachtet. Jedenfalls, irgendwas hatten die zu verheimlichen, das war klar. Vor vier Stunden kam dann der Befehl, die Observation sofort abzubrechen und den Vollzug zu melden.«

»Das ist ungewöhnlich.«

»Ja. Ich hab es noch nie erlebt, dass ich den Abbruch einer Maßnahme zum Gouvernement melden soll.«

»Was haben Sie gemacht?«

Schulz drehte sich zu Rosenbaum um. »Ich habe die Beendigung der Observation gemeldet, bin aber trotzdem auf Ihren Fersen geblieben.«

»Sonst wäre ich jetzt tot«, sagte Rosenbaum. Wenn Schulz die Wahrheit sprach, dann gehörte er zu den Guten, oder? Dann löste sich gerade ein Naturgesetz in Luft auf. Vor wenigen Jahren hatte Albert Einstein die Newton'sche Mechanik mit seiner Relativitätstheorie zerstört, doch viele Physiker blieben skeptisch. Auch Rosenbaum blieb skeptisch. Andererseits, wenn Schulz ihn umbringen wollte, hätte er vorhin die beste Gelegenheit dazu gehabt. Rosenbaum entlud die Po8 und legte den Sicherungshebel um. Nach kurzem Zögern steckte er die Pistole in das Holster, und Hedi gab Schulz seine Waffe zurück.

»Und was hat das alles mit Frau Bade zu tun?«

»Das weiß ich nicht.«

»Kennen Sie Oberleutnant Friedhelm Staakenmeyer?«

»Bei der Marine-Intendantur gibt es einen, der so heißt.«

»Den meine ich.«

»Sein Name war mal in Zusammenhang mit Schwarz-markthandel und Schmuggel aufgetaucht. Wir konnten ihm aber letztlich nichts nachweisen. Die Marine lässt sich nicht in die Karten schauen. Nicht einmal die Feldgendarmerie konnte da was machen.«

»Was wurde denn geschoben? Kaffee?« Rosenbaum schaute Frieda an. Frieda legte eine Hand auf ihren Beutel, in dem sich die Kaffeedose befand.

»Ja. Kaffee, Kakao, Tabak, Reis, Tee, Gewürze, Zigaretten. Ursprünglich fing es mit rationierten Nahrungsmitteln an. Aber das war für professionelle Banden nicht so lukrativ, das überließen sie den kleinen Gelegenheitsschiebern. Außer-dem war es gefährlich, weil die Militärführung bei Grund-nahrungsmitteln keinen Spaß verstand. Also haben sich die richtig schweren Jungs auf Kolonialwaren verlagert. Das ist deren Nische, da werden sie weitgehend in Ruhe gelassen.«

Zwei Männer liefen die Straße entlang. Erst jetzt bemerkte Rosenbaum, dass keine Schüsse mehr fielen. Nur einzelne Rufe waren noch zu hören.

»Und Staakenmeyer ist daran beteiligt?«

»Die Schieberbanden benötigen Kontakte zum Militär, um die Waren nach Deutschland zu schmuggeln. Ab Herbst 16 entwickelte sich eine Route über Österreich, Bulgarien und dem Osmanischen Reich. Sie war anfällig und verän-derte sich je nach Kriegsgeschehen ständig. Ohne Heeres- und Marineoffiziere lief da nichts. Vor allem Offiziere von den Verpflegungsstellen der Intendanturen taten sich her-vor. Denn die hatten die richtigen Kontakte.«

»Staakenmeyer.«

»Exakt. Irgendwann hat sich das Geschäft beim Militär verselbstständigt. Wir denken, dass Staakenmeyer maßgeblich dahinterstand. Nach dem Waffenstillstand an der Ostfront baute er eine offenbar sehr lukrative Schmugglerroute über Russland und die Ostsee nach Kiel auf. Und die dürfte noch immer aktiv sein. Wir kommen nur nicht an den Kerl ran. Wahrscheinlich hat er einflussreiche Leute geschmiert.«

»Jetzt wird mir auch klar, weshalb sich die Marineoffiziere nie über schlechte Verpflegung beklagt haben.«

Schulz nickte.

Rosenbaum stellte noch zahllose Fragen, nach Albin Köbis, der USPD, Feldwebel Gudow und vielen mehr, erfuhr aber nichts, was ihn weiterbringen konnte. Zum Schluss bot er Schulz an, ihn zur Blume zu chauffieren.

»Mein Auto steht dort«, sagte Schulz und deutete auf einen hundert Meter entfernt parkenden Opel.

Er stieg aus, Rosenbaum krabbelte nach vorn auf den Fahrersitz – die Rückbank war mit der Zeit ziemlich eng geworden. Zum Abschied gaben die Männer sich die Hand. Das hatten sie noch nie getan.

Als Schulz zum Auto ging, konnten sie seine Schritte auf dem Kopfsteinpflaster hören, so ruhig war es inzwischen geworden. Tumult und Schüsse hatten aufgehört. Wann genau, konnten sie nicht sagen. Obwohl es noch früh am Abend war, schien nur aus wenigen Fenstern Licht. Es war kühl geworden. Schulz tuckerte an ihnen vorbei.

»Sie haben sich ja gar nicht in das Gespräch eingemischt. Sind Sie krank?«, fragte Rosenbaum.

»Ich hab darüber nachgedacht, was wir jetzt machen können. In die Innenstadt sollten wir heute wohl nicht mehr fahren.«

»Ne.«

»Also ist erst mal nichts mit Anwalt Spiegel.«

»Ne. Morgen früh vielleicht.«

»Wir könnten zurück in den Forstweg fahren, zu seiner Wohnung. Eventuell könnten wir dort übernachten.«

»Er hat Frau und Kinder, kleine Kinder.«

»Dann zu mir.«

»Ne.« Rosenbaum tippte nervös auf das Lenkrad.

»Gefährlich?«

»Ja, ich fürchte, auch das könnte momentan für uns gefährlich sein. Wenn die uns hier auflauern, dann suchen sie uns auch zu Hause.«

»Und meine Eltern?« Hedi kreischte.

Genau in diesem Moment hatte auch Rosenbaum daran gedacht. Hedis Eltern, er kannte sie. Es waren nette ältere Leute, etwas konservativ, Kirchgänger, an der Grenze zum Bildungsbürgertum. Die Mutter war mit einer unangenehm schrillen Suffragetten-Stimme bewaffnet, der Vater war leicht schwerhörig und stand als Bilanzbuchhalter kurz vor der Pensionierung. Ihre Zugehfrau bezahlten sie besser als jeder andere, den Rosenbaum kannte.

»Wir können nicht in einer einzigen Nacht die halbe Welt retten, Hedi.« Auch wenn Rosenbaum sich um einen beruhigenden Tonfall bemüht hatte, die Wortwahl reichte aus, Hedi gewaltig zu empören.

»Meine Eltern!«, wiederholte sie.

Rosenbaum drehte sich zu Frieda um. Die hübsche Witwe hatte sich nicht bewegt, seit er zum letzten Mal nach ihr geschaut hatte. Sie war in Gefahr, obwohl die ganze Sache sie nichts anging, außer dass sie mit einem der Akteure verheiratet gewesen war. Auch Hedis Eltern hatten mit allem nichts zu tun, außer dass sie Hedis Eltern waren.

»Warten Sie hier«, sagte Rosenbaum zu den beiden Frauen und stieg aus dem Auto. Er brauchte Zeit zum

Nachdenken, Hedis Gekreische würde ihn dabei stören. Langsam trottete er den Weg zur Brunswiker Straße zurück. Nach 50 Metern huschte er unvermittelt in einen Hauseingang und lugte im Schutz der Dunkelheit auf die Straße. Niemand war zu sehen, kein Schritt zu hören. Auch dem Opel näherte sich niemand. Rosenbaum bemühte sich um klare, logische Gedanken. Paranoide Anwandlungen musste er zur Seite schieben. Doch wo lag die Grenze zwischen Logik und Paranoia? Durch seinen Kopf schwirrten ungeordnet Schräubchen und Zahnrädchen – die Taschenuhr, die er zusammensetzen musste. Neue Schräubchen waren hinzugekommen. Er vermutete, dass er die meisten Teile beisammen hatte, aber ihm fehlte ein genauer Bauplan.

Er ging weiter, bis an den Ort des Tumults zurück, suchte den Schatten, dicht an den Hauswänden. Er stellte den Kragen seiner Arbeiterjacke auf und vergrub Kinn und Wangen dahinter. Löschfahrzeuge standen kreuz und quer, Feuerwehrmänner rannten durcheinander, ebenso Soldaten und Schupos. Keine Aufständischen waren mehr zu entdecken, auch keine Verletzten oder Tote – sie dürften inzwischen weggebracht worden sein –, insbesondere kein toter Obermaat mehr. Rosenbaums Hoffnung, ihn durchsuchen zu können, vielleicht einen Teil des Bauplans bei ihm zu finden, hatte sich zerschlagen.

»Und?«, fragte Hedi, als er wieder zum Opel zurückgekehrt war.

»Nichts.«

»Wir sollten in die Blume fahren. Vorher könnten wir zu meinen Eltern und sie mitnehmen.«

»Wir sollten uns nirgendwo aufhalten, wo man uns vermutet«, entgegnete Rosenbaum. Er hätte Schulz nach den geheimen Räumen der PP fragen können, doch Schulz war jetzt weg. Und, vor allem, er war sich nicht sicher, ob er ihm trauen konnte.

»Ein Hotel?«, schlug Hedi vor.

»Ich fürchte, die werden sich heute Abend alle verbarrikadiert haben.« Rosenbaum hatte eine andere Idee. »Wir fahren ins Projensdorfer Gehölz.« Die Hütte, bei der die drei Arbeiter gefunden worden waren. Der Tatort sollte jetzt ihre Zuflucht werden. Das Absurde dieser Idee machte sie grandios.

»Aber wir nehmen meine Eltern mit.«

»Ihre Eltern sind dort, wo sie sind, noch am sichersten. Sie wären eher in Gefahr, wenn sie bei uns wären. Oder wenn wir bei ihnen wären.«

»Dann müssen wir sie zumindest warnen!«

»Hedi, falls wir gerade verfolgt werden, bringen Sie Ihre Eltern exakt dann in Gefahr, wenn Sie dort hinfahren und sie danach wieder allein lassen.«

Hedi spähte zu allen Seiten aus den Fenstern hinaus. »Wir werden nicht verfolgt.«

»Bis vor einer halben Stunde wurden wir sogar doppelt verfolgt! Jetzt reißen Sie sich endlich zusammen!«

Hedi schluckte und Rosenbaum versuchte, sie zu beruhigen.

»Sie haben doch ein Telefon zu Hause«, sagte er.

Das hatte sie tatsächlich. Kurz vor dem Krieg hatte die Kieler Polizeiführung ihre wichtigsten Beamten großzügig und fast überfallartig mit privaten Telefonanschlüssen ausgestattet, als man am Ende des Haushaltsjahres mit einigem Entsetzten feststellte, dass der Etat noch nicht verbraucht war, und befürchtete, dass er im Folgejahr gekürzt werden könnte, wenn man ihn nicht vollends verprasste. Hedi war damals noch die Sekretärin von Direktor Freibier gewesen und gehörte mit zu den Glücklichen.

»Wir rufen Ihre Eltern an und sagen ihnen, dass sie ihre Wohnung verlassen sollen. Vielleicht können sie bei Nachbarn oder Verwandten übernachten.«

»Aber von wo wollen Sie denn anrufen?«

»Spiegel. Dort waren wir ja schon. Wenn wir tatsächlich verfolgt werden, kennen die diese Adresse bereits.« Rosenbaum war sich nicht sicher, dass Spiegel zu Hause ein Telefon besaß, aber er vermutete es. Immerhin war er Anwalt und Stadtverordneter.

»Sie werden nicht rangehen. Meine Eltern, sie werden nicht rangehen. Die gehen nie ans Telefon, wenn es klingelt. Das ist für sie viel zu modern.«

»Wir versuchen es«, sagte Rosenbaum und startete den Motor.

Sie fuhren die Feldstraße entlang in Richtung Norden. Nach einiger Zeit bogen sie abrupt in eine kleine Nebenstraße ein und lenkten den Opel durch eine enge Hofeinfahrt. Rosenbaum stellte Zündung und Licht ab, sprang aus dem Auto, huschte einige Meter zurück und spähte und horchte. In einiger Ferne vernahm er Motorengeräusche, sonst war alles still. Die Aktion war folgerichtig, logisch, ein wenig sehr vorsichtig vielleicht. Paranoid war sie jedenfalls nicht. Mit einiger Erleichterung setzten sie ihren Weg fort.

»Er ist noch nicht zu Hause, er ist im Gewerkschaftshaus.« Emma Spiegel stand in der Haustür und fingerte nervös an ihrer Bluse herum. »Er hat angerufen und gesagt, dass es die ganze Nacht dauern kann. Er sagt, die Revolution hat begonnen. Und wir sollen das Haus nicht verlassen. Und die Kinder sollen bei mir im Schlafzimmer übernachten.«

Sie ließ die Besucher hinein. Rosenbaum versuchte, Selbstsicherheit auszustrahlen. Hedi vielleicht auch, aber es gelang ihr nicht. Sie umarmte die verängstigte Frieda und führte sie sanft ins Haus, als wäre sie eine alte Frau. Emma Spiegel führte sie in das Arbeitszimmer ihres Mannes, auf dem Schreibtisch stand ein Telefon. Rosenbaum erklärte den Grund des Besuches, nur so viel, wie zum Verständnis der Dringlichkeit nötig war. Also fast alles. Mehr jedenfalls, als er Frieda erklärt hatte. Die Hausherrin war eine intelligente Frau, sie verstand sofort und ihre Besorgnis wuchs mit jedem Wort. Friedas Besorgnis wuchs ebenfalls.

»Die sollen herkommen, hier zu mir«, sagte sie schließlich. »Ihre Eltern übernachten selbstverständlich bei mir.« Sie ging zum Schreibtisch und reichte Hedi den Telefonhörer.

Die Eltern gingen nicht ran. Dann versuchte Emma Spiegel, ihren Mann zu erreichen, doch die Leitung zum Gewerkschaftshaus war ständig besetzt.

»Ich könnte hinlaufen und sie holen. Ist es weit? Wie lautet die Adresse?«

»Nein, das geht nicht. Draußen wird geschossen.«

»Ich höre nichts.« Emma Spiegel war wie verwandelt. Rosenbaum schüttelte den Kopf.

»Dann fahren wir hin und bringen sie her«, sagte Hedi. Rosenbaum erwiderte: »Das geht nicht. Darüber haben wir doch gesprochen.«

»Also? Wie ist die Adresse?«, fragte Emma Spiegel noch einmal.

»Herrgott …« Rosenbaum regte sich auf.

»Jetzt ist aber mal gut, Chef! Sie müssen heute Abend niemanden retten. Aber Sie sollten andere auch nicht daran hindern!«

Rosenbaum schwieg. Vielleicht hatten die Frauen recht, aber dass er in dieser Welt scheinbar nichts mehr zu sagen hatte, das wurmte ihn maßlos.

»Das wäre also geklärt«, sagte Emma Spiegel nach einer schweigsamen Weile. »Und Sie bleiben natürlich auch über

Nacht. Morgen früh können Sie die Sache dann in aller Ruhe mit meinem Mann besprechen.«

»Nein, das geht nicht.« Das ging wirklich nicht. Rosenbaum dachte an die Kinder der Spiegels. Dann dachte er an die beiden Frauen, die er beschützen musste. Jede weitere Minute, die er, Frieda und Hedi sich hier aufhielten, könnte die Spiegels möglicherweise in Gefahr bringen. Möglicherweise auch nicht – wer wusste das schon. Nein, so schnell wie möglich mussten sie wieder losfahren. Das war keine Paranoia. »Es ist für Sie sicherer, wenn wir weg sind. Und für uns auch.«

Hedi widersprach nicht, sie war seiner Meinung. Zum Glück.

Emma Spiegel notierte sich die Adresse – der Ravensberg war nicht weit entfernt und zu Fuß gut zu erreichen. Dann stattete sie die Flüchtlinge mit Wolldecken, etwas Brot und zwei Milchkannen Wasser aus. Zum Abschied bedankte sich Hedi bei Emma Spiegel und umarmte sie. Dann holten sie Frieda dazu und drückten einander fest.

Rosenbaum schüttelte den Kopf. »Jetzt aber«, sagte er auffordernd.

»Ach, könnte ich vielleicht noch schnell Ihre Toilette benutzen? Und …« Hedis Koffer lag im Auto. »Und hätten Sie eventuell …?«

»Badezimmerschrank unten links«, antwortete Emma Spiegel lächelnd. »Was Sie nicht mehr brauchen, werfen Sie einfach in den Wäschepuff.« Dann wandte sie sich Rosenbaum zu. »Und Sie, lieber Kommissar, könnten sich bei dieser Gelegenheit das Gesicht waschen. Sie sehen ja aus, als wären Sie in roten Wackelpeter gefallen.« Aus ihrem Lächeln wurde ein Grinsen. »Ich gebe Ihnen auch mal ein sauberes Jackett von meinem Mann.«

Das Angebot mit dem Waschen nahm Rosenbaum an,

das mit dem Jackett nicht. Die Kleidung des schmächtigen Anwalts dürfte noch enger ausfallen als die von Bade. Und in Arbeiterkluft fühlte Rosenbaum sich vorerst besser aufgehoben. Zum Schluss klemmte Frieda sich die Wolldecken unter die Arme. Rosenbaum drückte Hedi die Kannen in die Hände und stopfte das Brot in seine Ledertasche zu den beiden Ersatzakten, die Freibier ihm gegeben hatte.

Es war nicht leicht, in der Dunkelheit den Weg zur Hütte zu finden. Nachts sah der Wald anders aus als am Tag.

»Hier rechts.«

»Nein, links.« Der Kommissar erinnerte sich genau an die große Buche bei der Weggabelung. Hier ging es links.

»Aber wenn ich's doch sage?«

»Halten Sie den Mund, Hedi.«

Nun war Rosenbaum nie bei den Pfadfindern gewesen, die hatte es zu seiner Jugendzeit noch gar nicht gegeben, und Indianer war er auch nicht. Als sie zur Buche zurückkamen, nahmen sie den anderen Weg.

Mit einiger Erleichterung fanden sie die Hütte schließlich im Gewirr unbekannter Waldwege. Im Licht der Autoscheinwerfer schauten sie sich um. Alles schien noch so zu sein wie vor drei Tagen, nicht einmal die Grube, in der sie die drei Leichen gefunden hatten, war wieder zugeschüttet worden. Während Frieda eingezwängt zwischen Koffer und Taschen und bedeckt mit Wolldecken auf der engen Rückbank schlief, stiegen die beiden Kriminalisten aus dem Opel. Rosenbaum hatte eine Idee. Er zog die Schlüssel, die er dem toten Feldwebel abgenommen hatte, aus der Jackentasche und probierte sie am Vorhängeschloss der Hüttentür aus. Sie passten nicht. Das konnte den Kommissar aber nicht aufhalten. Er zog sein Taschenmesser aus der Hose und hantierte damit im Schlüsselloch herum. Als es klickte, grunzte er zufrieden. Hätte ein Schlüssel gepasst, wäre es nur ein weiteres Zahnrädchen gewesen, davon hatten sie schon genug.

In der Hütte entzündeten sie eine Petroleumlampe, die sie auf einem Schränkchen gefunden hatten, und löschten eilig die verräterisch hellen Karbidleuchten des Opels.

»Kann es nicht sein, dass die Männer hier drin umgebracht wurden?« Hedi flüsterte und vergewisserte sich, dass Frieda noch immer im Auto schlief.

»Gut möglich«, antwortete Rosenbaum. Er musterte die Bodendielen, wie er es bereits drei Tage zuvor getan hatte. Mit dem Taschenmesser kratze er in den Fugen zwischen den Dielen herum, brachte aber nur Dreck zum Vorschein, kein geronnenes Blut. »Damit könnten sie begraben worden sein«, sagte er und deutete auf die Spaten und Forken, die an der Wand lehnten.

»Ist es dann wirklich eine gute Idee, ausgerechnet hier unterzuschlüpfen?«

Etwas Besseres war Rosenbaum nicht eingefallen. »Granaten schlagen nicht zweimal am selben Ort ein«, antwortete er. Das war natürlich Unsinn. Er hatte in der Schule Wahrscheinlichkeitsrechnung gehabt, er wusste, dass es Unsinn war. Hedi hatte keine Wahrscheinlichkeitsrechnung gehabt. Sie beschlossen, Frieda nichts davon zu sagen, dass hier der Fundort der Leichen war, und begannen, sich in der Hütte einzurichten, so gut es ging.

Als der Wagen geleert war, hüllten sich die drei in ihre Wolldecken und setzten sich an den großen Tisch.

»Ich mach uns einen Kaffee, ja?«, schlug Frieda vor, als sie den Kanonenofen entdeckte. Ihre Stimme klang ruhig, ihr Vorschlag verlockend.

Fast hätte es gemütlich werden können, doch das wurde es nicht. Sie wagten nicht, den Ofen zu befeuern, der aufsteigende Rauch könnte sie verraten. Denn die Nacht war hell, die Sterne hatten alle Wolken zur Seite geschoben. Der Ofen blieb also kalt. Sie tranken etwas von dem Wasser, das Emma Spiegel ihnen mitgegeben hatte. Und sie schauten einander an. Rosenbaum rauchte eine Zigarette. Hedi steckte sich auch eine an – und öffnete das Fenster. Frieda schien erleichtert zu sein, sich sicher zu fühlen, Geborgenheit gefunden zu haben, auch wenn es nur eine flüchtige Geborgenheit war. Sie sprachen nicht viel, vor allem sprachen sie nicht über das, was sie am meisten bewegte: Wie würde es weitergehen?

Rosenbaum dachte an sein untergegangenes Naturgesetz.

»Vom Saulus zu Paulus«, sagte Hedi. »Können wir ihm glauben?«

Das fiel dem Kommissar sehr schwer. »Jedenfalls erklären seine Angaben einiges: seine Auseinandersetzung mit Rodejahn, das Verhalten von Ravens …«

»Aber Schorsch hat sicher nicht die Führung bei diesem Streik übernehmen wollen«, warf Frieda ein. »Das hätte er mir gesagt, ganz sicher.«

»Dann vielleicht die beiden anderen?«, vermutete Hedi. »Marquort und Lampke haben beim Streik mitgemischt, Gustav Bade war nur Mitläufer und hat die anderen mit Schmuggelware versorgt.«

»Nein, er war kein Schmuggler. Das …«

»Hätte er Ihnen gesagt, ich weiß.« Rosenbaum nickte Frieda beruhigend zu. »Es scheint fast, als würden wir von völlig verschiedenen Menschen sprechen.«

Der Kommissar zog den Militärpass des toten Feldwebels aus der Tasche und blätterte darin. Die ersten Seiten waren eng mit umfangreichen Dienstvorschriften bedruckt, damit der Inhaber jederzeit wusste, was er zu tun hatte. Die weiteren Seiten, die Auskunft über den Inhaber hätten geben sollen, waren kaum ausgefüllt.

»Esmarchstraße«, murmelte er und schaute zu Hedi auf. »Der Kerl hat in der Esmarchstraße gewohnt.« Eine Kaserne gab es dort nicht, der Mann musste eine eigene Wohnung gehabt haben. »Wir fahren hin. Seine Frau wird uns etwas über ihn sagen können.«

»Er war nicht verheiratet«, warf Hedi ein.

»Woher wissen Sie das?«

»Er trug keinen Ring.«

Auf alles hatte Rosenbaum geachtet, aber nicht darauf.

»Eine Frau sieht so etwas«, erklärte Frieda.

Die beiden Frauen blickten sich an und kicherten.

Oh Mann, zwei von der Sorte, dachte Rosenbaum. Er blätterte im Militärpass. Unter Familienstand: kein Eintrag. Dann steckte er den Pass ein und stand auf. »Fahren wir hin, dann werden wir ja sehen, ob er verheiratet war. Kommen Sie, Hedi.«

Frieda wollte auch mit. Eigentlich wollte sie aber nicht mit. Und sie wollte nicht, dass überhaupt jemand wegfuhr. Sie wollte nicht allein bleiben.

Der Kommissar redete ihr gut zu. »Sie sind hier in Sicherheit. Es kann nichts passieren.«

Frieda zog die Decke dicht unter die Nase. Ängstlichkeit quoll aus ihren großen schönen Augen, und sie schüttelte flehend den Kopf, bis Rosenbaum nachgab.

»Gut, heute Nacht fährt niemand mehr weg. Aber morgen, wenn es hell ist, müssen Sie auch mal allein bleiben können.«

Die Nacht wurde kalt und hell, eine ungewöhnliche Novembernacht. Die Sterne schauten auf Kiel wie auf eine Theaterbühne. Das Stück, das gegeben wurde, hieß ›Weltenbrand‹, der letzte Akt hatte begonnen. Sozialdarwinismus und Nationalismus waren die Hybris, der Krieg die Nemesis. Jetzt blieb nur die Hoffnung, dass die Revolution zur Läuterung führen würde.

XIII

Die letzten im Stab des Stationskommandos eingegangenen Meldungen dieser Nacht ließen sich so zusammenfassen: Der marodierende Demonstrationszug war durch mehrere zusammengezogene Einheiten an der Ecke Karlstraße/Brunswiker aufgehalten und zerstreut worden. Die Einheiten hatten sich dann zum Schutz der Arrestanstalt dorthin zurückgezogen. Bis in den späten Abend vereinzelt Schusswechsel, dann Ruhe. Sieben Tote, 27 Verletzte.

Die halbe Nacht redete sich der Stab die Köpfe heiß, bis Müdigkeit die Gedankenschärfe allseitig abstumpfte. Man legte ein paar Stunden Pause ein und vertage sich auf neun Uhr morgens. Klaas Ravens nutzte die Gelegenheit, in seine Wohnung zu fahren. Schon seit einigen Tagen waren Schlaf und Körperpflege für ihn beträchtlich zu kurz gekommen. Er legte sich ins Bett und stellte den Wecker auf acht Uhr. Um halb sieben klingelte ihn ein Fahrgast aus dem Schlaf. Es war ein anderer Gast als in den Tagen zuvor, und der spätere Dienstbeginn der Kaleu war ihm nicht mitgeteilt worden. Jetzt musste sich der Gast an Ravens' Wohnungstür Ausdrücke anhören, die er zuvor wahrscheinlich noch nicht gekannt hatte. Und er musste zwei Stunden später wiederkommen.

Schlaf fand Ravens in diesen zwei Stunden allerdings nicht mehr. Schüsse, Revolution und dieser jüdische Kommissar zogen durch seinen Kopf. Ein ausgiebiges Bad und eine sorgfältige Rasur sorgten für etwas Entspannung, ebenso das anschließende Bügeln der frischen Unterwäsche.

Zwar war die Wäsche gemangelt aus der Reinigung gekommen, doch hatte er sich das Bügeln zu seiner Kadettenzeit angewöhnt und seither als beruhigendes Ritual beibehalten.

Halbwegs frisch und nunmehr freundlich öffnete er die Tür, als der Fahrgast wieder erschien. In forschem Tempo schritt er durchs Treppenhaus und ließ sich vom Gast die Haustür aufhalten. Am Straßenrand wartete der Mercedes Doppelphaeton. An der gegenüberliegenden Straßenseite, halb verdeckt von den Büschen des Mittelstreifens, stand ein Opel 10/12 und darin saß dieser jüdische Kommissar. Ravens war derart verblüfft, dass er fast vom Treppenpodest gefallen wäre. Offensichtlich verfolgte ihn der Kerl. Oder war seine Anwesenheit dem Zufall geschuldet? Vielleicht waren sie seit Jahren Nachbarn, ohne voneinander gewusst zu haben? Einen Moment dachte Ravens daran, hinüberzusprinten und den Mann festzunehmen. Aber er hatte Hintz bereits auf ihn angesetzt. Es wäre besser, wenn der Obermaat die Sache erledigte, er selbst sollte mit dem Kommissar möglichst nicht in Verbindung gebracht werden. Kurz zögerte er, stieg dann aber entschlossen ins Auto.

Im Kommandogebäude eilte Ravens zuerst in sein Büro. Er ließ Hintz rufen und erhielt die Auskunft, dass der Obermaat noch nicht zum Dienst erschienen sei. Anschließend suchte er seinen Schreibtisch und den Beistelltisch nach einer Nachricht des Obermaats ab, fand jedoch nichts.

Kurz vor neun ging er hinüber ins Sitzungszimmer. Nach und nach versammelte sich der mäßig ausgeschlafene Stab. Gouverneur Souchon, Stabschef Küsel, Stadtkommandant Heine und Geschwaderkommodore Kraft setzten sich zu ihm an den Besprechungstisch. Vor ihnen standen Tassen mit Kaffee und Tee, ein Tablett mit dick beschmierten Marmeladebroten und mehrere Aschenbecher zwischen etlichen Aktenordnern, die teilweise mit ›Streng geheim!‹ gestempelt waren. Der Duft von Arabica-Bohnen drängte die Schweiß- und Nikotingerüche der letzten Nacht durch die geöffneten Fenster hinaus.

Ein weibisch nach Kölnisch Wasser riechender, frischer Leutnant berichtete von den jüngst eingegangenen Meldungen: »In der Nacht herrschte Ruhe. Oberbürgermeister Lindemann hat einen förmlichen Protest des Feuerwehrchefs zum Einsatz seiner Kräfte ans Gouvernement weitergeleitet.« Der Leutnant legte das Protestschreiben vor und entfernte sich.

Feuerwehr?

»Feuerwehr?«, fragte Vizeadmiral Kraft ungläubig nach.

»Feuerwehr?«, fragte auch Gouverneur Souchon.

»Nun ja. Äh …« Stadtkommandant Heine kratze sich verlegen an der Schläfe. »Ein oder zwei Löschzüge wurden benötigt, um den Mob auseinanderzutreiben. Die Männer saßen ja ohnehin in ihren Wachen bereit.«

Eisiges Schweigen.

Dann der Gouverneur ein wenig lauter als das Schweigen, aber genauso eisig: »Es sind durchaus Umstände vorstellbar, deren Wichtigkeit durch einzelne Mitglieder des Stabes für zu gering erachtet wird, als dass der Gouverneur davon erfahren müsste, die aber möglicherweise vom Gouverneur selbst anders eingeschätzt werden könnte.« Souchon schaute in die größtenteils verlegen auf den Konferenztisch blickende Runde. »Nun, meine Herren, gäbe es da vielleicht noch einige solche Umstände?«

Es gab Umstände, die waren so wichtig, die würde er lieber nicht erfahren, dachte Ravens, behielt es aber für sich. Alle behielten für sich, was sie gerade dachten.

»Ich denke, wir sind wieder vollkommen Herr der Lage«, sagte schließlich Küsel, der die Kälte des Schweigens offenbar nicht länger ertragen konnte.

»Herr der Lage?« Laut und eisig. »Wir müssen in allerhöchster Not die zivile Feuerwehr zu Hilfe rufen, um uns gegen 10.000 Meuterer zu wehren. Und Sie sagen, wir sind Herr der Lage?«

»10.000 ist eine völlig aus der Luft gegriffene Schätzung. Wo sollten die denn alle herkommen?«, beschwichtigte Heine. »3.000 waren es vielleicht. Höchstens.«

»Wir können davon ausgehen, dass der Aufstand in sich zusammengebrochen ist, als die Kerle gemerkt haben, dass sie gegen die loyalen Truppen nicht ankommen konnten«, ergänzte Küsel.

»Sie glauben also, die haben Angst bekommen, als die Feuerwehr anrückte?«, fragte Souchon, wieder leise, noch immer eisig. »Wenn Sie zu den Aufständischen gehört hätten, lieber Küsel, würden Sie dann abends in der Kaserne rumerzählen, dass Sie vor der Feuerwehr weggelaufen sind? Selbst wenn es so gewesen wäre, würden Sie das erzählen?«

Küsel räusperte sich. Zu einer Antwort konnte er sich nicht durchringen.

Souchon antwortete selbst: »Ich nicht. Ich würde zu meinen Kameraden sagen: Die Feuerwehr ist das letzte Aufgebot des Kaisers.«

Der Gouverneur bewegte ein paarmal ruckartig seinen Kopf, als wollte er die Unfähigkeit seines Stabes von sich abschütteln.

»Kennen wir die Anführer?«, fragte er schließlich.

»Wer den Demonstrationszug angeführt hat, ist bislang nicht bekannt. Beobachter der PP haben aber die Redner der vorangegangenen Versammlung namentlich identifiziert«, berichtete Ravens.

»Wir sollten sie in Haft nehmen«, schlug Heine vor.

»Hat sich die Meute gestern nicht vornehmlich wegen

der jüngsten Verhaftungen so aufgeregt?« Souchon runzelte die Stirn. »Ravens?«

Der Kaleu nickte. »Nach meiner Meinung haben die Vorfälle gezeigt, dass sich eine seit Langem angestaute und tief sitzende Unzufriedenheit nicht mehr repressiv unterdrücken lässt, jedenfalls nicht mit eigenen Mitteln. Sollte weiterhin auf diese Art reagiert werden, muss mit einem fortschreitenden Solidarisierungsprozess der Matrosen gerechnet werden. Bislang dürften wohl nur Schiffsbesatzungen betroffen sein, ein Übergreifen auf Landeinheiten und auf die hiesige Arbeiterschaft steht dann zu befürchten.«

»Aber wir können doch nicht einfach nichts tun«, erwiderte Kraft.

Souchon ließ die Meinungen auf sich wirken. »Wer sind denn die gestrigen Opfer?«, fragte er schließlich.

Heine blätterte in seinen Unterlagen. »Genaue Angaben liegen noch nicht vor. Nach letzten Schätzungen befinden sich unter den Toten und Verletzten etwa zwei Drittel Marineangehörige, der Rest sind Zivilisten. Auffällig ist allerdings, dass sich zwischen den Toten ein Obermaat befindet, der weder zu den Rebellen, noch zu den Wachmannschaften gehört.«

Ravens stutze. »Wie hieß denn dieser Obermaat?«

»Äh ...« Heine suchte in seiner Liste. »Obermaat Hintz. Kennen Sie ihn?«

»Ja«, antwortete Ravens. »Er hatte einen Sonderauftrag.« Das war beispielsweise ein Detail, von dem der Gouverneur sicher nichts Näheres wissen wollte, dachte der Kaleu.

Ein Bote der Fernsprechzentrale eilte herein und verhinderte mit seiner Meldung eine Nachfrage:

Seit acht Uhr liefen Freiwachen der ›SMS Großer Kurfürst‹ und der ›SMS Markgraf‹ durch die Stadt und trügen Schilder mit der Aufschrift ›Brüder, nicht schießen!‹

vor sich her. Ihnen begegnende Patrouillen der Marine-infanterie begrüßten sie mit den Worten: ›Freundschaft, Kameraden Bolschewiki!‹ Es werde um Weisung ersucht, ob im Wiederholungsfall Festnahmen durchgeführt werden sollen.

»Wieso laufen heute Freiwachen durch die Gegend?«, fragte Souchon und drehte sich zu Kraft, dem Kommodore des III. Geschwaders.

»Ich habe Alarmbereitschaft befohlen«, entschuldigte sich Kraft, auch er schien kaum glauben zu können, was er da hörte. »Möglicherweise ist der Befehl erst gegen acht Uhr ...«

*

Die Esmarchstraße markierte die Grenze zwischen zwei Stadtentwicklungsplänen, die das rasante Wachstum der Stadt ordnen sollten: dem älteren Schweitzerplan, trist und fantasielos, wahrscheinlich an einem Novembertag erdacht, und dem jüngeren Stübbenplan, eher an einem Maitag geschaffen. Nach Schachbrettmuster waren hier schmale Wohnstraßen und breite Durchgangsstraßen gebaut worden. Bei der Esmarchstraße hatten sich die Planer nicht recht entscheiden können und schufen eine breite Wohn-straße mit üppig begrüntem Mittelstreifen. Vier- und fünf-stöckige Gebäude aus rotem Backstein und hellem Putz, teils in strenge Geometrie gezwängt, teils mit verspielten Jugendstilornamenten geschmückt, säumten hinter akku-rat gepflegten Vorgärten den Straßenrand. In den großzü-gigen und hellen Wohnungen lebten die Familien von Mari-neoffizieren, leitenden Angestellten und höheren Beamten.

Auch wenn Automobile bei Privatleuten kaum verbrei-tet waren, in der Esmarchstraße kam es dennoch vereinzelt vor, dass ein Coupé oder ein Phaeton am Straßenrand parkte. Vor der Hausnummer 57 stand ein Opel 10/12.

»Wir klingeln einmal. Wenn niemand zur Tür kommt, schließen wir auf«, entschied Rosenbaum und beendete so die Diskussion, ob Feldwebel Gudow verheiratet gewesen war oder ob er allein gewohnt hatte. Schon die ganze Fahrt hatten sie darüber diskutiert. Frieda hatten sie mit einer Pistole in der Hütte zurückgelassen, und Rosenbaum fragte sich, ob er seine Assistentin nicht besser bei ihr gelassen hätte.

Hedi nickte. »Gut Chef, dann steigen wir mal aus.«

Rosenbaum brauchte ihre Zustimmung nicht, er hatte ja bereits entschieden, und er brauchte auch nicht Hedis Anordnung, das Auto zu verlassen, aber noch weniger brauchte er jetzt eine weitere Diskussion. Er schwieg. Als er an den Türgriff fasste, sah er im Augenwinkel einen Mann, der auf der gegenüberliegenden Straßenseite, halb verdeckt von den Büschen des Mittelstreifens, das Podest eines Hauseingangs hinunterstolperte. Er erkannte ihn sofort.

»Da ist dieser tumbe Kapitänleutnant, dieser Ravens«, sagte er und duckte sich spontan, bis ihm klar wurde, dass Ravens ihn längst gesehen hatte. Die Zündung war bereits ausgeschaltet. Um fliehen zu können, müsste er aussteigen und den Motor erneut ankurbeln, dafür hätte er nicht genügend Zeit. Mit der Rechten zog er seine Pistole, mit der Linken fasste er ihren Knieverschluss, bereit zum Durchladen. Früher hatte er nur sehr selten im Einsatz seine Waffe gezogen, jetzt war es fast Routine. Die Zeiten hatten sich geändert.

Der Kapitänleutnant stieg in einen bereitstehenden Mercedes. Während sein Chauffeur die Tür schloss und sich hinter das Lenkrad setzte, schaute er unbeirrt zu Rosenbaum herüber. Dann fuhr der Mercedes davon. Die Kriminalisten beobachteten ihn, bis er nicht mehr zu sehen war.

»Was hat der hier gemacht?«, fragte Rosenbaum und steckte die Waffe wieder ein, als er sicher war, dass keine Gefahr mehr bestand.

»Vielleicht wohnt er hier«, antwortete Hedi.

»Direkt gegenüber dem Mann, der gestern versucht hat, uns umzubringen?«

Hedi stieg aus dem Auto, überquerte die Straße, verschwand in dem Hauseingang, aus dem Ravens kurz zuvor herausgekommen war, kam kurz darauf zurück und sagte: »Ja. Zweiter Stock, links.«

Auf das Klingeln regte sich nichts in der Wohnung von Feldwebel Gudow. Rosenbaum zog dessen Schlüssel aus der Tasche. Nach kurzem Überlegen zog er auch seine Pistole – immerhin waren sie dabei, in die Wohnung eines Mannes einzudringen, der kurz zuvor versucht hatte, sie zu töten. Ein wenig fühlte Rosenbaum sich wie Broncho Billy und kam sich nicht einmal albern dabei vor. Der Wilde Westen an der Ostsee – die Zeiten hatten sich geändert.

Er steckte den Schlüssel, der aussah, als gehöre er zu einer Wohnungstür, ins Schloss. Es klickte, die Tür öffnete sich. Dann standen sie in einem großzügigen Flur und sahen sich um. Zwei kleine und vier große Zimmer, zwei davon mit einer Schiebetür verbunden, Küche, Bad, Kammer. Aufwendiger Stuck, sogar im Flur, kunstvoll verzierte Türen.

»Ich dachte, nur Offiziere müssen nicht in ihren Kasernen wohnen«, sagte Rosenbaum.

»Warum? Wenn er 'ne eigene Butze hat, ist in der Kaserne ein Platz für jemand anderes frei.«

»Der Mann war Feldwebel, Spieß war er. ›Mutter der Kompanie‹, haben wir das damals genannt. Der hat bei seinen Leuten zu wohnen. Gefälligst. Wenn er eine private Wohnung hat, dann lebt dort nur seine Familie.« Da war Rosenbaum sich ziemlich sicher.

»Er war aber nicht verheiratet«, entgegnete Hedi, stur wie sie war.

»Doppelbett«, rief Rosenbaum, als er das Schlafzimmer inspizierte.

Hedi prüfte die Lebensmittelvorräte in der Küche. »Und gut sortiert: Kaffee, Reis, Marmelade.« Im Abfalleimer entdeckte sie einen abgenagten Schweineknochen. »Und Karbonade.«

Der Raum neben dem Schlafzimmer stand leer. Doppelbett und Karbonade sprachen dafür, dass Gudow verheiratet gewesen war. Ein leer stehendes Zimmer konnte es in Wohnungen, die von Ehefrauen bewohnt wurden, aber nicht geben. Da war Rosenbaum sich ziemlich sicher. Egal. Im Grunde kam es nicht darauf an, ob der Mann verheiratet gewesen war.

Geschrei.

Von draußen.

Vom Hinterhof.

Rosenbaum stürzte zurück ins Schlafzimmer, am Bett vorbei, aufs Fenster zu. Hedi hinterher. Der Hausmeister der angrenzenden Schule hatte ein paar Kinder vom Schulhof gejagt. Es war Montagmorgen und keine Ferienzeit, aber es sah aus, als würde die Schule heute ausfallen.

Gemeinsam betraten die Ermittler den Salon der Wohnung. Hedi ging zum Fenster.

»Da ungefähr müsste die Wohnung von Ravens sein«, sagte sie und deutete auf eine Wohnung im gegenüberliegenden Haus. »Die konnten sich gegenseitig zuwinken. Schon eigenartig, nicht Chef?«

Ein prunkvoller Sekretär im Stil von Louis XV dominierte den Raum. Er besaß eine gestufte Bekrönung, war aus Rosen-, Birnen- und Kirschholz gefertigt, mit üppigen Intarsien geschmückt und großzügig mit ziseliertem Messing beschlagen.

»Was mich eher interessiert, ist, wie sich so einer so eine Wohnung leisten kann«, murmelte Rosenbaum und strich vorsichtig über die glänzende Oberfläche aus Schellack. »Ich kann das nicht.«

»Und Bohnenkaffee hat er auch«, ergänzte Hedi. »Und Karbonade.«

Der Kommissar legte die Pistole auf der Deckplatte des Sekretärs ab und stöberte oberflächlich in einer unübersichtlichen Vielzahl von Fächern, Türchen und Schubladen. »Das schauen wir uns jetzt alles mal genauer an«, beschloss er und setzte sich an das Möbelstück. Ein Abholschein der Reinigung ›Lavendel-Gruß‹ lag da, eine Jahresrechnung vom ›Obst- und Gartenbauverein Holtenau und Umgegend‹, darunter mehrere private Briefe – die könnten interessant sein.

»Schulz!« Hedi stand noch immer am Fenster und schaute zur Straße hinunter. Rosenbaum sprang hinzu. Kollege Schulz und zwei Schupos stiegen aus einem Opel 10/12, den sie soeben hinter Rosenbaums Opel abgestellt hatten. Schulz betrachtete das vordere Fahrzeug. Dann gab er den beiden Uniformierten ein Zeichen und gemeinsam eilten sie auf die Haustür zu.

»Weg hier!« Rosenbaum zog Hedi hastig vom Fenster zurück. So schnell und so leise sie konnten, rannten sie ins Treppenhaus und zogen die Wohnungstür hinter sich zu. Von unten hörten sie Schritte. Sie flohen eine halbe Treppe nach oben und blieben stehen. Die Schritte kamen näher und verstummten. An Gudows Tür klingelte es, zweimal, dann erklang Schulz' flüsternde Stimme; »Öffnen«, eine andere Stimme antwortete: »Jawohl«. Ein Klicken, ein Quietschen, noch ein Klicken, Ruhe. Rosenbaum spähte vorsichtig hinab, die Kollegen waren in der Wohnung, die Tür geschlossen. Der Kommissar und seine Assistentin schlichen leise die Treppe runter. An der Haustür sprinteten sie zu ihrem Auto. Als Rosenbaum den Motor ankurbelte, sah er zur Wohnung des Feldwebels hinauf. Schulz stand am Fenster, ihre Blicke trafen sich. Die Flucht gelang.

Ziellos tuckerten sie in Richtung Norden. Ihre Hütte wollten sie erst ansteuern, wenn sie sich sicher sein konnten, dass niemand sie verfolgte. Immer wieder schauten sie sich um. Sie überquerten den Kaiser-Wilhelm-Kanal und bogen in eine kleine Seitenstraße, die zum Kanalufer hinunterführte. Dort hielten sie an und stellten den Motor aus.

»Ravens hat Schulz auf uns gehetzt! Das ist doch wohl eindeutig!« Hedis Stimme überschlug sich vor Entrüstung.

Rosenbaum seufzte. Eindeutig war für ihn gar nichts. Nichts passte wirklich zusammen.

Eine Militärpatrouille marschierte auf sie zu. Sie taten so, als unterhielten sie sich angeregt. Rosenbaum erzählte von einem Western, den er vor etlichen Jahren in den Reichshallen gesehen hatte. In der Schlusseinstellung hatte ein Revolverheld seine Waffe direkt auf die Kamera gezielt und abgefeuert. Durch den Kinosaal war ein Aufschrei gegangen und etliche Besucher hatten reflexartig ihre Hände vors Gesicht gehalten. Von dieser Szene hatte Rosenbaum in der letzten Nacht geträumt. Die Patrouille marschierte am Auto vorbei und bog nach hundert Metern rechts in das Gelände der Kanalschleusen ein. Hedi hatte die Luft angehalten und musste jetzt schwer atmen.

»Der Obst- und Gartenbauverein Holtenau und Umgegend«, sagte Rosenbaum und Hedi schaute ihn fragend an. »Wir sind doch grad in Holtenau, dann fahren wir da mal kurz vorbei.« Auf dem Weg erzählte er von der Jahresrechnung, die er in Gudows Sekretär gefunden hatte. »Gudow hatte einen Schlüssel bei sich, der gut zu einer Gartenlaube passen könnte. Andererseits kann man sich diesen Kerl kaum als normalen Schrebergärtner vorstellen. Grund genug, dort mal nachzuschauen.«

Am Eingang des Schrebergartengeländes stand ein Wärterhäuschen. Dort erfuhren die Ermittler, dass das Gelände seit Beginn der Hungerjahre rund um die Uhr bewacht werden musste und dass Gudow ein griesgrämiger Kerl gewesen sei, der nie am Vereinsleben teilgenommen und kaum gegrüßt habe und überhaupt nur selten da gewesen sei. Mehr erfuhren sie über Gudow nicht. Seine Parzelle lag am Rande des Geländes und war gut mit einem Automobil zu erreichen. Das Gartenhäuschen machte von außen einen unauffälligen Eindruck, die Fensterläden waren geschlossen, die Tür mit einem Vorhängeschloss versehen. Rosenbauer probierte den zweiten Schlüssel von Gudows Schlüsselbund, er passte. Vorsichtig drückte der Kommissar die Tür auf, sodass Licht auf ein gut ausgestattetes Kolonialwarenlager fiel.

Säcke mit Kaffeebohnen, Tee, Reis, Kakao sogar. Auf einem Tisch lagen Säckchen und Tüten in unterschiedlicher Größe, dort wurden die Waren portioniert. In einer Ecke waren Kisten gestapelt. An der obersten leuchtete ein Etikett: ›Murad – The Turkish Cigarette‹.

»Davon kann man sich eine teure Wohnung leisten.« In Hedis Stimme lag eine gewisse Anerkennung.

»Gudow war aber nur Handlanger.« In Rosenbaums Stimme lag Verachtung. »Außerdem braucht ein einfacher Feldwebel einflussreiche Freunde, wenn er zu Kriegszeiten nicht in der Kaserne wohnen muss.«

Hedi schaute ihren Chef an. »Staakenmeyer«, hauchte sie, als wäre es eine Offenbarung. »Dann hatte Schulz also recht.«

Rosenbaum nickte. »Oder Ravens. Oder beide, dann haben auch Sie und Ihr Anwalt aus Wilhelmshaven recht. Fragen wir mal nach.«

Hedi betrachtete nachdenklich die Reissäcke und stimmte dann zu: »Das wollte ich auch gerade vorschlagen: Fragen wir die beiden einfach mal.«

Bevor sie das Gartenhäuschen verließen, füllte Hedi sich vom Reis etwas ab und Rosenbaum stopfte seine Taschen mit Murad-Päckchen voll. Rechtmäßig war das wohl nicht, aber es herrschte Notstand.

»Wieso *mein* Anwalt?«, fragte sie auf dem Rückweg zum Auto.

Sie klapperten zwei Telegrafenämter ab und mussten erfahren, dass alle öffentlichen Einrichtungen für den Publikumsverkehr vorerst geschlossen blieben.

»Wir müssen aber anrufen«, sagte Rosenbaum. »Wenn wir persönlich in die Höhle des Löwen fahren, nehmen die uns einfach fest.«

»Mich nicht, mich kennen die nicht. Ich gehe da allein rein.«

»Das tun Sie ganz sicher nicht!«

»Von mir aus …«, sagte Hedi.

»Hedi!« Rosenbaum schaute sie missbilligend an. Zwar widersprach sie nicht, aber die Wortwahl war überaus patzig.

»Ich meinte nicht ›meinetwegen‹, ich meinte: ›von mir zu Hause aus‹. Wir können von meiner Wohnung aus anrufen. Natürlich sprechen Sie mit denen, nicht ich.«

Hedis privater Telefonanschluss, dieser Vorschlag war gut. Sie fuhren los.

Der Vorschlag war doch nicht gut. Als sie in den Ravensberg einbogen, sahen sie schon von Weitem einen Marineinfanteristen im Hauseingang stehen und gelangweilt eine Zigarette rauchen.

»Die kennen Sie nicht, was?«, kommentierte Rosenbaum und wendete den Opel.

»Ist doch gar nicht gesagt, dass der wegen mir dort steht.«

»Wir werden ihn nicht danach fragen.«

Eine Weile blieben sie stumm, dann schauten sie sich an und dachten an den einzigen Telefonapparat, den sie noch erreichen konnten.

»Sollen wir es wagen?«, fragte Hedi.

Sie wagten es. Zwar fühlten sie sich irgendwie verfolgt, doch zugleich wussten sie, dass das nicht zutraf. Außerdem würden sie nur kurz bei den Spiegels bleiben und ihre Verfolger wieder mitnehmen. Aber sie wurden ja gar nicht verfolgt. Alles nur paranoide Anwandlungen.

Der Weg zum Haus der Spiegels war nicht weit, an der Schlossbrauerei vorbei, dann ein paar hundert Meter die Wrangelstraße hinunter. Inzwischen war es Mittag geworden, Montagmittag, eine Zeit, zu der es hier normalerweise von Menschen wimmelte. Frauen auf dem Weg zum Bäcker oder zum Amt, um Lebensmittelkarten zu holen; Kinder auf dem Heimweg von der Schule; Männer auf Fahrrädern, die zur Schicht mussten; andere Männer in zerlumpten Uniformen, denen ein Bein oder Arm fehlte und die ihre Mütze vor sich auf den Gehsteig legten. Doch heute waren nur wenige unterwegs, und die meisten von ihnen trugen Uniform.

»Mein Mann ist schon wieder weg, gleich nach dem Frühstück ist er los.« Emma Spiegel war aufgelöst, als sie die beiden einließ. »Er sagt, die Arbeiter und die Matrosen wollen jetzt Räte bilden, wie in Russland, und dann wollen sie die Stadt übernehmen. Die sind nicht mehr zu bremsen, sagt er. Und er sagt, der Gouverneur wird das nicht zulassen. Er wird zusätzliche Truppen anfordern und es wird Straßenkämpfe geben.«

»Kind!«, rief eine Frauenstimme aus dem Esszimmer. Hedi war gemeint. Ihre Mutter kam in die Diele gerannt, der Vater hinterher. Sie fielen sich in die Arme. Die Mutter schluchzte.

»Was sind das nur für Zeiten!« Der Vater riss sich zusammen, um nicht zu schluchzen.

»Ich habe es dir doch gleich gesagt, Kind«, rief die Mutter. »Das mit dem Verbrecher-Jagen, das ist nichts für ein junges Mädchen.«

»Ich bin aber eine Frau.« Hedi löste sich aus der mütterlichen Umarmung.

Schüsse waren zu hören, zwei, drei, weit entfernt zwar, aber doch bedrohlich. Aus dem Esszimmer kamen jetzt die beiden Kinder der Spiegels und blieben eingeschüchtert im Türrahmen stehen. In der Schule waren sie heute nicht gewesen. Emma Spiegel nahm sie in den Arm und seufzte.

»Ich denke nicht, dass es Straßenkämpfe geben wird, zumindest nicht in größerem Umfang«, sagte Rosenbaum und hatte Mühe, sich selbst davon zu überzeugen. »Glauben Sie mir: Die Soldaten wollen nicht mehr kämpfen, die wollen nach Hause.«

»Das denke ich ebenso«, stimmte Vater Kuhfuß zu. »Und der Gouverneur will wahrscheinlich auch nach Hause.« Jetzt schmunzelte er sogar, aber niemand ließ sich dadurch nachhaltig aufmuntern.

Emma Spiegel führte die beiden Besucher ins Esszimmer und bot ihnen Suppe an, die vom Mittagessen übrig geblieben war. Eine halbe Stunde verging, bis sich die Gemüter einigermaßen beruhigt hatten. Obwohl vereinzelt immer wieder entfernte Schüsse fielen, kehrte allmählich bescheidene Zuversicht ein.

Als Rosenbaum und Hedi satt waren, fragten sie nach

dem Telefonapparat und zogen sich ins Arbeitszimmer zurück.

»Zuerst die Marinestation«, sagte Rosenbaum.

Hedi ließ sich verbinden und bat einen gestressten Fernmeldegast, mit Feldwebel Gudow sprechen zu dürfen.

»Tut mir leid, einen Feldwebel Gudow gibt es hier nicht.« Dann die Marine-Intendantur.

»Tut mir leid, Feldwebel Gudow ist heute nicht im Haus«, sagte das Fräulein in der Telefonzentrale.

»Könnte ich dann vielleicht mit seinem Vorgesetzten sprechen?«

»Augenblick …« Nach einem Moment, in dem knisternd gestöpselt wurde, meldete sich das Fräulein wieder. »Oberleutnant Staakenmeyer ist gerade in einer Besprechung. Soll ich etwas ausrichten?«

Sollte sie nicht. Hedi dankte und legte hastig auf.

Dies war endgültig der Moment, in dem sich Kriminalbeamte unter normalen Umständen entschlossen, einen Haftbefehl zu beantragen oder – sollte es sich bei dem Beschuldigten um einen Marineangehörigen handeln – das Ermittlungsverfahren zur Einleitung entsprechender Maßnahmen an den Stationschef abzugeben. Heute war aber nichts normal. Ratlosigkeit stellte sich ein.

»Wir fahren da jetzt hin«, entschied Hedi.

»Klar, ich führe Staakenmeyer in Handschellen ab und Sie halten die Wachsoldaten mit Ihrer Pistole in Schach.«

»Aber wir können doch nicht einfach nichts tun«, entfuhr es der Assistentin.

»Aber wir können einfach nichts tun«, erwiderte der Kommissar.

Hartnäckige Ratlosigkeit.

Sie entschlossen sich, zur Hütte zurückzufahren. Frieda war schon viel zu lange allein, sie machten sich Sorgen um sie. Und bei den Spiegels hatten sie sich sowieso nicht länger als nötig aufhalten wollen. Die Hausherrin schlug Hedi noch einen Toilettenbesuch vor. Zum Abschied gab sie den beiden eine Kanne Wasser, für Frieda die Reste der Suppe und für die Nacht drei dicke Mäntel mit.

Die Mutter umschlang erneut ihre Tochter und wieder schluchzte sie: »Mein Kind«. Der Vater sagte nichts, wahrscheinlich, weil er sonst geschluchzt hätte.

XIV

»Etwa 30 Aufständische sind in die Unterkunft der Kompanie ›Prüne‹ eingedrungen, haben alle Kurz- und Langwaffen entwendet und sind jetzt auf dem Weg zur nächsten Kompanie.«

»Wie kann sich eine ganze Kompanie von 30 Mann entwaffnen lassen? Haben die noch geschlafen?«, empörte sich Küsel.

»Der Kompanieführer hat gemeldet, dass seine Leute den Aufständischen zunächst bereitwillig Zugang zu der Waffenkammer gewährt und sich ihnen dann angeschlossen haben. Er selbst sitze jetzt allein in der Unterkunft.« Der Fernmeldebote schien ein Grinsen zu unterdrücken, nickte zackig und marschierte hinaus.

Über die ganze Stadt waren provisorische Unterkünfte für einzelne Kompanien verteilt, die in den großen Kasernenkomplexen keinen Platz mehr gefunden hatten.

Ein zweiter Bote erschien und meldete, dass jetzt ein weiterer Kompanieführer ohne Kompanie sei. Souchon blickte ernst in die Runde.

Kurz darauf erschien ein dritter Bote.

Ravens überschlug, wie viel Zeit die Aufständischen bräuchten, bis sie alles abgegrast haben würden. »Heute Abend sind sie fertig, dann suchen sie sich eine neue Aufgabe.«

Stadtkommandant Heine sprang auf. »Wir müssen denen sofort Truppen entgegenschicken! Welchen Weg haben die Kerle genommen?«

»Das wurde nicht gemeldet, Herr Kapitän.«

»Setzen Sie sich, Heine«, sagte Souchon und gab dem Boten ein Zeichen, dass er sich entfernen solle.

Heine setzte sich.

»Wenn Sie zu diesen Rebellen gehören würden, was würden Sie in diesem Moment empfinden?«

Heine dachte nach.

»Sie übernehmen gerade eine Kompanie nach der anderen, alle bejubeln Sie und schließen sich Ihnen an. Was empfinden Sie?«

Heine dachte immer noch nach.

»Sie fühlen sich unbesiegbar, Heine. Ein rasant wachsender, unbesiegbarer und bis an die Zähne bewaffneter Haufen zieht durch die Stadt.« Souchon nahm einen bedächtigen Schluck aus seiner Kaffeetasse. »Wie viele Leute brauchen Sie, um die aufzuhalten?«

»Es sind doch allenfalls ein paar hundert Meuterer. Gestern Abend waren es viel mehr, und sie konnten aufgehalten werden.«

»Nach den bisherigen Untersuchungen wurde der Führer des ersten Zuges, der sich den Rebellen gestern Abend entgegengestellt hat, offenbar von einem seiner eigenen Unteroffiziere niedergeschlagen«, warf Ravens ein.

»Und dennoch wurde die Meute in die Flucht geschlagen.« Heine klang ziemlich trotzig.

»Nachdem weitere Kräfte, unter anderem die Feuerwehr, hinzugestoßen sind.« Ravens musste sich zur Zurückhaltung zwingen. »Ich wollte nur darauf hinweisen, dass wir uns der uneingeschränkten Loyalität auch der Wachtruppen nicht mehr sicher sein können.«

»Wie dem auch sei, gestern Abend waren die Leute empört über die Verhaftungen. Heute sind sie beseelt von ihren Erfolgen. Da werden Sie mit Ihrer Feuerwehr nichts

mehr ausrichten können. Der Geist ist aus der Flasche.«
Souchon wandte sich jetzt Kraft zu: »Und Sie haben den
Stöpsel gezogen, als Sie nicht verhinderten, dass Ihre Freiwachen am Morgen von Bord gingen. Sie verlassen jetzt
unverzüglich mit Ihrem Geschwader den Hafen.«

Kraft räusperte sich. »Mein Flaggschiff liegt bereits in
der Werft …«

»Unverzüglich, Kraft! Oder ich vergesse meine gute
Erziehung!«

Der Geschwaderkommodore erhob sich ruckartig von
seinem Stuhl, blieb eine Weile unbeweglich stehen und marschierte schließlich mit donnernden Schritten aus dem Raum,
ohne ein Wort oder einen Gruß.

Wieder der erste Bote: Die Belegschaft der Torpedowerkstatt Friedrichsort habe die Arbeit niedergelegt, aber
das Werksgelände nicht verlassen. Man warte das Verhand-
lungsergebnis ihrer Vertrauensleute im Gewerkschaftshaus
ab.

»Was für eine Verhandlung?«, fragte Souchon. »Verhandelt man jetzt schon ohne uns? Sind wir nicht mehr wichtig genug?«

Der Bote wusste keine Antwort.

Wieder der zweite Bote: Die I. Torpedodivision habe
gemeldet, dort sei beschlossen worden, sich um ein Uhr
der Bewegung anzuschließen.

Keiner der Anwesenden begriff sofort die Tragweite dieser Meldung, nicht einmal Souchon, nicht einmal Ravens.
Eine ganze Division trat geschlossen dem Aufstand bei.
Schlimmer noch: Es waren nicht mehr nur Schiffsbesatzungen, jetzt gehörten auch Landeinheiten dazu.

Doch auch das war nicht das Schlimmste. Küsel sprang
auf die Wand mit dem Stadtplan zu. »Hier«, sagte er und
tippte zitterig auf die große Kasernenanlage in der Wik.

»Hier ist die Torpedodivision untergebracht, zusammen mit der I. Werftdivision und der U-Boot-Division. Der Virus, meine Herren, der Virus!« Seine letzten Worte gingen fast in Verzweiflung auf.

»Setzen Sie sich, Küsel«, sagte Souchon, und sein Blick befahl ihm, sich zusammenzureißen. »Den Nächsten, der sich einem solchen Gefühlsausbruch hingeben möchte, bitte ich, dafür die Toilette zu benutzen. Ansonsten erwarte ich Ihre Meinungen zur A-Frage.«

Die ›Armee-Frage‹. Souchon hatte in der vergangenen Nacht mehrmals mit General Falk telefoniert und erreichen können, dass er die Infanteriekräfte der benachbarten Garnisonen in Bereitschaft setzte. Ein Anruf würde jetzt genügen.

»Unsere Bordmittel sind erschöpft«, sagte Ravens. »Wir agieren nicht mehr, wir reagieren kaum noch. Wir brauchen die Armee, und wir müssen sie anfordern, bevor sie von selbst anrückt.«

»Was ist denn mit dem Sozialdemokraten, der aus Berlin kommen sollte?«, fragte Küsel sichtlich darum bemüht, seinen peinlichen Auftritt vergessen zu machen.

»Der Reichstagsabgeordnete Noske und Staatssekretär Haußmann werden heute Abend um halb acht am Hauptbahnhof eintreffen«, antwortete Ravens.

Gustav Noske gehörte neben Friedrich Ebert und Philipp Scheidemann zu den führenden Politikern der Mehrheits-SPD und war ihr militärpolitischer Fachmann. Keiner der Anwesenden kannte ihn persönlich, aber man hatte viel von ihm gehört. Wegen seiner ausgewiesenen Sachkunde und seiner undogmatischen und ideologiefreien Natur genoss er bei der Militärführung das höchste Ansehen, das ein Sozialdemokrat in konservativen Kreisen erringen konnte. Vor allem aber: Er war bei den einfachen Soldaten überaus beliebt.

»Ich fürchte, bis dahin wird es zu spät sein«, ergänzte Ravens und erstickte damit ein zartes Aufkeimen von Hoffnung.

Aus dem Geruch von Kaffee und Nikotin wurde ein Geruch von Kaffee, Nikotin und Angstschweiß. Die offenen Fenster halfen nicht mehr. Weitere Meinungsäußerungen gab es nicht.

»Dann ist es jetzt also so weit, meine Herren.« Souchon erhob sich und verließ den Raum mit bedächtigem Schritt.

Nach einer Viertelstunde kam er wieder. Bis dahin wurde im Sitzungszimmer geraucht und Kaffee getrunken, jedoch nicht gesprochen.

»Die Ersatzbataillone des Infanterie-Regiments ›Herzog von Holstein‹ aus Rendsburg sowie des 3. Hanseatischen und der 163er aus Lübeck sind unterwegs. Die 84er bleiben in Bereitschaft.« Souchon setzte sich. »Sie stehen unter meinem Kommando. Falk meinte, es wäre besser, sie einem ›im Landkrieg geschulten Heeresoffizier‹ zu unterstellen. Aber ich sagte ihm, dass wir hier keinen Landkrieg führen.«

*

Seit dem Vormittag fielen immer wieder Schüsse, mal mehrere in kurzer Folge, mal für eine halbe Stunde kein einziger, meist weit oder sehr weit entfernt. Gespenstisch war jeder einzelne. Als Hedi und Rosenbaum an ihrer Hütte ankamen, putzte Frieda gerade das Fenster. Sie brauchte das, sie konnte nicht anders. Auch Rosenbaum musste etwas tun, er konnte nicht anders. Er ließ Hedi und Frieda in der Hütte zurück und fuhr wieder weg.

Sein Fahrrad lehnte noch immer am Zaun vor der Stationsintendantur. Rosenbaum saß in einiger Entfernung hinterm Lenkrad des Opels und beobachtete den Gebäudeeingang. Hinter diesen Mauern saß Staakenmeyer. Die Wachen schauten grimmiger als sonst und ließen niemanden durch, der seine Zutrittsberechtigung nicht belegen konnte. Eine Polizeimarke hätte da gar nichts genützt. Doch irgendwann würde Staakenmeyer herauskommen. Das Stationskommando war im selben Häuserblock untergebracht, sein Eingang lag hundert Meter weiter, auch ihn hatte Rosenbaum im Blick. Dort würde irgendwann Ravens herauskommen.

Rosenbaum wartete und rauchte. Und rauchte und wartete. Bis tatsächlich Staakenmeyer das Intendanturgebäude verließ. Der Kommissar stieg aus dem Auto und folgte ihm. Er musste sich unauffällig verhalten, zumindest bis er außer Sichtweite der Wachen war. Staakenmeyer betrat das Kommandogebäude. Rosenbaum ging zum Auto zurück.

*

Natürlich war es kein Landkrieg. Aber es hätte auch nicht geschadet, wenn ein im Landkrieg geschulter Heeresoffizier zu Rate gezogen worden wäre. Der hätte vielleicht die Generalstabsstudie über den ›Kampf in insurgierten Städten‹ parat gehabt, und wahrscheinlich hätte er davon abgeraten, die Kompanien ungeordnet in den Hauptbahnhof einfahren zu lassen, ohne ihre Führer zuvor instruiert zu haben. Aber so? Der Bahnhof befand sich seit Mittag fest in aufständischer Hand, und die mit Sonderzügen eintreffenden Heeressoldaten waren entwaffnet, noch bevor sie erfuhren, gegen wen sie zu kämpfen hatten. Ein Großteil von ihnen schloss sich den Aufständischen an.

Als diese Meldung beim Stationsstab eintraf, ordnete Souchon an, dass die restlichen Truppen sich vor der Stadt sammeln und anschließend gefechtsbereit einmarschieren sollten.

Unterdessen hatten die Mannschaften der Torpedodivision die meisten anderen in der Kasernenanlage Wik untergebrachten Divisionen dazu gebracht, sich auf ihre Seite zu schlagen. Die empörten Kommandeure wurden ausgelacht und stehen gelassen. Die mittlere Führungsebene verhielt sich bestenfalls neutral.

Ein aufgeregter Leutnant überbrachte dem Stab ein Schreiben von Karl Artelt, dem Vorsitzenden des Soldatenrats der Torpedodivision.

»Von wem?«, schnauzte Souchon in überaus gereiztem Ton. Er hatte die Panne am Bahnhof zu vertreten, und das nagte an ihm.

»Vom Vorsitzenden des …«

Souchon riss dem Leutnant das Schreiben aus der Hand. »Gehen Sie!«, bellte er und überflog die Zeilen. »Die haben einen Soldatenrat gebildet – als wären wir hier bei den Russkis.« Dann reichte er das Schreiben an Küsel weiter. »Die Kerle wollen verhandeln.«

Küsel las, sein Zeigefinger klopfte auf das Papier wie der Schnabel eines Spechtes gegen einen Baumstamm. »Hier, ihre Forderungen. Punkt eins: ›Abdankung des Hohenzollernhauses‹. Darüber können wir nicht verhandeln.« Er reichte das Papier weiter an Heine.

»Wir können über alles verhandeln. Wir können nur keine Zusagen machen«, sagte Ravens.

Souchon nickte. »Ja. Und Verhandlungen brauchen bekanntlich Zeit. Bestimmt so viel, bis dieser Noske da ist.« Eine Weile überlegte er, sein Blick ging in die Ferne wie der des Kaisers auf dem Porträt in Küsels Büro. Dann schien er entschlossen zu sein. »Kein Blutvergießen. Das

Heer soll sich zurückziehen. Und dieser Soldatenrat soll uns einmal genau sagen, welche Forderungen er im Detail hat. Wir schicken einen Unterhändler hin, nicht zu hoher Dienstgrad. Der soll mal mit diesem Artelt reden. Und wenn er nicht mehr weiterweiß, kann er ihm vorschlagen, dass er mit uns direkt verhandelt. Heine ... nein, Ravens, kümmern Sie sich darum.«

Klaas Ravens zog sich mit dem heiklen Auftrag in sein Büro zurück. Souchons Umschwenken war genial oder töricht. Ravens musste nachdenken. Und er musste einen Unterhändler bestimmen. Um so zu tun, als wollte man verhandeln, ohne es wirklich zu wollen, benötigte man – außer etwas Kaltschnäuzigkeit vielleicht – keine besonderen Fähigkeiten. Wichtiger war da schon die Zuverlässigkeit des Unterhändlers. Ravens dachte lange nach, schließlich fiel seine Wahl auf Oberleutnant Staakenmeyer. Nicht dass dieser Mann irgendeine Art von Ehr- oder Pflichtgefühl besessen hätte, im Gegenteil, sein Handeln war ausschließlich von Eigennutz und Niedertracht bestimmt, aber gerade das qualifizierte ihn für diesen Auftrag. Wer für Empathie, Moral oder Gerechtigkeit anfällig war, benötigte als Gegengewicht einen besonders ausgeprägten Hang zu Patriotismus, so wie bei Ravens selbst. Sonst würde er die Argumente der Aufständischen möglicherweise auf sich wirken lassen, ins Schwanken geraten und sogar überlaufen. Er könnte absichtlich oder unabsichtlich durchblicken lassen, dass der Stationsstab auf Verzögerung setzte und dass es für die Aufständischen günstiger wäre, zuerst die Stadt zu übernehmen und erst danach zu verhandeln. Staakenmeyer war der Richtige. Zwei kurze Telefongespräche und der Oberleutnant war Ravens unterstellt. Dann beorderte er ihn zu sich.

Lange brauchte er nicht zu warten. Nach wenigen Minuten stürzte der Oberleutnant widerwillig herein.

Ravens fixierte ihn mit festem Blick und empfand Abscheu. »Sie sind mit sofortiger Wirkung zum Stationsstab abkommandiert und mir zugewiesen.«

»Was führen Sie im Schilde?«, fragte Staakenmeyer.

»Ich hab mir das nicht ausgesucht. Alle fähigen Offiziere sind bereits mit Sonderaufgaben betraut. Jetzt sind Sie dran.« Der Kaleu ließ eine Pause und gab dem Oberleutnant so die Gelegenheit, sich mit ein paar Beleidigungen Luft zu verschaffen. Er war bereit, das gelassen hinzunehmen, um die Situation zu entspannen. Aber Staakenmeyer schnaufte nur. Dann erklärte Ravens seinem neuen Untergebenen die Lage und machte ihn mit dessen Auftrag bekannt.

»Hinhalten, so lange es geht, dann herbringen. Anschließend fahren Sie nach Friedrichsort zur Torpedowerkstatt und sagen der Belegschaft, dass sie ihren Streik beenden müssen, weil Verhandlungen geführt werden. Es ist nicht so wichtig, dass die Kerle arbeiten, sondern, dass sie nicht auf dumme Gedanken kommen. Verstanden?«

»Wenn das ein Trick ist, um mich irgendwie reinzulegen, dann werden Sie das bereuen.«

»Für Sie dreht sich alles nur um sich selbst, nicht?« Ravens war angewidert von der Ehrlosigkeit des Oberleutnants. »Sie nehmen die Limousine des Stationskommandanten. Einen Fahrgast kann ich nicht zur Verfügung stellen. Autofahren können Sie doch hoffentlich. Noch Fragen?«

»Was ist mit diesem jüdischen Kommissar?«

Diese Frage hatte Ravens nicht gemeint. Er stutzte. »Den habe ich unter Kontrolle.« Das war gelogen. Hintz war tot und der Kommissar schien ihn zu verfolgen. Ravens hatte keine Ahnung, was passiert sein könnte. Er hatte ihn nicht nur nicht unter Kontrolle, er hatte nicht einmal Zeit, sich

um ihn zu kümmern. Nicht einmal genügend Zeit, über
ihn nachzudenken.

✳

Staakenmeyer verließ das Stationsgebäude. Rosenbaum kletterte aus dem Opel. Staakenmeyer bestieg einen Mercedes.
Rosenbaum sprang in den Opel zurück. Er folgte ihm zu
den Wiker Kasernen. Dann musste er wieder warten. Rosenbaum rauchte. Nicht einmal zwei Zigaretten später ging es
erneut los, über den Kanal nach Friedrichsort zur Torpedowerkstatt. Hier dauerte es vier Zigaretten, bis der Mercedes
das Werksgelände wieder verließ, dieses Mal in die Richtung, wo Rosenbaum in seinem Opel saß. Er duckte sich, das
tiefe Grollen des Mercedes – ein Doppelphaeton mit riesi-
gem Motor – näherte sich. Unvermittelt drehte der Motor
langsamer und leiser, Leerlauf offenbar. Dann verstummte
er mit einem letzten Plopp. Rosenbaum hob seinen Kopf,
bis er knapp über die Motorhaube des Opels hinwegspähen
konnte. Der Mercedes war in eine Seitenstraße eingebogen
und stand jetzt kurz hinter der Einmündung am Straßenrand,
keine 20 Meter von Rosenbaum entfernt. Staakenmeyer saß
am Steuer und schien auf etwas zu warten. Der Oberleutnant drehte sich um, schaute zum Werksgelände, von wo er
gekommen war. Ein krummes, kleines Kerlchen in Arbeiterkluft schlich sich von dort auf die Straße und taperte dem
Mercedes hinterher. Es hatte seine Schiebermütze tief ins
Gesicht gezogen und war so offensichtlich um Unauffälligkeit bemüht, dass man es eigentlich schon aus diesem Grund
verhaften müsste. Als es den Mercedes erreichte, huschte
es auf den Beifahrersitz. Rosenbaum zog seinen Kopf wieder ein. Ohne die Deckung aufzugeben, zwängte er sich auf
den Beifahrersitz – keine einfache Sache für einen 46-jäh-

rigen Kettenraucher in einem kleinen Opel – und stieg aus. Er konnte Staakenmeyer sehen, wie er lebhaft und augenscheinlich recht kontrovers mit seinem Besucher diskutierte. Hören konnte Rosenbaum nichts, obwohl die vordere Sitzreihe des Doppelphaeton keine Seitentüren besaß. Er musste sich anschleichen, um etwas verstehen zu können. Durch die Heckscheibe beobachtete er die Diskutanten, viel konnte er nicht erkennen und noch immer bekam er nicht mit, worüber die beiden sich unterhielten. Er musste noch näher ran. Es war heikel, er musste vorsichtig sein.

Er war nicht vorsichtig genug. Was auch immer die beiden Männer dazu bewog, sie drehten sich um. Jetzt sah Rosenbaum das Gesicht des krummen Kerlchens. Eigentlich hätte er es ahnen müssen und doch konnte er es kaum fassen: Es war Onno Rodejahn.

Ohne nachzudenken sprintete Rosenbaum auf den Mercedes zu, nach drei Metern hatte er ihn erreicht. Er öffnete die Tür der Fahrgastkabine und sprang hinein. Seine Hand fasste an das Schulterholster, es war leer.

»Umdrehen! Hände hoch!«, schrie er durch die offene Trennscheibe.

Staakenmeyer und Rodejahn drehten sich nach vorn und hoben die Hände. Für einen kurzen Moment dachte Rosenbaum daran, seine Zeigefinger an die beiden Hinterköpfe zu halten. Auf diese Art hatte er niemanden mehr bedroht, seit er als Zehnjähriger mit den Nachbarjungen Räuber und Gendarm gespielt hatte. Es kam ihm jetzt albern vor, er ließ es sein. Die ganze Aktion war dreist und töricht, Staakenmeyer hätte ihn einfach abknallen können, und in diesen gewalttätigen Tagen wäre das ohne Weiteres möglich gewesen. Er war aber offensichtlich zu überrascht und glaubte, Rosenbaum hielte eine Waffe in der Hand. Der Zeigefinger war also gar nicht nötig.

»Geben Sie mir Ihre Pistole! Ganz langsam!«

Staakenmeyer zog seine P08 aus dem Holster und reichte sie dem Kommissar. Jetzt war Rosenbaum wirklich Herr der Lage und hatte Zeit, darüber nachzudenken, was er mit den beiden machen sollte. Sie könnten Geiseln sein oder Schutzschilde, in erster Linie aber Informationsquellen. Rodejahn hatte er bei Staakenmeyer nicht erwartet. Ein neues Zahnrädchen, noch immer kein Bauplan. Die beiden könnten viel Interessantes zu erzählen haben, und Rosenbaum nahm sich vor, sie zum Reden zu bringen.

Er wies Staakenmeyer an loszufahren und dirigierte ihn zur Hütte im Projensdorfer Gehölz. Ein besseres Ziel fiel ihm nicht ein.

»Hedi! Ich bin's! Nicht schießen!«, rief der Kommissar, als der Mercedes vor der Hütte hielt. Seine Assistentin kam mit gezogener Pistole heraus und war sprachlos, ein seltener Moment. Ihre Augen hatten sich in dünne Schlitze, ihre Lippen in schmale Striche verwandelt. Rosenbaum hatte erwartet, dass sie ihm Vorhaltungen machen würde, wie er es wagen könne, diese Männer zu ihrem Versteck zu bringen. Aber Hedi war sprachlos, die Vorhaltungen las Rosenbaum nur an Augen und Lippen ab. Hinter ihr linste Frieda hervor, auch ihr Blick war nicht freundlich. Dennoch führte Rosenbaum die Gefangenen in die Hütte. Er trug ein Paar Handschellen bei sich, mit dem er die beiden aneinanderkettete, während Hedi eine Pistole auf sie hielt. Kaum hatte Rosenbaum den Schlüssel umgedreht, tauchte Frieda hinter ihm auf und spuckte Staakenmeyer ins Gesicht.

»Frieda!« Rosenbaum drängte sie zurück. »Was soll denn das?«

Voller Hass schaute die schöne Witwe auf den Oberleutnant, der sein Gesicht mit der freien Hand abwischte.

Rosenbaum zog Frieda aus der Hütte, während Hedi die Gefangenen weiter bewachte.

»Ist das der zweite Mann, der Sie bedrohte?«, fragte er.

Frieda sah ihn mit bösen, schönen Augen an. Dann nickte sie und fiel ihm schluchzend um den Hals. »Ich kann nicht mehr«, wimmerte sie mehrmals.

Natürlich, Staakenmeyer war der zweite Mann, das hätte Rosenbaum sich denken können. Es war wirklich töricht gewesen, die Männer herzubringen. Aber jetzt waren sie da. Weder konnte er sie freilassen noch fiel ihm ein anderer Unterschlupf für sich und die beiden Frauen ein. Er nahm Frieda in den Arm und strich über ihr Haar, bis sie sich beruhigt hatte.

»Sind wir denn bald mal fertig?«, rief Hedi aus der Hütte.

Rosenbaum rannte wieder hinein und sah seine Assistentin, die noch immer mit gezogener Pistole vor Staakenmeyer und Rodejahn stand. So groß war die Furcht vor den rücksichtslosen Mordgesellen. Hedi kam auf die Idee, die Handschellen um die Mittelzarge des Fensterstocks zu legen. So konnten die Gefangenen für kurze Zeit ohne Aufsicht bleiben. Rosenbaum ging hinaus, Hedi folgte ihm. Frieda stand vor dem Mercedes, hatte sich nicht bewegt, seit der Kommissar sie Minuten zuvor verlassen hatte, mit gesenktem Kopf und hängenden Schultern, etwas Gequältes, etwas Atmendes. Als Rosenbaum näher kam, trat sie dicht an ihn heran, so dicht, dass darin die Aufforderung lag, sie erneut zu umarmen. Rosenbaum widerstand.

Die Ermittler rauchten eine Zigarette, und der Kommissar erklärte, wie es dazu gekommen war, dass er die Männer hergebracht hatte. Seine Schilderungen klangen etwas weniger töricht und ein bisschen heldenhafter, als es tatsächlich gewesen war. Frieda seufzte und Hedi grunzte – sie hatten ihm verziehen.

»Haben Sie eigentlich eine Ahnung, wo meine Pistole abgeblieben ist?«, fragte Rosenbaum zum Schluss.

»Sie haben sie in Gudows Wohnung auf den Sekretär gelegt.«

Und dort musste er sie in der Eile vergessen haben, als Schulz plötzlich aufgetaucht war. Ja, so dürfte es wohl gewesen sein. Er hatte sich in den letzten Tagen daran gewöhnt, ständig die Waffe zu ziehen. Sie später wieder einzustecken, funktionierte noch nicht so automatisch.

»Das passiert Ihnen öfter, Chef.« Hedi grinste. Frieda auch ein wenig.

Nach der Zigarette versuchten sie, Rodejahn und Staakenmeyer zu vernehmen. Doch es blieb bei dem Versuch. Rodejahn gab beharrlich an, nichts zu wissen. Sogar was er mit Staakenmeyer zu besprechen hatte, war ihm entfallen. Der Oberleutnant verweigerte die Antwort auf jede Frage. Warum er Feldwebel Gudow geschickt habe, Frau Bade umzubringen; ob Gudow auch die drei Arbeiter ermordet habe; ob er der Kopf des Schmugglerringes sei oder ob es noch jemanden über ihm gebe, Kapitänleutnant Ravens vielleicht; wie der Name des Obermaats gelautet habe, der sie erschießen sollte. Auf jede Frage reagierte Staakenmeyer nur mit der Angabe seines Namens, des Dienstgrades und der Matrikelnummer. Wie ein Soldat sich zu verhalten hatte, wenn er vom Feind gefangen genommen wurde, stand in fett gedruckten Lettern in seinem Militärpass.

»Sie sind kein Kriegsgefangener, sondern jemand, der einer Straftat verdächtig ist. Sie müssen sich zu dem Vorwurf äußern!«, schrie Hedi ihn an.

Ein Beschuldigter musste sich bei einem polizeilichen Verhör nicht zur Sache einlassen – aber das waren Feinheiten.

Nur einmal platzte es aus dem Oberleutnant heraus: »Ist Ihnen eigentlich klar, was Sie hier gerade machen, Herr

Kommissar? Während eine Revolte den Staat akut bedroht, hindern Sie einen Offizier der Kaiserlichen Marine gewaltsam an der Erfüllung seiner Pflichten. Ist Ihnen klar, welche Konsequenzen das bei Anwendung des Kriegsrechts hat?«

Zum Tatvorwurf schwieg er weiterhin. Nach einiger Zeit gaben Rosenbaum und Hedi es auf und berieten sich wieder bei einer Zigarette vor der Tür. Als Frieda erneut auf Rosenbaum zuging, stellte Hedi sich dazwischen.

»Also: Staakenmeyer hat mit Ravens, Gudow und Rodejahn zu tun. Und Rodejahn hat mit Schulz zu tun«, fasste sie zusammen.

»Alle haben mit allen zu tun«, sagte Rosenbaum. »Aber was genau haben sie miteinander zu tun?«

»Gudow und dieser Obermaat waren Staakenmeyers Handlanger. Rodejahn war Spitzel der PP. Er hat Schulz im Januar berichtet, dass Bade und seine Kumpel Aufrührer waren, und jetzt hat er ihm gesteckt, dass ihre Leichen gefunden wurden. Schulz hat das über den Polizeipräsidenten an Ravens weitergeleitet. Und Ravens hat über Staakenmeyer Feldwebel Gudow und diesen Obermaat auf uns angesetzt. So weit ist die Sache klar.« Hedi bestätigte ihre Schlussfolgerungen mit einen Kopfnicken und wurde dann wieder nachdenklich. »Aber Staakenmeyer hat auch direkt mit Rodejahn zu tun. Rodejahn treibt ein doppeltes Spiel, hatte Schulz gesagt.«

»Dann hat Rodejahn nicht nur für die PP gespitzelt, sondern auch für Staakenmeyer. Das heißt: Es gibt vielleicht gar keine Verbindung zwischen Ravens und Staakenmeyer.« Rosenbaum nahm einen nachdenklichen Zug von seiner Zigarette.

»Das heißt: Staakenmeyer glaubte unabhängig von Ravens, dass Bade und Konsorten Aufrührer waren und wusste, dass wir sie gefunden haben. Aber was interessierte er sich für die?« Hedi drückte ihre Zigarette aus. »Vielleicht hat Rodejahn nicht beiden dasselbe erzählt. So ein schmieriger Typ berichtet jedem, was er hören will, und kassiert.«

»Na klar, Hedi: Wir waren immer davon ausgegangen, dass die, die Frieda bedrohen, und die, die uns ermorden wollen, dieselben Männer sind. Aber tatsächlich sind es zwei unterschiedliche Gruppen! Ravens will Aufrührer bekämpfen, und Staakenmeyer ist hinter konkurrierenden Schwarzhändlern her.«

Frieda mischte sich ein. »Aber Schorsch war kein Aufrührer und auch kein Schwarzhändler. Bestimmt nicht.«

Damit löste sie ein nachdenkliches Lächeln von Rosenbaum und einen ratlosen Blick von Hedi aus.

»Ist auch ein komischer Zufall, dass die beiden unabhängig voneinander zur selben Zeit was gegen dieselben Leute haben, komischer Zufall.«

Rosenbaum nickte. Ja, das war ein komischer Zufall.

*

Ravens bedauerte seine Wahl. Staakenmeyer war nicht zuverlässig, natürlich nicht. Was der Oberleutnant nach Verlassen des Stationsgebäudes getan hatte, ließ sich so weit rekonstruieren, dass er den Soldatenrat zwar aufgesucht, dessen Vorsitzenden Artelt aber direkt zum Stationskommandogebäude geschickt hatte, ohne irgendwas mit ihm verhandelt zu haben. Dann war er offenbar zur Torpedowerkstatt gefahren und hatte dort die Arbeiter beruhigt. Gemeldet hatte er sich jedoch nicht mehr. Möglicherweise war ihm auf dem Rückweg etwas zugestoßen, durchaus vorstellbar in diesen verrückten Tagen. Aber wahrscheinlich hatte er sich einfach abgesetzt. Er wollte nicht zu den Verlierern gehören, das war typisch für ihn.

In einem Automobil mit fliegender roter Fahne fuhr der Soldatenrat der Torpedodivision vor. Kurz darauf erschien eine im Gewerkschaftshaus gebildete Abordnung der Arbeiterschaft unter Führung von Lothar Popp. Obwohl nicht eingeladen, wurde auch sie vom Gouverneur zur gemeinsamen Verhandlung vorgelassen. Je mehr Meinungen desto besser. Zusätzliche Stühle wurden eilig in den Sitzungssaal geschleppt, und den Gästen wurde Bohnenkaffee und Gebäck serviert. Souchon hatte das angeordnet, um die Delegationen zu besänftigen. Nach Ravens' Eindruck verfestigte es eher die revolutionäre Überzeugung der Matrosen und Arbeiter von der Dekadenz der Marineführung. Und niemand von ihnen trank einen einzigen Schluck Kaffee oder nahm ein einziges Stück Gebäck.

Lothar Popp ergriff als Erster das Wort und begann zu erklären, wie es zur Bildung des Arbeiterrats gekommen war, da wurde er gleich von Souchon unterbrochen.

»Wollen denn Soldatenrat und Arbeiterrat unterschiedliche Interessen vertreten, oder soll hier mit einer Stimme gesprochen werden?«, fragte er nach.

Popp und Artelt schauten einander stumm an. Darüber hatten sie sich offensichtlich noch keine Gedanken gemacht.

»Selbstverständlich vertreten wir solidarisch die Interessen der gesamten Soldaten- und Arbeiterschaft«, sagte Artelt schließlich.

»Und wer spricht jetzt?«, fragte Souchon.

Mutig trug Karl Artelt die Forderungen des Soldatenrats vor: »Abschaffung der Monarchie, freies Wahlrecht, Pressefreiheit und natürlich sofortiger Friedensschluss.«

»Sowie ewige Glückseligkeit für alle«, flüsterte Heine mit gequälter Nonchalance Ravens zu.

»Wir fordern darüber hinaus die Installation einer Räterepublik«, ergänzte Popp und erntete aus seiner eigenen

Delegation sofortigen Widerspruch, offenbar von einem Vertreter der Mehrheits-SPD: »Nein, nein, das fordern wir nicht.«

»Doch, natürlich«, beharrte Artelt.

»Tja, meine Herren«, seufzte Souchon. »Wollen Sie sich vielleicht zunächst in einen Nebenraum zurückziehen und die Sache untereinander besprechen?«

Nein, das wollten sie nicht.

Ob man dann nicht besser zunächst über solche Punkte verhandeln sollte, bei denen eine Einigung sofort umgesetzt werden könnte, wollte Souchon wissen.

Die Delegationen stimmten zu.

»Die Verpflegungssituation vielleicht?« Küsels Vorschlag verhallte ungehört. Über dieses Thema waren die Soldaten endgültig hinaus.

»Die Gefangenen – sofortige Freilassung aller Gefangenen«, forderte ein Matrose.

Man diskutierte darüber – je detaillierter, desto besser.

Ob es denn wirklich alle Gefangenen sein sollten, fragte Ravens nach.

Ja, alle.

Auch Mörder und Kinderschänder?

Nur die Marineangehörigen.

Auch die von der Marineinfanterie in Flandern?

Die des III. Geschwaders.

Auch der Leutnant, der letztes Jahr ...?

Nur diejenigen, die wegen Meuterei inhaftiert seien.

Wegen der aktuellen Meuterei oder ...?

Artelt platzte der Kragen. »Ich habe den Eindruck, dass wir hier nur hingehalten werden sollen!«, schnaufte er. »Wenn die Gespräche heute scheitern, wird das III. Geschwader die Stadt beschießen!«

»Das III. Geschwader?«, fragte Heine nach, vermutlich

wollte er amüsiert klingen. »Das fährt gerade durch den Kaiser-Wilhelm-Kanal.«

»Das III. Geschwader liegt in der Kieler Bucht vor Anker und wartet auf unsere Nachricht«, erwiderte Artelt.

Ein Bote stürzte herein: Die letzten loyalen Kompanien der Kaserne Wik hätten sich vorläufig auf ihre Stuben zurückgezogen, um einer gewaltsamen Konfrontation mit den Aufständischen zu entgehen, und warteten jetzt auf Befehle.

»Kein Blutvergießen!«, befahl Souchon. »Sie sollen erst mal bleiben, wo sie sind. Und sie sollen ihre Waffen zur Seite legen.«

Die Matrosendelegation schien sich von der spontanen Reaktion des Gouverneurs beeindrucken zu lassen. Auch Artelt beruhigte sich wieder.

»Besorgen Sie eine Liste der in Arrest genommen Männer«, sagte Souchon zu Heine, der daraufhin aufsprang und hinauslief. »Wir werden uns jetzt darauf einigen, wer freigelassen werden kann, und das wird sofort umgesetzt. Im Übrigen kann ich Ihnen ankündigen, dass der Reichstagsabgeordnete Noske und der Staatssekretär Haußmann als Vertreter der Reichsregierung heute Abend in Kiel eintreffen werden. Dann kann über die weiteren Forderungen gesprochen werden.«

Auch Ravens war beeindruckt. Er war nicht sofort von Souchons neuem Kurs überzeugt gewesen, aber jetzt war ihm klar, dass der Gouverneur recht hatte. Man musste die Männer mit Verständnis zur Räson bringen, wie kleine Kinder. Ihre Anführer könnte man immer noch erschießen – wenn Souchon sich dafür zu fein war, würde er das selbst übernehmen. Er notierte sich unauffällig die Namen ›Artelt‹ und ›Popp‹.

Eine Stunde später hatte man sich geeinigt, welche Inhaftierten sofort wieder freigelassen werden sollten, sodass die beiden Räte sich zurückziehen konnten, um eine gemeinsame Linie für die Verhandlungen mit den Berliner Politikern festzulegen.

Klaas Ravens saß in seinem Büro. Er war ein Mann der Tat. Auf dem Schreibtisch lag der Zettel mit den Namen ›Artelt‹ und ›Popp‹ und die Liste mit den Freigelassenen, auf der er fünf Namen markiert hatte. Jedes Tier stirbt, wenn man ihm den Kopf abschlägt. Man soll ein wildes Tier nicht einsperren, man muss ihm den Kopf abschlagen.

Zu sehr hatte Ravens sich auf Hintz verlassen. Zwar hatte er seinem Obermaat in jeder Hinsicht vertrauen können, aber jetzt war er tot. Und jetzt zeigte sich, dass Ravens sich besser rechtzeitig einen Ersatz herangezogen hätte.

Er ließ den Obermatrosen Krüger zu sich kommen, zum Glück erinnerte er sich an dessen Namen.

»Obermaat Hintz ist bis auf Weiteres verhindert. Sie stehen jetzt unter meinem Befehl. Sind die beiden anderen Kameraden verfügbar?«

Gemeint waren zwei weitere Matrosen, die unter Hintz Dienst taten und die er geschickt an sich gebunden hatte. Sie hatten schon mehrfach ihre Zuverlässigkeit und Verschwiegenheit bewiesen. Auf sie musste Ravens nun direkt zugreifen.

»Obermatrose Lachmeier und Matrose Heber haben Urlaub, sind bereits vorzeitig zurückgerufen, werden morgen Mittag den Dienst wieder aufnehmen, Herr Kaleu.«

»Morgen Mittag also. Kann ich davon ausgehen, dass Sie sich der gerade aufkeimenden Meuterei nicht anschließen werden?«

»Obermaat Hintz …?«

»Obermaat Hintz ist natürlich loyal. Er führt einen auswärtigen Sonderauftrag aus und wird in ein paar Tagen zurück sein.«

»Selbstverständlich hat von uns niemand Verständnis für diese Vaterlandsverräter, Herr Kaleu.«

»Gut. Morgen um zwei Uhr finden Sie sich zu dritt bei mir ein. Sollte ich nicht hier sein, warten Sie auf mich. Sie nehmen von niemand anderem kollidierende Befehle entgegen.«

»Jawohl, Herr Kaleu.«

»Treten Sie ab.« Ravens dachte kurz nach. »Nein, Moment. Sie können vorher noch etwas für mich erledigen.«

XV

Die Sonne ging unter. Auch diese Nacht schien hell und klar zu werden, dennoch entschlossen sie sich am Abend, den Ofen ein wenig zu befeuern. Frieda sammelte Holz und wäre bei dem schummerigen Licht fast in die Grube gefallen, aus der Tage zuvor die Leiche ihres Mannes geborgen worden war. Freilich ohne es zu wissen. Zumindest ohne sich sicher zu sein. Vielleicht ahnte sie etwas. Zerzaust hastete sie in die Hütte, schleuderte ein paar Äste, die sie gesammelt hatte, vor den Kanonenofen, hockte sich auf einen Stuhl, vergrub ihr Gesicht in den Händen und schluchzte.

Aus 100 Meter Entfernung kontrollierte Rosenbaum, ob Licht aus dem Schornstein drang und ob eine auffällige Rauchsäule zu sehen war. Man konnte es wagen, dachte er. In der Hütte wurde es ein wenig wärmer. Sie garten den Reis und kochten sich Kaffee. Zur Nacht ließen sie das Feuer vorsichtshalber ausgehen. Das Fenster musste durchgehend offen bleiben, weil die beiden Gefangenen mit ihren Handschellen an den Fensterstock gekettet waren. Eine andere, hinreichend sichere Befestigung fand sich in der Hütte nicht.

Die Wolldecken reichten für fünf Personen kaum aus. Frieda zog sich mit einer Winterjacke und einer Decke in die Ecke neben dem Ofen zurück und schlief unruhig. Auch Hedi und Rosenbaum zogen die Mäntel an. Hedi schlug vor, dass sie sich eine Decke teilen sollten, Rosenbaum hatte nichts dagegen.

»Unsere Vermutung ist dann wahr, wenn Schulz uns die Wahrheit erzählt hat, nicht, Chef? Wenn es nicht stimmt, wenn Schulz mit denen doch unter einer Decke steckt, dann sitzen wir in der Falle, nicht?«

Rosenbaum grunzte. Er lag auf der Seite, von Hedi abgewandt, darauf bedacht, sie nicht zu berühren.

»Was denken Sie gerade, Chef?«

Er dachte an Hybris, Nemesis und Läuterung. Zwischendurch dachte er an Hedi und Frieda.

»Wird es eine Revolution geben, Chef?«

»Es sieht danach aus.«

»Bürgerkrieg. Dann werden Deutsche nicht mehr auf Engländer oder Franzosen schießen, sondern auf Deutsche.«

»Wo ist der Unterschied, Hedi?«

Hedi stockte. Eine Antwort gab sie nicht, vielleicht wusste auch sie nicht, wo der Unterschied lag.

»Aber warum tun sie das, jetzt, nach den Reformen?«, fragte sie schließlich.

»Das weiß ich auch nicht. Fragen Sie das doch mal Ihren Bezirksvorsitzenden.«

»Lothar?«

Rosenbaum drehte sich zu Hedi um. Lothar Popp gefiel ihr, das war ihm klar. Und sie waren beim Du, das war ihm neu. Im Grunde war es ihm egal. Gefälligst.

»Er träumt von der Weltrevolution«, sagte Hedi. »Er sagt, sie kommt zwangsläufig und man kann sie gar nicht verhindern, selbst wenn man wollte. Aber sie wird friedlich sein, ohne Blutvergießen.«

»So, sagt er das? Dann können wir ja ganz beruhigt sein, wenn Lothar das sagt.« Rosenbaum wandte sich wieder von Hedi ab. Hätte er diesen Kerl nur nicht erwähnt. »Revolutionen entstehen, wenn ein Staat es unterlässt, rechtzeitig die notwendigen Reformen durchzuführen. Und wenn man gerade einen Krieg verliert, ist es nicht mehr rechtzeitig. Für diese Erkenntnis braucht es keine marxistische Geschichtstheorie.«

Hedi schmiegte sich an Rosenbaums Rücken und entschuldigte sich sofort dafür: »Is wirklich kalt hier.« Ihr rechter Arm umschlang ihn, ihre Hand lag flach auf seiner linken Brust, als wollte sie seinen Herzschlag kontrollieren. Die Mäntel trennten ihre Körper, sonst hätte Rosenbaum Hedis Brüste spüren können.

Stunden später spürte er sie tatsächlich. Und er sah sie, ihre perfekte Größe, ihre Festigkeit, ihre kleinen Brustwarzen. Er streichelte sie und er küsste sie. Hedis Hände strichen über sein Haar. Dann wachte er auf. Hedi war weg.

*

Nachdem Noske und Haußmann abends beim Stationskommando eingetroffen waren, hatte der Stab sie in aller Kürze auf den aktuellen Sachstand gebracht. Anschließend hatten sie sich die Forderungen der Soldaten- und Arbeiterdelegationen geduldig angehört und bis weit nach Mitternacht mit ihnen darüber verhandelt, obwohl fast nichts davon auch nur annähernd zu ihrer Disposition stand. Klaas Ravens hatte sich zurückgehalten und nichts gesagt, er hatte jetzt eine andere Aufgabe.

Inzwischen waren die meisten Inhaftierten wieder auf freiem Fuß, und die Stadt befand sich fest in der Hand der Meuterer. Ohne wirkliche Gegenwehr, ohne weitere Tote. Eine steile Kaimauer wäre von der Springflut weggerissen worden, aber an einem sanft ansteigenden Deich konnte die Flutwelle allmählich auslaufen. Wenn man es jetzt richtig anstellte, würde sie bald wieder zurückschwappen. Die Nachwelt würde dem Stationsstab wahrscheinlich Feigheit attestieren. Die Nachwelt war Ravens egal, die Anzahl der Toten auch. Wichtig war, dass er das Ruder wieder rumreißen musste.

Auch in dieser Nacht war Ravens sehr spät ins Bett gekommen.

Ein Schlag traf ihn gegen die Stirn, ein brutaler Schlag mit einem schweren Gegenstand, einem Klöppel. Sein Schädel klang wie die Liberty Bell, einen Riss vermeinte er auch zu spüren. Noch ein Schlag und noch einer. Unmöglich, dass er noch lebte, der Schädel musste schon lange geborsten sein. Er öffnete die Augen. Kein Blut, keine Knochensplitter. Wieder ein Schlag, aber der Klöppel traf nicht seinen Schädel, sondern die Türglocke. Der Fahrgast, jeden Tag früher und jeden Tag unverschämter. Vor Schlaf trunken und vor Zorn bebend taumelte Ravens zur Eingangstür und riss sie auf.

»Lassen Sie das, Sie Idiot! Ich komme gleich!«, schrie er und knallte die Tür wieder zu.

Das war nicht der Fahrgast. Ravens öffnete die Tür erneut, aber wesentlich langsamer als zuvor.

※

Jetzt brauchte Hedi jeden Mut, der ihr zur Verfügung stand. Sie zog die Pistole aus der Tasche und hielt sie in Brusthöhe vor die Tür. Entsichern sollte sie sie nicht, sie wollte niemanden erschießen. Kurz durchatmen. Doch entsichern. Durchatmen. Jetzt und hier. Sie drückte auf die Klingel. Noch einmal. Durchatmen. Klingeln. Nicht durchatmen – nicht hyperventilieren. Klingeln. Lange Klingeln. Noch mal. Noch zweimal. Atmen nicht vergessen. Klingeln. Schritte kamen. Schnelle, energische Schritte.

Tür auf.

»Lassen Sie das, Sie Idiot! Ich komme gleich!«

Tür zu.

Pause.

Die Tür öffnete sich erneut, aber wesentlich langsamer als zuvor.

»Kriminalpolizei. Sie sind vorläufig festgenommen«, sagte Hedi. »Und Hände hoch.«

»Was?« Zuerst schaute Ravens Hedi erstaunt an. Dann fuhr sein Blick amüsiert an ihr hinunter und wieder hinauf. Die Hände hob er nicht.

»Gut möglich, dass Sie Frauen nur als alberne Püppchen kennen, die Männern bestenfalls das Herz brechen. Jetzt lernen Sie aber eine Frau kennen, die Männerherzen auch gerne mal durchlöchert.« Hedis forsches Auftreten verschaffte ihr Selbstsicherheit.

Ravens hob die Hände. »Was soll das?«, fragte er.

»Das erfahren Sie noch. Jetzt kommen Sie erst mal mit.«

»Ich bin Marineoffizier. Sie können mich nicht festnehmen.«

»Doch, natürlich. Wenn ich Sie auf frischer Tat ertappe, dürfte ich Sie sogar festnehmen, wenn Sie der Kaiser wären.«

»Frische Tat?«

»Sie können Beschwerde einlegen.«

»Das ist lächerlich!«

»Sie sollten allerdings sicherstellen, dass Sie nicht erschossen werden. Dann könnten Sie nämlich keine Beschwerde mehr einlegen.«

Der Kapitänleutnant erwiderte nichts, aber er tat auch nichts. Er blieb einfach stehen. Hedi erinnerte sich an eine Szene aus einem Western, den sie einmal gesehen hatte. Sie schwenkte die Pistole ein wenig zur Seite und gab einen Schuss ab.

Ravens zuckte zusammen. »Ich muss mich vorher anziehen.«

Hedis Blick fuhr an ihm hinunter wie vorher seiner an

ihr. »Ne, der Morgenmantel reicht. In ein paar Stunden gibt es sowieso neue Kleidung, gestreifte.«

*

Hedi war weg, der Mercedes auch. Rosenbaum lief nervös auf und ab, bis Frieda aufwachte. Noch hatte die Morgendämmerung nicht eingesetzt. Sie berieten, ob sie es wagen konnten, den Ofen zu befeuern und Kaffee zu kochen. Sie wagten es. Bald würde das Trinkwasser zur Neige gehen, doch noch hatten sie genügend.

Auch die beiden Gefangenen waren wach. Halb sitzend, halb liegend hatten sie die Nacht unter dem Fenster verbracht. Jetzt standen sie auf und dehnten ihre vermutlich stark schmerzenden Glieder.

»Ich muss kacken«, sagte Rodejahn.

Frieda wurde rot.

Wäre Hedi hier gewesen, hätte sie die Gefangenen mit einer Pistole in Schach halten können, während Rosenbaum sie von den Handschellen befreite. Aber das ging jetzt nicht. Frieda sollte jedenfalls in Staakenmeyers Gegenwart keine geladene Waffe in der Hand halten.

»Sie müssen warten«, entschied Rosenbaum.

»Vielleicht kann er warten. Ich kann es nicht«, sagte Staakenmeyer, fummelte mit der freien Hand an seinem Hosenschlitz und zog ohne erkennbare Scham etwas Männliches heraus. Frieda rannte entsetzt aus der Hütte.

»Sie sind also Offizier«, sagte Rosenbaum, während zwischen ihm und Staakenmeyer eine Pfütze entstand. Lieber hätte er dem Kerl eine Backpfeife versetzt, wäre dabei aber Gefahr gelaufen, erneut mit fremden Körperflüssigkeiten in Kontakt zu geraten.

Frieda rief ihn von draußen. Gleich darauf hörte er das

tiefe Grummeln des Mercedes Doppelphaeton. Als er hinauslief, sah er zwei Scheinwerfer, die sich näherten. Bald erkannte er Kapitänleutnant Ravens auf dem Fahrersitz. Hedi stieg mit gezogener Pistole aus der Fahrgastkabine.

»Was soll das, Hedi? Sind wir die Bremer Stadtmusikanten?«

»Gerade Sie sollten sich jetzt mal nicht so aufregen, Chef.«

»Hedi!«

Ohne Ravens aus den Augen zu lassen, ging die Assistentin auf ihren Chef zu. »Wir konfrontieren die Kerle miteinander. Das könnte ihr Schweigen brechen«, flüsterte sie ihm ins Ohr.

Rosenbaum schaute sie sprachlos an. So etwas würde er entscheiden, nicht sie. Auch wenn es vielleicht eine gute Idee sein sollte, er hatte das zu entscheiden, niemand anderes.

»Jetzt sind wir quitt«, grinste Hedi, als wusste sie, was er dachte.

Sie gaben ihren Gefangenen Gelegenheit, Privates zu verrichten, soweit noch ein Bedürfnis bestand, und gruppierten sie anschließend um den großen Tisch in der Hütte. Einer unerwarteten Eingebung folgend platzierte Rosenbaum den Stuhl für Staakenmeyer über seiner Pfütze. Rosenbaum und Hedi nahmen an der gegenüberliegenden Seite des Tisches Platz, Frieda setzte sich etwas abseits.

»Also, meine Herren. Ich untersuche die Morde an den Arbeitern Gustav Bade, Klaus Marquort und Reinhard Lampke. Sie drei werden beschuldigt, an der Tat beteiligt zu sein«, begann Rosenbaum das Verhör, ohne sich bereits eine Vernehmungsstrategie zurechtgelegt zu haben.

»Ich bin Offizier«, fauchte Ravens. »Ich muss Ihre Fragen nicht beantworten.«

»Die militärische Ordnungsgewalt löst sich da draußen gerade auf. Arbeiter- und Soldatenräte übernehmen die Macht.

Bald ist es kein Vorteil mehr, Offizier zu sein.« Rosenbaum wusste nicht, ob es so weit kommen würde. Aber Ravens wusste es auch nicht. »Sie haben jetzt die Wahl, mit mir zu sprechen oder in ein paar Stunden mit einem Arbeitertribunal. Der würde sich bestimmt sehr interessiert mit Ihnen über Kameraden unterhalten, die während des Januarstreiks getötet wurden. Und über Albin Köbis vielleicht auch.«

Bei Rosenbaums letztem Satz fuhr ein Schreck durch Ravens' Gesicht. Aber er fing sich schnell wieder und schaute teilnahmslos in den Raum, als spielten sie Poker.

»Und Sie?« Rosenbaum wandte sich Rodejahn zu. »Sie sind kein Offizier. Sie sind Arbeiter und ein Verräter.«

»Ich habe damit nichts zu tun. Ich kenne den Kapitänleutnant gar nicht.« Rodejahn rutschte auf seinem Stuhl hin und her.

»Als Sie uns in der Torpedowerkstatt sahen und erfuhren, dass die drei Leichen entdeckt worden sind, liefen Sie sofort zur PP und meldeten das. Denn Sie wussten, dass die Männer gesucht wurden, nicht?«

»Woher sollte ich das wissen?«

Rosenbaum erinnerte sich an die beiden Akten, die Freibier ihm gegeben hatte. Er stand auf, holte seine Ledertasche, zog die Akten heraus und legte sie mit der Rückseite nach oben auf den Tisch. »Sie sind Informant der PP. Beim Arbeitertribunal würde man sagen: ein dreckiger Polizeispitzel.«

Rodejahn rieb sich nervös die Hände.

»Sie haben die drei Männer während des Januarstreiks der Aufrührerschaft bezichtigt. Und die PP hat die Meldung an das Gouvernement weitergeleitet. Soll ich aus Ihrer Personalakte mal vorlesen?« Rosenbaum tippte auf die obere der beiden Akten.

»Und wenn? Es ist meine staatsbürgerliche Pflicht, Aufrührer zu melden!«

Rosenbaum wandte sich jetzt Ravens zu. »Die Meldung ist auf Ihrem Schreibtisch gelandet. Und Sie mussten handeln. Der Januarstreik hatte die Wehrkraft bereits empfindlich geschwächt. Das war existenzbedrohend, das konnten Sie nicht dulden. Deshalb hatten Sie die bisherigen Streikführer weggesperrt, der Streik legte sich, die Arbeiter kehrten allmählich an ihre Maschinen zurück, und plötzlich kam die Meldung, dass sich eine neue Streikführung formierte. Von den Neuen hatten Sie bisher nichts gewusst, gegen sie hatten Sie nichts in der Hand, und Sie hatten keine Zeit mehr, Belastungsmaterial zu sammeln. Also machten Sie kurzen Prozess, Sie ließen die Männer bei Nacht und Nebel umbringen.«

Ravens schaute weiter teilnahmslos im Raum umher.

»Einfach umbringen, eine bewährte Methode, die Sie schon ein halbes Jahr vorher bei Albin Köbis angewandt haben. Damals waren Sie allerdings noch subtiler vorgegangen.«

Rosenbaum blickte Hedi auffordernd an, und Hedi verstand. Sie ging zu ihrem Koffer, holte die Handakte von Anwalt Arkenau heraus und legte sie auf den Tisch.

»Da steht alles drin, Herr Kapitänleutnant. Sie haben sich in das Ermittlungsverfahren gegen die Männer der Matrosenrebellion von 1917 eingeschaltet und Beweise manipuliert. Albin Köbis und Max Reichpietsch wurden daraufhin zum Tode verurteilt. Möglicherweise hatten Sie sogar die gesamte Parteispitze der USPD auf diese Weise unschädlich machen wollen. Und vielleicht hätten Sie diese Methode auch bei Bade und seinen Kameraden anwenden wollen, aber dieses Mal hatten Sie nicht genügend Zeit.«

Nichts davon konnte Rosenbaum beweisen. Er setzte darauf, dass Ravens sich provozieren lassen würde. Und es sah aus, als könnte er Erfolg haben. Ravens' Gelassenheit war nur noch eine dünne Schicht über brodelndem Magma.

Der Kommissar legte nach: »Fünf Morde gehen auf Ihr Konto. Fünf niederträchtige, feige Morde.«

»Morde? Das waren keine Morde! Das waren Kriegshandlungen!« Aus Magma war Lava geworden.

»Kriegshandlungen?«, fragte Hedi, die sich bisher erstaunlich zurückgehalten hatte.

»Ja genau! Wenn Sie ein englisches Kriegsschiff versenken, sterben tausend feindliche Soldaten. Wenn Sie es nicht tun, sterben Ihre eigenen Männer. Was ist Ihnen lieber?«

»Das kann man nicht vergleichen«, erwiderte Hedi.

»Ach nein? Wo ist für Sie der Unterschied? Wenn ein Soldat in deutscher Uniform auf einen in englischer Unform schießt, dann geht das für Sie in Ordnung. Wenn beide eine deutsche Uniform tragen, aber nicht? Ist das der Unterschied?«

Rosenbaum schaute Hedi an, wie sie keuchte und nach Worten rang. Für sie war ›Wir‹ und ›Ihr‹ der Unterschied, wie es für jeden der Unterschied war, wenn er einen Krieg rechtfertigen wollte, der einzige Unterschied.

»Der Krieg ist der Unterschied!«, schrie Hedi schließlich heraus. »Wenn feindliche Truppen aufeinander schießen, dann ist das Krieg.«

»Und wenn der Feind sich in Ihre Reihen eingeschlichen hat? Wenn er Sie von innen heraus bekämpft?«

»Sollen die Arbeiter jetzt auch noch feindliche Saboteure gewesen sein?«

»Defätismus und Streiks haben die Heimatfront lahmgelegt und dadurch die drohende Niederlage verschuldet. Ein streikender Arbeiter ist ein Soldat des Feindes!«

»Wenn das wirklich so ist, dann kann man ihn vielleicht festnehmen und vor Gericht stellen, aber nicht einfach erschießen!«

»Und warum machen Sie das bei der Besatzung eines

feindlichen Kriegsschiffs anders? Warum stellen Sie die nicht vor Gericht, sondern töten sie gleich?«

»Das ist absurd!«

»Weil Sie die Möglichkeit nicht haben, Sie haben keine Zeit dafür. Sie müssen den Feind erschießen, bevor er Sie erschießt. Und wenn er in Ihren eigenen Reihen agiert, haben Sie manchmal auch keine Zeit, ihn vor Gericht zu stellen.«

»Aber dafür gibt es Gesetze. Im Krieg dürfen feindliche Truppen an der Front aufeinander schießen, so bestimmt es das Kriegsrecht. Doch es müssen feindliche Truppen sein.«

»So sehen Sie das also: An der Front, schön weit weg, da wollen Sie mit Schwert und Blut verteidigt werden, da zählt ein Menschenleben nicht. Aber zu Hause soll Ihre kleinbürgerliche Vorstellung von Gerechtigkeit gelten.«

»Und Sie wollen, dass ein Menschenleben nirgendwo zählt!«

»Für mich zählt jedes Menschenleben an jedem Ort gleichviel. Mehr noch zählt jedoch das Überleben des Deutschen Volkes! Wenn Sie dem Feind nichts mehr entgegensetzen können, wird er Ihnen seine Friedensbedingungen diktieren. Und die werden grausam sein!«

Ravens hielt inne, Hedi blieb stumm. Rosenbaum schaute in ihr Gesicht, es war ratlos. Was hätte sie sagen können? Dass man den Krieg erst gar nicht hätte beginnen sollen? Dass man die Friedensresolution des Reichstags hätte beachten sollen, solange man noch auf Augenhöhe hatte verhandeln können? Natürlich, all das. Doch das war vorüber, jetzt gab es diese Alternativen nicht mehr.

Rosenbaum blickte zum Kapitänleutnant. Er war von seiner Meinung überzeugt.

»Ihr mit eurer humanistischen Gesinnung! Ihr könnt euch das nur leisten, weil richtige Männer den Kopf hinhalten, wenn es ernst wird. Ihr macht euch die Hände nicht dreckig; dafür habt Ihr uns! Und anschließend wollt Ihr über uns richten? Mord?«

Hedi schnaufte vor Empörung und Ratlosigkeit. Bevor sie erwidern konnte, schaltete Rosenbaum sich ein.

»Ja. Mord«, sagte er. Seine Stimme klang nach den vorangegangenen Tiraden ruhig und besonnen. »Keine unumgängliche Kriegshandlung. Nur Mord. Denn die drei Arbeiter hatten gar nicht geplant, die Streikführung zu übernehmen. Nicht wahr, Herr Rodejahn?«

Rodejahn schaute den Kommissar an, als hätte er seine Worte nicht verstanden.

»Sie haben sich das nur ausgedacht, nicht?«

»Natürlich haben die das geplant! Warum hätte ich das erfinden sollen?«

»Weil Oberleutnant Staakenmeyer es Ihnen befohlen hat.«

Im Augenwinkel konnte Rosenbaum erkennen, wie sich Ravens' Gesichtszüge veränderten. Bisher hatte sich der Kapitänleutnant im Recht gefühlt. Doch das drohte jetzt, sich zu ändern.

»Das ist völliger Blödsinn!«, entrüstete sich Staakenmeyer.

»Was haben Sie beide denn gestern miteinander besprochen?«

»Ich …«, stotterte Rodejahn.

»Halt die Schnauze!«, fuhr Staakenmeyer ihn an.

»Sie sind nicht nur Polizeispitzel, sondern auch Zuträger von Staakenmeyer. Das hat die PP herausbekommen und Sie deshalb abserviert!« Rosenbaum tippte auf die Anwaltsakte. »Soll ich vorlesen?«

Rodejahn rutschte wieder auf seinem Stuhl herum und seine Hände rieben aneinander, als wollte er Angst und Verlegenheit von sich abstreifen.

»Er hat mich gezwungen«, sagte er leise.

»Schnauze!«, befahl Staakenmeyer erneut, und Rodejahn wurde stumm.

Rosenbaum stand von seinem Stuhl auf und ging zum Fenster. Die Morgendämmerung kündigte sich an. Er zündete sich eine Zigarette an. Er dachte nach.

»Okay, nacheinander also«, sagte er nach einer Weile und wies Hedi an, mit Rodejahn und Ravens vor die Tür zu gehen.

Die Assistentin hielt den beiden ihre Pistole vor und führte sie hinaus. Frieda folgte ihnen. Jetzt war Rosenbaum mit Staakenmeyer allein. Sie saßen einander gegenüber und sagten keinen Ton. Niemand fragte, niemand antwortete. Der Oberleutnant schaute mit demonstrativer Gelassenheit durch den Raum, und der Kommissar schaute mit demonstrativer Überlegenheit seinem Gegenüber ins Gesicht. Es dauerte ein oder zwei Minuten, bis Rosenbaum aufstand und sich von dem frisch gebrühten Kaffee einschenkte.

»Wollen Sie auch?«, fragte er.

»Nein.« Staakenmeyers Gelassenheit begann zu bröckeln.

Mit dem Kaffeebecher in der einen Hand und der Pistole in der anderen trat Rosenbaum ans Fenster. Der Himmel war wolkenlos. Sein tiefes Blau ging hinter den Bäumen in Rot über. Spatzen tratschten, zwei Sturmvögel suchten das Meer, ein Eichhörnchen besorgte sich Frühstück. Rosenbaum kontrollierte seine Taschenuhr, es wurde Zeit. Er fasste Staakenmeyer an der Schulter und führte ihn zur Tür hinaus.

»Jetzt Rodejahn«, rief er.

Der krumme, kleine Arbeiter schlich zögerlich auf Rosenbaum zu, während der Oberleutnant ihm mit zurückgewonnener Gelassenheit entgegenging. Als sie einander begegneten, weiteten sich Staakenmeyers Mundwinkel. Er mochte damit ein Signal von freundlicher Beruhigung aussenden wollen, die Botschaft, dass der Kommissar nur bluffte, dass er nichts gegen sie in der Hand hielt, wenn sie beharrlich schwiegen. Rodejahn interpretierte es anders.

»Du Schwein«, brüllte er, stürzte sich auf den Offizier und versetzte ihm Faustschläge.

Sie wälzten sich am Boden. Als Hedi hinzustürzte, um die Kontrahenten auseinanderzubringen, riss Rodejahn ihr die Waffe aus der Hand, stieß sie weg und schoss auf Staakenmeyer. Ein Projektil bohrte sich in dessen Brust, ein zweites in den Kopf. Staakenmeyer brach zusammen.

Rosenbaum entsicherte blitzartig seine Pistole. Schießen konnte er jedoch nicht, Hedi und Frieda standen zu nahe hinter Rodejahn.

»Werfen Sie die Waffe weg!«, rief er.

Doch Rodejahn griff sich Frieda, zog sie vor seine Brust und hielt die Waffe an ihre Schläfe. Er schnaufte vor Aufregung, Frieda wimmerte.

»Waffe weg!«, wiederholte Rosenbaum.

Rodejahn schüttelte den Kopf, beließ seinen nervösen Zeigefinger weiter am Abzug.

»Ruhe, beruhigen Sie sich«, sagte Rosenbaum zu Rodejahn und ein wenig zu sich selbst. Mit langsamen Bewegungen legte er seine Pistole vor sich auf den Waldboden. »Nehmen Sie bitte den Finger vom Abzug.«

Rodejahn nickte. Als er der Aufforderung nachgekommen war, fragte Hedi, ob sie nach dem reglosen Staakenmeyer sehen dürfe. Rodejahn schüttelte den Kopf.

»Und jetzt?«, rief der Kommissar. »Wie soll es weitergehen? Wollen Sie flüchten? Mit dem auffälligen Mercedes? Wie weit werden Sie kommen?«

Rodejahn antwortete nicht.

So standen sie einander in unauflösbarer Konfrontation

gegenüber. Die Morgenröte schuf eine unwirkliche Atmosphäre.

»Lassen Sie uns reden«, sagte Rosenbaum. Wer redet, schießt nicht, hatte er bei seiner Grundausbildung gelernt.

»Was wollen Sie reden?«

»Sie hatten gesagt, Staakenmeyer habe Sie gezwungen. Wie hat er das gemacht?« Rosenbaum achtete auf eine betont ruhige Stimme.

»Sie haben herausgefunden, dass ich für die Polizei arbeitete.«

»Wer ›sie‹? Köbis, Bade?«

»Nein. Irgendwelche Soldaten von der Intendantur, Staakenmeyers Männer. Ich sollte in der Torpedowerkstatt Waren für sie verkaufen, sonst würden sie mich anschwärzen.«

»Schmuggelware?«

»Hauptsächlich Tabak und Zigaretten. Manchmal konnte ich für die Sachen ein paar Groschen mehr bekommen, als Staakenmeyer gesagt hatte. Das hab ich dann nicht abgeführt. Aber sie bekamen das heraus. Ich sollte alles nachzahlen, konnte ich aber nicht. Staakenmeyer hatte mich in der Hand.«

Rosenbaums Mitgefühl hielt sich in Grenzen. Rodejahn hätte alles der PP melden können. Aber Schieberei schien ihm lukrativer zu sein.

»Und wie kamen Köbis und Bade ins Spiel?«

»Eines Tages sagte Staakenmeyer, dass die Matrosen von den Menagekommissionen etwas über die Schiebereien herausgefunden hätten und jetzt versuchen würden, ihn zu erpressen, und dass ich da auch mit drinhängen würde. Er sagte, ich sollte der PP melden, dass diese Männer einen Umsturz planten und dass alles von der USPD gesteuert wäre.«

Die vielen kleinen Schräubchen und Zahnrädchen in Rosenbaums Kopf begannen, sich zu einem Uhrwerk zusammenzufügen. »Das war Staakenmeyers Erfindung?« Rodejahn nickte.

Rosenbaum kombinierte: »Albin Köbis wurde im Sommer 1917 wegen Meuterei verhaftet. Über seinen Schwager Gustav Bade nahm er Kontakt zu Staakenmeyer auf und drohte, seine Kenntnisse aus der Menagekommission publik zu machen, wenn er ihm bei seinem Prozess nicht helfen würde. Staakenmeyer ging darauf aber nicht ein, sondern drehte den Spieß um und erfand eine Verschwörung der USPD. Dann brauchte er nur noch dafür zu sorgen, dass die PP davon erfuhr – die ideale Aufgabe für einen Polizeispitzel. Dann ging alles von selbst: Die führenden USPDler in Berlin und Kiel wurden verhaftet und ihre Parteibüros durchsucht. Aber man fand keine Beweise, weil sich Staakenmeyer alles nur ausgedacht hat.« Rosenbaum wandte sich jetzt Ravens zu. »Wenn man keine Beweise hat, braucht man Geständnisse. Also erhielten Sie den Befehl, nach Wilhelmshaven zu fahren, um Köbis und die anderen zu vernehmen. Aber die haben nichts gestanden, weil es nichts zu gestehen gab. Trotzdem waren Sie fest davon überzeugt, dass die Verschwörung existierte. Deshalb manipulierten Sie die Beweise. Hatten Sie dazu einen Befehl oder haben Sie auf eigene Faust gehandelt, Herr Kapitänleutnant?«

Ravens schwieg.

»Sie hatten Hintermänner, nicht? So etwas entscheidet ein Kapitänleutnant nicht selbst, das kam von ganz oben, nicht? Aus Berlin?«

Ravens schwieg weiter.

»Na gut«, sagte Rosenbaum und wandte sich wieder Rodejahn zu. »Nun wusste also Köbis' Schwager, Gustav

Bade, von dem Schmugglerring und erzählte seinen Kumpels Klaus Marquort und Reinhard Lampke davon.«

»Sie bekamen Kaffee und Zigaretten für ihr Schweigen. Aber sie wurden mit ihren Forderungen immer unverschämter.«

»Tatsächlich?«, fragte Rosenbaum nach. Er bezweifelte, dass Bade und seine Kumpels allzu hohe Forderungen gestellt hatten. Jedenfalls hatten sie kaum Schmuggelware zu Hause. Wahrscheinlicher war, dass sie sich auch als Schieber hatten verdingen wollen. Und Rodejahn hatte die Konkurrenz loswerden wollen.

»Was heißt das?«, fragte Rodejahn zurück und sein Zeigefinger zuckte, als wollte er wieder zum Abzug wechseln.

»Schon gut«, antwortete Rosenbaum beschwichtigend. »Jedenfalls mussten die drei auch weg, am besten nach der Strategie, die Sie bereits bei Köbis angewandt hatten. Das hatte ja bestens geklappt. Sie warteten auf eine passende Gelegenheit, und die kam mit dem Januarstreik. Dann brauchten Sie nur der PP melden, dass die drei die Streikführung übernehmen wollten, und schon lief wieder alles von allein.«

»Staakenmeyer hat das angeordnet, ich konnte nichts dafür. Er sagte, er kennt den zuständigen Offizier beim Stationskommando. Der würde nicht lange fackeln.«

»So war es dann ja auch. Später sind Sie in Bades Wohnung eingebrochen, um nach Spuren und Unterlagen zu suchen. Den Zettel in seiner Jacke haben Sie aber übersehen und an den Kaffee in der Küche haben Sie nicht gedacht. Als die Leichen gefunden wurden, sind Sie schließlich nervös geworden und haben Frieda Bade bedroht.«

»Das war Staakenmeyer, damit habe ich nichts zu tun.«

»Mag sein. Jedenfalls haben …«

»Schießen Sie!«

✳

Obermatrose Krüger tuckerte mit einem Adler K5/13 aus dem Fuhrpark der Stationsverwaltung durch das Projensdorfer Gehölz. Die Morgendämmerung warf genug rotes Licht in den Wald, dass er auf die Scheinwerfer verzichten konnte. Ein Schuss fiel. Das war in diesen Tagen zwar nichts Besonderes, doch der Schuss kam von vorn, aus Richtung der Hütte, seiner Hütte.

In gewisser Weise war es seine. Er hatte sie vor langer Zeit zufällig entdeckt und in Erfahrung gebracht, dass sie der hiesigen Oberförsterei gehörte, aber nicht in Gebrauch war. Als er seinem Obermaat davon berichtet und vorgeschlagen hatte, sie eigenen Spezialverwendungen zuzuführen, war er von Hintz sehr gelobt worden. Und seither war es irgendwie seine Hütte. Immer mal wieder war er hergekommen, um nach dem Rechten zu sehen und sicherzustellen, dass sich kein Unbefugter hier aufhielt. Ansonsten verwendeten sie die Hütte äußerst selten und nur zu besonders heiklen Anlässen.

Jetzt gab es einen solchen Anlass. Kapitänleutnant Ravens hatte ihm am Vorabend aufgetragen, nach einem jüdischen Kriminalkommissar zu suchen, ihn zur Hütte zu bringen und den Kaleu dann sofort zu benachrichtigen. Fast die ganze Nacht hatte er gebraucht, um herauszufinden, wo dieser Jude wohnte. Dann wollte er ihn aus dem Bett holen und herbringen. Nur knapp hatte er sich dazu durchringen können, vorher die Hütte zu kontrollieren. Und jetzt zeigte sich, dass diese Vorsicht richtig war.

Etwas stimmte nicht. Er stellte den Motor ab, kletterte aus dem Adler und schlich sich vorsichtig an. Mehrere Personen hielten sich vor der Hütte auf und ein Mercedes Doppelphaeton parkte daneben. Von diesem Modell gab es genau zwei in Kiel. Das eine gehörte dem Prinzen Heinrich, das andere dem Gouverneur. Einer von beiden musste sich in dieser Hütte aufhalten. Da konnte etwas nicht stimmen.

Krüger erkannte einen Arbeiter, der mit einer Pistole eine Frau bedrohte. Vor ihm stand ein anderer Mann, nach der Beschreibung konnte das sogar der Kommissar sein. Neben ihm befand sich eine weitere Frau. Auf dem Boden lag ein Mann in Offiziersuniform. Etwas abseits entdeckte er einen weiteren Offizier. Es war der Kaleu. Krüger konnte sich keinen Reim aus der Sache machen. Er sollte in Deckung bleiben und versuchen, mit dem Kaleu Blickkontakt aufzunehmen. In halbwegs sicherer Entfernung schlich er sich mit gezogener Pistole in dessen Blickfeld, bis Ravens ihn endlich sah. Kurz darauf hörte er einen Befehl, der an ihn gerichtet war: »Schießen Sie!«

*

Ein Blitzschlag fuhr in Rosenbaums Schulter und riss ihn von den Beinen, ein brennender Speer. Und doch war es nur ein Kügelchen aus Blei.

Frieda schrie auf und riss sich los, Rodejahn feuerte hinter ihr her, sie sank zu Boden. Neben Rosenbaum lag seine Pistole. Er ergriff sie und schoss auf Rodejahn. Rodejahn schrie auf und sackte in sich zusammen, seine Waffe fiel auf den Waldboden. Hedi rannte darauf zu, nach vier, fünf Schritten hatte sie die Pistole erreicht. Sie ging in die Hocke, sammelte sie auf und feuerte in die Richtung, aus der der erste Schuss erfolgt war. Ein neuer Schuss kam als Antwort aus dem Unterholz zurück, zu sehen war niemand. Ravens drehte sich um, wollte weglaufen, Rosenbaum brachte ihn mit einem Schuss in die Beine zu Fall. Noch ein Schuss aus dem Unterholz.

Dann war Ruhe.

Kurz und heftig hatten Vögel noch gekreischt, jetzt war alles still. Unwirklich still und rot.

Die Wunde brannte, jede Bewegung schmerzte höllisch. Aber Rosenbaum musste sich bewegen. Eine unerträglich lange Strecke robbte er auf Ravens zu. Als er ihn erreicht hatte, richtete er ihn auf und drückte den Pistolenlauf gegen seinen Kopf.

»Geben Sie auf oder der Mann ist tot!«, rief er.

Noch vor ein paar Tagen hätte er nicht für möglich gehalten, dass er eine solche Drohung jemals aussprechen oder dass irgendjemand sie ernst nehmen würde. Aber heute war es so. Ein Matrose tauchte mit erhobenen Händen im Unterholz auf. Seine Konturen setzten sich scharf gegen die Röte der aufgehenden Sonne ab.

XVI

Fünf Tage später wurden die zivilen Opfer der ersten Revolutionswoche auf dem Eichhof beigesetzt. Lothar Popp war inzwischen zum Vorsitzenden des Großen Soldatenrates gewählt worden und hielt die Grabesrede. Für den nächsten Tag war die Beisetzung der Militärangehörigen auf dem Kieler Nordfriedhof geplant, dort sollte Gustav Noske, der vom Soldatenrat zum neuen Gouverneur ernannt worden war, die Rede halten.

Popp trug einen langen schwarzen Mantel und stand auf einer Holzkiste. In der linken Hand hielt er sein Manuskript, mit der rechten wirbelte er mahnend durch die Luft. Hunderte Menschen lauschten ihm.

»Die Herrschaft der alten Mächte, der Ruhrbarone und der ostelbischen Junker ist endgültig vorbei!«

Rosenbaum und Hedi standen etwas abseits.

»Das ist mir zu pathetisch, Hedi. Gehen wir.«

»Pst!«

Sie blieben.

»Das Opfer dieser tapferen Männer und Frauen war nicht vergebens!«, rief Popp und fuchtelte. »Sie waren Sturmvögel. Sie haben die Zündfunken der Revolution erzeugt, unzählige Funken, die quer durchs ganze Reich gesprüht sind und überall auf trockenem Schießpulver landeten. Zuerst Lübeck, Hamburg, Wilhelmshaven, dann alle größeren Küstenstädte, außerdem Braunschweig, Frankfurt, Hannover, Stuttgart und München – überall haben Arbeiter- und Soldatenräte die Macht übernommen. Der Kaiser ist geflohen und gestern hat der Genosse Liebknecht in Berlin die ›Freie Sozialistische Republik Deutschland‹ ausgerufen!«

»Das wird Noske morgen wohl etwas anders darstellen«, vermutete Rosenbaum.

Zwar hatte Karl Liebknecht eine sozialistische Republik ausgerufen, aber Stunden zuvor hatte Philipp Scheidemann eine *demokratische* Republik ausgerufen.

Hedi schaute ihren Chef mit faltiger Nase an. »Er übertreibt, nicht?«

»Immerhin hat Max von Baden das Amt des Reichskanzlers an Friedrich Ebert übergeben, und Ebert ist Demokrat«, antwortete Rosenbaum.

»Sicher?«

»Sicher – was ist heutzutage schon sicher.« Rosenbaum zupfte an der Schlinge, in der sein linker Arm lag. »Also ich gehe jetzt.«

»Warten Sie«, rief Hedi, als er sich umdrehte. »Ich muss Sie doch stützen.«

Rosenbaum hatte eine noch immer schmerzende Wunde an der Schulter, nicht am Bein. Aber er ließ sich gern von Hedi umsorgen.

»Wollen wir einen Kaffee trinken gehen?«, fragte Hedi und hakte sich bei ihm unter.

Obwohl an der Westfront noch immer gekämpft wurde, konnte man seit zwei Tagen wieder ganz legal Kaffeebohnen und weitere lange nicht gekannte Kolonialwaren kaufen. Nach den zu erwartenden Bedingungen einer Waffenstillstandsvereinbarung würde dies allerdings nur eine kurze Episode sein.

»Aber wir müssen noch kurz bei Bade vorbei.« Hedi deutete auf einen Blumenstrauß in ihrer Hand. »Habe ich Frieda versprochen.«

Gestern waren Gustav Bade und seine beiden Kameraden ein Stück weiter begraben worden. Frieda lag noch im Krankenhaus und hatte daran nicht teilnehmen können. Als sie am Grab ankamen, stand der Kollege Schulz davor.

»Ich bin beruflich hier«, sagte er und schaute verlegen. Dann verschwand er.

»Wir sind privat hier«, rief Rosenbaum ihm hinterher.

»Er gehört zu den Guten«, sagte Hedi, als er nicht mehr zu sehen war. »Kaum zu glauben.«

Sie hatten daran gezweifelt, obwohl er sie vor Hintz gerettet hatte. Denn er war danach in Gudows Wohnung aufgetaucht. Das hatten sie sich nicht erklären können, bis sie erfuhren, dass Schulz dort nur die Hintergründe hatte ermitteln wollen, in Grunde dasselbe, was sie selbst dort gemacht hatten.

»Manchmal ist es Zufall, auf welcher Seite man steht«, sinnierte Rosenbaum.

»Sie können ihn noch immer nicht leiden, was Chef?«

»Ach, eigentlich meine ich ihn gar nicht.«

Die drei Gräber waren spärlich mit Kränzen bedeckt. Es war nicht auszumachen, welches davon Bade gehörte. Hedi legte die Blumen auf dem mittleren nieder. Dann gingen sie weiter.

»Meinten Sie Ravens? Glauben Sie, dass Ravens durch Zufall auf der falschen Seite stand?«, fragte Hedi.

Falsche Seite – ihm war immer klar gewesen, was die falsche Seite war, solange er nicht darüber nachgedacht hatte. »Welche Seite ist denn überhaupt die richtige?«

»Die des Militarismus jedenfalls nicht.«

»Aber welche ist die richtige?«

»Wieso fragen Sie das, Chef? Für Sie müsste die SPD auf der richtigen Seite sein. Sie sind doch Mitglied.«

Ja, das war er. Er sollte jetzt voller Hoffnung sein. Das war er wiederum nicht. Er schwieg.

»Als Ravens vor der Hütte seine Taten rechtfertigte, da haben Sie nichts gesagt. Warum nicht?«, fragte Hedi.

»Weil er in gewisser Weise recht hatte.«

»Sie verteidigen Ihn?«

»Nein.« Rosenbaum schüttelte den Kopf. »Aber er hat unsere Doppelmoral aufgedeckt. Und da kann man schwer widersprechen, oder?«

»Wenn wir ihn nicht festgesetzt hätten, hätte er am nächsten Tag Popp und Artelt umbringen lassen!«

Tatsächlich hatte Ravens bei dem ersten Verhör in der Blume, noch am Tag seiner Festnahme, gestanden, dass er die beiden Rädelsführer hatte erschießen lassen wollen, um einen Umsturz abzuwenden.

»Und trotzdem ist es Doppelmoral.« Rosenbaum seufzte und blieb stehen. »Die Moral des Krieges.«

»Er hat also richtig gehandelt? Ist es das, was Sie sagen wollen?«

»Er hat nach seinen Maßstäben gehandelt. Dass er noch zwei weitere Morde befehlen wollte, hätten wir wahrscheinlich nie erfahren, wenn er es nicht gestanden hätte. Er war ein Verführter, ein von Heldentum und Militarismus Verführter. Nur Menschen mit großem Moralempfinden können sich so verführen lassen.«

»Sie verteidigen ihn doch! Das ist abscheulich! Er ist ein mehrfacher Mörder!«

»Nein, ich verteidige ihn nicht! Wir waren bei der Feststellung, dass es manchmal Zufall ist, auf welcher Seite jemand steht, und bei der Frage, welche Seite die richtige ist.« Rosenbaum ging weiter, dann blieb er wieder stehen. Ihm war jetzt nach einer Zigarette, aber mit nur einer Hand konnte er sich keine anzünden. »Ohne den Krieg wäre aus ihm vielleicht ein honoriger Zentrums-Politiker geworden. Der Krieg hat ihn zum Mörder gemacht.«

Hedi zog ihre Zigaretten aus der Tasche und steckte zwei davon an. Dann gingen sie weiter. Ihre Entrüstung legte sich langsam. »Der wirkliche Schuft ist Staakenmeyer. Aber der hat niemanden getötet«, sagte sie nachdenklich. »Moral schützt uns nicht vor bösen Taten.«

Sie gingen ein paar Schritte schweigend nebeneinander her.

»Heißt das, es gibt keine richtige Seite?«, fragte Hedi schließlich.

Die Frage lag nahe. Eine Antwort wusste Rosenbaum nicht.

PS

Der Kieler Matrosenaufstand hat sich im Großen und Ganzen so zugetragen, wie er hier geschildert wurde, und viele der aufgetretenen Figuren sind historische Personen. Aber der Roman ist ein Roman. Die drei ermordeten Arbeiter sind fiktiv, ebenso Ravens, Staakenmeyer, Schulz und Rodejahn und es gibt keinen mir bekannten Hinweis darauf, dass die Intendantur der Marinestation Ostsee etwas mit Schwarzmarktgeschäften zu tun hatte oder dass Marineoffiziere die Anführer des Aufstandes ermorden lassen wollten.

Wo Wissen endet, setzt Fantasie ein. Tatsächlich sind die Hintergründe des Prozesses gegen die Rädelsführer der Matrosenrebellion von 1917 bis heute nicht ganz durchleuchtet. Schuldspruch und Todesstrafe erscheinen auch unter Berücksichtigung der damaligen Situation ungewöhnlich hart. Man kann vermuten, dass es Aspekte gab, die in die Akten nicht eingeflossen sind. Anhaltspunkte für solche Zusammenhänge, wie sie hier geschildert wurden, gibt es aber nicht.

PERSONEN

Historische Personen

Artelt, Karl

(1890–1981) Maschinenschlosser, Matrose bei der Torpedodivision Kiel-Wik. Mitglied der USPD, später der KPD, dann der SED. Einer der Führer des Kieler Matrosenaufstands.

Heine, Wilhelm

Kapitän z. S., Stadtkommandant von Kiel. Wurde am späten Abend des 5.11.1918 in seiner Wohnung erschossen, als er sich der Festnahme durch den Soldatenrat widersetzen wollte.

Köbis, Albin

(1892–1917) Heizer auf dem Linienschiff SMS Prinzregent Luitpold. Rädelsführer der Matrosenrebellion von 1917. Wurde dafür am 5.9.1917 hingerichtet.

Kraft, Hugo

(1866–1925) Vizeadmiral, Kommodore des III. Hochseegeschwaders.

Kürbis, Heinrich

(1873–1951) Bezirksparteisekretär der SPD für Schleswig-Holstein. Während der Novemberrevolution Mitglied des Kieler Arbeiter- und Soldatenrats und Delegierter zum Reichsrätekongress. Später Oberpräsident von Schleswig-Holstein.

Küsel, Hans

(1870–1951) Konteradmiral, Stabschef der Marinestation Ostsee.

Liebknecht, Karl (Dr.)

(1871–1919) Rechtsanwalt und Reichstagsabgeordneter. Mitglied der SPD, später der USPD, Mitbegründer des Spartakusbundes und der KPD. Am 15.1.1919 von Rechtsradikalen ermordet.

Noske, Gustav

(1868–1946) Reichstagsabgeordneter der SPD, später Reichswehrminister. Entschiedener Antibolschewist. Musste nach dem Kapp-Putsch wegen ›Begünstigung der Konterrevolution‹ als Minister zurücktreten.

Popp, Lothar   (1887–1980) Bezirksvorsitzender der USPD. Während des Kieler Matrosenaufstands Vorsitzender des Obersten Soldatenrats.

Souchon, Wilhelm   (1864–1946) Admiral, Gouverneur von Kiel und Chef der Marinestation Ostsee.

Spiegel, Wilhelm (Dr.)   (1876–1933) Rechtsanwalt, Kieler Stadtverordneter der SPD.

Ziemke, Ernst (Prof. Dr.)   (1867–1935) Extraordinarius, später ordentlicher Professor. Leiter des Instituts für gerichtliche Medizin in Kiel.

Fiktive Personen

Bade, Gustav (Schorsch)	Arbeiter bei der Torpedowerkstatt Friedrichsort
Bade, Elfriede (Frieda)	Bades Ehefrau
Feddersen	Kolonnenführer bei der Torpedowerkstatt Friedrichsort
Freibier, Ernst	Kriminaldirektor, Chef der Kieler Kriminalpolizei
Gudow, Herrmann	Feldwebel der Marine
Hintz	Obermaat
Krüger	Obermatrose
Kuhfuß, Hedwig (Hedi)	Rosenbaums Assistentin
Lampke, Reinhard (Lampe)	Arbeiter bei der Torpedowerkstatt Friedrichsort
Marquort, Klaus (Marke)	Arbeiter bei der Torpedowerkstatt Friedrichsort
Ravens, Klaas	Kapitänleutnant im Stabsdienst der Marinestation Ostsee
Rodejahn, Onno	Arbeiter bei der Torpedowerkstatt Friedrichsort

Rosenbaum, Josef	Kriminalkommissar, Leiter der Kieler Mordkommission
Sachs	Forstmeister
Schulz, Iago	Kriminalkommissar, Leiter der Kieler Abteilung der Politischen Polizei
Staakenmeyer, Friedhelm	Oberleutnant z. S. im Dienst der Marine-Intendantur Kiel

Weitere Titel finden Sie auf den
folgenden Seiten und im Internet:

WWW.GMEINER-SPANNUNG.DE

Kriminalobersekretär Josef Rosenbaum ermittelt:

1. Fall: Kieler Schatten
ISBN 978-3-8392-1697-2

2. Fall: Kieler Dämmerung
ISBN 978-3-8392-1889-1

3. Fall: Kieler Helden
ISBN 978-3-8392-2129-7

4. Fall: Kieler Morgenrot
ISBN 978-3-8392-2227-0

5. Fall: Kieler Courage
ISBN 978-3-8392-2835-7

6. Fall: Kieler Schein
ISBN 978-3-8392-0271-5

weitere:

Das gefälschte Lächeln
ISBN 978-3-8392-2031-3

SPANNUNG

GMEINER

WWW.GMEINER-VERLAG.DE
Wir machen's spannend

Uwe Ittensohn
Winzerblut
Kriminalroman
352 Seiten, 12,5 x 20,5 cm,
Paperback
ISBN 978-3-8392-0427-6
€ 16,00 [D] / € 16,50 [A]

Vor dem Neustadter Saalbau stirbt auf bizarre Weise
ein Student. Zunächst sieht alles nach einem Unfall aus – eine tödliche Mischung aus jugendlicher
Ausgelassenheit, Leichtsinn und zu viel Alkohol.
Hauptkommissar Achill will den Fall schnell schließen. Doch Privatschnüffler André Sartorius und
Oberkommissarin Bertling ermitteln auf eigene
Faust entlang einer mysteriösen Blutspur weiter. Sie
dringen in die Geheimnisse des Weinbaus vor und
stoßen auf ein weiteres ungewöhnliches Verbrechen.

GMEINER SPANNUNG

WWW.GMEINER-VERLAG.DE
Wir machen's spannend

Anne Nørdby
Rot. Blut. Tot.
Thriller
512 Seiten, 13,5 x 21 cm,
Premium-Klappenbroschur
ISBN 978-3-8392-0430-6
€ 17,00 [D] / € 17,50 [A]

»Da war der Wolf. Er kam jede Nacht. Nebelgrau, mit
gelben Augen und mächtigen Pfoten. Er konnte seine
Krallen durch den Stoff seines Hemdes spüren. Sie
drangen in ihn ein. Der ganze Wolf drang in ihn ein …«

Nach 30 Jahren Haft kehrt ein entlassener Mörder
in seine alte Heimat auf die Insel Møn zurück. Alle
wissen, was der „Wolf von Møn" damals getan hat.
Als Leichen mit brutal auseinandergerissenen Kiefern
auftauchen, beginnt für die Super-Recognizerin Marit
Rauch Iversen und ihre Kollegen von der Kopen-
hagener Mordkommission eine Menschenjagd.

GMEINER SPANNUNG

WWW.GMEINER-VERLAG.DE
Wir machen's spannend